La jetée des disparues

*

Le passé en question

CYNTHIA EDEN

La jetée des disparues

Traduction française de
FLORENCE BERTRAND

BLACK ROSE

HARLEQUIN

Collection : BLACK ROSE

Titre original :
ABDUCTION

Ce roman a déjà été publié en 2018

HARPERCOLLINS FRANCE
83-85, boulevard Vincent-Auriol, 75646 PARIS CEDEX 13
Service Lectrices — Tél. : 01 45 82 47 47 - www.harlequin.fr
ISBN 978-2-2805-0024-1 — ISSN 1950-2753

Composé et édité par HarperCollins France.
Imprimé en décembre 2023 par CPI Black Print (Barcelone)
en utilisant 100% d'électricité renouvelable.
Dépôt légal : janvier 2024.

FSC www.fsc.org
MIXTE
Papier issu de sources responsables
FSC® C159065

Pour limiter l'empreinte environnementale de ses livres, HarperCollins France s'engage à n'utiliser que du papier fabriqué à partir de bois provenant de forêts gérées durablement et de manière responsable.

Prologue

— Ne t'approche pas de lui, Jill.

La grand-mère de Jillian West désignait l'extrémité de la longue jetée en bois. Un garçon se tenait là, le regard fixé sur les vagues, un garçon qui paraissait juste un peu plus âgé que Jill.

— C'est un voyou.

Pourtant, il n'avait pas l'air d'un voyou, avec ses cheveux blonds et son T-shirt fané qui frémissait dans la brise.

— Je n'en ai que pour une minute, promit sa grand-mère en lui tapotant l'épaule. Attends-moi ici.

Et puis elle disparut. Elle s'était engouffrée dans la petite boutique de souvenirs située tout près de la jetée. Jill l'entendit saluer une amie à l'intérieur.

Sa grand-mère avait beaucoup d'amis à Hope. Dans cette petite bourgade de Floride, elle semblait connaître quelqu'un partout où elles allaient. Jill observa le garçon aux cheveux blonds en faisant traîner ses tongs sur les planches. Elle était venue vivre avec son aïeule quelques semaines plus tôt, mais elle n'avait pas encore eu l'occasion de bavarder avec aucun des enfants de la ville.

Sa grand-mère avait une foule de relations, mais aucune de l'âge de Jillian. Elle ne connaissait aucun autre adolescent de treize ans avec qui parler alors qu'elle s'adaptait à cette soudaine et troublante nouvelle vie.

À cet instant précis, le garçon jeta un coup d'œil par-dessus son épaule. Elle se raidit, puis se surprit à lever la main et à esquisser un signe gauche. Elle fit même quelques pas vers lui. Il inclina la tête sur le côté en la regardant.

Elle laissa retomber sa main.

C'est un voyou. L'avertissement de sa grand-mère résonna faiblement dans son esprit.

Cependant, il venait vers elle. En quelques secondes, il fut là, à la toiser. Il était plus grand qu'elle, déjà large d'épaules. D'une main négligente, il repoussa en arrière ses cheveux trop longs.

— Je ne te connais pas.

Sa voix était plus grave que Jill ne s'y attendait. Il semblait avoir quinze ou seize ans, mais sa voix était celle d'un adulte.

— Euh... Non... Je suis nouvelle.

Elle enfonça les mains dans les poches arrière de son jean.

— Je m'appelle Jillian, mais mes copains m'appellent Jill.

Ses yeux s'attardèrent sur elle — de grands yeux marron foncé. En le regardant bien — et Jill le fixait avec tant d'intensité qu'elle en rougit —, elle distinguait un cercle doré autour de ses pupilles.

— Tu penses qu'on est copains, Jill ?

Il avait insisté sur son nom, juste un peu.

Elle haussa les épaules.

— On pourrait l'être.

Elle se mordit la lèvre et tendit la main.

— Contente de faire ta connaissance.

Il fronça les sourcils, considéra sa main un peu trop longtemps, un peu trop durement, puis son regard remonta lentement vers le visage de Jill.

— Tu ne sais pas qui je suis, hein ?

Un voyou. Jillian secoua la tête. Elle se sentait idiote, avec sa main tendue. Peut-être devait-elle la retirer ?

— Je ne suis pas un garçon recommandable, ajouta-t-il avec un rictus. Demande à n'importe qui.

Elle laissa retomber sa main, le visage en feu. *Il ne veut pas être mon copain.*

— Je t'ai vue avec ta grand-mère.

Ah bon ? Quand donc l'avait-il vue ? Elle avait pensé qu'il

regardait la mer tout le temps qu'elle avait bavardé avec sa grand-mère.

— Ça m'étonne qu'elle ne t'ait pas dit de garder tes distances avec moi.

— Elle l'a fait, balbutia Jill.

La surprise se lut sur les traits du garçon.

— Dans ce cas, tu n'es pas très obéissante, hein ? Qu'est-ce que tes parents diraient ?

La peau de Jill se glaça. La douleur était si vive, si récente — déchirante. Elle prit une brève inspiration et recula d'un pas.

— Ils ne peuvent rien dire. Ils sont morts.

Et elle n'aurait pas dû lui parler. Elle n'aurait pas dû désirer un ami, n'importe quel ami, si désespérément, au point de désobéir à sa grand-mère. Jill n'avait plus qu'elle. Et si sa grand-mère se mettait en colère contre elle... Si elle décidait qu'elle ne voulait pas s'encombrer d'une gamine ? Si elle l'envoyait... ailleurs ?

Jill tourna les talons.

— Il faut que j'y aille.

Elle prit la fuite, manquant de peu perdre une de ses tongs dans sa hâte. Elle retournerait à la voiture. Elle attendrait là-bas. Et elle ne parlerait à personne avant le retour de sa grand-mère. Elle se mit à courir, les larmes lui brûlaient les yeux. Le garçon l'appela, mais elle ne s'arrêta pas.

Qu'est-ce que tes parents diraient ?

Elle aurait aimé qu'ils puissent lui dire quelque chose. *N'importe quoi.*

Elle atteignit le bout de la jetée. Ses tongs s'enfoncèrent dans le magnifique sable blanc de la plage, un sable si blanc qu'on aurait dit du sucre. La première fois qu'elle l'avait vu, elle en avait saisi une poignée, et elle avait ri en le sentant couler entre ses doigts. Elle ne riait plus.

Elle essuya les larmes qui roulaient sur ses joues. Dire qu'elle s'était mise à pleurer devant le premier garçon qu'elle avait rencontré... Quel bon moyen d'acquérir une réputation en ville ! *Jillian est une chialeuse. Jillian est un bébé.*

La berline de sa grand-mère était garée non loin, dans le

parking presque vide. L'après-midi touchait à sa fin, le crépuscule approchait, les gens rentraient chez eux.

— Tout va bien, mon petit ?

Je ne suis pas petite. Les mots surgirent à son esprit, mais elle les retint. Un homme s'avançait vers elle, les sourcils froncés, l'air inquiet.

Sans doute parce que je pleure.

— Tu es toute seule ? demanda-t-il sur un ton horrifié.

— M-ma grand-mère est dans le magasin de souvenirs, expliqua-t-elle en désignant l'endroit. Elle va revenir bientôt.

L'homme continua à s'approcher, hochant la tête comme si c'était une bonne chose. Puis sa main se referma sur l'épaule de Jill. Si durement qu'elle en eut mal. En même temps, il s'était penché vers elle et murmurait :

— Pas assez tôt, Jill.

Comment sait-il mon nom ?

Elle ouvrit la bouche, mais elle n'eut pas le temps de crier. Il plaqua son autre main sur ses lèvres et la tira brutalement vers lui. Elle se débattit, donna des coups de pied, en vain. Il était grand et fort. Tellement plus fort qu'elle. Et il courait, l'entraînant vers une camionnette toute proche.

Non, non, c'est impossible !

— Ne m'oblige pas à te tuer, grogna-t-il.

Jill se figea.

Il ouvrit la portière latérale et la poussa à l'intérieur. Jill se jeta en avant, prête à ressortir.

Un coup de poing brutal, en pleine figure, la fit vaciller. C'était la première fois de sa vie que Jill était frappée. Un instant, elle fut étourdie. Son regard se détacha de l'homme — du monstre — qui lui faisait face et...

Elle le vit... le garçon de la jetée. Le garçon aux cheveux blonds trop longs. Il courait vers elle.

— Jill !

Mais l'homme qui l'avait attrapée... Il plongea quelque chose dans son cou. Quelque chose de pointu. *Une aiguille ?*

Elle s'effondra, sa tête heurta le métal, et puis ce fut le noir.

— Jill ? Jill !

Elle ouvrit les yeux et aspira une goulée d'air, prête à hurler.

— Non.

Une main moite de sueur se posa sur sa bouche.

— Si tu cries, il va t'entendre et il nous trouvera.

Nous ?

Jill cilla, et regarda autour d'elle. La pièce ne contenait aucun meuble. Quatre murs en planches, voilà tout. Ses mains — ses mains étaient liées, ses pieds aussi. Elle était allongée à même le sol sale et poussiéreux. Une lumière brillait au plafond, trop forte, trop crue.

— Il ne faut pas qu'il nous trouve, Jill.

Le garçon. Le garçon de la jetée. Il avait des égratignures sur le visage et ses grands yeux étaient rivés sur elle.

— Je vais te détacher et on va s'enfuir. Il faudra courir aussi vite qu'on le pourra, d'accord ?

Elle acquiesça, au bord des larmes.

Il retira sa main et entreprit de la libérer de ses liens. Les cordes autour de ses chevilles cédèrent facilement, mais celles qui lui enserraient les mains résistèrent. Les nœuds, solides, refusaient de bouger.

— Laissons tomber, décida-t-il en se relevant. On les retirera plus tard, une fois qu'on sera sortis d'ici.

Elle ne savait même pas où était ce « ici », mais elle n'avait qu'une idée en tête : partir. Tout de suite.

Il la guida vers la fenêtre entrouverte, qui laissait entrer l'air salé venant de l'océan.

— Je vais te pousser. Dès que tu seras sortie, file, tu m'entends ? Aussi vite que tu peux. Ne te retourne pas pour voir si je suis là. Crois-moi, je te suivrai. Mais vas-y.

Jill acquiesça de nouveau.

Il la poussa par la fenêtre. Elle bascula et son épaule heurta violemment le sol, mais elle se releva d'un bond et se mit à courir. Sauf... qu'il ne semblait pas y avoir d'issue. Il faisait nuit et des arbres se dressaient tout autour d'elle, le sol était marécageux...

Effrayée, elle jeta un coup d'œil en arrière. Il était là. Le garçon aux longs cheveux. Il l'attrapa par ses poignets liés.

— Viens, Jill.

Elle ne voyait pas l'homme qui l'avait enlevée. Elle avait peur qu'il ne soit là, en train de les observer. Qu'il ne les attaque. Qu'il ne leur fasse du mal à tous les deux.

Qu'il ne les tue.

Ils entrèrent dans l'eau boueuse, glaciale. Jill se mit à grelotter, à cause non du froid mais de la terreur qui la rongeait.

— Il… Il m'a fait mal.

Sa mâchoire était toujours meurtrie.

— Il… Il m'a enlevée… dans le parking.

— Je l'ai vu.

Les doigts du garçon bataillaient avec les liens. Quand les nœuds cédèrent, il lui massa les poignets avec précaution.

— Je n'allais pas te laisser disparaître.

Disparaître.

C'est cela qui lui serait arrivé, Jill le savait. Elle aurait disparu sans laisser de traces.

— Je veux rentrer à la maison, murmura-t-elle.

La maison…

La maison qu'elle avait partagée avec ses parents en Géorgie. Son foyer. Son refuge. Elle voulait sa maman. Son papa. Elle voulait que cet épisode ne soit qu'un affreux cauchemar.

Le garçon l'entoura de ses bras et la tint serrée contre lui.

— Ça va aller. On va s'en tirer.

Elle le crut. Il l'avait retrouvée, Dieu seul savait comment. Il l'avait sortie de… là-bas. Sauvée.

— Je ne… Je ne sais même pas ton nom.

Il se détacha d'elle et la regarda.

— Hayden. Hayden Black.

Hayden. C'était un beau nom pour un ami.

Ils coururent jusqu'à la route. Et puis ils continuèrent à courir, mais chaque fois qu'une voiture approchait Hayden l'entraînait se cacher.

Il avait peur que le ravisseur ne soit à leur poursuite.

Les heures passèrent. Enfin, ils arrivèrent au petit commissariat de la ville. La lumière était allumée dans le bâtiment, des voitures de patrouille alignées dans le parking. Main dans la main, ils gravirent les marches en bois.

Il ouvrit la porte, et ils se faufilèrent à l'intérieur.

Le silence se fit aussitôt. Tous les regards convergèrent vers eux.

Jill baissa les yeux. Ses vêtements étaient déchirés et maculés de boue. Elle avait perdu ses tongs. Ses pieds étaient en sang, couverts d'ampoules.

Et elle devait avoir un bleu au menton.

— Jillian !

Sa grand-mère se rua vers elle et la serra dans ses bras au point de l'étouffer.

— Ma petite Jilly !

Jilly. Sa mère l'appelait ainsi.

Les larmes recommencèrent à couler. Jill ne pouvait les refouler. Sa grand-mère n'était pas en colère. Elle n'allait pas la renvoyer. Sa grand-mère sentait bon la vanille.

Elle sentait bon la maison.

— Qu'est-ce que tu as fait, petit vaurien ?

C'était une voix masculine, rude, autoritaire. Et cette voix... Cet homme... était tout près. Un homme grand comme un ours qui portait un uniforme de shérif et un badge rutilant.

— Tu as enlevé cette petite ? Tu lui as fait du mal ?

Non, non, bien sûr, que Hayden ne lui avait pas fait de mal. Jillian tenta de se dégager de l'étreinte de sa grand-mère. L'homme avait empoigné Hayden. La colère déformait ses traits.

— Tu es exactement comme ton père !

Hayden devint livide.

— Tu as dépassé la mesure, mon gars. Tu...

Jill se faufila entre le shérif et Hayden. Elle tremblait de tous ses membres.

— Hayden est mon ami.

La pitié se lut sur le visage du shérif. Il la regarda avec douceur.

— Mon chou, si tu retournais avec ta grand-mère ? Tu n'as plus rien à craindre. Tu ne...

— Hayden m'a sauvée.

Sa main sale s'accrocha à celle de l'adolescent, se cramponna à lui.

— Un homme... m'a prise sur le parking de la jetée.

Elle chuchotait, la terreur revenant alors qu'elle évoquait cet instant épouvantable.

— Il... Il m'a frappée. Ligotée. Mais Hayden m'a libérée. Hayden m'a aidée.

Hayden m'a sauvée.

Elle n'entendait que le son de la grosse horloge qui égrenait les secondes. Elle parcourut la pièce d'un regard désespéré.

Sa grand-mère pleurait.

Le shérif la fixait, stupéfait.

— Je peux vous ramener à lui, dit Hayden, sa voix étrangement calme. Quand il a enlevé Jill, j'ai emprunté un vélo pour le suivre. Je l'ai cassé à côté du chalet. Il est fichu. Il a fallu qu'on revienne à pied, mais je me souviens de l'endroit. Je peux vous y conduire.

Il le fit.

Hayden guida les policiers au petit chalet niché au cœur des marais. Ils firent irruption à l'intérieur l'arme au poing, dans un hurlement de sirènes. Jill était assise à l'arrière d'une voiture de patrouille, pelotonnée contre sa grand-mère, qui la serrait contre elle. Hayden, à côté, observait la scène avec intensité.

Le shérif et les adjoints fouillèrent la maisonnette et firent venir des chiens, mais l'homme s'était volatilisé.

— Ne t'inquiète pas, Jill, avait murmuré Hayden.

Elle avait tourné la tête vers lui.

— Je te promets de te garder en sécurité.

Une grande promesse, mais...

Elle l'avait cru.

Hayden Black n'était pas un voyou. Sa grand-mère s'était trompée à son sujet.

C'était un héros.

Et il était son ami. Son meilleur ami au monde.

1

Le monde était corrompu et ténébreux. Plein de mal et de monstres.

L'agent spécial Jill West s'engouffra dans la petite maison située au bout de Clover Lane, tenant fermement son arme de service à la main. Ses coéquipiers l'accompagnaient, rapides et efficaces. Ils appartenaient à une section spécialisée, dont la mission consistait à retrouver des enfants victimes d'enlèvement.

En l'occurrence, ils cherchaient une adolescente. Une jeune fille de seize ans appelée Jessica Thomas, portée disparue depuis trois jours. Dans cette course contre la montre, le FBI avait réussi à remonter la piste de son ravisseur jusqu'à ce lieu.

Sois en vie. Je t'en prie, sois en vie.

Trop d'affaires similaires s'achevaient par une tragédie. Trop de familles étaient dévastées, trop de parents brisés, anéantis par la douleur d'avoir perdu leur enfant. Son équipe avait besoin d'une victoire… Car ces échecs les poussaient tous vers le point de rupture.

— Reculez !

Un homme sortit en courant d'une pièce à l'arrière de la maison, brandissant un couteau ensanglanté.

— Vous n'allez pas me la prendre ! Personne ne va me la prendre.

En un éclair, trois certitudes s'imposèrent à l'esprit de Jill.

La première, c'était que l'arme avait été utilisée récemment.

L'individu hystérique qui s'avançait vers elle ne paraissait pas blessé, par conséquent, il était probable qu'il ait attaqué Jessica.

La deuxième, c'était que le ravisseur était drogué. Ses paroles étaient indistinctes, et il titubait.

Enfin, il n'allait pas se rendre. Au contraire, il se ruait dans sa direction.

— Ne bougez plus ! cria Jill. Lâchez votre arme immédiatement.

Loin d'obtempérer, il vociféra de plus belle et se précipita vers elle.

Jill tira. Non dans l'intention de tuer. Jamais encore elle n'avait accompli ce geste-là. Son tir visait à neutraliser l'homme, et le percuta à l'épaule droite. Il hurla et laissa échapper le couteau, lequel tomba sur le sol tandis qu'une tache rouge se répandait sur sa chemise.

— Suspect à terre, lâcha Jill dans son micro.

Tous les agents étaient équipés d'une radio, et elle savait que des secours seraient envoyés aussitôt. Elle éloigna le couteau et se hâta d'avancer.

L'agent Henry Shaw était à ses côtés, son arme braquée sur l'individu. Henry, un Afro-Américain élancé, à l'allure distinguée, était le chef de l'équipe. Un excellent chef.

— Je le surveille, Jill, dit-il sans quitter l'homme des yeux. Trouve la fille.

Jill acquiesça d'un geste sec et, l'arme au poing, se dirigea vers la pièce voisine. Tout portait à croire que le ravisseur, Neal Matthew Patrick, avait agi seul, qu'il nourrissait une obsession à l'endroit de l'adolescente après avoir fait sa connaissance par l'intermédiaire d'une chat room.

Cependant, au cas où il aurait eu un complice, au cas où quelqu'un s'apprêterait à l'attaquer par surprise, Jill demeura vigilante.

La porte était entrebâillée. Elle la poussa du pied et…

— Au secours…

Un murmure plaintif lui parvint, un contraste complet avec les hurlements de son ravisseur.

Jessica était allongée sur le sol, les mains pressées contre son estomac — elle s'efforçait d'endiguer le flot de sang qui avait déjà rougi son chemisier. Son jeune visage était blême, ses yeux, immenses et terrifiés.

— Assistance requise pour la victime, appela aussitôt Jill dans son micro. Urgent !

Elle se précipita vers la jeune fille, le cœur serré.

L'état de Jessica était grave. Très grave.

— Je... Je veux ma... maman.

Jill baissa les yeux. Jessica avait reçu de multiples coups de couteau. Ses blessures étaient profondes. Une flaque de sang se formait sous son corps.

— On va t'emmener la voir, ne t'inquiète pas, affirma-t-elle en faisant pression sur la plaie principale.

— Je suis désolée...

La voix de Jessica était de plus en plus faible. Elle se mit à trembler.

— Dites-lui que... je suis désolée... Je n'aurais jamais dû... aller là-bas...

Jessica avait accepté un rendez-vous avec Neal. Elle s'était esquivée en catimini pour le rejoindre sur un terrain de football du lycée, sans soupçonner un instant qu'elle s'apprêtait à retrouver un homme qui avait depuis longtemps basculé dans la folie. Elle n'aurait jamais pu deviner à quel point cette rencontre était dangereuse pour elle. *Un simple rendez-vous. Une fille de seize ans qui allait à un rendez-vous.* Voilà ce que Jessica avait imaginé.

— Ça va aller, dit Jill d'une voix étranglée. Tu seras bientôt avec ta maman et...

Des bruits de pas précipités s'élevèrent derrière elle. Des secours, enfin. Les ambulanciers se ruèrent à l'intérieur, écartèrent Jill. Elle recula, priant silencieusement pour qu'ils sauvent Jessica.

Celle-ci était secouée de tremblements, à présent. Jill regarda ses mains, maculées du sang de la jeune fille. Elle serra les poings, elle respirait fort. Chaque battement de son cœur semblait résonner à ses oreilles.

Jill était encore là quand Jessica ferma les yeux et rendit son dernier souffle. Les secouristes n'abandonnèrent pas la bataille tout de suite. Ils tentèrent encore et encore de la ranimer, mais ce fut peine perdue... Le corps de Jessica était inerte.

Une victime de plus. Une autre enfant volée.

Jill sortit en chancelant, l'estomac noué. L'air nocturne la frappa en pleine figure, sa fraîcheur lui donna la chair de poule. Les choses n'étaient pas censées se dérouler ainsi. Elle était censée arriver à temps, et non assister impuissante à la mort d'une adolescente.

Des larmes lui montèrent aux yeux. Le ravisseur était étendu à l'arrière d'une ambulance. Ce monstre était en vie. Il vitupérait contre les agents.

Jessica, elle, était morte. La vie était si injuste. Si froide, si noire, si violente. Jill promena un regard autour d'elle, sur le chaos, la souffrance, et enfin sur le sang qui lui couvrait les mains.

Il faut que je parte. Je ne peux pas continuer. Je ne peux plus.

— Jill ?

Elle mit les mains derrière le dos et vit que Henry l'observait, les sourcils froncés. Henry avait été son mentor dès le moment où elle avait rejoint l'équipe. Il l'avait formée.

La compassion se lisait dans son regard sombre.

Il sait que je suis sur le point de craquer.

— Il faut qu'on aille parler aux parents, dit-elle, en s'efforçant de parler fermement.

À la mère de Jessica.

Jill déglutit.

— Je peux m'en charger, proposa Henry.

Il savait s'y prendre dans ces situations-là. Il semblait trouver les mots qu'il fallait. Transmettre sa compassion aux familles. Comprendre leur douleur.

— Tu as fait du bon travail, dit-il doucement. C'est toi qui as découvert la maison, qui as retrouvé la trace de Neal, c'est toi qui…

— Je suis arrivée trop tard.

Telle était la vérité, si brutale fût-elle.

— Cette fois-ci, concéda Henry, la mâchoire crispée. Mais il y a aura d'autres enquêtes, d'autres enfants. Tu sais mieux que personne combien notre travail est important.

À cause de son passé, oui, elle le savait. Elle savait aussi…

— Je vais parler à la mère de Jessica.

Il fallait qu'elle regarde cette femme dans les yeux et qu'elle lui dise qu'à la fin Jessica pensait à elle. Que sa fille l'aimait. Lorsqu'elle acceptait une enquête, Jill la menait jusqu'au bout. Mais après qu'elle aurait vu la famille Thomas…

— Ensuite, je prendrai les congés que j'ai de côté.

Les congés qu'elle avait accumulés, plutôt. Ces dernières années, son travail était devenu sa vie. Mais maintenant cette vie semblait la déchirer.

— Bonne idée, murmura Henry. Tu pourrais aller quelque part au soleil. Oublier tout ce froid quelque temps.

Elle songea aux dernières paroles de Jessica.

— Je crois que je vais rentrer à la maison.

À la maison.

À l'endroit où elle avait été la plus heureuse.

Et la plus malheureuse.

Il la vit à l'instant où elle arriva en ville. Il aurait été difficile de ne pas remarquer une femme telle que Jill West. Le soleil accentuait l'éclat de ses cheveux brun-roux. Elle se dirigeait vers la jetée d'une démarche gracieuse, ses longues jambes mises en valeur par un jean moulant.

Debout à l'entrée du magasin d'appâts, Hayden Black la suivait du regard, fasciné. Il y avait longtemps qu'il n'avait pas vu Jill… *Beaucoup trop longtemps.*

Il n'avait pas pensé qu'elle reviendrait. Bon sang, il avait envisagé d'aller lui rendre visite en Géorgie. Alors, qu'elle revienne maintenant... À ce même endroit...

Il n'avait jamais été particulièrement chanceux. Le jour le plus chanceux de sa vie avait été celui où il avait rencontré une jolie petite rousse sur cette même jetée.

Une fille qui avait les plus beaux yeux verts qu'il ait jamais vus. Une fille qui avait fait un héros du mauvais garçon de la ville.

— Tu vas la regarder toute la journée ? demanda Jeff Mazo, le propriétaire du magasin. Ou tu vas aller lui dire bonjour ?

Jeff ne comprenait pas. Elle n'allait peut-être pas être ravie de le voir. Jill et lui ne s'étaient pas quittés dans les meilleurs termes.

Je l'ai désirée durant toute mon adolescence. Quand je suis devenu un homme, je ne pensais qu'à elle...

Et puis elle était entrée au FBI et lui dans les commandos. Deux chemins différents. Deux vies différentes.

Et maintenant ils étaient de retour tous les deux. De retour à Hope.

Peut-être ne s'agissait-il pas d'un hasard. Peut-être était-ce autre chose...

— Je ne m'étais jamais douté que tu étais du genre nerveux, commenta Jeff sur un ton incrédule. Ça a dû rendre tes missions intéressantes, non ?

Hayden secoua la tête, refusant de réagir aux piques de son ami.

— Ne t'en fais pas, Jeff, je planifie mon approche, voilà tout.

En fait, il espérait surtout que Jill ne lui ordonnerait pas de la laisser en paix.

— À plus tard, vieux.

Il salua Jeff d'un geste et s'engagea sur la jetée. Les vieilles planches étaient solides sous son poids, l'odeur de l'eau salée lui chatouillait les narines. *Hope*. La ville était superbe, un charmant refuge sur la côte de Floride. On était au début du printemps, de sorte que l'endroit n'était pas envahi par les touristes, pas encore.

Hope était calme.

Tranquille.

Il n'arrivait jamais rien à Hope.

À part l'enlèvement d'une gentille petite rousse...

L'homme qui avait kidnappé Jill n'avait jamais été arrêté. Quant à Hayden... Des années durant, il s'était réveillé en pleine nuit, couvert de sueurs froides après un cauchemar. Il avait tant redouté que quelqu'un ne lui vole Jill.

En fin de compte, c'était lui qui l'avait perdue. Tout seul.

Il se dirigea vers elle. Le vent malmenait son T-shirt et ébouriffait ses cheveux, mais elle ne semblait pas s'en émouvoir. Elle gardait son regard rivé sur les vagues, turbulentes car une tempête approchait.

Quand il ne fut plus qu'à quelques pas d'elle, Hayden s'arrêta.

— Bonjour, Jill.

Elle ne fit pas volte-face. Ne fournit pas d'explication choquée. Ce n'était pas le genre de Jill. Au lieu de quoi elle se tourna lentement vers lui, son regard méfiant suggérant qu'elle savait depuis le début qu'elle était observée.

Malgré tout, ses grands yeux verts s'écarquillèrent imperceptiblement, trahissant un soupçon de surprise... Jill s'était attendue à rencontrer quelqu'un sur cette jetée. Mais elle ne s'était pas attendue à ce que ce quelqu'un soit lui.

— Hayden ?

Ses sourcils délicats s'arquèrent tandis qu'elle l'observait.

— Que fais-tu ici ?

Il esquissa un sourire et s'avança. C'était comme ça avec Jill, elle lui donnait toujours envie de s'approcher davantage. Elle l'attirait même quand il savait qu'il aurait dû garder ses distances. Il saisit son parfum, mêlé à celui de l'océan. Un parfum de vanille.

— Je pourrais te poser la même question, murmura-t-il.

Elle était belle. Plus que belle. Un visage en forme de cœur, de grands yeux, des lèvres pulpeuses. Un soupçon de taches de rousseur sur l'arête du nez, souvenir de la petite fille qu'elle avait été.

Elle fit un pas vers lui et fit mine de lever les mains, comme pour l'étreindre. Autrefois, elle l'aurait fait. Autrefois, elle se serait jetée dans ses bras et l'aurait serré contre lui.

Et leurs corps se seraient épousés à la perfection.

Mais elle se ravisa. Ses mains retombèrent. L'incertitude se lut sur ses traits.

— Je suis ici en vacances. N'est-ce pas pour cela que les gens viennent à Hope ?

Ce n'était pas pour cette raison qu'il était là et il ne crut pas une seconde qu'elle était revenue pour cela non plus.

Il laissa son regard s'attarder sur elle. Jill devait mesurer près d'un mètre soixante-dix, ce qui signifiait qu'il la dépassait de près de vingt centimètres. Quand ils étaient enfants, elle lui demandait en plaisantant s'il allait jamais cesser de grandir.

Tous les bons souvenirs que j'ai sont associés à Jill West.

Par conséquent, il ne s'arrêta pas, il ne faiblit pas. Il combla ce qu'il restait de distance entre eux et la serra dans ses bras. Sans doute trop étroitement, mais il ne pouvait pas s'en empêcher. Il y avait trop longtemps qu'il n'avait pas vu Jill. Encore plus longtemps qu'il ne l'avait pas tenue dans ses bras.

Leurs corps s'épousaient toujours. Bien trop parfaitement. Il laissa descendre ses bras dans le dos de Jill et l'attira contre lui. Son parfum l'enveloppa, lui rappelant tout ce qu'il avait perdu. Toutes ces années loin de Jill.

Toutes ces erreurs. Et…

Elle lui rendait son étreinte. Elle resserra ses bras autour de lui comme si elle était tout aussi heureuse de le voir. Le cœur de Hayden tambourinait dans sa poitrine. Peut-être n'était-il pas trop tard. Peut-être n'avait-il pas tout gâché irrémédiablement entre eux. Peut-être…

Elle cessa de l'étreindre.

— Lâche-moi, dit-elle doucement.

Il s'exécuta. Comme il l'avait fait dix ans plus tôt. Elle avait dix-neuf ans. Et lui, vingt et un.

Il se détacha d'elle.

— Tu es toujours aussi belle.

Elle fronça les sourcils. Bien sûr. Jill n'avait jamais aimé qu'on lui fasse des compliments. Cela la mettait mal à l'aise.

— Suis-je censé dire que tu es toujours aussi séduisant ?

Elle inclina la tête et son regard le balaya.

— Tu l'es. Mais je suis sûr que quantité de femmes te le disent.

Aucune autre femme n'était Jill. *Sa* Jill.

— Monsieur le commando.

Elle sourit, mais son sourire était forcé. Il n'atteignait pas son regard, et son visage ne s'éclaira pas. Il s'était toujours donné tant de mal pour la faire sourire — et encore plus pour la faire rire.

— Tu ne devrais pas être en train de sauver le monde ? En mission top secret ?

En fait...

— Je ne suis plus en service actif.

Il avait passé dix années de sa vie dans les commandos. À présent... À présent, il savait exactement ce qu'il voulait faire avec les années qu'il lui restait.

— Je viens d'acheter une maison ici, à Hope.

Il l'entendit retenir son souffle. Ah ! Il avait réussi à la surprendre.

— Et moi qui pensais que tu aimais voyager. Tu voulais voir du pays, tu te souviens ? demanda-t-elle en se détournant. Et maintenant tu es revenu.

Il captura sa main dans la sienne.

— Et toi ? Je pensais que tu voulais sauver le monde.

Non, il savait qu'elle voulait sauver des enfants, des enfants comme celle qu'elle avait été.

Enlevés.

Volés.

— Que fait un as du FBI comme toi dans une petite ville comme celle-ci ?

Son doigt caressa l'intérieur du poignet de Jill. Un geste distrait ou prémédité ? Il n'en était pas sûr lui-même.

— Je me cache.

Cette fois, le sourire de Jill lui brisa le cœur.

— Parce que je ne suis vraiment pas un as.

Elle baissa les yeux.

— J'ai trop de sang sur moi.

Une sonnette d'alarme se déclencha en lui.

— Jill ?

— Lâche-moi, répéta-t-elle.

Une nouvelle caresse, légère et rapide sur son pouls, puis il retira sa main.

— Il faut que je rentre à la maison. Au chalet, rectifia-t-elle. J'ai loué un chalet sur la plage. La plage est censée panser les bleus à l'âme, non ?

Il n'aurait su le dire. La seule chose qui avait jamais été bonne pour son âme, eh bien… c'était Jill. Elle l'avait changé, mais elle ne se rendait pas compte à quel point. Elle ne savait pas combien elle avait influé sur sa vie.

Elle avait toujours cru que c'était lui qui l'avait sauvée.

Oh ! mon ange, cela ne pourrait pas être plus éloigné de la vérité.

Elle passa devant lui et se dirigea vers le parking.

— Jillian West.

Elle hésita.

— Nous ne sommes plus des enfants.

Elle le regarda par-dessus son épaule.

— Je ne suis plus une enfant depuis l'âge de treize ans.

Non, c'était vrai. Il le savait. Un acte terrible avait bouleversé son univers.

— Je suis revenu à Hope pour de nombreuses raisons, déclara Hayden.

Peut-être avait-elle le droit d'être avertie.

— Je ne m'attendais pas à te revoir si vite.

— Si vite ? Pourquoi t'attendais-tu à me revoir ?

La question était cruelle.

— Tu ne penses jamais à nous deux ?

Elle se retourna vers l'océan.

— J'essaie de ne pas y penser.

Sa réponse frappa Hayden en plein cœur.

— Vraiment ? Parce que, moi, je pense à toi chaque jour.

À la vérité, les nuits étaient pires. Quand il combattait, quand il traversait un enfer après l'autre, les souvenirs de Jill venaient toujours la nuit.

Cependant, ce n'était pas un souvenir qui s'éloignait de lui, à présent. Ni un souvenir ni un fantôme.

Il l'avait déjà vue s'éloigner par le passé, mais cette fois les choses seraient différentes. Cette fois, il se battrait pour Jill.

Elle ne le savait pas encore, voilà tout.

Il n'était plus le jeune voyou de la ville. Le garçon qui n'avait jamais été assez bien pour Jillian West. Il était revenu à Hope afin de le prouver à l'être qui comptait le plus.

À toi, Jill. C'est pour toi que je suis revenu. Pour toi.

Jamais il n'avait cru aux coïncidences. Sa vie n'était pas ainsi. Tout ce qui lui était arrivé était écrit.

Par conséquent, lorsqu'il avait vu la jolie rousse quitter la jetée, ses cheveux reflétant la lumière du crépuscule…

Il s'était souvenu d'un autre jour.

C'était une fillette, alors, pas une femme. Une fillette qui marchait seule. Qui venait droit vers lui.

Il avait eu tant de projets pour cette fille. Tant de grands, de magnifiques projets.

Pourtant, elle l'avait abandonné. Elle s'était enfuie. Échappée avant qu'il puisse prendre son plaisir. Dommage. Dans toutes ses années de chasse, elle avait été la seule à se sauver.

Son unique échec. Celui qui avait tout bouleversé pour lui.

La rousse s'approchait du parking, si bien qu'il fit démarrer sa jeep et s'en alla. En partant, il vit deux petites filles à bicyclette. Tant d'enfants aimaient faire du vélo dans les environs. Les chemins abondaient.

Les cachettes aussi.

Une des filles avait les cheveux blonds, l'autre, des boucles châtain foncé.

Dommage qu'aucune ne soit rousse. Parce que, soudain, la couleur rouge s'imposait à son esprit. Les cheveux roux d'une victime.

Le rouge du sang.

Il n'avait jamais pensé se remettre en chasse à Hope. Mais en voyant cette femme...

Les coïncidences n'existent pas. Peut-être était-elle là pour une raison bien précise.

Peut-être...

2

Jill avait un gros problème sur les bras, elle le savait. C'était le deuxième jour de ses vacances — le deuxième — et elle se dirigeait vers le bureau du shérif local. Elle aurait dû être en train de flâner sur la plage, de faire du vélo ou de lire un roman, de faire n'importe quoi sauf…

Sauf chercher une enquête à mener. Elle avait voulu venir à Hope pour se détendre, faire la paix en elle-même, ne plus songer à la mort.

Au lieu de quoi elle ne pouvait songer qu'à des êtres disparus.

Elle poussa le battant. Une clochette tinta au-dessus de sa tête. Le silence régnait à l'intérieur. On n'entendait que le bourdonnement de l'air conditionné, le tic-tac d'une horloge et…

— Bonjour, Jill. Je ne croyais pas te revoir si tôt.

Sa voix. Grave, profonde, harmonieuse. Jill ne put s'empêcher de penser que la voix de Hayden Black était semblable à un whisky — elle n'avait fait que s'améliorer avec l'âge.

Elle était plus sexy encore qu'autrefois.

Elle coula un regard vers la droite et le vit. Il lui souriait, de ce demi-sourire que trop de femmes trouvaient irrésistible. Une lueur brillait dans ses yeux sombres. Il se tenait dans l'embrasure de la porte qui menait au bureau du shérif Peek. Seulement…

Elle ne voyait pas le shérif. Son imposante silhouette brillait par son absence.

En revanche, elle voyait Hayden… et son uniforme marron

de shérif. Il avait même une étoile dorée, étincelante, épinglée à la poitrine. Non, c'était impossible.

— Tu plaisantes, marmonna-t-elle en promenant un nouveau regard autour d'elle.

Personne d'autre n'était présent.

Hayden se redressa.

— Pourquoi ? L'uniforme ne me va pas ?

Elle pinça les lèvres. L'uniforme soulignait sa carrure d'athlète et le faisait paraître encore plus grand et plus puissant. Bref, il lui allait à merveille, et Hayden le savait pertinemment.

Il n'aurait pas dû être là. Elle n'était pas assez maîtresse de ses émotions en ce moment pour l'affronter. Il avait toujours su lire en elle, malgré le masque qu'elle s'efforçait de porter devant les autres. Et pour rien au monde elle ne voulait qu'il perçoive sa faiblesse, le vide intérieur qu'elle ressentait.

Elle s'éclaircit la voix.

— Je suis venue voir le shérif Peek.

Il cilla et se détacha de l'embrasure.

— Eh bien, tu n'as pas de chance, mon chou — euh, je veux dire : Jill.

Elle lui décocha un regard assassin.

— Peek a pris sa retraite voilà un mois. Il est parti en Alaska. Apparemment, il a toujours rêvé des grands espaces.

Hayden esquissa un sourire.

— Et ces derniers temps il a regardé pas mal de vidéos pour apprendre à construire un chalet en pleine nature. Ce bon vieux Ron a entendu l'appel de la forêt, si tu veux.

Hayden roula des épaules.

— Tu as devant toi son successeur.

Elle secoua la tête.

— Shérif Hayden Black, à ton service, insista-t-il.

— Tu... Tu ne peux pas être shérif. Y a-t-il eu une élection ou... ?

— Une nomination, expliqua-t-il dans un murmure. Ron m'a chaudement recommandé pour le poste, et, que tu le croies ou non, les habitants de cette ville semblaient contents de me voir prendre la relève.

— Bien sûr, qu'ils sont contents, soupira Jill. Il est évident que tu es un atout pour Hope.

Un éclair de surprise traversa le visage de Hayden.

— Quoi ?

Elle fit la moue.

— Tu pensais que j'allais dire le contraire à cause de notre... euh... passé ? Tu es plus que compétent, Hayden.

À vrai dire, elle avait jeté un coup d'œil à son dossier de temps à autre. Parfois, elle s'était interrogée à son sujet. Inquiétée. Et, quand elle avait lu ses rapports de mission et compris à quel point son travail était dangereux, elle avait été terrifiée.

Sachant qu'il ne lui appartenait plus, elle avait tenté de se détacher de lui. En vain.

Il fit un pas vers elle.

— Tu sais que les gens ici n'ont pas toujours été de cet avis. Il fallait que je prouve...

Elle leva une main pour l'interrompre.

— Arrête, Hayden. Tu n'as jamais rien dû me prouver, à moi. J'espère que tu le sais.

Sa bouche se crispa, mais la clochette tinta avant qu'il ait eu le temps de répondre. Elle se retourna et vit un jeune adjoint entrer, un paquet de beignets à la main. Il avait les cheveux bruns et les yeux bleus et se figea à sa vue. Son regard sembla s'illuminer.

— Oh ! bonjour ! C'est pour une enquête, madame ? Puis-je vous aider ?

Il se hâta vers le bureau.

— Je suis l'adjoint Finn Patrick. Je...

— Elle n'est pas là pour le travail, Finn, marmonna Hayden. C'est une relation personnelle.

Un picotement parcourut l'échine de Jill. *Une relation personnelle.* Il y avait eu une époque où ils avaient eu des relations très personnelles, en effet. Elle regarda Hayden tandis que les souvenirs défilaient dans son esprit. Ce qu'on disait devait être vrai : une femme n'oubliait jamais son premier amour.

Surtout quand ce premier amour était aussi séduisant que Hayden Black.

À présent, Finn la dévisageait avec un intérêt non dissimulé. Hope était une petite ville — très petite. Et la dernière chose dont elle avait besoin, c'était que des rumeurs commencent à se répandre sur ses relations avec le nouveau shérif.

Elle fouilla dans son sac et en sortit son badge.

— À vrai dire, je suis venue au sujet d'une vieille affaire.

Finn ouvrit des yeux ronds.

— Vous êtes du FBI !

— Oui.

Le jeune homme avait l'air ravi.

— Quelle affaire ? demanda Hayden d'une voix sourde. Quand je t'ai vue hier, tu ne m'as parlé de rien.

— Tu ne m'as pas dit que tu étais le shérif non plus.

Hayden s'approcha et se pencha vers elle.

— C'est parce que tu t'es enfuie avant que j'en aie eu l'occasion, dit-il doucement.

Elle avait envie de lui rétorquer qu'elle ne s'enfuyait pas — qu'elle n'avait peur de rien ni de personne, mais ç'aurait été un mensonge. Après tout, n'était-elle pas à Hope précisément parce qu'elle avait pris la fuite ? Voulu échapper à la mort qui semblait la talonner ?

Elle planta son regard dans le sien et articula le nom qui, elle le savait, les hantait tous les deux.

— Christy Anderson.

La mâchoire de Hayden se durcit.

— Christy qui ? demanda Finn.

Les doigts de Hayden se refermèrent sur le bras de Jill.

— L'agent spécial Jillian West et moi allons nous entretenir dans mon bureau, Finn, dit-il froidement, en la guidant vers la porte ouverte.

— J'ai été enchanté de faire votre connaissance, agent West ! lança Finn.

Elle jeta un coup d'œil derrière elle et vit qu'il avait ouvert son paquet de beignets. Une odeur sucrée chatouilla ses narines, mais l'instant d'après elle était dans le bureau de Hayden. Il referma le battant d'un geste sec.

— Qu'est-ce que tu mijotes, bon sang ?

Elle se dégagea.

— J'ai l'intention d'élucider une affaire classée.

Cette affaire était un des nombreux démons qui la tourmentaient. Si elle parvenait à l'éclaircir… À apporter une conclusion à la famille… Peut-être alors se sentirait-elle moins anéantie chaque fois qu'elle perdrait une victime dans son travail au FBI.

Peut-être.

Peut-être que non.

— Le FBI t'a envoyée enquêter sur le meurtre de Christy Anderson ?

— Non. Je suis venue parce que je savais qu'il était temps de me confronter à mon propre passé. On ne peut pas se voiler la face indéfiniment, ajouta-t-elle avec un sourire amer. Après tout, toi et moi savons que… nous avons échangé ma vie contre celle de Christy.

Il lâcha un juron et fit un pas vers elle.

Jill leva la main.

— Non, Hayden ! Je ne veux pas que tu me touches, d'accord ?

Il cilla, accusant le coup. Elle lui avait fait mal, comprit-elle. Et alors ? Ne lui avait-il pas fait mal, lui ? Un soir, dix ans plus tôt, ne lui avait-il pas brisé le cœur ?

C'était étonnant, ce qu'une femme pouvait accomplir sans cœur.

— Tu aimais que je te touche, autrefois, murmura-t-il.

Oh ! non ! Comment osait-il ? Jill planta ses mains sur ses hanches.

— Et, toi, tu n'étais pas un salaud qui a tourné le dos à la personne qu'il jurait aimer plus que tout…

La douleur se lut sur les traits de Hayden.

— Jill…

— Non !

Elle ferma les yeux.

— Je ne veux pas de cette conversation.

À quoi cela servait-il de se faire du mal l'un l'autre ? Elle se força à rouvrir les yeux.

— Je suis désolée, dit-elle, optant pour la franchise. Je croyais ne jamais te revoir.

Elle avait été convaincue qu'il se trouvait encore à l'autre bout du monde. Apparemment, son contact à la CIA n'était pas très bien informé.

— Je... J'ai été prise par surprise et je suis...

Elle lâcha un rire forcé.

— Je n'allais déjà pas très bien avant de venir à Hope.

— Crois-moi, Jill. Pour rien au monde je ne voudrais te faire du mal.

Il semblait si sincère. Elle avait envie de le croire.

— Peut-être pouvons-nous déclarer une trêve ?

Le regard de Hayden s'emplit de tristesse.

— Je ne m'étais pas rendu compte que nous étions en guerre.

Ah non ?

— J'aurais bien besoin d'un ami en ce moment, admit-elle. Et je t'ai toujours considéré comme mon meilleur ami.

C'était aussi pour cette raison qu'elle avait tant souffert lorsqu'il l'avait quittée. Elle n'avait pas perdu qu'un amour. Elle avait perdu une amitié.

Savait-il... qu'elle avait autrefois imaginé leur mariage ? Elle avait cru qu'ils vieilliraient ensemble. Qu'ils seraient toujours une équipe invincible. Parce que c'était cela qu'elle ressentait lorsqu'ils étaient ensemble. La certitude d'être invincible.

En sécurité.

Elle avait toujours été en sécurité avec Hayden. Jusqu'au jour où il avait arraché le filet qui la protégeait.

— Je serai ce que tu veux que je sois, promit Hayden d'une voix sourde.

Elle leva la tête et soutint son regard. Savait-il pourquoi elle lui avait demandé de ne pas la toucher ? Soupçonnait-il seulement l'effet qu'un simple contact produisait sur elle ? Il suffisait qu'il lui effleure le bras pour qu'elle se raidisse, que les souvenirs l'assaillent, que son corps se réveille. Son cœur se mettait à cogner, elle avait le souffle court, elle brûlait…

D'avoir des choses qu'elle ne pouvait pas avoir.

— Pour l'instant, j'ai besoin que tu sois le shérif qui coopère avec un agent du FBI.

Sa requête était tout sauf officielle, évidemment, mais elle n'allait pas l'avouer.

— Je suis en ville, tu as une affaire classée, et je veux essayer de la résoudre.

L'ombre d'un sourire se dessina autour des lèvres de Hayden. Le temps avait été clément envers lui. Son visage n'était plus celui d'un adolescent mais celui d'un homme. Ses traits s'étaient affirmés, durcis, et il n'en était que plus attirant.

Sexy.

Surtout quand il souriait. Hayden n'avait pas de fossettes, non. En revanche, deux petits traits apparaissaient sur ses joues lorsqu'il s'autorisait à sourire.

À une époque, c'était à elle seule qu'il réservait ses vrais sourires.

Une éternité plus tôt.

— Christy Anderson est morte depuis longtemps, Jill, dit-il prudemment.

— Je sais exactement depuis combien de temps elle est morte.

Elle gagna la fenêtre et regarda au-dehors. Hayden devait être le seul shérif du pays à avoir une pareille vue de l'océan. Imprenable. Et la plupart du temps le poste n'avait rien d'exigeant. Hope n'était pas un haut lieu du crime, loin de là. Tout au plus devait-on gérer une bagarre de temps à autre, quelques troubles à l'ordre public causés par un individu en état d'ivresse… Rien de très méchant.

Le dernier événement grave… Eh bien, c'était celui dont Jill avait été victime. Et Christy. Car, le lendemain — le lendemain — du jour où Hayden et Jill s'étaient échappés de ce petit chalet à la lisière du marais, Christy Anderson avait disparu. Seulement, personne n'avait été présent pour poursuivre son ravisseur lorsqu'elle avait été enlevée. Personne n'avait été là pour la tirer des griffes de ce monstre.

Moins de vingt-quatre heures plus tard, le corps de Christy avait été retrouvé sur la plage. Une couverture était posée sur elle. Son cou avait été brisé. Elle avait été abandonnée là, dans le noir.

J'ai survécu, mais elle est morte. Cette vérité ne cesserait jamais de hanter Jill.

— Je veux trouver l'homme qui l'a tuée, déclara-t-elle, le regard rivé aux vagues. Parce que si je le trouve...

— ... Tu trouveras l'homme qui t'a prise.

Oui. Et elle cesserait de regarder sans cesse par-dessus son épaule, de se demander s'il l'épiait, s'il guettait un moment propice pour revenir. Un agent du FBI était censé être sûr de lui, ne jamais craindre rien ni personne, et Jill avait peur.

— Tu es mieux placée que personne pour savoir...

Les lames de plancher grincèrent sous les pas de Hayden.

— ... que tu n'as presque aucune chance d'élucider ce crime après tout ce temps.

Elle haussa les épaules.

— Eh bien, je peux toujours me plonger dans les dossiers. Passer quelques jours de vacances à chercher des indices qui ne mèneront nulle part. Perdre mon temps si j'en ai envie.

Il était derrière elle. Jill sentait sa présence. Elle s'obligea à se retourner.

— J'ai besoin de ça, Hayden.

Il hocha la tête, une seule fois, le visage sombre. Il fit mine de lui caresser la joue, puis il se reprit et ses doigts se refermèrent. Son poing serré retomba le long de son corps.

— Jill, quand vas-tu comprendre que je ferais n'importe quoi pour toi ?

Le choc déferla en elle. Il s'approcha du grand bureau en merisier qui trônait au centre de la pièce, repoussa son fauteuil et ouvrit le premier tiroir. Il en sortit un classeur jauni qu'il lui tendit.

— Il n'y a pas grand-chose là-dedans, malheureusement.

— Tu... Tu l'as lu ? demanda-t-elle, figée sur place.

Elle savait que le commissariat abritait une salle d'archives. Adolescente, après avoir décidé qu'elle voulait entrer dans les forces de l'ordre, elle avait souvent collé aux semelles du shérif Peek. Il disait en bombant le torse qu'elle était sa stagiaire.

La première fois qu'elle avait vu Peek, c'était le jour où il s'en était pris à Hayden. Plus tard, elle avait découvert le cœur généreux qui se cachait sous sa façade de policier endurci. Et elle avait appris pourquoi il avait blâmé Hayden ce jour-là. Pourquoi tant de gens en ville avaient une piètre opinion de lui.

— Je l'ai lu en arrivant ici.

— Pourquoi ? demanda-t-elle, surprise.

Il esquissa le sourire mystérieux qui était le sien.

— Pour la même raison que toi. Je voulais arrêter ce salaud.

Le cœur de Jill cognait dans sa poitrine. Hayden n'était plus le garçon d'autrefois. Son regard était devenu froid, déterminé, impitoyable. Ce n'était plus le garçon qu'elle avait connu, ni même le jeune homme qu'elle avait aimé.

C'était un membre des commandos. Un homme ténébreux. Dangereux.

Presque... un inconnu.

— Il t'a enlevée, Jill. Toi.

Il secoua la tête.

— Jamais je n'ai cessé de vouloir l'arrêter. Je ne cesserai jamais. Je sais qu'il est encore en liberté. Il s'imagine qu'il s'en est tiré, mais la justice rattrape tout le monde tôt ou tard.

Elle prit le classeur. Leurs doigts s'effleurèrent et ce fut comme si une étincelle s'allumait en elle à son contact. Elle recula vivement — trop vivement, le mince dossier à la main.

— Tu veux le traquer ? Très bien, nous allons le traquer. Ensemble. Cette fois, nous ne sommes plus des enfants qui s'enfuient dans le noir. Mais je t'avertis... Il n'y a pas beaucoup d'informations. Ce type n'a presque rien laissé derrière lui. Il savait ce qu'il faisait. Il est intelligent.

— J'ai l'habitude de travailler sur des affaires classées, murmura-t-elle.

Les membres de son équipe se focalisaient uniquement sur les affaires d'enlèvement. Lorsqu'ils n'étaient pas sur une enquête en cours, ils reportaient leur attention sur des crimes non élucidés, espérant découvrir un indice qui avait été négligé, une révélation apportée par les nouvelles technologies.

— Je sais que ça revient à chercher une aiguille dans une énorme botte de foin.

Le regard sombre de Hayden se posa sur le classeur.

— La botte de foin n'est pas si grosse. Regarde toi-même. Peek était un brave type, mais il était dépassé par cette affaire. Il y a un bureau vide où tu peux t'installer. Quand tu auras tout lu, nous pourrons parler. Comparer nos opinions.

Cela lui plut qu'il n'essaie pas de l'influencer en lui disant ce qu'il suspectait. Il était toujours préférable d'aborder une enquête sans préjugé, de porter un regard neuf sur une situation.

— Merci, dit-elle en se tournant vers la porte.

Elle avait la main sur la poignée quand la voix de Hayden s'éleva.

— Tu m'as manqué.

Elle eut l'impression que son souffle s'était glacé dans sa poitrine.

— Vraiment ?

— Oui.

La voix de Hayden était neutre. Grave. Il ne lui cachait rien.

— C'est bon de te revoir.

Toi aussi, tu m'as manqué. Elle ouvrit la porte.

— Je ne ferai pas deux fois la même erreur, ajouta-t-il.

Cette fois, elle pivota vers lui. Elle devait être très claire sur ce point. Hayden Black lui avait brisé le cœur.

— Moi non plus.

Puis elle sortit.

C'était mieux ainsi. Il valait bien mieux se concentrer sur l'affaire, rien d'autre.

Il connaissait cette rousse. Et il avait eu raison. La voir sur la jetée la veille, exactement au même endroit, presque à la même heure... Ça n'avait pas été une coïncidence.

C'était le destin.

Seize ans plus tôt, Jillian West était venue habiter à Hope. Une petite fille silencieuse, renfermée. Ses parents étaient morts. Elle avait semblé être une proie idéale. Un don du ciel.

Il l'avait suivie des jours durant avant de l'aborder à côté de la jetée. Il aimait toujours observer ses victimes avant de passer à l'action. Il devait être habile. Par conséquent, il l'avait observée et il avait agi au bon moment.

Jillian s'était débattue, mais il l'avait emmenée. Il avait tant de projets pour elle... Cependant, lorsqu'il était retourné au chalet, elle avait disparu.

Disparu. Et sa rage l'avait aveuglé.

Jillian West.

La victime qui s'était sauvée. Elle était restée en ville jusqu'à la mort de sa grand-mère. Ensuite, à en croire les rumeurs, elle était entrée au FBI. Elle voulait aider à retrouver des enfants disparus.

Dans la ville, on l'admirait.

Il la haïssait.

À cause d'elle, il avait tout perdu. Il avait dû être prudent, surveiller son comportement. Contrôler ses impulsions. Il avait dû renoncer à lui-même.

Sa vie avait basculé la veille, lorsqu'il l'avait revue.

À présent, il savait pourquoi il était resté à Hope pendant toutes ces années.

Je savais qu'un jour je terminerais ce que j'avais commencé.

Il était temps d'agir. Temps de capturer la seule proie qui lui ait jamais échappé. Alors... Et seulement alors, son œuvre serait achevée. Il n'était plus faible. Enfin, enfin, il était fort. En meilleure forme que jamais.

Il marqua une brève pause devant le bureau du shérif. Elle était à l'intérieur et il savait qu'elle n'était pas seule. Hayden Black était avec elle, comme par le passé.

Il rabattit sa casquette de base-ball sur ses yeux et s'éloigna en sifflotant. Ce serait une expérience différente pour lui. Moins facile. Un vrai défi. Elle était agent du FBI. Elle avait été entraînée.

Cependant, elle n'était pas meilleure que lui. Pas plus intelligente. Il déjouait les agents du FBI depuis des années. Il savait s'y prendre.

Et Jillian... Eh bien, elle était sur le point de découvrir quel effet cela faisait d'être redevenue une proie. *Seulement, cette fois, tu ne m'échapperas pas. Je veillerai à ce qu'il n'y ait personne pour te sauver, Jillian.*

3

Hayden toqua doucement sur l'encadrement de la porte. Jill leva la tête et cilla, l'air dérouté, comme si elle avait été totalement absorbée par sa lecture.

Elle s'était installée confortablement. Un ordinateur portable était ouvert sur le bureau et elle avait épinglé quelques notes au tableau d'affichage sur sa gauche. Il arqua les sourcils, impressionné. À l'évidence, elle tirait le maximum de ce mince dossier.

— Hayden ? Quelque chose ne va pas ?

Au contraire. Enfin, tout semblait à sa place dans son univers. Parce qu'elle était là. Néanmoins, il feignit de consulter sa montre.

— Tu es là-dedans depuis près de cinq heures. Je me demandais si tu voulais faire une pause et venir déjeuner avec moi.

— Cinq heures ? répéta-t-elle, stupéfaite, avant de lâcher un petit rire. Pardon, j'ai tendance à... me concentrer sur mon travail.

C'était le moins que l'on puisse dire.

Elle referma son ordinateur.

— Mais j'aimerais bien aller déjeuner... et en profiter pour te consulter, maintenant que je me suis fait une impression de l'affaire.

Elle attrapa son sac.

— Si on achetait des sandwichs et qu'on allait pique-niquer sur la plage ?

Ils avaient souvent fait cela lorsqu'ils étaient adolescents. Jeter une couverture sur le sable. Regarder les vagues, bavarder, rêver. Après l'enlèvement de Jill, sa grand-mère était passée par une phase où elle était protectrice à l'excès. Elle ne voulait pas que Jill s'éloigne d'elle, insistait pour qu'elle revienne directement à la maison après l'école et...

Jill était devenue taciturne, s'était repliée sur elle-même.

Hayden était allé voir sa grand-mère et lui avait promis de veiller sur elle. Et la vieille dame... La vieille dame lui avait fait confiance. Elle avait autorisé Jill à se promener avec lui. À aller à la plage avec lui.

À recommencer à vivre, avec lui.

Ils achetèrent des sandwichs à l'épicerie d'à côté, après quoi il sortit une couverture du coffre de son 4x4. À Hope, il était de règle d'en avoir une dans sa voiture. Les couchers de soleil étaient réputés pour être magnifiques.

Comme ils cheminaient sur la plage, Jill lui adressa un bref sourire, un vrai sourire, qui atteignit ses yeux et les fit briller.

— C'est comme au bon vieux temps, hein ?

Les mouettes criaient au-dessus d'eux, les vagues se brisaient sur la plage. Il la dévisagea un instant, songeant à cette époque, la plus heureuse de sa vie.

— Oui.

Le sourire de Jill s'effaça.

— Hum. Tiens, aide-moi à étendre la couverture.

Ils s'assirent. Hayden avait du mal à croire que Jill était bien là, avec lui. Il n'allait pas tout gâcher, cette fois. Il lui tendit un des sandwichs. Ils mangèrent en silence. Il avait une conscience aiguë de sa présence à côté de lui. Le vent taquinait une mèche de ses cheveux et la faisait danser sur sa joue gauche. Il mourait d'envie de la capturer entre ses doigts et de la remettre derrière l'oreille de Jill... Mais elle avait dit clairement qu'elle ne voulait pas qu'il la touche.

Ce qui était une torture, puisqu'il ne songeait qu'à cela.

— Ce n'est pas logique, déclara-t-elle soudain.

Elle se tourna vers lui et leurs regards se soudèrent.

— Tu sais à quel point il est rare que deux filles soient enlevées en l'espace de si peu de temps ?

Oui, il le savait. Sans être un expert en matière d'enlèvements, il avait fait sa part de recherches.

— Le fait que ce type soit resté ici et qu'il ait kidnappé Christy après... cela suggère qu'il obéissait à une sorte de compulsion. Qu'il éprouvait le besoin de...

— ... tuer ?

— Oui, dit-elle en baissant les yeux.

— Il n'y a jamais eu d'autres enlèvements à Hope.

C'était la première chose que Hayden avait vérifiée à son retour. Après ce terrible événement, Hope était redevenue la petite bourgade sans histoires qu'elle avait toujours été.

— Pas de meurtres. Pas de disparitions.

Elle remit l'emballage de son sandwich dans le sac et but une gorgée d'eau.

— Quelque chose ne colle pas. Dans toutes les affaires que j'ai étudiées, un cas isolé comme celui-ci est exceptionnel. Si le ravisseur obéissait à une compulsion, il a forcément eu besoin de recommencer. Bien sûr, il y aurait eu un intervalle, mais...

— Une seconde. Un intervalle ? répéta Hayden. Tu parles comme si on avait affaire à une sorte de... tueur en série.

— Les ravisseurs en série existent, murmura Jill. Malheureusement. La plupart des enlèvements sont perpétrés par des membres de la famille de la victime, mais les autres... Eh bien, ils répondent à des règles différentes. Cela dit, dans un tel cas, il y aurait eu d'autres victimes.

Son visage se durcit.

— Ce type ne se serait pas complètement volatilisé.

— Revenons en arrière, suggéra Hayden. Dis-moi ce qui est arrivé à Christy, d'après ce que tu as vu dans le rapport.

— Ce rapport de cinq pages ? Qui ne contient pas le moindre échantillon d'ADN, ni d'analyse forensique de la scène ?

— Oui, celui-là, confirma-t-il, reconnaissant la frustration qu'il avait éprouvée lui-même en le lisant.

— Je crois que le tueur avait déjà frappé avant. Il savait comment nettoyer la scène. Il s'est assuré de ne laisser aucun indice derrière lui. Ce n'était pas un amateur.

— C'est pour cela que tu penses à un ravisseur en série.

— Elle avait le cou brisé. C'est un meurtre intime, personnel. Ce genre de meurtre suggère que l'auteur du crime voulait exercer du pouvoir sur sa victime. Il aime dominer. C'est sans doute aussi pour cela qu'il a choisi deux fillettes ici, à Hope — il pensait que nous étions plus faibles que lui, qu'il pouvait nous contrôler.

— Tu es en train d'établir un profil.

Elle détendit ses épaules et attrapa enfin la petite mèche vagabonde sur sa joue.

— J'ai suivi des cours de profilage à Quantico, mais ce n'est pas exactement mon domaine. En revanche, j'ai une amie, Samantha...

Un sourire se dessina sur ses lèvres.

— ... qui n'a pas son pareil pour lire dans la tête d'un tueur. Elle est géniale.

Hayden se pencha vers elle.

— Tu l'as vu. Tu as été face à face avec lui.

Quant à lui, il n'avait vu que l'arrière de la tête de l'homme, sa casquette de base-ball, sa chemise foncée, son jean, alors qu'il courait vers son véhicule. Un véhicule qui avait été retrouvé abandonné dans une ville voisine.

Le sourire de Jill vacilla.

— Oui. J'aurais dû pouvoir l'identifier. Je sais.

— Jill, ce n'est pas ce que je...

— Les parents de Christy m'en ont voulu, murmura-t-elle d'une voix empreinte de douleur.

Hayden serra le poing.

— Tu sais... Tu sais qu'ils sont venus chez ma grand-mère une fois ?

— Quoi ? Tu n'as jamais dit...

— Le père avait bu. Sa femme essayait de le calmer. Il criait, il disait que j'aurais pu faire arrêter le tueur. Que je savais qui il était. Que Christy avait disparu par ma faute. Que ce n'était pas juste que je sois en vie alors qu'il avait enterré sa fille.

Hayden bondit sur ses pieds.

— Pourquoi ne m'en as-tu jamais parlé ?

Elle inclina la tête en arrière et le regarda.

— Parce que je pensais qu'il avait raison. Que c'était ma faute. Si j'avais pu me souvenir de son visage, si j'avais pu le décrire plus précisément...

— Jill, coupa-t-il, avant d'enfreindre la règle qu'elle lui avait imposée et de la prendre par les bras pour la relever. Rien de ce qui est arrivé n'était ta faute. Tu étais une victime. Tu n'as rien fait de mal.

— Je me rappelle qu'il portait une casquette de base-ball et des lunettes. Il avait une mâchoire carrée, et les cheveux blonds, je crois.

Il l'entendit déglutir.

— Il était grand. Il devait mesurer plus d'un mètre quatre-vingts. Et je me souviens qu'il était trop fort.

Une bouffée de haine envahit Hayden.

— Peek m'a demandé d'aider un artiste à faire un portrait-robot, se remémora Jill, mais mon dessin aurait pu correspondre à n'importe qui. Je ne l'ai même pas reconnu, commenta-t-elle avec un petit rire amer qui ne lui ressemblait pas. D'ailleurs, tu réponds à cette description : grand, fort, blond, la mâchoire carrée... Pas étonnant qu'il n'ait jamais été retrouvé.

Les mains de Hayden se resserrèrent sur ses épaules.

— Jill, ce n'était pas ta faute.

Il fallait qu'elle le croie.

— C'est seulement quand j'ai commencé à étudier le droit criminel que je me suis rendu compte que les témoignages oculaires sont connus pour être très peu fiables.

Sa voix s'était adoucie. Il aurait dû la lâcher, néanmoins, il n'en fit rien.

— Dans mon travail au FBI, je parle à une foule de témoins...

Elle secoua la tête.

— Des gens qui ont vu exactement le même coupable le décrivent de manière complètement différente. On ne peut pas se fier à leur témoignage. Pas plus qu'on ne pouvait se fier au mien. Des adultes se trompent… À plus forte raison une fillette de treize ans encore traumatisée.

Elle ravala sa salive.

— J'ai fait des erreurs. Pour être franche, je ne pourrais pas jurer de ce que j'ai vu. Peut-être qu'il n'était pas blond. Peut-être que je pensais à toi. Tu as joué un rôle si important pour moi ce jour-là. Peut-être ne voyais-je que toi.

Elle avait été la première personne à le regarder comme un être humain, comme quelqu'un qui comptait. Et puis il avait assisté de loin à son enlèvement.

Je ne peux pas la perdre.

Telle était la pensée qu'il avait eue alors. Il s'en souvenait parfaitement.

Je ne vais pas la perdre.

— C'est curieux, la mémoire, observa-t-elle. On pense qu'elle fonctionne comme une caméra, alors que non, pas du tout. D'après mon amie Samantha, elle ressemble plutôt à un puzzle. On a des bribes d'informations ici et là, mais parfois notre subconscient remplit les blancs à notre place.

Le vent s'empara de nouveau de ses cheveux et les balaya sur son visage. Cette fois, il leva la main et les remit en place, et ses doigts s'attardèrent sur la peau soyeuse de Jill.

— Ce n'était pas ta faute.

Elle prit une brève inspiration et sembla soudain s'apercevoir qu'ils étaient tout près l'un de l'autre.

Qu'il la touchait.

Il fit mine de la lâcher. Sa main glissa sur la joue de Jill… et elle la saisit dans la sienne.

— Ça fait mal, tu sais.

Hayden étrécit les yeux.

— Qu'est-ce qui te fait mal ?

Il ne voulait pas que Jill souffre. Jamais. Il ferait tout ce qui était en son pouvoir pour qu'elle ne souffre pas un seul jour de sa vie. Pas une seule…

— Quand tu me touches, ça me fait mal.

Ses paroles lui transpercèrent le cœur.

— C'est trop d'émotion, tu comprends. Trop de sensations. Tu me donnes envie...

Jill secoua la tête.

— Envie d'avoir ce que je ne peux pas avoir.

Peut-être le moment était-il venu d'être franc. Elle pouvait l'avoir, lui, si elle le souhaitait. N'importe quand, n'importe où. Il la désirait, là, à cet instant. Il lui était impossible d'être en sa présence et de ne pas la désirer.

— C'est dangereux, continua-t-elle d'une voix rauque. Tu es dangereux pour moi.

Non, pas du tout. Aucun être au monde n'était plus en sécurité qu'elle avec lui.

Le corps de Jill frôlait le sien. Il y avait si longtemps qu'il ne l'avait pas tenue dans ses bras. Les rêves ne lui suffisaient plus. On ne pouvait se nourrir de souvenirs indéfiniment. Il avait besoin d'elle.

— Je n'ai jamais cessé de penser à toi, avoua-t-il.

Il était temps qu'il n'y ait plus de secrets entre eux.

Ses cils s'abaissèrent. Des cils si épais, si sombres. Le soleil se reflétait sur ses cheveux roux.

— Moi, j'ai essayé, admit-elle.

Il avait mérité cela. Il prit une profonde inspiration et recula d'un pas.

— Nous ne devrions pas rester dehors trop longtemps. Tu as toujours été sujette aux coups de soleil.

Il aurait dû penser à lui apporter un chapeau. Ou prendre un parasol. Sa peau était beaucoup plus pâle que la sienne...

Il se figea soudain. Jill avait refermé les doigts autour de son poignet.

— J'ai essayé, répéta-t-elle, et puis je me suis retrouvée face à face avec toi, et j'ai compris que j'avais échoué.

— Jill...

— Je ne suis pas revenue pour commettre les mêmes erreurs. Je suis ici pour remettre ma vie sur les rails. Pour en finir avec le passé et aller de l'avant.

Voulait-elle dire par là qu'il était le passé ?

— Si j'avais su que tu étais ici...

Elle humecta ses lèvres et n'acheva pas.

— Tu ne serais pas venue, termina-t-il à sa place.

Bon sang ! Il n'avait pas compris à quel point Jill le détestait. Il ne voulait pas qu'il en soit ainsi. Ne pouvait pas supporter qu'il en soit ainsi.

— Non. Je... Je me serais préparée à te revoir. J'aurais été plus à même de maîtriser ce que je ressens.

Il ne voulait pas qu'elle réprime ses émotions. Au contraire.

— Peut-être que j'exagère l'importance de tout ça, ajouta-t-elle, fronçant légèrement les sourcils. Peut-être que cette réaction n'est qu'un... reste de nostalgie.

Elle baissa les yeux sur sa bouche.

— Pourquoi en avoir peur... Si j'ignore ce qui va se passer ?

— Jill ?

Son poing se crispa sur l'uniforme de Hayden.

— Embrasse-moi.

Une minute. Ne venait-elle pas de dire... ?

— Peut-être que je ne ressentirai rien et que je pourrai me libérer de notre passé.

— Ne compte pas là-dessus, grogna-t-il.

Il se pencha et captura ses lèvres. Il n'y avait pas la moindre hésitation dans son geste, pas avec Jill. Il la connaissait intimement, savait précisément ce qu'elle aimait et ce qu'elle n'aimait pas. Ses préférences étaient gravées dans son esprit.

Elle avait dit que la mémoire était comme un puzzle. Pas la sienne. Ses souvenirs d'elle étaient entiers, jusque dans le moindre douloureux détail, parce qu'elle avait été la personne qui avait toujours compté le plus à ses yeux.

Les lèvres de Jill s'entrouvrirent. Le baiser de Hayden devint plus intime et il l'attira plus près, savourant le goût de sa bouche. Un gémissement naquit dans la gorge de Jill, un son sexy qui décocha une flèche de désir brûlant en lui.

Il mourait d'envie de la posséder, là, sur-le-champ.

Cependant, ils étaient sur une plage publique.

Entourés de gens.

Et elle… *faisait un test. Elle voulait voir si elle pouvait se détacher de lui.*

Il releva lentement la tête, baissa les yeux et vit les joues rosies de Jill, l'étincelle de chaleur dans son regard.

— Eh bien ?

Elle lâcha son uniforme.

— Tu as toujours su embrasser. Cela dit, tu as été le premier.

Elle allait reculer, mais Hayden attrapa son poignet et la retint.

— C'était ici, sur cette plage.

Un autre souvenir qui l'avait aidé à traverser l'enfer. Quand sa vie était devenue une lutte, quand les missions étaient insoutenables, il s'était accroché à ces images-là.

— Que veux-tu que je dise ? murmura-t-elle, non sans émotion. Que veux-tu…

Toi. Je n'ai jamais voulu que toi.

— Le temps a passé, Jill. Mais le désir est toujours là. Il n'a pas changé.

Loin de s'atténuer, il n'avait fait que s'intensifier. Il aurait voulu pouvoir la déshabiller et l'entraîner dans son lit.

— Tout dépend de toi. Si tu tiens à ce qu'on ne soit que des coéquipiers sur cette affaire, très bien. Mais si tu veux davantage…

Il exhala un soupir.

— … je te donnerai tout ce que j'ai.

Le regard de Jill fouilla le sien. Que voyait-elle en lui ?

Il savait ce que les autres avaient vu.

Voyou.

Fils de criminel.

Vaurien.

Et puis, après Jill…

Héros.

Soldat.

Commando.

Et maintenant… Shérif. Gardien de la paix.

Qu'était-il pour elle ? Un ex qu'elle voulait oublier ?

— Qu'as-tu conclu du test ? demanda-t-il d'une voix bourrue. Allons-nous être de simples coéquipiers ou… ?

— Te désirer n'a jamais été un problème, Hayden.

Il arqua les sourcils.

— C'est quand j'ai commencé à t'aimer que j'ai fait une erreur.

Elle lui adressa un bref signe de tête.

— Je retourne à mon chalet. Je voudrais appeler quelques-uns de mes contacts au FBI. Nous pourrons parler plus tard.

Sur quoi elle pivota et s'éloigna.

— De l'enquête ? lança Hayden dans son dos. Ou de nous ?

Elle se retourna, les cheveux ébouriffés par le vent.

— Des deux.

Il regarda Jill se diriger vers sa voiture. Il s'était demandé laquelle était la sienne — il y avait trop de véhicules de location en ville pour en être certain. Cependant, elle s'approcha de la berline d'un pas décidé, et il sourit.

Soudain, elle s'immobilisa, leva les yeux et fit volte-face, scrutant la rue.

Il n'était pas au-dehors, si bien qu'elle ne le vit pas. Il était confortablement installé, à l'abri, dans le petit café-épicerie. Un poste d'observation idéal. Parce que le soleil pouvait être impitoyable, les propriétaires de l'établissement avaient eu l'idée de faire poser des vitres teintées. Leurs clients profitaient de la vue superbe de la plage, mais personne à l'extérieur ne pouvait les voir.

Il se cala sur sa chaise et son sourire s'accentua. Jill sentait-elle sa présence ? Il avait entendu dire que certaines personnes avaient cette intuition lorsqu'elles étaient en danger.

Jill était sa proie.

Une proie qu'il attendait depuis trop longtemps.

4

Dans le cimetière minuscule, ceint d'une clôture blanche, les tombes n'étaient marquées que par de petites stèles en pierre délavées par les ans.

Jill baissa les yeux sur celle qui se trouvait à ses pieds, la tombe de Christy Anderson.

À notre fille chérie. Le temps passe, les souvenirs restent.

Christy n'avait pas été oubliée. Pas par sa famille. *Pas par moi.* Bien que Jill ne l'ait jamais rencontrée, elle serait à jamais présente dans sa mémoire.

Jill avait lu les faits connus concernant l'enlèvement de Christy. Elle avait épluché la base de données du FBI, en quête d'autres victimes dont l'âge correspondait au leur à l'époque. Tout cela afin d'essayer d'en savoir davantage sur le ravisseur, sa personnalité et ses motivations.

Christy n'avait pas été victime d'abus sexuel. Elle n'avait pas davantage été torturée. Elle avait été tuée rapidement, et son corps, abandonné sur la plage.

Abandonné, mais pas jeté. Son corps était disposé avec soin, enveloppé d'une couverture. Dans des circonstances normales, ce geste aurait pu être interprété comme une manifestation de remords, mais...

— Je ne suis pas sûre qu'il ait regretté ce qu'il a fait à l'une ou à l'autre de nous deux, murmura Jill.

La pierre tombale était bien entretenue, brillante dans la lumière du crépuscule, alors que les autres étaient poussiéreuses ou envahies par les mauvaises herbes. Un bouquet de marguerites était posé tout près. Quelqu'un s'occupait de Christy. Encore maintenant.

Les souvenirs restent.

Quand elle avait fui la Géorgie après la conclusion sanglante de sa dernière enquête, Jill ne s'était pas rendu compte à quel point elle aspirait à retourner à Hope. Sa grand-mère était morte alors qu'elle venait d'avoir dix-huit ans. Désormais sans famille, elle avait vendu la maison de son aïeule pour payer ses frais d'université.

J'avais besoin d'une conclusion. De cesser de fuir. De cesser d'être constamment sur le qui-vive, d'attendre le retour de l'homme qui m'avait enlevée.

Si elle pouvait si facilement s'identifier aux victimes qu'elle rencontrait chaque jour dans son travail, c'était surtout parce qu'elle en avait été une, elle aussi.

Jill se frictionna les bras et retourna vers sa voiture. Elle avait une autre visite à rendre, une visite dont elle aurait dû s'acquitter longtemps auparavant. Elle voulait voir les parents de Christy. Elle désirait les interroger sur la dernière journée de la vie de leur fille.

Cette conversation serait un véritable calvaire, elle en était sûre, et par conséquent elle projetait de demander à Hayden de l'accompagner. Les Anderson n'oseraient pas claquer la porte au nez au shérif de la ville.

Bien sûr, en théorie, ils ne devraient pas non plus refuser de parler à un agent du FBI, mais… s'agissant d'elle, Theodore Anderson n'avait jamais été le plus rationnel des hommes.

Pourquoi avait-elle survécu alors qu'il avait dû enterrer sa fille ? Pourquoi ? Son accusation résonnait encore aux oreilles de Jill. Il se trouvait dans le salon de sa grand-mère, et elle, dans l'escalier qui montait au premier étage, s'efforçait désespérément de se boucher les oreilles pour ne pas entendre les choses horribles qu'il disait.

Elle avait tant désiré que Hayden apparaisse. Quand il était là, il ne pouvait rien lui arriver de mal.

Jusqu'au jour où Hayden était devenu celui qui lui avait fait mal...

Jill n'était plus qu'à quelques mètres de sa voiture quand elle entendit un craquement sur la gauche. Elle se raidit et scruta la direction d'où venait le bruit, l'épais bosquet de pins qui occupait le côté ouest du cimetière.

Il n'était pas rare d'y voir des animaux sauvages : des chevreuils, des lapins, des écureuils...

Un nouveau craquement.

L'instinct soufflait à Jill qu'il ne s'agissait pas d'un écureuil. Elle porta instinctivement la main à son holster — sauf qu'elle ne l'avait pas. Elle l'avait rangé à l'abri dans sa chambre, avec son arme.

Elle redressa le menton.

— Il y a quelqu'un ?

Pas de réponse. Non qu'elle ait escompté en avoir une. Elle embrassa du regard le cimetière désert et sentit un frisson lui parcourir l'échine. Le moment était venu de faire comprendre à quiconque se trouvait là qu'elle n'était pas une cible facile.

— Agent du FBI Jillian West ! cria-t-elle. Identifiez-vous !

Au lieu de s'avancer, quelqu'un prit la fuite à pas précipités. Non, ce n'était pas un écureuil. Jill n'hésita qu'une seconde avant de s'élancer à la poursuite de l'inconnu. Elle se rua vers le sous-bois. Des branches et des ronces s'accrochèrent à ses vêtements, mais elle persévéra, résolue à rattraper le fuyard. À découvrir qui l'avait épiée.

Soudain, elle entendit le grondement d'un moteur. Elle pressa l'allure et émergea des arbres, haletante, pour se trouver face à un 4x4. Son regard se tourna vers le pare-brise, vers le conducteur...

Le véhicule fonça sur elle. Jill fit un bond de côté pour esquiver mais la voiture la frôla, manquant de peu de la renverser. Elle se jeta en avant et tomba à genoux tandis que le 4x4 sortait en trombe de l'allée.

Jill se releva et le suivit des yeux.

Ses vacances commençaient mal.

— Shérif Black ?

Hayden leva les yeux. Finn se tenait dans l'embrasure de la porte, l'air nerveux.

— Je... Je viens de recevoir un appel, monsieur, dit-il, tirant sur son col. De l'agent du FBI...

Hayden bondit sur ses pieds.

— Jill ?

Il se reprit, s'efforçant de parler sur un ton plus calme.

— L'agent West a-t-elle besoin de dossiers supplémentaires ?

Finn ouvrit de grands yeux.

— Non. Elle... Elle a failli être renversée à côté du cimetière Jamison.

Renversée ?

— Par un 4x4, précisa l'adjoint. Elle a noté le numéro d'immatriculation et elle veut qu'on...

En un éclair, il fit le tour du bureau et attrapa Finn par les épaules.

— Elle va bien ?

Un bourdonnement sourd résonnait à ses oreilles. Il lui fallut quelques secondes pour se rendre compte que c'était le battement de son cœur.

Finn se hâta de hocher la tête.

— Elle a dit que oui ! Elle est en route... Elle voulait juste nous transmettre le numéro et elle a dit qu'elle voulait aller avec vous quand vous irez voir ce sal... Je veux dire l'automobiliste.

Hayden irait le voir, pour sûr.

— Trouvez-moi ce numéro. Tout de suite.

Finn disparut en hâte. Hayden vérifia son arme et prit sa veste. Il ne tolérerait pas ce genre d'attitude dans sa ville, et il lui était insupportable de penser que ce type avait failli renverser Jill. *Sa* Jill.

Il émit un juron et sortit de son bureau. Finn pianotait frénétiquement sur le clavier de son ordinateur.

— Shérif ?

— Oui ?

— Cette voiture a été volée sur un parking de Jacksonville voilà quelques jours.

— Signalez l'incident, ordonna Hayden.

— C'est un modèle ancien, ajouta l'adjoint. Il n'est pas équipé de GPS.

Bien sûr que non. Ç'aurait été trop facile.

La clochette tinta au-dessus de l'entrée. Hayden fit volte-face. Jill était là...

Ses vêtements étaient froissés, maculés de boue et... Était-ce du sang qu'il voyait sur sa joue ? Il se rua vers elle et leva la main pour effleurer la peau meurtrie.

— Je croyais que tu n'avais rien, grommela-t-il, furieux.

Elle cilla.

— Crois-moi, ç'aurait pu être bien pire. J'ai réussi à m'écarter juste à temps.

Atterré, Hayden laissa retomber ses doigts.

— Viens avec moi.

Sans attendre sa réponse, il la prit par le poignet et la tira vers son bureau.

— Le véhicule a été volé à Jacksonville.

Il lança un regard sévère à Finn.

— Lancez un avis de recherche ! Il faut arrêter cet ivrogne qui s'amuse à...

— Je ne pense pas qu'il ait été ivre, intervint Jill à voix basse. Je crois qu'il a délibérément essayé de me renverser.

Hayden se raidit.

— Lancez cet avis de recherche, ordonna Jill à Finn. Peut-être qu'un agent va le repérer et l'interpeller.

Interroger le type n'intéressait pas Hayden. Ce qu'il voulait, c'était lui faire payer ce qu'il avait fait à Jill. Il était encore un nouveau venu dans la police. Dans sa tête, il était resté un membre des commandos. Prêt à se battre, concentré sur sa mission.

Prêt à abattre l'ennemi.

Il referma la porte de son bureau et poussa doucement Jill vers son fauteuil, le plus confortable de la pièce.

— Je reviens.

Elle fronça les sourcils, mais il se contenta de se hâter vers la salle de bains — avoir une salle de bains réservée à son usage personnel était un des avantages du poste — et revint un instant plus tard avec une serviette imbibée d'eau chaude. Avec d'infinies précautions, il essuya le sang qui coulait sur sa joue.

— Ce n'est pas trop méchant, dit-il, bien qu'encore furieux.

Jill montra ses paumes.

— Ce sont mes mains qui ont souffert le plus.

Hayden lâcha un juron, la fit lever et l'entraîna dans la salle de bains. Il nettoya les plaies et lui mit des pansements, sans cesser de songer qu'il aurait donné cher pour balancer son poing dans la figure de l'homme qui lui avait fait cela.

— Explique-moi ce qui s'est passé, dit-il, tenant ses mains dans les siennes. Je t'écoute.

La salle de bains était exiguë, et ils étaient tout près l'un de l'autre. Jill haussa une épaule.

— J'étais au cimetière Jamison...

— Pourquoi ?

Il avait parlé sur un ton sec, et elle cilla. Il aurait dû essayer de se calmer, il s'en rendait compte, mais... c'était Jill. Elle avait toujours été son point faible. S'il lui arrivait quelque chose, il perdait son sang-froid.

— Je voulais me recueillir sur la tombe de Christy.

Elle se sentait coupable, il l'entendait dans sa voix.

— Jill...

— Et soudain je me suis rendu compte que je n'étais pas seule.

Il étrécit les yeux.

— Il y avait quelqu'un dans les bois derrière le cimetière. J'ai crié et il s'est enfui.

Il effleura sa joue de nouveau.

— Et bien sûr tu l'as poursuivi.

Elle fit mine de sourire.

— Bien sûr. Je suis agent du FBI. C'est mon métier.

Tu cours à la rencontre du danger. Ne faisait-il pas la même chose ? Dans les commandos, la montée soudaine de l'adrénaline avait été comme une drogue. Il savourait l'excitation de la traque. La frénésie de la bataille.

— Son véhicule était caché sur Widow's Way.

Il connaissait cette route qui longeait l'arrière du cimetière. On l'appelait la route de la veuve parce que, des années plus tôt, une femme la parcourait matin et soir pour aller prier sur la tombe de son mari, perdu en mer.

— J'ai essayé de l'arrêter, mais il... Eh bien, il avait d'autres projets.

Ses narines délicates se dilatèrent.

— Il a fait rugir le moteur et a foncé sur moi alors que j'essayais de m'écarter. Il m'a visée exprès.

Le regard de Jill tomba sur ses mains. Peut-être en avait-il fait un peu trop avec les pansements.

— J'ai eu de la chance de m'en tirer avec quelques égratignures.

L'automobiliste n'aurait pas autant de chance quand Hayden mettrait la main sur lui.

— C'est sans doute un petit délinquant. D'autant plus que tu as dit que la voiture avait été volée.

— Oui. Il y a quelques jours.

Elle acquiesça.

— Il a sûrement décampé depuis longtemps, mais l'avis nous permettra peut-être de le rattraper.

Peut-être. À supposer que ce type ne soit qu'un simple voleur. Une sonnette d'alarme s'était déclenchée dans sa tête.

— Tu as dit qu'il te surveillait ?

— Je suppose qu'il voulait jauger si ça valait la peine de m'agresser. Il s'est trompé de cible. Agresser un agent du FBI n'est jamais une bonne idée.

Les yeux verts de Jill avaient rencontré les siens.

— J'avais oublié l'or, chuchota-t-elle.

— Quoi ?

— Caché dans les ténèbres...

Elle inclina légèrement la tête, sans détacher son regard du sien.

— Il y a de l'or dans tes yeux.

Le cœur de Hayden se mit à cogner dans sa poitrine. Il prit soudain conscience de l'intimité de leur situation. Leurs corps se frôlaient, ses mains étaient sur elle. Il...

On tambourina à la porte du bureau, qui vacilla sur ses gonds.

— Shérif ! Shérif, on le tient ! cria Finn.

Jill écarquilla les yeux. Hayden pivota, se rua hors de la salle de bains et ouvrit la porte à la volée. Finn lui adressait un sourire ravi.

— On a retrouvé la voiture. L'adjoint Hollow vient de la repérer à côté de West End Beach.

Le 4x4 était bel et bien là, mais l'automobiliste, lui, avait disparu. Les poings sur les hanches, Hayden parcourut les environs du regard.

— Je suppose que ce type à Jacksonville sera content de récupérer sa voiture, hein ? marmonna Wendy Hollow avec une moue.

Le soleil s'était couché et l'unique lumière venait de la lune brillante au-dessus d'eux. La plage de West End, la plus isolée de la localité, n'était fréquentée que par des habitués. La plupart des touristes ignoraient jusqu'à son existence. C'était un secret bien gardé.

Pour que le véhicule ait été abandonné là...

— Ce type devait bien aller quelque part, observa Hayden.

Et pourtant il n'y avait pas d'autre véhicule en vue, hormis la voiture de patrouille de Wendy Hollow et la sienne. Il avait amené Jill avec lui.

— Il n'a pas pu se volatiliser.

— Nous pouvons relever les empreintes, suggéra Jill à côté de lui. Le suspect a dû laisser des indices. Il voulait se débarrasser de la voiture et s'enfuir. Il a sans doute pris peur après l'incident du cimetière.

Hayden n'en était toujours pas aussi sûr. Les dix années écoulées lui avaient appris à écouter son instinct. Quand il était sur le terrain, une sorte de sixième sens l'avertissait de l'imminence du danger. Il venait de se réveiller.

Jill espionnée au cimetière. Agressée. Et maintenant le véhicule du type retrouvé vide, son occupant envolé...

Il se tourna vers elle.

— Je crois que tu devrais être sous protection ce soir.

Elle se mit à rire.

— Je suis sérieux, Jill. Cette situation...

Il désigna la scène d'un geste.

— Quelque chose ne colle pas et tu le sais.

— Je suis agent du FBI. Je pense pouvoir me débrouiller seule, rétorqua-t-elle avant de tourner les talons.

Il lui emboîta le pas, tendit la main et la posa sur son épaule.

Elle pivota à demi, les sourcils froncés.

— Hayden...

— Même les agents du FBI ont besoin de protection, parfois.

— Écoute, je sais que tu en fais une affaire personnelle, mais je n'ai rien. Ma vie n'a jamais été en danger.

— Il a essayé de te renverser !

— Parce qu'il s'est affolé.

Elle fixa par-dessus son épaule le 4x4 abandonné.

— On va avoir des empreintes. Tu vas identifier ce type, j'en suis sûre. Les rues de Hope vont redevenir sûres.

Pour elle aussi ?

Jill ne semblait pas inquiète, mais Hayden l'était. Parce que...

Parce qu'il s'agit de toi, Jill. Je serai toujours là pour te protéger.

Il avait commis une erreur au cimetière. Il aurait dû rester loin d'elle. Garder ses distances.

Il avait eu envie de s'approcher.

Elle avait paru si triste, là, debout devant la tombe. Une proie parfaite. Seule. Quasiment offerte. Et puis...

Et puis elle avait crié, la voix pleine d'autorité, lui rappelant qu'elle n'était plus la fillette d'autrefois. Elle était agent du FBI, désormais, et il ignorait si elle était armée.

Si elle avait eu son pistolet... Si elle avait tiré sur lui...

Il ne voulait pas mourir.

Il s'était enfui. Il avait couru à toutes jambes. Et, quand elle était sortie des bois, il avait saisi l'occasion de l'éliminer une fois pour toutes. Mais il l'avait manquée. Elle avait vu la voiture, de sorte qu'il avait dû s'en débarrasser.

Peu importait. C'était une voiture qu'il avait volée à Jacksonville. Il l'avait fait parce que...

... Parce que certaines habitudes restent. J'ai toujours aimé avoir un véhicule de secours au cas où j'aurais trouvé une fille spéciale.

Jill West était spéciale à ses yeux. Très. C'était la seule qui s'était enfuie. Celle qui avait tout changé.

Il leva les yeux vers le chalet plongé dans le noir. Elle était sortie, sans doute pour essayer de le retrouver.

Tu n'imaginais pas que je vienne t'attendre chez toi, n'est-ce pas, Jill ?

Pourtant, il était là. Il resterait dans l'ombre. Il attendrait qu'elle revienne. Il avait songé avec soin à la situation. Il ne voulait pas lancer une attaque directe. Non, pas contre un agent formé par le FBI.

Il opterait pour une solution plus facile. Une meilleure solution.

Il attaquerait Jill quand elle serait vulnérable. C'est-à-dire pendant son sommeil. Quand elle serait au pays des rêves.

Dès qu'elle aurait baissé sa garde, il serait là.

Jill, tu vas payer pour tout ce que tu m'as volé.

5

Il faisait nuit noire quand Jill s'engagea dans l'allée étroite qui menait à son chalet. Elle était restée avec Hayden pour l'aider à inspecter les lieux, mais ils n'avaient trouvé aucune trace du conducteur. Peut-être avait-il emprunté un des nombreux sentiers qui sillonnaient la côte. Peut-être avait-il un autre véhicule qui l'attendait.

Peu importaient les hypothèses. Un fait était clair — il avait disparu, et il était fort peu probable qu'ils le retrouvent ce soir.

Hayden l'avait ramenée au poste et elle avait pris sa voiture, refusant une fois de plus la protection qu'il lui offrait, en dépit de la frustration qu'elle lisait dans son regard. Passer la nuit avec lui n'était pas une bonne idée. Elle le savait.

Ses sentiments à son égard étaient trop douloureux. Quand il avait soigné ses plaies dans la petite salle de bains, elle l'avait regardé faire, le cœur en lambeaux.

Ils partageaient tant de souvenirs. Et le désir demeurait.

Envahie par une immense lassitude, elle gravit la longue volée de marches en bois qui accédaient au chalet et ouvrit la porte. La brise venant de l'océan apportait une odeur de sel. Jill se retourna vers les vagues qui scintillaient au clair de lune. L'eau l'avait toujours réconfortée, même quand elle était au plus bas.

L'eau... et Hayden. Les deux constantes dans sa vie.

Jill se détourna, referma la porte derrière elle et mit le verrou. Le chalet n'était pas équipé de système d'alarme, de sorte qu'elle passa rapidement dans toutes les pièces pour s'assurer que les fenêtres et la moustiquaire qui donnait sur la terrasse en bois étaient fermées. Déformation professionnelle, sans doute... Elle était hyper vigilante. Elle avait été confrontée à trop d'histoires horribles.

Elle se dirigea vers sa chambre. À hauteur de la télévision, une lame de plancher gémit et elle se raidit malgré elle. La journée avait été longue. Voilà qu'elle sursautait pour un rien. Elle prendrait une douche et irait droit au lit. Avec un peu de chance, elle ne ferait pas de cauchemar. Elle ne rêverait pas de deux phares éblouissants qui se ruaient vers elle, ni de la chaleur du moteur quand il l'avait frôlée en rugissant.

Avec un peu de chance.

Hayden ralentit en passant devant le chalet de Jill. Une seule lumière était allumée à l'intérieur. Jill était encore debout. Elle avait obstinément refusé sa protection.

Il comprenait, bien sûr. Elle était capable de se défendre seule. Il avait lu des articles sur elle, sur son travail. Jill avait souvent figuré dans les journaux quand elle travaillait sur des affaires en vue. Elle avait mis derrière les barreaux des salopards de la pire espèce. Il la savait intelligente, coriace, et c'était une tireuse d'élite, mais...

Mais c'était Jill. Et s'il lui arrivait quelque chose, il deviendrait fou.

Ses mains se crispèrent sur le volant.

Comme sur un signal, la lumière s'éteignit dans le chalet. Jill était rentrée, saine et sauve pour la nuit. Il était temps qu'il s'en aille. Il accéléra mais... ne put s'empêcher de jeter un coup d'œil dans son rétroviseur.

S'il lui arrivait quelque chose...

Jill se réveilla d'un seul coup. Une seconde plus tôt, elle dormait profondément, absorbée dans ses rêves, mais à présent elle avait les yeux grands ouverts, et un sang glacé courait dans ses veines.

Elle resta complètement immobile dans son lit tandis que son cœur galopait dans sa poitrine. Un instinct primitif la submergeait — quelque chose n'allait pas. Un bruit avait dû la réveiller, mais elle ignorait lequel. Elle ne bougea pas même un doigt, essayant de comprendre ce qui la troublait à ce point.

Soudain, elle entendit un grattement. Un son indistinct, presque inaudible. Et...

Elle reconnut ce son. Lorsqu'elle avait ouvert la baie vitrée qui donnait sur la terrasse, le cadre en bois de la moustiquaire, sans doute voilé par l'âge et les intempéries, avait raclé le plancher.

Cependant, elle avait vérifié portes et fenêtres avant d'aller se coucher. Elle s'en souvenait parfaitement. Tout était fermé. Il n'y avait aucune raison pour que la moustiquaire frotte contre le sol.

À moins qu'il n'y ait un intrus.

Elle tendit lentement la main vers son arme, cachée sous l'oreiller à côté d'elle. Avant de s'endormir, elle l'avait glissée là, au cas où.

Un gémissement lui parvint.

Cette fois, le bruit était distinct. Comme s'il venait du salon. Là encore, elle le reconnut... Elle l'avait entendu lorsqu'elle était passée à côté de la télévision. Une lame de plancher avait craqué quand elle avait posé le pied dessus.

Quelqu'un était là. Quelqu'un s'approchait.

Elle avait fermé sa chambre à clé. Cependant...

Entendait-elle le léger déclic du verrou ? Ou son imagination lui jouait-elle des tours ?

Jill prit une profonde inspiration et releva le cran de sûreté de son pistolet. Ses yeux s'étaient accoutumés à l'obscurité et fixaient la porte.

Celle-ci s'ouvrit.

— Pas un geste ! ordonna-t-elle. Sinon, je tire.

Le battant s'immobilisa. Chacune de ses inspirations semblait bien trop bruyante.

Et puis…

Un rire. Froid. Moqueur.

— Vous pensez être la seule à avoir une arme, agent West ?

Jill ravala un juron.

— Vous auriez dû laisser Christy Anderson en paix, éructa l'inconnu depuis le seuil.

Elle plongea derrière le lit au moment où la détonation déchirait le silence de la pièce. Manqué ! Restant baissée, elle se redressa juste assez pour riposter.

Mais déjà il prenait la fuite. Elle entendait ses pas lourds, précipités. Sans hésiter, elle bondit se releva complètement et s'élança derrière lui.

— Arrêtez !

Au lieu d'obéir, il fit feu de nouveau. La balle se ficha dans le bois à quelques centimètres de Jill. L'instant d'après, elle entendit le frottement de la moustiquaire, suivi d'un martèlement de pas sur la terrasse.

Elle aurait dû appeler des renforts, elle le savait, mais elle savait aussi que, si elle prenait le temps de téléphoner au bureau du shérif, l'homme aurait disparu.

L'arme au poing, elle se hâta à sa suite. Quand elle arriva en haut de l'escalier en bois qui descendait à la plage, elle le vit qui fuyait au clair de lune. C'était un homme bien bâti, aux épaules larges. Il courait vite, trop vite.

— Arrêtez !

Il continua.

Elle aussi.

C'était une obsession, Hayden le savait. Quand il s'agissait de Jill, la raison le désertait.

On était au beau milieu de la nuit, et il ne pouvait pas dormir. Aussi était-il en route pour le chalet, histoire d'être tranquillisé.

Comme ses phares balayaient la plage, il aperçut une femme qui courait — une femme vêtue d'un short et d'un T-shirt.

Une femme qui tenait un pistolet à la main.

Jill.

Il écrasa la pédale de frein, attrapa son revolver dans la boîte à gants et se rua hors de sa voiture, le cœur cognant à toute allure. Jill zigzaguait devant lui, soulevant de petits nuages de sable dans son sillage. Le clair de lune tombait sur elle et sur…

… le salopard qu'elle poursuivait.

Hayden le voyait. Une silhouette sombre, indistincte, à quelques mètres de Jill. Une ombre qui pivotait et levait son arme.

Qui faisait feu.

— Jill ! hurla-t-il.

Elle s'était baissée. La détonation éclata, et Hayden pria pour qu'elle n'ait pas été touchée. Le type tirait dans tous les sens, maintenant, comme s'il était pris de panique.

Et à raison.

Hope était la ville de Hayden.

Il accéléra l'allure, résolu à arrêter l'inconnu. Mais déjà l'homme avait quitté la plage en direction d'un autre chalet plongé dans le noir. Quelques secondes plus tard, un moteur gronda, une moto surgit de sous les pilotis et se fondit dans les ténèbres. L'homme n'avait même pas pris la peine d'allumer ses phares.

Jill avait levé son arme, mais secoua la tête et Hayden l'entendit jurer.

Il se précipita vers elle et la prit par le bras.

— Jill ! Ça va, mon chou ?

Elle se dégagea avec brusquerie.

— Non, ça ne va pas. Il s'est enfui ! J'aurais dû me douter qu'il avait un véhicule caché dans le coin.

Elle pivota sur ses talons nus, foudroyant la nuit du regard.

— Tout n'est peut-être pas encore perdu.

Hayden sortit son téléphone de sa poche, pressa une touche et aboya aussitôt des ordres dans l'appareil tout en poussant Jill vers sa voiture.

— Nous poursuivons le suspect. Faites venir des renforts. Le type est armé, dangereux, et il est hors de question qu'il sème la pagaille dans ma ville.

Il enclencha la marche arrière dans un hurlement de pneus.

— Que s'est-il passé ? demanda-t-il à Jill.

Elle mit une main sur le tableau de bord.

— Je me suis réveillée… et je l'ai entendu entrer dans le chalet.

— Quoi ?

— Il est entré dans ma chambre.

Ce type allait payer cher son audace.

— Je lui ai ordonné d'arrêter, je l'ai averti que j'étais armée.

Hayden avait le pied au plancher.

— Et il m'a dit que lui aussi. Et puis il a fait feu.

Les mains de Hayden s'étaient crispées sur le volant.

— Tu n'es pas blessée.

Il éprouvait le besoin de l'entendre dire cela de nouveau.

— Non, confirma-t-elle en se penchant en avant. Je ne le vois pas.

Hayden non plus. La route qu'ils suivaient était longue et sinueuse, et ne rejoignait la voie express que dix kilomètres plus loin. Il espéra qu'un de ses adjoints bloquait la bretelle d'accès — il leur en avait donné l'ordre. Avec un peu de chance, l'individu serait pris en sandwich entre eux deux.

À condition, bien sûr, que le motocycliste n'ait pas emprunté un chemin de terre. Si tel était le cas…

… la partie était perdue.

Il devait abandonner la moto. Il risqua un regard derrière lui et distingua le faisceau de deux phares. Il avait de l'avance, une avance confortable, mais Jill veillerait à faire savoir qu'on recherchait un motocycliste. Un avis de recherche serait lancé et il serait traqué de toutes parts.

Oui, il devait se débarrasser de la moto.

Où et quand… Telle était la question. Par chance, l'obscurité lui donnait un avantage. S'il coupait à travers les dunes, ses traces ne seraient visibles qu'au lever du soleil. Il pourrait aussi s'enfoncer dans les bois. Suivre un sentier ou…

L'odeur de l'océan lui chatouillait les narines.

Ou opter pour une autre solution.

Il quitta la route. Les roues s'enfoncèrent dans le sable. La plage était déserte, comme il s'y attendait à cette heure-ci. Il coupa le contact, laissa tomber la moto, glissa son pistolet dans la poche de son jean et courut vers les vagues.

Jill pourrait bien envoyer les flics sur toutes les routes des environs si ça lui chantait. Il n'allait pas s'enfuir par voie de terre mais par voie de mer. Le dernier endroit auquel on penserait. *Qu'ils patrouillent les routes et les chemins. Je ne serai pas là.*

L'eau lui lécha les pieds.

Par chance, il était excellent nageur.

Ils atteignirent la voie express, et Hayden freina en voyant clignoter le gyrophare. L'adjoint Wendy Hollow était debout à côté de sa voiture, la main sur son holster. Hayden courut vers elle, conscient de la présence de Jill juste derrière lui.

— Dis-moi que tu as vu ce type.

Wendy secoua la tête.

— Désolée. Personne n'est passé par ici.

Hayden pivota, scrutant les ténèbres.

— Il a pris un chemin, soupira Jill. Il voulait se tenir à l'écart des routes principales. Il avait tout prévu depuis le début, c'est pour cette raison qu'il était à moto. C'était plus facile pour lui de circuler sur les sentiers.

De disparaître.

— Fais venir d'autres unités, ordonna Hayden. Je veux patrouiller chaque sentier du coin. Ce type est armé, il a déjà tiré, et je veux qu'il soit mis hors d'état de nuire.

Wendy acquiesça et s'engouffra dans sa voiture pour appeler le standard. Jill s'avança vers Hayden.

— Je vais vous aider à le chercher. Quand les renforts arriveront, nous pourrons nous mettre par équipes pour nous répartir le secteur et...

— Tu es pieds nus ! protesta-t-il en l'attirant vers lui. Je t'avais dit que tu étais en danger, ajouta-t-il, plus bas.

— Hayden, je suis saine et sauve.

— Il a tiré sur toi.

Cette pensée le troublait jusqu'au tréfonds de lui-même.

— J'aurais dû être là. J'aurais dû...

— Nous avons déjà eu cette conversation.

Sa voix n'était plus qu'un murmure.

— Combien de fois dois-je te répéter que tu ne peux pas me protéger vingt-quatre heures sur vingt-quatre ?

C'était un conflit de longue date entre eux. À vrai dire, ça avait été une des raisons qui avaient mené à leur rupture. Il avait été trop protecteur.

Trop exigeant.

Il se força à la lâcher.

— Il a dit autre chose.

Hayden secoua la tête sans comprendre.

— Avant de tirer sur moi, dans ma chambre, il a dit... Il a dit que j'aurais dû laisser Christy Anderson en paix.

Hayden se raidit.

— Je pense que c'était le même homme qu'au cimetière, reprit-elle d'une voix tendue. J'avais cru avoir affaire à un voleur, mais...

— Il est venu ce soir dans l'intention de te tuer.

Les paroles de Hayden étaient brutales, mais si cet homme s'était introduit chez elle avec une arme... N'y tenant plus, il reprit Jill dans ses bras.

— J'aurais dû être là.

— Hayden...

— Tu viens de rentrer à Hope. Et j'ai déjà failli te perdre.

Non. Non. C'était impossible. Il ne laisserait pas une chose pareille se produire.

— Nous allons trouver ce cinglé, et je vais m'assurer qu'il ne puisse plus jamais te faire de mal.

Les traces furent repérées à l'approche de l'aube, quand les premières traînées de lumière traversèrent le ciel, révélant l'endroit où la moto avait quitté la route. Le type savait ce qu'il faisait, pas de doute là-dessus. Il avait caché la moto dans les dunes pour qu'elle soit plus difficile à trouver. Le vent avait déjà recouvert de sable une partie des traces de pneus.

Il avait dû partir à pied ensuite, mais le sable qui menait à l'océan était parfaitement lisse. Aucune empreinte n'était visible.

Il savait qu'elles auraient disparu le matin venu.

Ils avaient fouillé le secteur toute la nuit. Hayden avait dégoté des chaussures pour Jill, puisqu'elle tenait dur comme fer à participer aux recherches. En dépit de leurs efforts, ils n'avaient pas croisé l'intrus. Peut-être parce qu'il était en mer, et non sur la terre ferme.

Jill étrécit les yeux, fixant les vagues. Hayden était à ses côtés, silencieux, en colère. Elle sentait la frustration émaner de lui.

— Cet homme connaît la ville, observa Jill.

Pas seulement la ville... Toute la région. Il connaissait les plages privées, les chemins détournés. L'océan.

Il ne s'agissait pas d'un vagabond de passage.

— Le fait qu'il ait mentionné Christy...

Elle se tourna vers Hayden.

— Je crois...

— Nous allons rendre visite à la famille Anderson.

L'estomac de Jill se noua. Une visite aux Anderson avait été prévue avant même que ces incidents insensés aient eu lieu. Le père de Christy avait été si furieux contre elle autrefois. Chaque fois qu'il la rencontrait en ville, il l'enveloppait d'un regard dur, glacial.

Elle savait qu'il la haïssait.

Mais...

La haïssait-il au point de vouloir la tuer ?

6

Les Anderson vivaient toujours au 1509, Sea Breeze Way. Jill descendit de la voiture de Hayden — son véhicule de patrouille puisqu'il s'agissait d'une visite professionnelle — et embrassa du regard la maison bien entretenue, l'allée balayée, la haie du jardinet taillée avec soin. La peinture blanche de la façade semblait récente, et les volets étaient du même bleu que la mer.

De l'extérieur, c'était une demeure pimpante. Normale.

Néanmoins, Jill savait que les apparences étaient souvent trompeuses. Elle était entrée dans trop de maisons qui ressemblaient à celle-ci, pour trouver des monstres à l'intérieur.

— Jill ?

Elle se ressaisit et se tourna vers Hayden. Il portait son uniforme de shérif, sa plaque étincelait au soleil. Ils avaient passé le plus clair de la nuit debout, et une barbe naissante assombrissait son menton. Il paraissait fort… et sexy.

Et elle n'aurait vraiment pas dû avoir cette pensée. Elle avait déjà assez de préoccupations comme ça.

— Ça va ? demanda-t-il en s'approchant. Tu avais l'air ailleurs.

En effet.

— Parfois, les maisons ont l'air parfaites. Les vies ont l'air parfaites.

Elle secoua la tête.

— Mais elles ne le sont pas.

Il jeta un coup d'œil à la propriété des Anderson.

— Le dossier ne contient que très peu de notes concernant

la famille de Christy. Peek n'a jamais vraiment interrogé le père ou la mère. Il s'est contenté de leur demander ce qu'elle portait et ce qu'elle avait fait juste avant de disparaître...

Jill se tut. Elle était vêtue d'un ensemble pantalon et d'un chemisier blanc... Son uniforme, en somme. Une veste légère dissimulait son holster. Quand les agents du FBI enquêtaient sur une affaire, on attendait d'eux qu'ils s'habillent d'une certaine manière, et cette tenue était devenue pour elle une sorte de bouclier.

— Tu penses qu'ils auraient dû subir un interrogatoire ?

Un rideau frémit à l'intérieur. On les observait.

— Dans nos enquêtes, nous interrogeons systématiquement la famille.

C'était le point de départ. Très souvent, les membres de la famille étaient les premiers suspects.

— Dans ma toute première affaire, je recherchais un garçon de huit ans qui avait disparu de chez lui à Birmingham, dans l'Alabama. Sa mère affirmait qu'il avait été enlevé durant la nuit. Il y avait des signes de lutte dans la chambre et la fenêtre était ouverte.

Elle porta une main à son cœur.

— Au bout d'une demi-heure, nous avons remarqué des contradictions dans son récit.

— Bon sang...

— Nous avons retrouvé le corps dans l'abri de jardin, murmura-t-elle, refoulant les larmes.

Il captura sa main et l'attira vers lui.

— Je suis désolé, Jill.

— Les monstres sont partout, chuchota-t-elle. Quand je suis entrée au FBI, je croyais que j'allais sauver des vies, mais je me trompais. Je ne sais pas ce que...

Elle s'interrompit. La porte de la maison venait de s'ouvrir.

— Ce n'est pas le moment de parler de ça, dit-elle d'une voix aussi douce que la brise qui soufflait autour d'eux. Ils nous observent.

Hayden pivota lentement vers la maison, de façon à être

devant elle. C'était un geste délibéré, elle le savait. Un geste protecteur. *Certaines choses ne changent jamais.* Jill passa les mains sur ses joues, mais elles étaient sèches. Elle ne s'était pas autorisée à pleurer.

Elle ne se souvenait plus de la dernière fois qu'elle avait laissé les larmes couler.

Je n'ai pas pleuré quand nous avons perdu Jessica. Mes yeux étaient secs quand j'ai regardé partir l'ambulance. Je n'ai pas pleuré quand j'ai parlé à sa famille. J'étais trop... trop engourdie.

C'était ce qu'elle éprouvait la plupart du temps. Une espèce d'engourdissement.

Mais pas quand Hayden était près d'elle.

— Tu ne devrais pas être shérif.

Les mots avaient jailli, furieux, de la bouche de l'homme qui se tenait sur le seuil.

Hayden lui adressa un bref signe de tête.

— Bonjour à vous aussi, M. Anderson.

L'intéressé répondit par un grognement.

Jill rejoignit Hayden et étudia l'homme. Theodore Anderson était grand, visiblement en bonne forme physique, mais ses cheveux s'étaient clairsemés. Il portait un jean délavé et un sweat-shirt lâche. Des rides profondes sillonnaient son visage fermé.

— Tu n'es pas qualifié pour ce poste. Peu m'importe que tu aies joué aux héros outre-mer, reprit Anderson. Ton père était un vaurien, un criminel qui a eu exactement ce qu'il méritait et tu n'as...

Hayden leva une main, interrompant le flot d'insultes.

— Je suis le shérif, ici, et il serait sage de votre part de me parler avec un peu plus de respect.

Anderson rougit violemment.

— Je sais que la vie n'a pas été facile pour vous, ajouta Hayden sèchement, mais là il faut vous calmer.

— Qu'est-ce que vous voulez ?

Hayden jeta un coup d'œil vers Jill, puis son regard se reporta vers l'homme.

— Nous avons des questions à vous poser.

— Des questions ? À quel sujet ?

Le regard de Theodore Anderson s'était arrêté sur Jill et il la toisait avec suspicion. Cependant, rien ne suggérait qu'il l'ait reconnue. Pas encore.

— Cet agent du FBI se renseigne sur la disparition de Christy.

Il n'avait pas révélé son nom. Pourquoi ? Essayait-il de la protéger ?

Elle refusait de se cacher. Elle s'éclaircit la gorge et fit un pas en avant.

— Je suis l'agent Jillian West.

Là. Il l'avait reconnue. La haine se lut dans son regard et sa mâchoire se durcit.

— Sortez de chez moi !

— M. Anderson, j'enquête sur la disparition de Christy. J'aimerais vous poser quelques questions sur son dernier jour avec vous.

— Comment osez-vous remuer tout ça maintenant ? rugit-il, les yeux étincelants de colère. Christy est morte et enterrée au cimetière Jamison.

— À ce propos, murmura Hayden en inclinant la tête de côté. Quand êtes-vous allé au cimetière pour la dernière fois ?

— J'y vais chaque semaine, rétorqua Anderson. Je nettoie la tombe de ma fille. Je veille sur elle. Je n'ai pas pu le faire quand elle était en vie, mais, bon sang, je vais le faire maintenant qu'elle est morte.

Je ne suis pas la seule qu'il blâme pour la mort de Christy. Il se fait des reproches aussi.

— Et votre dernière visite remonte à quand ? insista Hayden.

— Hier. J'y vais tous les samedis.

Il admettait donc qu'il était allé sur les lieux la veille, le jour où un inconnu avait essayé de la renverser.

— Avez-vous vu quelqu'un là-bas ? demanda Hayden sur un ton tranquille.

— Pourquoi cette question ? s'énerva Anderson, secouant la

tête. Non, je n'ai vu personne. Il n'y avait que moi, c'est clair ? J'ai balayé la tombe, j'ai mis des fleurs fraîches et je suis parti.

Il s'avança d'un pas, menaçant.

— Agent spécial du FBI, marmonna-t-il avec mépris. Tu crois que je n'ai pas entendu parler de toi, hein ? Tu es bien souvent dans les journaux...

— J'essaie de retrouver des enfants qui ont été enlevés, coupa-t-elle, s'efforçant de rester calme. Des enfants comme Christy. J'essaie de les ramener sains et saufs à leur famille pour que leurs parents ne doivent pas aller au cimetière chaque semaine.

Le visage d'Anderson se décomposa.

— Je suis à Hope pour quelques jours et je voulais tenter d'utiliser mes ressources pour vous apporter des réponses.

Les lèvres de l'homme tremblaient.

— Je veux trouver l'homme qui l'a tuée. Je sais que vous me blâmez pour ce qu'il lui est arrivé...

Il se détourna.

— Je ne peux pas te regarder, dit-il d'une voix rauque.

— M. Anderson...

— C'est trop dur... Christy aurait ton âge. Je te regarde et je vois tout ce que j'ai perdu.

Il ne la regardait plus. Peut-être n'en avait-il plus la force.

— Je te vois et... je me souviens que tu es rentrée chez toi, et elle, non.

Son chagrin était palpable.

— Ma femme... Elle m'a quitté voilà quelques années. Elle a dit qu'elle ne pouvait plus vivre comme ça. Avec le fantôme de Christy. C'était trop douloureux. Elle est partie habiter à Washington. Elle a emmené mon fils mais il est revenu. Kurt vit avec moi, maintenant. Je n'ai plus que lui.

— Je veux retrouver le coupable, insista Jill. Mais j'ai besoin de votre aide.

— D'après Peek, c'était sûrement un vagabond, répondit Theodore Anderson sans se tourner vers elle. Quelqu'un de passage. Il t'a enlevée mais tu t'es échappée. Alors, il a pris ma Christy. Il l'a tuée et il a filé bien avant qu'on retrouve le corps.

— C'est une hypothèse, admit Jill en échangeant un regard avec Hayden. Il y en a d'autres.

L'homme pivota, les sourcils froncés.

— Qu'est-il arrivé, d'après vous ?

— Je ne crois pas qu'un homme comme celui-là n'aurait tué qu'une fois. Je crois qu'il s'en serait pris à d'autres enfants.

Il recula d'un pas, baissant les yeux.

— Il m'a enlevée, je me suis échappée, et il a aussitôt frappé de nouveau. Je crois probable qu'il y ait eu d'autres victimes. À l'époque où Christy a été tuée, il était difficile à la police de faire le lien entre certains crimes, surtout quand ils avaient lieu dans des États différents ou que les cibles n'étaient pas du même âge ou du même sexe. Les informations étaient éparpillées.

Theodore passa une main lasse sur son visage. Jill remarqua que ses doigts tremblaient.

— Je veux que le meurtrier de Christy soit arrêté. C'est pourquoi j'ai besoin de vous parler du jour où elle a disparu. Je veux savoir si vous avez vu quelque chose ou quelqu'un de suspect. Si Christy a mentionné quiconque...

— Elle est allée à l'entraînement de softball ce matin-là. Elle est partie à vélo.

Il jeta un regard en direction du garage.

— Elle n'est jamais rentrée à la maison. Son vélo... Son vélo a été retrouvé dans un fossé. Elle avait disparu. Personne n'a rien vu.

Son menton frémit. Il se retourna brusquement vers Hayden.

— Il n'y avait personne pour secourir ma fille.

Hayden avait serré les poings.

— Elle est morte toute seule, et cette pensée me hante chaque jour. Je l'entends..., murmura-t-il en tapotant sa tempe. Je crois qu'elle a dû m'appeler. Et je n'étais pas là. Je n'ai pas pu l'aider. Je n'étais pas là.

— Monsieur Anderson..., commença Jill.

Il secoua la tête.

— Allez-vous-en. Je... Je ne peux plus vous parler.

Aucune colère ne subsistait dans sa voix. Il paraissait subitement épuisé, à bout de forces.

Jill avait beau avoir besoin de son aide, elle ne pouvait le contraindre à coopérer. Elle tira une petite carte de sa poche et la lui tendit.

— Voici mes coordonnées. Si vous changez d'avis, appelez-moi.

Le regard de l'homme s'attarda sur la carte, mais il ne fit pas mine de la prendre.

— Avec ou sans votre coopération, je compte poursuivre mon enquête, dit-elle, sans abaisser sa main.

Les secondes s'égrenèrent. Enfin, d'un geste brusque, il s'empara de la carte. Puis il s'immobilisa.

— Je sais que tu étais là ce jour-là, souffla-t-il.

Jill regarda Hayden. Ses yeux étaient rivés sur Theodore Anderson, ses traits s'étaient durcis.

— Le jour où je suis allé chez ta grand-mère, ivre, fou de douleur, je sais que tu étais là.

Sa main s'était crispée sur la carte et la froissait.

Jill entendit soudain un bruit de moteur, et une grosse voiture se gara à côté de celle de Hayden. Un homme de haute taille, aux cheveux blonds et aux épaules larges, en descendit précipitamment.

— Papa ? Que se passe-t-il ? Qu'est-ce qui ne va pas ?

Theodore ne lui accorda pas la moindre attention.

— Ce jour-là, j'ai dit que tu aurais dû mourir à sa place.

Jill s'obligea à rester impassible.

— J'avais tort, et je le savais...

— Papa ?

Jill avait reconnu le nouveau venu. C'était Kurt, le frère aîné de Christy. Hayden et lui avaient été dans la même classe à l'école. Un garçon silencieux, sérieux, aux yeux bleu vif.

— Que se passe-t-il ici ? demanda-t-il de nouveau, élevant la voix.

— C'était mal, murmura Theodore. Mais c'est ce que je ressens toujours. Je voudrais que ce soit toi au cimetière et que Christy soit avec moi.

Sur ce, il tourna les talons et gravit lentement les marches qui menaient à la maison.

Jill le suivit des yeux, la poitrine comprimée dans un étau.

Kurt fit mine de suivre son père, puis se ravisa et foudroya Hayden du regard.

— Hayden, explique-moi ce qui se passe.

Jill déglutit avec peine.

— Nous enquêtons sur la mort de Christy.

Il plissa les yeux.

— Jill ? demanda-t-il, stupéfait.

Elle lui adressa un mince sourire.

— Bonjour, Kurt. Il y a longtemps qu'on ne s'est pas vus.

Comme s'il avait pris modèle sur son père, il ne lui avait presque jamais adressé la parole à l'école. En fait, il avait semblé faire de son mieux pour l'éviter.

Le regard de Kurt se reporta sur Hayden.

— Tu l'as amenée voir mon père ? se récria-t-il, incrédule. Parce que tu pensais que c'était une bonne idée ?

— L'idée venait de moi, intervint Jill avant que Hayden ait eu le temps de répondre. Je voulais lui parler du jour où Christy a disparu.

Kurt passa une main dans ses cheveux.

— C'est ça. Pourquoi ne pas verser encore un peu de sel sur sa plaie ?

Il secoua la tête.

— Christy est morte et enterrée. Laisse-la reposer en paix.

Elle le regarda, interdite.

— Ça ne t'intéresse pas de retrouver le meurtrier ?

— Mon père est sobre depuis un an et sept mois. Un an et sept mois, répéta-t-il. Je viens de le retrouver. Le jour où Christy a été découverte morte sur cette plage, j'ai perdu toute ma famille. Mon univers a éclaté en mille morceaux.

Il poussa un soupir.

— Alors, n'insiste pas, veux-tu ? Le passé est le passé. Laisse Christy en paix.

Vous auriez dû laisser Christy Anderson en paix.

Un frisson parcourut l'échine de Jill.

Kurt monta rapidement les marches et suivit son père à l'intérieur. Elle se retourna vers Hayden. Son visage était sombre.

— Ils ne vont pas nous aider, Jill.

Il avait raison, mais...

— Ça ne veut pas dire que je vais renoncer.

Ses lèvres esquissèrent ce petit sourire qu'elle aimait tant.

— Non, je me doutais bien que non.

Jill était exténuée. Elle ne l'aurait jamais admis, bien sûr, mais Hayden percevait sa fatigue.

Il gara sa voiture de patrouille à côté du chalet. Le soleil rasait l'océan, peignant les vagues écarlates. La journée avait été rude. Ils avaient passé des heures à chercher l'individu qui s'était introduit chez Jill et à essayer de rassembler des indices, en vain. Ils n'avaient pas relevé la moindre empreinte sur la moto, pas plus que dans le 4x4 abandonné.

— Merci de m'avoir ramenée, murmura Jill.

Oh ! Elle pensait qu'il se contenterait de l'avoir ramenée ? C'était mignon. Touchant.

Elle descendit de voiture et lui fit un petit signe d'adieu.

— Eh bien, à demain, je suppose. Bonne nuit !

Elle referma sa portière et se dirigea vers le chalet.

Le chalet où un type était entré la veille au soir.

Il descendit à son tour et la suivit.

Jill s'arrêta et le regarda par-dessus son épaule.

— Quelque chose ne va pas ?

C'était le moins que l'on puisse dire.

— Tu en as pour combien de temps à faire tes bagages ?

Elle écarquilla les yeux.

— Mes bagages ?

— Oui, tu sais. Des vêtements, ton ordinateur, tout ce dont tu ne peux pas te passer ce soir.

Elle planta ses mains sur ses hanches.

— Pourquoi aurais-je besoin de faire mes bagages ?

Il s'avança vers elle. Toute la journée durant, il avait marché sur une corde raide. Une corde qui était sur le point de se rompre.

— Tu ne vas pas rester seule ce soir.

Elle écarquilla les yeux.

— Pardon ?

— Cet intrus...

— Il me semble que je me suis pas mal défendue.

— Tu veux me rendre fou ?

Elle fronça les sourcils.

— Ce ne serait sûrement pas une bonne idée.

— Dans ce cas, viens dormir chez moi. Je vais charger un de mes adjoints de surveiller ton chalet.

Elle croisa les bras.

— Pas question, Hayden. Si ce type revient, je l'attendrai de pied ferme. Je...

— Je sais que tu n'as pas peur. Mais moi si.

Elle lâcha un petit rire.

— C'est ça. Toi, un ex-commando, tu es...

— ... Absolument terrifié à l'idée qu'il t'arrive quelque chose.

Le sourire de Jill s'effaça. Il tendit la main et l'enfouit dans ses cheveux, plongeant son regard dans le sien.

— Tu ne comprends pas à quel point tu es importante pour moi, Jill ?

— Tellement importante que tu m'as plaquée.

La douleur s'entendait dans sa voix. Une douleur qu'il haïssait.

— Je ne voulais pas être un obstacle à tes projets. Je t'aimais trop pour ça.

Elle entrouvrit les lèvres, stupéfaite.

— Qu'as-tu toujours rêvé de faire ? insista-t-il.

Elle s'humecta les lèvres.

— Entrer au FBI.

Il acquiesça.

— Et c'est ce que tu as fait. Tu es un excellent agent, je le sais. Et je sais que tu devais quitter Hope pour réaliser ton rêve.

Il promena un pouce sur sa joue.

— Par conséquent, il fallait que tu me quittes.

Les yeux de Jill lancèrent des éclairs.

— Ce n'est pas moi qui t'ai quitté. C'est toi. C'est toi qui avais soif d'aventure. Qui voulais voir le monde... Je ne te suffisais pas.

Non, jamais il n'avait pensé cela. Jamais.

— Tu m'as toujours suffi.

Mais l'inverse n'était pas vrai.

— Je n'étais pas assez bien pour toi.

Tout le monde en ville l'avait su. Pourquoi pas elle ?

— Hayden...

— Tu es agent du FBI. Je ne suis que le shérif d'une petite ville. Mais ce soir tu es sous ma juridiction. Tu es une victime dans cette affaire, et non une enquêtrice. Je te donne le choix : soit tu passes la nuit chez moi...

— Intéressante manière de gérer la protection des témoins, ironisa-t-elle.

Oh ! Il veillerait à ce qu'elle soit en sécurité.

— ... Soit nous restons ici tous les deux, acheva-t-il, imperturbable.

— Il y a une troisième option, objecta Jill. Je reste seule et tu remontes dans ta voiture.

— Pas question. Tu as failli être tuée deux fois en vingt-quatre heures. Mon travail consiste à protéger les résidents de cette localité. Tu en fais partie, que tu portes une plaque du FBI ou non. Donc soit tu m'accompagnes, soit je reste.

Il attendit qu'elle proteste de nouveau.

— Tu sais, quand tu es si près de moi et que tu me touches... Je m'attends toujours à ce que tu m'embrasses.

D'accord, ce n'était pas la réponse qu'il avait escomptée. Son cœur se mit à battre plus vite.

— Tu veux que je t'embrasse ?

— C'est le problème, Hayden. Je ne sais pas vraiment ce que je veux. Par moments, je voudrais que tu sois le plus loin possible.

Il cilla.

— Et d'autres fois..., murmura-t-elle d'une voix incroyablement douce, j'ai l'impression que tu es le seul être au monde dont j'ai besoin. Que j'ai besoin de serrer dans mes bras.

Et de ne jamais lâcher. C'était précisément ce qu'il ressentait envers elle. Il voulait la tenir tout contre lui et ne jamais plus la laisser partir.

— Devinette : qu'est-ce qui est plus fort qu'un agent du FBI qui attend l'attaque d'un malfaiteur ? demanda Jill.

Il ne la suivait pas. Il aurait voulu qu'elle continue à parler du fait qu'elle avait besoin de le serrer contre elle.

— Un shérif et un agent du FBI. Je prends l'option deux. Tu peux dormir sur le canapé.

Elle recula d'un pas.

Il laissa retomber sa main.

— Le canapé, Hayden. Je ne t'offre rien de plus.

Dommage.

Elle se dirigea vers le chalet.

— Jill !

Elle continua à marcher.

Il sourit.

— Quand tu auras décidé de ce que tu veux de moi, dis-le-moi. Après tout, je serai sur ton canapé. Tu n'auras pas beaucoup de chemin à faire.

Elle émit un petit grognement, mais le sourire de Hayden s'accentua. Il faisait des progrès. De vrais progrès.

Peut-être avaient-ils une chance ensemble.

Si seulement ils pouvaient mettre le passé derrière eux.

7

— Tu fais toujours des cauchemars ?

La question de Hayden, posée tout bas, prit Jill par surprise. Ses mains se crispèrent sur la couverture qu'elle venait de sortir du placard.

— Je me souviens que tu en faisais souvent, ajouta-t-il. J'étais curieux, c'est tout.

Elle se hâta de traverser la pièce et déposa son fardeau sur le canapé, à côté des oreillers qui étaient déjà là.

— Tu as peur d'être réveillé par mes hurlements ? demanda-t-elle en se détournant.

Il lui barra le chemin.

— Non, ce n'est pas ça qui m'inquiète. C'est toi. Et tu n'as pas répondu. As-tu toujours des cauchemars ?

— Pas les mêmes qu'autrefois.

Dans ces rêves-là, elle était de retour dans ce petit chalet, mais seule. Hayden n'était jamais venu. Elle était ligotée, sans défense, et puis l'homme à la casquette de base-ball ouvrait la porte.

— Maintenant, je rêve de mes enquêtes, des victimes que je n'arrive pas à trouver à temps.

Ces visages la hantaient.

— Excuse-moi, dit-elle en faisant mine de le contourner.

— Ne sois pas si sévère avec toi-même. Tu as sauvé des vies, Jill.

Ses épaules se raidirent.

— Le petit garçon en Caroline du Sud, celui qui a été enlevé après avoir été déposé par le bus scolaire... Tu l'as trouvé à temps.

Elle avait découvert l'enfant dans le coffre de la voiture de son ravisseur. Terrifié, tremblant, transi parce qu'une soudaine tempête de neige s'était abattue sur la région.

— Cela s'est joué à quelques heures, murmura-t-elle. Je crois qu'il serait mort de froid.

— Et cette petite fille dans le Mississippi ? Celle qui a été enlevée dans le camping tenu par ses parents ?

— Lula Jane.

Il acquiesça.

— Et ce ne sont que deux exemples parmi beaucoup d'autres. J'ai lu des articles sur ton travail. Je sais que tu as sauvé des dizaines d'enfants.

Le regard de Jill rencontra le sien.

— Et perdu des dizaines d'autres. Tu sais ce qui fait le plus mal ? Ceux qu'on retrouve trop tard. Ce sont eux qui te détruisent, Hayden. Ceux qui te hantent.

Elle s'éloigna d'un pas vif, se dirigeant vers sa chambre.

— Donc tu as toujours des cauchemars.

Elle posa la main sur le mur.

— Seulement certaines nuits, souffla-t-elle.

Un silence se fit. Puis...

— Moi aussi.

Elle lui jeta un coup d'œil par-dessus son épaule.

— Après tout ce que tu as accompli, je ne...

— Les pires sont à propos de toi. Je rêve parfois que j'arrive trop tard. Que je te trouve morte sur la plage.

Le sang de Jill se glaça.

— Mais j'en fais d'autres aussi. À propos de mes missions. D'amis qui sont tombés au combat. D'explosions sous mes yeux, de camarades réduits en pièces. Ces cauchemars-là sont toujours silencieux... Étranges. Peut-être parce que les explosions vous rendent sourd pendant plusieurs secondes. J'ai compté une fois... Il a fallu dix secondes entières avant que j'entende les cris.

Elle ferma les yeux. Combien de fois était-elle restée étendue dans son lit, incapable de trouver le sommeil parce qu'elle se rongeait les sangs à son sujet ? Elle avait fait appel à son contact à la CIA pour savoir où il se trouvait. Elle avait contourné le règlement parce qu'elle avait besoin de savoir qu'il était sain et sauf.

En vie.

Elle rouvrit lentement les yeux.

— C'est affreux.

Elle se força à pivoter vers la chambre de nouveau, mais elle ne pénétra pas à l'intérieur. Elle ne voulait pas quitter Hayden. Pas encore.

Le plancher grinça sous ses pas. Elle sut qu'il venait vers elle, qu'il était à la hauteur de la télévision. Un instant plus tard, il posa une main sur son épaule et l'obligea à lui faire face.

— Le pire, c'est de ne pas te retrouver. De rêver que tu es morte. Comme je te l'ai dit, Jill, ces cauchemars sont les pires pour moi.

À la manière dont il parlait, dont il la regardait… on aurait pu penser que les années s'étaient volatilisées. Elle avait dix-neuf ans, il en avait vingt et un. Il la contemplait comme si elle était tout son univers.

Il avait été le sien.

Les doigts de Hayden étaient chauds sur sa peau. Son cœur battait trop vite. Sa respiration était saccadée. Elle souda son regard au sien et une bouffée de désir l'envahit.

Elle voulait qu'il la touche. Qu'il l'embrasse. Elle voulait sentir son corps en elle. Se perdre dans le plaisir qu'elle avait éprouvé avec lui. Certes, elle avait connu d'autres amants au cours des dix années écoulées. Mais… elle avait toujours comparé ces hommes à Hayden.

Et elle s'en était voulu pour ça. Pour le fait qu'elle se réveillait en pleine nuit en regrettant qu'il ne soit pas à côté d'elle.

Jill s'humecta les lèvres. Les yeux de Hayden s'embrasèrent alors qu'il l'observait. Il était temps de lui faire un aveu.

— Parfois, j'ai l'impression d'être une espèce d'automate.

Oh ! bien sûr, je travaille, je sors avec mes amis, je fais tout ce que je suis censée faire dans une vie normale.

Elle s'interrompit, écouta le grondement des vagues au-dehors.

— Mais je me rends compte que je suis presque… insensible. Que les choses arrivent autour de moi et que je ne suis qu'une observatrice. Je ne ressens rien.

Les doigts de Hayden se resserrèrent autour de son épaule.

— Et puis je suis revenue à Hope, tu étais là, et il a suffi que je te regarde pour être submergée de sentiments.

Au point qu'elle avait craint d'être terrassée par l'émotion.

— J'ai envie de toi, Hayden.

Un sourire s'esquissa sur ses lèvres, mais elle secoua la tête.

— C'est dangereux.

— Je ne serai jamais un danger pour toi.

Au contraire. Elle avait surmonté une rupture. Survivrait-elle à une seconde ? *Ne le laisse pas s'approcher de ton cœur de nouveau. Concentre-toi sur l'enquête. Ne prends pas de risques.*

— J'ai envie de toi, mais tu me fais peur.

La douleur se lut sur les traits de Hayden.

— Tu es une des seules personnes au monde…

Elle déglutit et reprit :

— Tu es une des seules personnes au monde qui puissent me faire souffrir. Et je me suis promis de ne plus souffrir à cause de toi.

Elle avait besoin de s'éloigner de lui. D'entrer dans sa chambre. De refermer la porte et de s'effondrer. Elle chancelait, trop épuisée pour une conversation pareille. Ou plutôt c'était parce qu'elle était épuisée que cette conversation avait lieu. Ses défenses étaient brisées. Anéanties. C'était pourquoi elle mettait son âme à nu devant lui.

Elle devait se taire.

— Je te promets… Je te jure…

Il se pencha vers elle.

— … de ne plus jamais te faire souffrir. Tu peux compter sur moi, Jill. Toujours.

Ses lèvres se pressèrent sur les siennes.

Recule. Recule. Le mot surgit dans la tête de Jill, alors même qu'elle se laissait aller contre lui, qu'elle entrouvrait la bouche et répondait à son baiser.

Vivre sans rien ressentir... Était-ce vraiment vivre ?

Du bout de la langue, elle traça le contour de la lèvre inférieure de Hayden. Il émit un grognement sourd, un son sexy qui l'encouragea. Elle se haussa sur la pointe des pieds et pressa les mains contre son torse. Les muscles de Hayden étaient durs sous ses doigts, son cœur battait aussi fort que le sien.

Le baiser devint plus intime. Elle avait les seins douloureux, les mamelons durcis. Elle mourait d'envie de se frotter contre lui. De s'abandonner...

Hayden lui caressa la hanche tout en lui mordillant la lèvre. Elle retint un cri.

Puis il captura sa bouche, la goûta, la savoura. Le désir de Jill était brûlant.

Il aurait été si facile de capituler. Là, tout de suite. De continuer à l'embrasser. De se déshabiller. D'entrer dans la chambre avec lui.

De se livrer au plaisir.

Mais...

Que se serait-il passé après ? Quand le plaisir aurait reflué ? Quand le jour se serait levé ?

Quand l'un d'eux aurait dû repartir ?

Ces quelques heures d'abandon en auraient-elles valu la peine ?

Elle l'ignorait. Elle...

Il recula, exhala un soupir tandis que son regard étincelant balayait le visage de Jill.

— Je veux que certaines choses soient claires.

Elle avait hâte qu'il recommence à l'embrasser.

— Je ne te ferai plus jamais souffrir.

Jill pinça les lèvres, savourant encore le goût de sa bouche.

— Je ne te décevrai plus jamais.

Il ne l'avait déçue qu'une seule fois. Malheureusement, ça avait été une déception épique.

— Je serai l'homme dont tu as besoin.

Elle devait s'éloigner. Avant d'aller trop loin, pour eux deux. Elle se tourna vers sa chambre, franchit le seuil et allait refermer la porte quand elle s'immobilisa, frappée par la manière dont il avait prononcé ces derniers mots.

— Je serai assez bien pour toi, précisa-t-il.

Elle leva les yeux vers lui.

— Tu l'as toujours été.

Pourtant, le sourire de Hayden était un peu froid. Un peu amer.

— Tu as été la première personne à me regarder... et à me voir, Jill. Avant ce jour-là, tout le monde en ville me traitait comme un vaurien. Même ta grand-mère t'avait mise en garde contre moi. Tout le monde pensait la même chose.

L'estomac de Jill se noua.

— Mon père...

Elle se raidit. Hayden ne parlait jamais de son père. *Jamais*. En grandissant, elle avait entendu des histoires, mais elle s'était toujours abstenue de l'interroger, car à chaque fois qu'une rumeur circulait la douleur se lisait dans son regard.

— C'était un criminel. Avant que le ravisseur arrive à Hope, mon père était le pire individu que cette ville ait connu. Il insultait ma mère, il la battait, et un soir où il était plus ivre que d'habitude il a agressé deux touristes sur la plage pour les voler. Il en a abattu un...

— Hayden...

— J'ai toujours été *le fils d'un assassin*. Le fils d'un ivrogne. Le gamin qui allait marcher sur les traces de son père. Parce que tu sais ce que j'ai fait ?

— Arrête.

Il souffrait. Il n'avait pas besoin de lui en dire davantage. Plus rien. Elle voulait seulement qu'il ne souffre plus.

— Quand ma mère et moi n'avions rien à manger, je chapardais dans les magasins. Quand je n'avais rien à me mettre, je piquais des affaires à mes camarades. Des vêtements de sport. Des fournitures scolaires.

Un rictus se dessina sur ses lèvres.

— Je prenais ce que je voulais, et le shérif Peek venait chez nous plus souvent qu'à son tour.

— C'est du passé, Hayden. Pour moi, ça toujours été du passé.

— Tu sais pourquoi j'étais sur cette jetée ?

— Hayden...

— Je venais d'apprendre que mon père avait été tué en prison. Ma mère s'accablait de reproches et s'était enivrée. Comme si c'était sa faute s'il la battait. J'étais tout seul. Je n'avais rien, personne. J'étais debout sur cette fichue jetée, je regardais l'eau et je me demandais... à quoi bon essayer de m'en sortir, bon sang ?

— Hayden...

Elle avait mal pour lui. Elle avait essayé d'endurcir son cœur contre lui, en vain. Sous la colère qu'elle nourrissait depuis trop longtemps, le lien demeurait. Jamais il ne disparaîtrait, elle le savait. Certaines attaches étaient trop solides pour se rompre.

Il s'avança vers elle. Ses yeux sombres semblaient s'être embrasés.

— Les murmures me suivaient où que j'aille. Je ne pouvais pas entrer dans un magasin sans qu'un employé me surveille, parce qu'il pensait que j'allais voler quelque chose. J'étais le voyou de la ville. Le gamin qui allait finir comme son père.

Elle tendit la main et lui saisit le bras. Le serra.

— Tu ne lui ressembles en rien.

— Grâce à toi.

Elle le dévisagea, stupéfaite.

— Tu es venue à moi sur cette jetée quand je n'avais rien. Quand je touchais le fond. Une jolie fille aux cheveux roux. Tu m'as souri. Tu m'as regardé, moi. Pas le vaurien pour lequel tout le monde me prenait. Tu m'as vu, moi.

Elle déglutit, luttant contre le nœud qui s'était formé dans sa gorge.

— L'instant d'après, tu étais partie. Tu avais voulu être mon amie, et je t'avais chassée. Je t'ai suivie et j'ai vu ce type t'enlever.

Un muscle tressaillit dans sa mâchoire.

— J'ai su à ce moment-là que je ferais n'importe quoi pour te sauver. Que personne n'allait te voler à moi. Que je ne laisserais personne te faire du mal.

Alors il s'était élancé à leur poursuite. Elle avait appris plus tard qu'il avait volé une bicyclette sur la jetée. Qu'il avait suivi le 4x4. Quand la chaîne du dérailleur s'était brisée, il avait continué à pied. Il était resté sur sa piste, il était entré dans ce petit chalet et...

— Il aurait pu te tuer, tu le sais ? murmura-t-elle. S'il t'avait surpris...

Il se contenta de la regarder sans rien dire.

— Hayden ?

— Tu en valais la peine.

Les lèvres de Jill tremblaient. Elle se rendit compte qu'elle s'accrochait toujours à lui.

— Quand nous sommes rentrés en ville, les gens m'ont considéré différemment. Je n'étais plus un vaurien. Tu avais fait de moi un héros.

Elle secoua la tête.

— Je n'ai rien fait. C'est toi. Ils ont enfin compris qui tu étais vraiment.

Hayden avait été son héros.

C'était pourquoi elle avait tant souffert quand il s'était détourné d'elle.

Je m'en vais, Jill.

Ces mots avaient emprisonné son cœur dans la glace.

Il lui souleva le menton.

— Tu n'avais jamais compris, hein ?

— Compris quoi ?

— Qu'ils avaient raison à mon sujet. Je le savais, au fond. Je t'ai sauvée par égoïsme. Parce que tu m'appartenais et que je ne voulais pas qu'on t'arrache à moi.

Elle secoua la tête.

Il lui caressa légèrement le menton.

— Tu méritais tellement mieux. Je le savais. Je me suis engagé dans la marine pour devenir l'homme que tu méritais.

Elle écarquilla les yeux.

— Hayden... C'est idiot.

Il cilla.

— Quoi ?

— Crois-tu que je ne savais pas qui tu étais ?

Elle lui lâcha le bras et posa la main sur son torse.

— À l'intérieur ? Crois-tu que je ne te connaisse pas par cœur ? Tu étais mon amant, Hayden. Et j'ai toujours su exactement qui tu étais.

Elle se tut un instant, puis prononça les mots qu'elle portait depuis si longtemps.

— Tu étais à moi.

Et puis il lui avait brisé le cœur.

La mâchoire de Hayden se durcit.

— Je n'avais pas le droit de te priver de tes rêves. Il fallait que je fasse mes preuves. Que je sois davantage que le fils d'un meurtrier. J'ai réussi.

Il était devenu un héros de la guerre. Un homme qui avait enchaîné les missions. Un membre des commandos d'élite.

— Le problème, c'est que...

Il laissa retomber sa main.

— ... j'ai découvert que j'étais particulièrement doué pour une chose.

Le pouls de Jill tambourinait à ses oreilles.

— Laquelle ?

Son regard sombre soutint le sien.

— Tuer.

La lumière était allumée dans le chalet que Jillian West avait loué. Il continua à rouler, ralentissant à peine. Le moment était mal choisi. Il devait réfléchir, planifier son action. Jillian ne pouvait pas revenir et tout gâcher. C'était impossible.

Il devait l'en empêcher. Si elle fouillait le passé, elle détruirait tout ce qui comptait pour lui.

Il ne le lui permettrait pas.

8

Je m'en vais.

Hayden leva les yeux vers le plafond. Le vent gémissait au-dehors, et le petit chalet grinçait sur ses pilotis. Les vagues se brisaient en rugissant et il se remémorait…

Je m'en vais.

Ils étaient sur la plage quand il lui avait dit adieu. Elle l'avait regardé, ses yeux verts assombris par le choc et la douleur.

À cause de lui. Il lui avait fait mal. Il avait fait mal à l'être qui comptait le plus pour lui.

La grand-mère de Jill était morte alors que celle-ci venait d'avoir ses dix-huit ans. Après avoir passé des mois à régler la succession, elle avait enfin vendu la maison, de sorte qu'elle avait assez d'argent pour entrer à l'université. Elle avait de grands projets. Elle avait l'intention d'entrer au FBI. De commencer sa vie d'adulte, leur vie…

Je n'avais rien à lui offrir. Il avait su la vérité au fond de lui-même. Elle méritait tellement mieux.

Deux chemins différents. Deux vies différentes. Il avait vu les choses si clairement. Elle avait besoin de poursuivre ses rêves, et lui, de prouver qu'il pouvait être infiniment plus que le fils de son père.

Il voulait savoir quel genre d'homme il était. Mesurer sa valeur. Savoir où étaient ses limites.

Mais ce jour-là, lorsqu'il avait vu le chagrin de Jill… Quelque chose s'était brisé en lui. Quelque chose qui ne s'était jamais réparé depuis.

Savait-elle... Soupçonnait-elle... que, chaque fois qu'il était en permission aux États-Unis, il était allé la voir ? L'apercevoir. Juste pour s'assurer qu'elle allait bien. Qu'elle était heureuse.

Un jour, il avait décidé de lui parler. Il avait acheté ses fleurs préférées, des lilas. Il se dirigeait vers son appartement à Atlanta quand il avait vu un autre homme s'approcher de sa porte. Lui aussi portait un bouquet de lilas. Il avait pensé que Jill l'avait remplacé.

Ne voulant pas s'immiscer dans son bonheur, il s'était éclipsé sans rien dire. Était reparti en mission. Pourtant, Jill était restée dans son cœur et dans ses pensées. Où qu'il aille, elle était avec lui.

Elle était tout pour lui.

Et il l'avait perdue... par sa faute. Personne n'avait eu besoin de la lui voler. Il avait...

La porte de la chambre de Jill s'ouvrit avec un léger déclic. Hayden se redressa aussitôt, tous les sens en alerte.

— Que se passe-t-il ?

Il se leva d'un bond et, guidé par un instinct sûr, se hâta vers elle dans le noir. Ses mains se refermèrent sur les bras de Jill.

— Je... Je n'arrive pas à dormir, avoua-t-elle d'une voix douce, un peu rauque.

Il aurait dû la lâcher. Elle venait sans doute seulement prendre un verre d'eau et il s'était quasiment jeté sur elle.

— Je n'ai pas fait de cauchemar, cette fois, ajouta-t-elle. Mais c'est la peur qui me tient éveillée.

Hayden secoua la tête.

— Jill, tu n'as rien à...

Elle l'interrompit d'un petit rire.

— Tout le monde a peur parfois. Même les agents du FBI.

Il ne l'avait pas lâchée. Ses doigts caressaient tendrement la peau de Jill. *Ressaisis-toi, mon vieux. Lâche-la.*

— Tu sais pourquoi j'ai peur ce soir ?

Hayden s'éclaircit la voix.

— Je ne laisserai pas une seconde chance à ce type...

— J'ai peur de devenir insensible. Toutes les enquêtes que je mène — toutes les victimes que je perds —, c'est comme si j'étais engourdie. Il y a trop de douleur dans le monde. Trop de ténèbres. Je les vois tout autour de moi, et je suis si lasse.

Elle s'approcha de lui. Enroula un bras autour de son cou.

— Je veux être heureuse ce soir. Même si ça ne doit pas durer, je veux éprouver quelque chose.

Hayden était déjà submergé de désir, comme chaque fois qu'elle était près de lui. Cependant, il voulait que Jill soit sûre de sa décision, car, une fois cette ligne franchie...

Il serait impossible de revenir en arrière.

Pour lui.

Comme pour elle.

Cette fois, il ne renoncerait pas à elle.

— Quand je suis avec toi, cet... engourdissement s'évanouit. Je ressens de la colère, de l'amertume...

Hayden cilla. Ce n'était pas précisément ce qu'il rêvait d'entendre.

— ... Mais aussi de l'excitation.

Sa voix s'adoucit encore.

— J'ai envie de toi, tout autant qu'autrefois.

Elle se haussa sur la pointe des pieds et son corps effleura le sien.

— Ce soir, je veux être avec toi. Je veux tout oublier, Hayden...

Il lui donnerait cette nuit. Il lui donnerait des milliers de nuits si elle le souhaitait. Ses lèvres capturèrent celles de Jill, avec douceur tout d'abord parce qu'il redoutait à demi d'être prisonnier d'un songe. Il avait souvent rêvé de Jill au fil des années. Elle était venue à lui ainsi, la peau soyeuse, la voix rauque de désir. Dans ses rêves, il l'avait enlacée. Ses lèvres s'étaient pressées contre les siennes...

Et elle s'était volatilisée.

Il s'était réveillé sur une vieille paillasse, dans une tente obscure, dans une maison sûre au bord de l'enfer... sans elle.

Sa bouche avait un goût sucré. Ses lèvres étaient tièdes, tentantes.

Elle ne s'était pas volatilisée.

Hayden la prit par les hanches et l'attira plus près, la serrant étroitement contre lui. Leur baiser se fit plus profond, plus passionné, et, quand elle émit ce gémissement sourd qui n'avait jamais manqué de le rendre fou, il sut que le point de non-retour avait été dépassé.

Elle voulait se sentir vivante ? Oublier les ténèbres qui l'entouraient ? Eh bien, il la comblerait de plaisir. Il lui donnerait tout ce qu'elle voulait.

Et ce serait un nouveau début pour eux.

Les seins de Jill étaient pressés contre lui. Seul le coton satiné de son pyjama les séparait. Ses mamelons étaient durcis, et il y avait bien trop longtemps qu'il ne les avait pas goûtés.

— Tu es sûre de toi ? murmura-t-il, les dents serrées, lorsqu'il arracha sa bouche à la sienne pour déposer une traînée de baisers le long de son cou.

Elle avait toujours aimé cela.

— On ne pourra pas revenir en arrière...

Ce n'était pas une aventure d'un soir pour lui. Jill ne serait jamais une aventure d'un soir.

— Fais-moi l'amour, souffla-t-elle.

Hayden était perdu.

Il la souleva dans ses bras et la porta jusqu'au lit. Une petite lampe était allumée dans la salle de bains, éclairant faiblement la pièce. Il la déposa au milieu des draps. Elle portait un T-shirt noir et un short minuscule qui révélait ses longues jambes. Des jambes ravissantes. Debout à côté du lit, il la contempla avant de laisser courir ses doigts sur sa peau soyeuse.

Il l'entendit retenir son souffle. Et puis Jill ouvrit les cuisses, offerte.

Hayden mourait d'envie de répondre à son invitation, de plonger en elle. Mais ce soir il allait veiller à ce qu'elle ait plus de plaisir qu'elle ne pouvait en endurer. Ce soir, avec lui, elle allait jouir de chaque instant. Il promena les doigts entre ses jambes, la caressant lentement à travers le tissu mince de son short. Elle s'arqua vers lui. Sans hésitation. Avec une totale confiance.

Il en avait toujours été ainsi entre eux.

Hayden la regarda. Elle était parfaite à ses yeux. Le savait-elle ? Chaque parcelle du corps de Jill était gravée dans sa mémoire. Il se souvenait exactement de ce qu'elle aimait, des gestes qui la comblaient.

Il retira sa main.

— Hayden ?

— On va prendre notre temps. Je veux te caresser partout.

Partout. Il se pencha vers elle, lui retira son T-shirt et le laissa tomber sur le sol.

Ses seins étaient durs, dressés vers lui dans la pénombre. Il distinguait à peine ses tétons, mais se souvenait de leur teinte rose pâle. Il se glissa sur le lit, se pencha et en effleura un du bout du doigt, avec précaution, avant de le capturer dans sa bouche.

Elle lâcha un petit cri et le saisit par le bras. Il savoura la légère morsure de ses ongles, la manière dont elle se cramponnait à lui.

Comme promis, Hayden prit tout son temps. Il lécha, suça, aspira ses mamelons, sans pouvoir se rassasier d'elle. Jill chuchotait son nom, se frottait contre son érection, mais cela ne lui suffisait pas. Il voulait la rendre folle d'excitation.

Et puis il la suivrait.

Il laissa descendre ses mains sur le ventre de Jill, les glissa à l'intérieur de son short, et le lui retira. L'instant d'après, il touchait le cœur brûlant de sa féminité. Doux, humide, prêt à l'accueillir.

— Hayden, souffla-t-elle, je ne veux pas attendre. Il y a déjà trop longtemps.

Dix ans de trop. Dix ans de rêves et de souvenirs. Dix ans sans elle.

C'était fini. Il la tenait de nouveau dans ses bras. Il ne la laisserait pas s'en aller.

Il caressa son sexe. La poussa à un paroxysme de désir. De

par cœur. Elle savait comment le caresser. Ce qu'il aimait. Il y avait certaines choses qu'on n'oubliait pas.

Ces cicatrices n'étaient pas là autrefois.

Il y en avait trois.

Elle l'avait caressé durant la nuit. Elle avait senti l'arête sous ses doigts, mais elle était tellement absorbée par son plaisir qu'elle n'avait pas réagi. Elle ne s'était pas rendu compte...

— C'est moins grave que ça en a l'air, dit-il d'une voix grave, ensommeillée.

— Ne me raconte pas d'histoires.

Elle tendit la main et suivit le contour sinueux de la première, celle qui lui traversait la poitrine.

— C'était un coup de couteau ?

— De machette.

Le cœur de Jill manqua un battement.

— La blessure n'était pas assez profonde pour causer des dégâts sérieux.

Jill était sceptique.

— Combien de points de suture as-tu eus ?

— J'étais en mission, je me suis recousu tout seul... Je ne m'en souviens pas, en fait... J'essayais juste d'arrêter le sang.

Elle ferma les yeux, imaginant la scène.

— Je... Je ne savais pas.

Ce détail-là ne figurait pas dans les dossiers qu'elle avait reçus. Jill s'obligea à rouvrir les yeux. Sa main se posa sur une autre cicatrice. Arrondie, boursouflée.

— Une balle, murmura-t-elle.

— Oui.

— Et celle-ci aussi, ajouta-t-elle en lui effleurant l'épaule.

Le regard de Hayden soutint le sien.

— Une égratignure.

— Quel menteur tu fais !

Elle voulut retirer sa main, mais il s'en empara et la garda dans la sienne, la tenant fermement.

— Elles n'ont pas d'importance. C'est du passé.

Néanmoins, les voir était douloureux. Il aurait pu mourir à l'autre bout du monde, sans elle.

— Tu aurais pu m'avertir. Me dire que tu étais blessé.

La mâchoire de Hayden se crispa.

— Je ne voulais pas que tu gaspilles ton inquiétude pour moi.

Qu'elle gaspille...

Jill se dégagea brusquement et roula à bas du lit. Il fallait qu'elle s'éloigne de lui avant d'exploser...

— Et toi, qu'est-ce qui t'est arrivé, bon sang ? souffla-t-il.

Elle se figea.

Son dos... C'était une cicatrice si ancienne qu'elle l'avait presque oubliée. Sa première enquête importante au FBI, sa première blessure.

Elle haussa les épaules.

— Ne gaspille pas ton inquiétude pour moi, d'accord ? J'ai eu quelques points de suture, voilà tout, dit-elle en se dirigeant vers la salle de bains.

Hayden ne lui laissa pas le temps d'y arriver. Il avait sauté du lit et comblé la distance entre eux. Il mit la main sur son épaule et la fit pivoter vers lui.

— On a tiré sur toi, dit-il, les yeux étincelants de colère.

— Oui, eh bien, ce sont des choses qui arrivent. Tu as été blessé plus souvent que...

— Quand ?

Oh ! parce qu'il allait s'inquiéter, maintenant ? Il avait joué l'indifférent lorsqu'il s'agissait de ses propres blessures et il faisait toute une histoire de la sienne.

— Pendant ma première enquête. À l'époque, j'étais assez naïve pour croire qu'un père n'avait pas pu faire de mal à son enfant, qu'il était impossible que cet homme en larmes devant moi soit un tueur... Je me trompais.

Elle lui avait tourné le dos au mauvais moment.

— J'ai appris ma leçon.

— Tu aurais dû me prévenir.

S'entendait-il parler ? Se rendait-il compte de l'absurdité de ses propos ? Il ne voulait pas qu'elle s'inquiète pour lui, mais il était fou de rage parce qu'elle avait été blessée.

— Mes collègues étaient là pour m'aider. Mon équipier de l'époque, Steve Quick, m'a même apporté un bouquet de lilas quand je suis rentrée à la maison.

Hayden la lâcha subitement, l'air consterné.

— Bon. Si distrayantes que soient ces conversations en petite tenue, marmonna Jill, excuse-moi.

Elle se tourna vers la salle de bains, entra et referma la porte, puis rabattit le loquet et se tassa sur elle-même.

Il avait été blessé. Elle aussi. Si loin l'un de l'autre.

Quand j'étais à l'hôpital, j'aurais voulu qu'il soit à mon chevet. Et lui, au combat, avait-il...

Il toqua à la porte.

— Jill ? Je... Je suis désolé.

Pourquoi ? Elle resta immobile.

— Je ne voulais pas que tu te fasses du souci pour moi. Je ne voulais pas être un fardeau.

Jill serra les dents. *Jamais je n'ai pensé à toi comme à un fardeau.* Elle attrapa son peignoir, l'enfila et noua la ceinture d'un geste vengeur.

— Quand j'ai reçu cette balle... Que j'étais à l'hôpital, j'ai pensé à toi.

Les doigts de Jill se figèrent sur la ceinture.

— Quand ce type m'a attaqué à coups de machette, que j'ai senti la lame s'enfoncer dans ma poitrine, je n'ai eu qu'une pensée... Je ne voulais pas qu'un type en complet se présente chez toi pour t'avertir que j'étais mort. Je ne voulais pas que tu pleures pour moi. Que tu souffres à cause de moi.

Elle ouvrit la porte.

Il avait enfilé son jean. Ses traits étaient crispés, plus sombres que d'habitude.

— Il fallait donner le nom d'une ou plusieurs personnes à contacter en cas d'urgence. J'ai donné le tien. Je veux dire : ma mère est morte. Je n'avais que toi. Tu étais toute ma famille.

Et il avait été la sienne.

— Outre-mer...

Il laissa échapper un rire rauque.

— ... Je t'ai écrit une centaine de lettres que je ne t'ai jamais envoyées.

— Pourquoi ?

— Parce que je pensais que tu allais de l'avant. Que ta vie te plaisait, que tu étais libérée du passé.

Libérée de lui ?

— Le 14 juin.

Elle le regarda, perplexe. Cette date avait-elle un sens particulier pour lui ?

— C'est le jour où je suis venu chez toi pour te demander si tu voulais me donner une autre chance. Seulement, j'ai vu un type aux cheveux bruns, en costume, sonner à ta porte, un bouquet de lilas à la main.

Jill retint son souffle. *Le 14 juin.* Elle avait été blessée un début juin, elle ne se rappelait plus la date exacte, mais...

— Tu souffrais, mon ange ?

Sa voix était rude. Rauque.

— Tu étais là en train de souffrir et je suis parti ?

Elle était incapable de parler. Incapable de trouver les mots pour lui dire que, oui, elle venait de sortir de l'hôpital et que Steve était venu s'assurer qu'elle ne manquait de rien.

La douleur se lut sur le visage de Hayden.

— Hayden...

Il déglutit et fit un pas en arrière.

— Je... Je devrais retourner au poste. Voir si un des adjoints...

— On devrait repartir à zéro.

Les mots avaient jailli d'eux-mêmes.

Il se figea.

— Ne pas regarder en arrière. Ne pas songer à ce que nous nous sommes infligé. À tout ce que nous n'avons pas fait.

J'aurais tant aimé être à ses côtés quand il avait besoin de moi.

— Pourquoi ne pas voir où ça nous mène ?

Une chose était certaine — limpide après la nuit écoulée : elle ne voulait pas être séparée de lui de nouveau.

— Tu... veux de moi ?

Elle ne put s'empêcher de rire.

— À ton avis ?

L'expression de Hayden changea du tout au tout. Son regard se fixa sur la bouche de Jill.

— J'adore ton sourire, murmura-t-il.

Le sourire de Jill vacilla.

— Non.

Il leva la main, traça le contour de ses lèvres.

— Il me fait du bien. Il m'a manqué.

Il hocha la tête.

— Bien sûr, que je suis prêt à repartir à zéro. Et comment !

Ce fut comme si le cœur de Jill était soudain délivré d'un poids. Elle ne voulait pas se complaire dans le passé, dans la douleur qui y rôdait. Elle se sentait revivre — et elle ne voulait pas éprouver de chagrin. Il était temps d'essayer quelque chose de neuf. De mieux.

Hayden lui caressa la joue. Il était là, si fort, si rassurant. Ce n'était pas un spectre, pas un souvenir, pas un rêve.

Hayden.

Il se pencha vers elle et l'embrassa.

Vanessa Gray enfonça les mains dans les poches de son sweat — ou plutôt dans les poches du sweat qu'elle avait emprunté à son frère. Il était bien trop grand pour elle, mais elle l'adorait. Le mot *navy* était inscrit en travers de la poitrine et il était moelleux à souhait. Chaque fois qu'elle le mettait, elle pensait à Porter, et elle se sentait mieux.

Elle avait vraiment envie de se sentir mieux.

Le soleil montait lentement dans le ciel. Quand c'était possible, elle aimait venir voir le lever du jour sur la plage. Elle aimait la sensation de paix que ce spectacle éveillait en elle.

Elle avait bien besoin de paix.

Ses parents se querellaient. Encore. Elle reconnaissait les signes. Sa mère était sur le point de quitter son beau-père.

Encore un. Sa mère tombait amoureuse facilement. Le problème, c'était que cela ne durait pas. Quatre mariages en huit ans en étaient la preuve.

Et Vanessa savait que, d'ici peu, elle serait dans une autre ville. Peut-être pas au bord de la mer. Une ville où elle ne pourrait pas assister au lever du soleil.

Autant profiter de ce moment.

Assise sur le sable, les jambes nues étendues devant elle, elle guettait l'eau froide qui venait lui lécher les orteils.

— Tu es dehors de bon matin.

Vanessa tressaillit et tourna la tête. Un homme était debout près d'elle. Grand, vêtu d'une veste noire. Une casquette de base-ball était perchée sur sa tête, et ses lunettes de soleil lui renvoyaient un reflet d'elle-même.

— J'aime voir le lever du soleil.

— Moi aussi, dit-il avec un sourire rassurant. C'est paisible, n'est-ce pas ?

Elle se détendit un peu. Il semblait amical, normal. Elle ne l'avait pas entendu approcher à cause du bruit des vagues, voilà pourquoi elle avait été prise au dépourvu.

— Oui, répondit-elle, dessinant de l'index des cercles dans le sable.

— Tes parents savent que tu es là ?

Son doigt s'immobilisa. Elle regarda l'homme du coin de l'œil. Allait-il lui causer des ennuis ?

— Oui.

Ils n'en avaient pas la moindre idée. Ils pensaient qu'elle dormait. Eux dormaient encore, après leur dispute tardive de la veille. Elle s'était faufilée au-dehors comme elle le faisait souvent, et ils n'avaient rien entendu. Parfois, elle avait besoin d'être seule. De réfléchir.

De... s'évader.

Il sourit.

— Passe une bonne journée.

Il lui adressa un petit salut et s'éloigna. Elle le suivit des yeux un instant. Personne d'autre n'était visible. Dommage.

Bien sûr, il était tôt, mais certains spectacles méritaient bien qu'on s'arrache à son lit.

Quand le ciel eut viré au rose, Vanessa se leva et épousseta le sable qui s'accrochait à ses jambes. Ses tongs à la main, elle se dirigea vers le parking.

Que se passerait-il à la maison aujourd'hui ? Y aurait-il encore des querelles ? Ou... un silence de mort ? Elle ne savait jamais à quoi s'attendre.

Je voudrais que Porter soit là. S'il était là, elle ne serait pas obligée de partir avec sa mère. Elle pourrait rester à Hope avec lui. Mais elle ne savait même pas où il était. Il y avait si longtemps qu'elle n'avait pas reçu de lettre de lui.

Arrivée au parking, elle enfila ses tongs. Elle n'avait plus qu'à récupérer son vélo, cadenassé à...

— Tu es une petite menteuse, Vanessa.

Elle fit volte-face, un cri étranglé sur les lèvres.

Il était là. L'homme à la casquette de base-ball. Il souriait... et son sourire la glaça.

— Écoutez, monsieur, dit-elle en reculant. Je ne vous connais pas et...

Il s'avança vers elle.

— Moi, je te connais. Il y a longtemps que je t'observe. Comme j'observe toutes mes filles.

Oh, mon Dieu. Mon Dieu.

— Je sais que tes parents ignorent que tu es ici. Je sais que tu t'es esquivée sans rien dire.

Elle pivota et courut vers son vélo. Il la prit de vitesse, la saisit par les cheveux et la tira en arrière. Vanessa ouvrit la bouche pour hurler.

Une main se plaqua sur ses lèvres.

9

— Qu'allons-nous faire ? demanda Hayden en regardant Jill.

Pour sa part, il savait exactement ce qu'il avait envie de faire : retourner au lit, avec elle.

Cependant, il s'efforçait d'être prudent, de ne pas mettre en péril le lien hésitant qu'ils venaient de renouer. Jill comptait trop à ses yeux pour qu'il gâche tout.

— Que veux-tu faire ?

Ses lèvres étaient encore rougies par son baiser. Elle avait des lèvres parfaites. La bouche la plus sexy qu'il ait jamais vue.

Il promena les doigts sur son bras. L'idée que Jill avait été blessée et qu'il n'avait pas été là lui faisait horreur. Si seulement il était allé jusqu'à sa porte. S'il avait écarté cet inconnu...

— La vie, ce sont les moments manqués, n'est-ce pas ?

Elle fronça les sourcils, essayant manifestement de voir où il voulait en venir.

— Les choses que nous ne faisons pas. Les risques que nous ne prenons pas. Tu penses à cela parfois ? À la différence que cela ferait dans ta vie si une petite chose changeait ?

Elle déglutit.

— Oui, bien sûr. Quand je suis sur une enquête... Quand je dois annoncer à des parents que leur enfant ne reviendra pas... C'est à ces moments-là que j'y pense.

Son travail la hantait. Il s'en rendait compte.

— Tu es un de ces moments-là pour moi, reprit-elle en baissant les yeux. Si tu ne m'avais pas suivie, si tu n'étais pas arrivé sur ce parking au bon moment, je ne serais pas ici à l'heure qu'il est.

— Tu es ici.

Il lui souleva le menton et l'obligea à le regarder.

— Tu es exactement où j'ai besoin que tu sois.

Avec moi. Toujours... avec moi.

— Hayden...

Jill fut interrompue par la sonnerie de son téléphone.

— C'est ce qui s'appelle mal tomber, dit-elle avec un petit rire.

— Laisse-le sonner, suggéra Hayden sans la quitter des yeux.

— Je ne peux pas, répondit-elle, un sourire doux-amer sur les lèvres. C'est peut-être un de mes supérieurs. Je suis censée être en vacances, mais s'il y a une urgence...

Si un enfant avait été enlevé... Il acquiesça et recula d'un pas.

— Très bien.

Elle passa à côté de lui et attrapa son téléphone au milieu d'une sonnerie. Il la vit froncer les sourcils en regardant l'écran. Puis elle porta l'appareil à son oreille.

— Agent West. Allô ?

Elle attendit un instant, puis insista.

— Allô ? Il y a quelqu'un ?

Hayden la dévisagea. Elle haussa les épaules et coupa la communication.

— Une erreur, je suppose.

Malgré tout, elle se mordit la lèvre inférieure.

— Numéro inconnu, marmonna-t-elle.

— Jill ?

Elle secoua la tête.

— Parfois, je ne peux pas m'en empêcher, tu sais ? Je me méfie de tout. De tout le monde.

— Tu n'as pas besoin de te méfier de moi. Tu peux avoir confiance en moi.

La surprise se lut sur les traits de Jill.

— Je n'ai jamais eu aucun doute là-dessus. En dépit de tout ce qui s'est passé, tu es la seule personne en qui j'aie entièrement confiance.

Quand elle disait des choses pareilles, il sentait l'émotion le submerger.

Le téléphone sonna de nouveau.

Il lut *numéro inconnu* sur l'écran et son instinct se mit en branle.

— Mets-le sur haut-parleur.

Elle avait été agressée dans cette maison. Et cet appel était le second émanant de quelqu'un qui voulait dissimuler son identité. Cela n'augurait rien de bon.

Elle s'exécuta.

— Allô ?

Le silence lui répondit. Non, pas exactement le silence. Était-ce le souffle du vent qu'elle entendait ?

— Qui est à l'appareil ?

Sa mâchoire délicate se durcit.

— Vous parlez à un agent du FBI. S'il s'agit d'une mauvaise plaisanterie...

— Je sais qui vous êtes.

Une voix d'homme. Grave. Rauque.

— Le problème, c'est que vous ne savez pas qui je suis.

Jillian retint son souffle.

— Il n'y avait personne pour la suivre...

Là encore, la voix était éraillée, comme si l'individu essayait de la maquiller.

— Dommage. Si personne ne l'a vue, je suppose qu'aucun héros ne viendra à son secours.

Le regard de Jill vola à celui de Hayden. Il lut la peur dans ses yeux. L'espace d'un instant, elle redevint la fillette qu'elle avait été autrefois. Cette fillette... Elle avait eu le même regard qu'aujourd'hui.

Une bouffée de rage l'envahit.

Cependant, en un éclair, la peur s'évanouit et Jill redressa le menton.

— Écoutez, je ne sais pas qui vous êtes, mais je ne vais pas jouer à ce petit jeu avec vous. Je ferai tracer votre appel, et vous allez regretter de ne pas avoir trouvé quelqu'un d'autre à harceler...

— Vous savez que ceci n'est pas un jeu.

— Êtes-vous en train de dire que vous avez enlevé une petite fille ? demanda-t-elle tout de go. Prouvez-le. Prouvez...

— Elle ne peut pas parler en ce moment. Vous vous souvenez, Jillian ? Dans la voiture, on ne parle pas. Mais peut-être plus tard, quand elle se réveillera...

Sa phrase resta en suspens. Il avait coupé la communication.

Lâchant un juron, Hayden sortit son téléphone et appela le poste alors même que Jill se hâtait de composer un autre numéro.

— Shérif Black, dit-il d'un ton sec. A-t-on signalé la disparition d'une fillette dans la région ?

— Une disparition ? répéta Finn en enlevant la voix. Non, monsieur ! Je viens de prendre mon service mais... Non, il n'y a rien de ce genre.

Si elle venait d'être enlevée, il était possible que ses parents ne l'aient pas encore signalé. Pour sa part, Hayden était convaincu de ne pas avoir affaire à un mauvais plaisant. Pas après les attaques dont Jill avait été l'objet. Il ne pouvait s'agir d'une coïncidence. Elle était de retour en ville et le ravisseur aussi.

Et il avait enlevé une autre enfant.

— Il faut que je sache qui a passé cet appel !

La voix tendue de Jill s'éleva à côté de lui. Elle marchait de long en large dans la pièce, l'oreille collée à son téléphone.

— Remontez jusqu'à lui, faites quelque chose ! Écoutez-moi... Il vient de dire qu'une fillette a été enlevée !

Elle se tut et jeta un coup d'œil affolé à Hayden.

— Avons-nous confirmation d'une disparition en ville ?

Il lui fit signe que non.

— Je crois qu'il m'a téléphoné immédiatement après l'avoir kidnappée. Non, je ne crois pas qu'il s'agisse d'une plaisanterie ! Pouvez-vous me dire d'où venait cet appel, oui ou non ? Pouvez-vous le trouver ?

Elle parut retenir son souffle, puis... secoua la tête.

— Shérif ?

La voix de Finn lui rappela qu'il était toujours en communication aussi.

— Qu'est-ce qui se passe ? Que puis-je faire ?

— Alertez tous les agents. Il y a peut-être eu un enlèvement à Hope. Une jeune fille. Organisez des patrouilles. Je veux des voitures dans les rues. Que tout le monde soit à l'affût du moindre signe suspect.

Il n'y avait personne pour la suivre. Oh ! que si ! Il la suivrait. Il passerait la ville au crible s'il le fallait. Fouillerait chaque maison.

Si ce type avait dit la vérité, il retrouverait cette jeune fille.

Il mit fin à l'appel et constata que Jill avait fait de même.

— Aucune trace, murmura-t-elle, mais le FBI a mis mon téléphone sur écoute.

Elle se précipita vers lui.

— Hayden, il a recommencé.

— Nous ne pouvons pas en être sûrs, pas encore.

Pourtant, en son for intérieur, il était sûr qu'elle avait raison. Le type avait frappé de nouveau. Après toutes ces années...

Cette fois, il ne s'en tirerait pas.

— Il a tué Christy Anderson moins de vingt-quatre heures après l'avoir enlevée.

Jill s'habillait à la va-vite tout en parlant.

— Cela veut dire qu'il n'y a pas une seconde à perdre.

Il enfila sa chemise et gagna le salon, vérifia son arme.

Jill lui emboîta le pas.

Il se tourna vers elle, bouleversé par la peur qu'il lisait sur son visage.

— Personne n'a signalé de disparition pour l'instant, Jill. Nous n'avons pas encore de victime.

— Ça va venir, dit-elle avec certitude, le visage empreint de gravité et de tristesse. Ça va venir.

Ce fut le vélo qui attira l'attention de Jill. Elle avait accompagné Hayden alors qu'il commençait à sillonner la ville et les plages. On n'avait toujours signalé aucune disparition mais...

Le vélo captura son regard.

Même endroit. Hayden et elle venaient de se garer sur le parking voisin de la jetée. Quelques pêcheurs étaient sortis, un couple âgé marchait main dans la main.

Et un vélo bleu ciel était cadenassé au râtelier.

Il pouvait appartenir à n'importe qui.

Ou bien...

Elle descendit de voiture et claqua sa portière, les yeux rivés sur la bicyclette.

— Je la vois, murmura Hayden en contournant le véhicule pour la rejoindre. Viens.

Ils se dirigèrent vers le vélo. Les poignées étaient blanches, un petit panier en osier marron était placé devant. Il était solidement attaché.

Elle se tourna vers la plage, abritant ses yeux du soleil. Elle voyait les pêcheurs, le couple âgé. Pas d'enfant. Pas de jeune fille.

Lorsqu'ils avaient quitté le chalet, ils étaient venus droit ici. Leur premier point de recherche. Elle n'avait pas eu besoin de dire à Hayden de la conduire à cet endroit, il l'avait fait instinctivement.

Parce que tout semblait revenir au point de départ.

Elle était venue à Hope pour en finir avec le passé. Pas pour que le ravisseur fasse une nouvelle victime. Jamais elle n'avait voulu...

Son regard tomba sur une tong. Une tong abandonnée sur le ciment. À trois mètres du vélo.

— Je vais parler aux hommes qui sont sur la jetée, déclara Hayden. Peut-être ont-ils vu quelque chose.

L'instant d'après, il s'éloignait d'un pas décidé.

Le vent soufflait. La journée n'était pas froide, loin de là, pourtant, elle se sentait glacée.

Jamais cela n'aurait dû arriver.

Son téléphone sonnait de nouveau. Elle tressaillit en sentant la vibration dans sa poche. Elle se hâta de le sortir et jeta un coup d'œil à l'écran. *Numéro inconnu.* Elle attendit un instant, une seconde, deux, suivant les instructions que lui avait données son contact au FBI.

— Allô ?

— Elle est réveillée, à présent. J'ai pensé que vous voudriez avoir une confirmation.

Une voix de fille hurla. Un son perçant, désespéré.

— Ne lui faites pas de mal, chuchota Jill.

— Non...

Elle voyait Hayden s'entretenir avec un des pêcheurs.

— En fait, Jillian, je ne lui ferai rien du tout.

Elle fit un pas vers Hayden.

— À condition que vous respectiez scrupuleusement mes instructions.

Elle devait l'inciter à parler. Elle n'était plus une adolescente de treize ans terrifiée. Ce n'était pas la première, ni la deuxième, ni même la troisième fois qu'elle avait affaire à un monstre.

— Faites un échange, Jill. Donnez-vous à moi, prenez sa place... et elle sera libre.

Elle courait vers Hayden. Il leva la tête et elle lut l'angoisse dans ses yeux.

— Songez-y, lâcha l'inconnu avant de raccrocher.

Elle n'avait pas besoin d'y songer. Le FBI allait remonter la trace du signal.

— On le tient ! lança-t-elle à Hayden. On le tient.

C'était le même chalet.

Jill exhala un lent soupir, fixant les planches en bois grisâtre, le toit en pente. Adolescente, elle était souvent revenue sur ces lieux. Ce petit chalet niché à l'entrée du marais. À l'époque, elle n'y était jamais entrée. Elle avait trop peur.

Depuis qu'elle était de retour à Hope, elle avait pensé à cet endroit. Elle avait même eu l'intention de s'y rendre, sans soupçonner que ce moment viendrait si vite.

— Tu es sûre de toi ? demanda Hayden doucement.

Il était à côté d'elle, accroupi derrière sa voiture de patrouille. Ils étaient arrivés sans bruit et s'étaient garés derrière les arbres qui entouraient le chalet.

— Oui. L'appel émanait d'ici.

Son cœur battait à toute allure, mais sa voix était calme.

Le ravisseur avait fait ce choix délibérément, bien sûr. Il lui adressait un message...

Tu es de retour. Moi aussi.

Où diable avait-il passé toutes ces années ? Pourquoi se remettait-il en chasse maintenant ? Quel changement s'était-il produit ?

Elle avait dégainé son pistolet. Hayden avait demandé des renforts par radio durant leur trajet, mais chaque moment qui passait... était un moment où il pouvait faire du mal à sa victime.

— Tu es prêt ? demanda Jill.

Hayden acquiesça, l'arme au poing.

— Oui.

— Allons-y, chuchota-t-elle. J'entre par-devant, et toi, par-derrière. Il ne faut pas qu'il s'échappe.

— Il ne s'échappera pas. Pas cette fois, siffla Hayden, les dents serrées.

Il hocha la tête.

— Sois prudente.

Une seconde plus tard, il était parti, aussi silencieux qu'un fantôme. Jill ne fut pas surprise. Après tout, ce genre d'opération avait fait partie de son entraînement. Elle savait qu'il serait à son poste, prêt. Le partenaire idéal.

Elle s'avança, veillant à rester à l'abri pour ne pas offrir une cible facile à son adversaire. Ce type voulait se venger d'elle — ses appels le prouvaient. Elle n'allait pas lui faciliter la tâche.

Elle gravit les marches avec précaution, redoutant que les vieilles planches ne craquent et la trahissent. En route, Hayden avait demandé à Finn des renseignements sur le chalet et appris que celui-ci était actuellement en vente, ainsi que le confirmait un panneau de guingois à l'entrée de la propriété.

La porte était entrebâillée. Un gros verrou à combinaison avait été fracassé et gisait à quelques pas de là. Jill relâcha silencieusement son souffle. Aucun bruit ne lui parvenait de l'intérieur.

Pas un murmure.

Elle poussa le battant. Le soleil entrait à flots par les fenêtres. Le salon était vide, toutes les surfaces couvertes de poussière.

Devant elle, un couloir menait à la chambre, la pièce où elle avait été retenue prisonnière autrefois.

La main sur son arme, elle s'approcha lentement vers la porte close. Soudain, elle se remémora le moment où elle s'était réveillée dans cette petite pièce, étendue sur le sol, pieds et poings liés.

Elle tourna la poignée et entra.

Un téléphone était posé sur le plancher, à l'endroit précis où elle s'était réveillée des années plus tôt.

Adolescent, Hayden avait essayé de crocheter la serrure du chalet. Elle ne paraissait guère solide, pourtant, il n'y était pas parvenu. En désespoir de cause, il avait fait le tour de la maison et découvert une vitre cassée. C'était par là qu'il était passé pour aller secourir Jill.

Une nouvelle serrure avait été installée à l'arrière. Plus solide, encore rutilante. Cette fois, il ne tenta pas de la crocheter, mais enfonça la porte d'un coup de pied.

Il entra en courant, l'arme au poing, balayant l'endroit du regard à la recherche du misérable qui s'était mis en tête de semer la terreur dans sa ville.

Le couloir était désert, le petit chalet, trop silencieux. Hayden franchit le seuil de la chambre du fond, la chambre qui hantait ses cauchemars...

Jill était debout au milieu de la pièce, le regard rivé sur un téléphone portable. En l'entendant arriver, elle pivota, le pistolet braqué droit sur son cœur.

— Doucement.

Il inclina la tête vers elle.

— Aucun signe de lui.

— La fille n'est pas là. Lui non plus.

Elle fixa l'appareil.

— Pourtant, il voulait qu'on vienne ici. Il a laissé ça...

Le téléphone se mit à sonner. Jill tendit la main pour s'en emparer.

Soudain, Hayden se souvint d'un autre moment, d'un autre endroit. Une ville écrasée de soleil, où une pellicule de sueur collait constamment à la peau. Un téléphone portable avait été laissé dans une voiture près de leur maison sûre. Il s'était mis à sonner. Un de ses équipiers s'était retourné...

Et l'enfer s'était déchaîné autour de lui.

Les doigts de Jill étaient à quelques centimètres du téléphone.

— Jill ! rugit Hayden.

Elle pivota aussitôt, les yeux écarquillés. Il ne dit rien d'autre — il n'en avait pas le temps. Il la saisit par la main et la tira vers lui, l'entraînant dans le couloir. Un instinct aveugle avait pris le dessus. Le piège était trop simple. Un chalet vide, un téléphone abandonné qui sonnait.

— Hayden ! Qu'y a-t-il ? cria Jill, sans pour autant essayer de résister.

Il la regarda, entrouvrit les lèvres, et ce fut alors qu'il entendit l'explosion. Une déflagration sourde, qui fit trembler toute la maison. Le choc se lut sur le visage de Jill. Elle articula son nom, mais Hayden ne l'entendit pas. Il n'entendait rien que ce grondement terrible, assourdissant. Cependant, elle remuait les lèvres, et il sut que c'était lui qu'elle appelait.

Il referma ses bras autour d'elle et ils se ruèrent vers la sortie, alors même qu'une boule de feu semblait traverser le chalet de part en part pour les rattraper.

Dans un nuage de fumée, Hayden poussa la porte, Jill cramponnée à lui, toussant et suffoquant. Ils étaient presque sauvés. Presque à l'abri.

Le téléphone servait de détonateur. Je le savais, je...

Les vitres éclatèrent, la toiture gémit. Les flammes engloutirent le petit chalet.

Jill étroitement serrée contre lui, il sauta.

10

— Jillian !

L'impact avait été violent. Hayden avait tenté de rouler sur lui-même pour protéger Jill de son corps, mais il n'était pas sûr d'avoir réussi. Elle était inerte contre lui, sa tête pendait en arrière.

Il y avait eu tant de fumée autour d'eux.

— Jill ?

Elle avait les yeux fermés, elle était bien trop immobile.

— Jill, ne me fais pas ça.

Il la serra plus fort et s'éloigna encore des flammes. Lorsqu'il fut certain qu'ils étaient en sécurité, il la déposa sur l'herbe et écarta les cheveux qui dissimulaient son visage.

— Jill ?

Il posa le doigt au creux de son cou. Son pouls était rapide. Trop rapide...

Elle leva brusquement les mains et le repoussa. Un geste d'autodéfense sec et efficace qui aurait sûrement eu raison d'un autre que lui, mais les réflexes de Hayden avaient été aiguisés par des années d'entraînement, et il lui saisit les mains fermement, en veillant à ne pas lui faire mal.

— Jill ?

— J'ai perdu connaissance, murmura-t-elle, stupéfaite.

— Seulement quelques secondes.

Quelques secondes qui l'avaient terrorisé.

— Tu t'es cogné la tête ?

Lâchant sa main, il se mit à lui palper le crâne délicatement, cherchant une bosse.

Elle le repoussa.

— Pas maintenant.

Pas maintenant ?

Elle se releva tant bien que mal, fit un pas en avant et chancela. Hayden se redressa et la soutint.

— Jill, bon sang, qu'est-ce que tu fabriques ?

— Il avait tout préparé pour que le chalet explose. Tu l'as compris...

Sa voix était saccadée, elle respirait avec difficulté.

— Quand le téléphone a sonné, tu... tu as compris ce qui se passait.

Soudain, elle se mit à donner des tapes sur sa chemise.

— Hayden, tu brûles !

Il lâcha un juron, retira sa chemise et la piétina pour étouffer les flammes. Quand il releva les yeux, Jill s'éloignait en titubant.

Elle avait dû se cogner la tête.

Il la rattrapa.

— Il est là ! protesta-t-elle en tentant de le repousser de nouveau.

Un filet de sang coulait sur sa tempe.

— Tu es blessée, murmura-t-il, atterré.

— Tu ne m'écoutes pas ? Il fallait qu'il nous espionne pour passer l'appel qui allait tout déclencher. Il fallait qu'il soit tout près !

Le chalet était tout entier la proie des flammes, à présent. Il sentait leur chaleur sur sa peau.

— Il est forcément ici, insista-t-elle. Il nous surveille.

Son regard s'assombrit encore.

— Il nous surveille constamment.

Hayden allait secouer la tête quand il crut distinguer un bruit de moteur. Une voiture démarrait. Au même moment, Jill tourna la tête vers la gauche, et il sut qu'elle l'avait entendue aussi.

Elle s'élança vers le marais qu'ils avaient traversé autrefois, et il ne tenta pas de la retenir. Au contraire, il courut avec elle, à toute allure, tout entier concentré sur ce moteur qui grondait.

Jill avait raison. Il fallait qu'il soit tout près pour observer le chalet. S'il l'avait attirée jusqu'ici, c'était pour avoir vue sur le spectacle.

Le spectacle... de la mort de Jill.

Des pneus hurlèrent. Le type s'enfuyait. Hayden accéléra encore, Jill fit de même. Ils débouchèrent sur un chemin, juste à temps pour apercevoir l'arrière d'une grosse voiture, noire et élégante...

— Le numéro, souffla Jill, hors d'haleine.

Le véhicule aborda un virage et disparut. Hayden porta la main à sa poche pour appeler son équipe mais se figea à la vue du téléphone à moitié fondu.

Jill, droite comme un I, fixait toujours l'endroit où la voiture s'était trouvée un instant plus tôt.

— Jill ?

Elle ne bougea pas.

Hayden mit la main sur son épaule.

— Jill !

Cette fois, elle tressaillit et leva les yeux vers lui.

— Je... Je crois que j'ai déjà vu cette voiture.

Hayden la dévisagea, stupéfait.

Elle se massa le front.

— Tout est... un peu flou.

Un filet de sang continuait à couler de sa tempe.

— Mon chou...

Il l'attira vers lui, songeant à la rapidité avec laquelle l'incendie s'était propagé, aux flammes qui s'étaient ruées vers eux, détruisant tout sur leur passage.

Ils s'étaient jetés tête baissée dans un piège. Ils avaient eu une chance inouïe d'en réchapper.

Au loin, un mugissement de sirènes s'éleva. Les renforts arrivaient, perçant le nuage de fumée noire qui entourait le chalet. Cependant, il était trop tard. Le coupable s'était enfui.

Il étrécit les yeux. Il avait réussi à apercevoir une partie de la plaque d'immatriculation, et Jill avait raison... Le véhicule ne lui semblait pas inconnu.

— Il a commis une erreur fatale, chuchota-t-il en plongeant son regard dans celui de Jill.

Ou plutôt deux erreurs fatales.

Premièrement, ce salopard avait osé faire du mal à Jill.

Et deuxièmement... *Tu ne m'as pas éliminé, mon gars. Tu m'as laissé en vie et ça veut dire que je vais te traquer. Jusqu'au bout, et de toutes mes forces.*

Jill avait un épouvantable mal de tête, ses vêtements étaient couverts de cendres et roussis par endroits, et son corps entier était meurtri.

Elle avait failli mourir. Elle serait morte si Hayden ne l'avait pas entraînée au-dehors. Ça avait été une erreur de débutant, de tendre la main vers ce téléphone. Elle aurait dû être plus sensée.

Je suis trop impliquée dans cette affaire. Je me laisse guider par des impulsions. Des émotions. Je ne travaille pas comme je devrais.

Au moins en avait-elle conscience, à présent. Les secouristes avaient soigné sa blessure, elle se sentait mieux, ses idées étaient redevenues claires.

Et elle avait le numéro. Lorsque les renforts étaient arrivés, Hayden avait donné une description du véhicule et les trois premiers chiffres de la plaque minéralogique. Et, même si elle avait l'impression qu'un marteau-piqueur lui vrillait le crâne, elle avait pu le compléter, et fournir les quatre derniers.

De plus, elle avait pu orienter les enquêteurs dans la bonne direction, car, elle connaissait cette voiture.

— Kurt Anderson, avait-elle murmuré. Quand nous l'avons vu hier, chez son père, il conduisait une voiture exactement comme celle-ci.

Les pompiers luttaient pour maîtriser l'incendie, mais elle savait qu'ils ne parviendraient pas à sauver le chalet. Il était bien trop tard pour cela.

Et elle s'en réjouissait.

Si cela n'avait tenu qu'à elle, ce chalet aurait été rasé des années plus tôt. Au lieu de quoi il avait failli causer sa perte. Une fois de plus.

— Il faut qu'on aille parler à Kurt, déclara-t-elle.

Un muscle tressauta dans la mâchoire de Hayden.

— Finn est en train de vérifier le numéro. Attendons de voir si...

— Shérif !

Finn accourait.

— Shérif, l'agent West a raison ! Cette plaque... C'est celle de Kurt Anderson...

Jill n'écouta pas la fin. Elle n'avait pas besoin d'en savoir davantage. Elle se précipita vers la voiture de patrouille la plus proche. Le secouriste qui avait bandé sa tempe avait marmonné qu'elle avait besoin de points de suture, mais elle n'en voyait pas la nécessité. Elle se sentait parfaitement bien.

Elle ouvrit la portière et jeta un coup d'œil à l'intérieur. Où diable étaient les clés de contact ?

— N'y pense même pas, avertit Hayden en la prenant par le bras. Tu ne vas nulle part sauf à l'hôpital.

Avait-il perdu la tête ?

— Je vais voir Kurt Anderson.

Kurt Anderson. Avait-il tenté de la tuer ? Une partie d'elle était choquée, mais... les membres de la famille de la victime étaient toujours les premiers suspects. Personne ne s'était jamais intéressé à Kurt. Peut-être Christy n'avait-elle pas été tuée par l'homme qui avait enlevé Jill.

Peut-être Kurt était-il l'assassin de sa sœur.

— Non, il faut que tu sois examinée par un médecin d'abord. Tu as sans doute un traumatisme crânien, il est hors de question que tu prennes le volant.

Ses traits étaient durs, furieux.

— Je déteste faire ça, mais tu ne me laisses pas le choix.

De quoi parlait-il ? Faire quoi ?

— Agent Finn, escortez l'agent West jusqu'à l'ambulance. Restez avec elle pendant qu'on la transporte à l'hôpital.

Elle le fixa, bouche bée. Il ne pouvait pas parler sérieusement.

— J'invoque ma juridiction, mon chou, murmura-t-il. Parce que je ne veux pas te mettre en danger.

Ce n'était pas à lui d'en décider. Elle était agent du FBI. Elle...

Elle voyait flou, elle chancelait, et le sang s'était remis à couler sous son pansement.

— Je vais l'interpeller, promit Hayden, la mâchoire crispée. Mais il faut que je sois rassuré à ton sujet.

— Je vais bien, dit-elle, serrant les dents. Vas-y... Ne le laisse pas s'enfuir. Il... Il a enlevé quelqu'un. Je l'ai entendue crier.

— Je l'ai entendue aussi. Je te promets de la trouver. Je n'abandonnerai pas.

Finn s'était approché.

— Madame ?

— Oubliez-moi, Finn. Allez avec Hayden. Il a besoin de renforts.

De son côté, elle ferait appel à ses propres renforts, au cas où. Non qu'elle veuille entrer dans une guerre de juridiction. Ce n'était pas ainsi qu'elle opérait. Les membres de son unité mettaient un point d'honneur à coopérer avec les forces de police locales. Leur unique objectif était de sauver les victimes. Elles seules comptaient.

— Va la chercher, souffla-t-elle à Hayden.

Il lui pressa la main.

L'instant d'après, il était parti.

Un ambulancier se précipitait vers elle.

— Agent West.

— Recousez ma plaie, ordonna-t-elle. Ou trouvez quelqu'un qui puisse le faire.

Elle songea à Kurt, à Christy, à ces monstres qui pouvaient rester si longtemps à l'affût. Hayden et elle avaient besoin de soutien.

— Et passez-moi votre téléphone.

Car il y avait quelqu'un au FBI qu'elle voulait avoir à ses côtés.

La rage bouillonnait dans les veines de Hayden. Ses mains tenaient le volant dans un étau, son pouls tambourinait à ses oreilles.

— Euh..., shérif ? Peut-être devriez-vous... ralentir un peu ?

Ralentir un peu ? Ils traquaient un homme qui venait d'essayer de tuer Jill. Quelques secondes de plus et elle aurait brûlé vive. Avec lui.

Il aborda le virage à toute allure, projetant Finn contre la portière. La vision de Jill inerte, le sang dégoulinant sur sa joue, ne cessait de s'imposer à son esprit. Elle avait failli de peu lui être enlevée.

Ils étaient passés à deux doigts de la tragédie.

Mais le salaud qui s'imaginait avoir réussi à la tuer allait avoir une mauvaise surprise.

Hayden écrasa la pédale de freins devant la maison des Anderson. Sa sirène hurlait, son gyrophare clignotait. Il se rua hors du véhicule et traversa le trottoir au pas de course. La porte d'entrée s'ouvrit. Theodore Anderson apparut sur le seuil, ébloui par le soleil.

— Hayden Black ? Qu'est-ce que tu veux, encore ?

Hayden l'empoigna par le col de sa chemise et le repoussa sans ménagement contre le mur de la maison.

— Où est votre fils ?

Finn s'était précipité vers le garage.

— La voiture n'est pas là !

— Quelle voiture ?

Le regard de Theodore fila vers l'adjoint.

— Pourquoi fouine-t-il dans mon garage ? Que se passe-t-il ici ?

La fureur de Hayden redoubla, aussi brûlante que l'incendie qui avait ravagé le chalet.

— Où est votre fils ? répéta-t-il, en détachant chaque syllabe.

— Il va souvent faire du jogging le matin. Sur la plage.

Des plaques rouges étaient apparues sur le visage d'Anderson.

— Lâche-moi maintenant !

Kurt n'était pas là.

— La voiture de votre fils se trouvait sur la scène d'un

incendie criminel ce matin, déclara Hayden en le lâchant. Deux personnes ont failli de peu trouver la mort dans les flammes.

Theodore ouvrit des yeux ronds.

— Quoi ? Non.

Il secoua la tête. Avec vigueur.

— Impossible. Mon fils n'est pas mêlé à ça.

— Nous pensons qu'une petite fille a été enlevée.

Personne n'avait encore signalé de disparition. Aucun parent ne s'était présenté au poste.

— Il faut que je trouve votre fils immédiatement.

Il fallut un instant à son interlocuteur pour faire le lien entre ces informations. Un incendie criminel. La voiture de Kurt. Un enlèvement.

Soudain, son visage se décomposa.

— Quoi ? Que veux-tu dire ?

Pourtant, l'épouvantable soupçon était présent dans son regard écarquillé. Indéniable.

— Je vous dis que je veux parler à votre fils. C'est un suspect. Et je...

— Là, shérif ! cria Finn. Je le vois !

Hayden tourna la tête dans la direction qu'il indiquait. Debout au milieu de la rue, vêtu d'un short et d'un T-shirt trempé de sueur, chaussé de baskets, Kurt fixait la voiture de patrouille garée devant la maison. Puis son regard se tourna vers Hayden.

Il va prendre la fuite. Hayden l'avait deviné avant même que l'homme ait tourné les talons.

Les innocents ne s'enfuient pas. Hayden s'élança à sa poursuite, l'adrénaline courant dans ses veines. Il ne laisserait pas Kurt s'enfuir. Il avait promis à Jill de l'interpeller et c'était exactement ce qu'il avait l'intention de faire.

Ses foulées martelaient le trottoir. Kurt était rapide et avait une longueur d'avance, mais Hayden gagnait du terrain. En quelques secondes, il le rattrapa et se jeta sur lui. Ils tombèrent ensemble, le ciment déchira le pantalon de Hayden et lui lacéra les bras. Il s'en aperçut à peine tant il était focalisé sur Kurt Anderson.

Il plaqua son adversaire au sol.

— Où est-elle ? rugit-il.

Kurt tenta de se débattre, de lui donner des coups de pied, des coups de tête. Que s'imaginait-il ? Qu'il avait affaire à un amateur ?

En quelques secondes, Hayden le fit rouler sur lui-même et le menotta, puis l'obligea à se relever.

— Où est la fille ?

— Quelle fille ? protesta Kurt, haletant. Lâche-moi !

Hayden le fit pivoter vers lui.

— Tu prends la fuite chaque fois qu'un shérif se pointe chez toi ?

— J'ai seulement... Lâche-moi ! Je connais mes droits ! Tu ne peux pas faire ça. Je n'ai rien fait de mal.

Finn se hâtait vers eux. Il avait dégainé son arme et la pointait — d'un geste un peu incertain — sur Kurt.

— Ne faites pas de mal à mon fils ! hurla Theodore Anderson, qui accourait à son tour.

Les voisins étaient sortis de chez eux et assistaient à la scène, les yeux écarquillés.

— Tes droits ? lâcha Hayden froidement. Très bien, tu as le droit de garder le silence, tu as le droit de faire appel à un avocat...

— Enlève-moi ces menottes !

Hayden le toisa.

— Tu n'aurais jamais dû essayer de faire du mal à Jill.

Sa voix était sourde, seul Kurt l'avait entendu.

Un éclair de culpabilité traversa son regard. Hayden le reconnut et eut aussitôt la certitude qu'il avait vu juste.

Pourtant, Kurt se mit à bafouiller.

— Je n'ai rien fait ! J'étais sorti courir, c'est tout, je n'ai rien...

— Où est ta voiture ? coupa Hayden.

Kurt cilla.

— Dans le garage. Je l'ai rangée là hier soir. Je suis rentré tard.

Hayden secoua la tête.

— Essaie encore.

— Elle est dans le garage !

Son regard affolé se porta sur son père.

— Papa, dis-leur...

Celui-ci resta silencieux. Hayden mit une main sur l'épaule de Kurt et le poussa devant lui.

— Elle n'est pas dans le garage. Mais tu sais quoi ? Jill et moi l'avons vue ce matin. Nous l'avons vue juste après que tu as mis cette bombe. Tu avais hâte de filer, hein ? Tu as commis une erreur. Tu nous as ratés. Et nous t'avons vu.

Kurt tenta de se dégager, mais Hayden resserra sa prise sur lui.

— Où est la fille ?

— Quelle fille ? cria Kurt. Je n'ai enlevé personne ! Je n'ai rien fait ! Ni à toi ni à ta précieuse Jillian West ! Lâche-moi !

— Tu n'iras nulle part sauf en prison.

Hayden le dévisagea.

— Et tous ces secrets que tu gardes depuis si longtemps ? Ils sont sur le point de sortir au grand jour.

Kurt blêmit et jeta un regard coupable vers son père.

— C'est fini, ajouta Hayden. Tu es fini.

11

— Je veux le voir.

Jill venait de faire irruption au poste de police. Finn sursauta à sa vue et se hâta de se lever.

— Je veux voir Kurt Anderson, répéta-t-elle sèchement.

— Vous allez bien, agent West ? s'inquiéta Finn, les yeux sur le pansement qui lui ceignait le front. J'ai su qu'on vous avait emmenée à l'hôpital. Les médecins vous ont laissée sortir ?

Elle souffrait d'un traumatisme crânien, elle était furieuse et, non, elle n'allait pas bien du tout.

Cependant, avant qu'elle ait pu dire quoi que ce soit, la porte s'ouvrit derrière elle. Jill se retourna et vit une femme sur le seuil. Elle ne portait pas de maquillage et ses cheveux blond pâle avaient été noués en une rapide queue-de-cheval.

— Je suis venue pour signaler...

Sa voix tremblait, et elle esquissa un geste impuissant en direction du bureau.

— Ma fille... Je n'arrive pas à trouver ma fille.

Oh ! non ! Jill se dirigea vers elle, l'écho d'un hurlement résonnant à ses oreilles.

— Madame ? Je suis Jillian West, agent du FBI. Je peux vous aider.

La femme cilla.

— Agent du FBI ?

Jill sortit sa carte. Son portefeuille avait un peu souffert de l'incendie, mais il avait survécu.

— Je suis spécialisée dans les disparitions. Les enlèvements d'enfants.

Son interlocutrice eut un haut-le-corps.

— Je crois que Vanessa a fait une fugue, c'est tout. Elle n'a pas été enlevée, dit-elle avec un sourire incertain. Il faut seulement que je voie le shérif, mais... merci quand même.

Elle fit mine de contourner Jill, mais celle-ci lui barra le chemin.

— Depuis combien de temps votre fille a-t-elle disparu ?

Un pli apparut sur le front de la femme.

— Je... Je n'en suis pas sûre.

Jill s'obligea à garder un visage impassible.

Une rougeur monta aux joues de l'inconnue.

— Elle n'était pas là quand je me suis réveillée ce matin, mais j'ai pensé qu'elle était juste sortie faire un tour de vélo. Je veux dire... Vanessa fait ça. Ce n'est pas comme si c'était un bébé. C'est une adolescente — elle a quatorze ans. J'ai pensé qu'elle allait revenir, mais...

Elle n'était pas revenue.

La femme redressa les épaules.

— Je me suis disputée avec mon mari hier soir. Je sais que Vanessa nous a entendus. Elle... Elle a sans doute été fâchée et elle essaie de me punir en disparaissant. Je veux seulement que le shérif envoie quelques voitures de patrouille à sa recherche et la ramène. Qu'il la persuade de mettre fin à ces sottises...

Sa voix s'éteignit.

— Pourquoi me regardez-vous comme ça ?

Jill exhala son souffle.

— Comment vous appelez-vous ?

— Carol. Carol Wells, mais ma fille s'appelle Gray. Vanessa Gray.

Elle farfouilla dans son sac et en tira une photo — une de ces photos de classe à l'arrière-fond exagérément printanier. Une fille aux cheveux blonds fixait l'objectif, un léger sourire aux lèvres.

— La voici. Elle...

Une porte s'ouvrit derrière elles. Jill entendit un craquement sourd, suivi d'un bruit de pas lourd.

— Shérif Black !

Le soulagement envahit le visage de Carol.

— J'ai besoin de votre aide ! Vanessa s'est enfuie et je voulais vous demander de patrouiller les plages pour la retrouver.

Très lentement, Jill se tourna vers Hayden. Les fines rides autour de ses yeux semblaient s'être creusées, son expression était grave. Elle savait qu'il avait arrêté Kurt — il lui avait téléphoné à l'hôpital pour l'en avertir. Mais ce dernier lui avait-il révélé quoi que ce soit ? Où était la jeune fille ? Qu'avait-il fait d'elle ?

Carol se précipita vers Hayden et lui saisit le bras.

— Elle est en colère. Vous savez comment sont les adolescents, ajouta-t-elle avec un geste impuissant. Je lui ai dit que j'envisageais de m'en aller. De repartir à zéro ailleurs, peut-être.

Elle baissa la voix.

— Ron et moi ne nous entendons pas au mieux. Nous nous sommes jetés tête baissée dans le mariage.

Immobile, les muscles noués, Jill attendait.

— Vanessa ne veut pas quitter la ville. C'est pour cela qu'elle se conduit ainsi. Mais, quand vous la ferez monter dans une voiture de police, elle prendra peur et retrouvera son bon sens.

Elle hocha la tête.

— Oui. Pouvez-vous...

Jill s'éclaircit la voix.

— Carol ne sait pas depuis combien de temps Vanessa a disparu. À propos, murmura-t-elle en s'adressant à la femme, Vanessa a-t-elle un vélo bleu ? Avec un panier en osier marron ?

Un grand sourire fendit le visage de Carol.

— Oui ! Vous l'avez déjà retrouvée ?

Son regard balaya le poste de police. Finn, le visage tendu, observait la scène.

— Où est-elle ? Dans un bureau ?

Où était Vanessa ? Tous auraient donné cher pour connaître la réponse.

Hayden s'éclaircit la voix à son tour.

— Mrs Wells, je crois que nous devons parler.

Il prit la photo qu'elle tenait et fit signe à Finn.

— Donnez-en une copie à chacune des patrouilles. Je veux que tous les agents se mettent à la recherche de Vanessa.

Carol recula d'un pas.

— Que se passe-t-il ? demanda-t-elle, pivotant pour regarder Jill. Pourquoi le FBI est-il ici ?

Comment lui annoncer ce qu'ils soupçonnaient ?

— Nous pensons qu'une jeune fille a été enlevée ce matin, expliqua Hayden avec douceur.

Carol vacilla.

— *Ma* Vanessa ?

— Nous ne savons pas encore qui a été enlevé, se hâta d'ajouter Jill. Mais nous allons le découvrir.

Elle voulait un entretien en tête à tête avec Kurt Anderson. Elle le ferait parler coûte que coûte.

— Et... Nous trouverons votre fille, assura Hayden d'une voix sourde. Quoi qu'il arrive.

Le regard de Jill vola vers lui. Au FBI, on apprenait aux agents à ne jamais faire ce genre de promesses aux familles. À ne jamais faire de promesses qu'on ne pouvait pas tenir.

Car parfois les victimes n'étaient jamais retrouvées. Parfois, elles ne revenaient pas.

Hayden entraîna Jill dans son bureau et referma la porte derrière eux.

— Tu devrais être à l'hôpital.

Elle lui paraissait trop pâle, trop fragile. L'odeur de cendre s'accrochait encore à elle — ou plutôt à eux deux.

Jill secoua la tête.

— Ma plaie a été recousue. Les médecins ne pouvaient pas me garder.

— Ne pouvaient pas ? répéta Hayden. Tu veux dire qu'ils auraient voulu le faire et que tu as refusé de rester ?

Elle pinça des lèvres.

— Jill...

— Je veux voir Kurt Anderson.

— Il ne parle pas, Jill. Il n'a pas dit un mot depuis que j'ai mentionné une fille disparue. Il refuse absolument de coopérer.

Chaque fois que Hayden y pensait, il sentait la rage le submerger.

— Il faut que je le voie.

Elle soutint son regard calmement.

— Tu crois que je n'ai jamais eu affaire à des témoins et des suspects récalcitrants ? Je sais comment m'y prendre avec eux. Je peux l'interroger.

Hayden n'en doutait pas un instant. Mais... Bon sang, il avait l'impression d'être écartelé. Il ne cessait de revoir les flammes. De la revoir, elle...

Et il voulait anéantir l'homme qui lui avait fait du mal. Cependant, ce n'était pas ainsi qu'un shérif était censé se conduire. Il était censé servir et protéger ses concitoyens. Rendre la justice et non céder à la fureur.

— D'ailleurs, reprit-elle en inclinant la tête, Kurt a envie de parler. Le coupable m'a appelé, tu te souviens ?

— Seulement pour te tendre un piège mortel.

Il avait dû faire appel à toute sa volonté pour ne pas rouer Kurt de coups. *Tu es le shérif. Tu portes une plaque. Cela veut dire quelque chose.*

Cela signifiait qu'il ne pouvait assouvir sa rage. Pas encore, de toute façon. Parce que, quelque part, une victime avait besoin d'eux.

— Comment faites-vous ? demanda-t-il. Avec ton unité ? Comment vous y prenez-vous ?

— Nous avons systématiquement recours à certaines techniques d'investigation. En général, nous lançons immédiatement une recherche des délinquants sexuels connus dans la région, nous cherchons des anomalies, nous visionnons les caméras de surveillance...

Elle s'interrompit et secoua la tête.

— Cette affaire est atypique. Dans le cas présent, nous

commençons par Kurt. Nous devons nous concentrer sur lui. Pendant que tes agents sillonnent les rues à la recherche de Vanessa, toi et moi allons questionner Kurt. Si nous le faisons parler, nous la trouverons.

Il voulait croire que les choses pouvaient être aussi simples.

— J'ai contacté une de mes meilleures amies au FBI, ajouta Jill. Elle est déjà en route.

— Elle appartient à ton unité ?

Le regard de Jill se voila.

— Non, pas exactement. Samantha est... différente. Je pense que ses talents nous seront plus utiles que l'aide d'autres membres de l'unité. Comme je te le disais, cette affaire est atypique. Elle exige des compétences particulières.

Très bien. Il découvrirait vite en quoi cette femme était différente. Dans l'immédiat, ils avaient un suspect à interroger.

Vanessa ouvrit les yeux. Une douleur lui martelait le crâne au point de lui donner la nausée. Elle tenta de se redresser, mais... c'était impossible.

Elle ne pouvait pas bouger les bras, pas complètement. Ni les jambes.

La terreur s'empara d'elle.

Elle ouvrit la bouche pour hurler et se rendit compte qu'un linge épais avait été glissé entre ses lèvres. Il lui entourait la tête. Un bâillon.

Une corde rude lui mordait la chair des poignets. Elle se tortilla, se débattit. On l'avait ligotée. On lui avait lié les pieds et les mains ensemble de sorte qu'elle était presque roulée en boule. Prisonnière.

Des larmes roulèrent sur ses joues. Elle... Elle voulait sa maman.

Elle voulait son frère.

Elle voulait de l'aide.

Hayden précéda Jill dans le couloir qui conduisait à la cellule. En les voyant arriver, Kurt Anderson se leva d'un bond et se rua vers les barreaux.

— Tu as retrouvé ton bon sens ? grogna-t-il. Bon. Maintenant, laisse-moi sortir...

Hayden se décala, révélant la présence de Jill.

Le détenu se tut brusquement, le regard fixé sur elle.

— Désolée, dit-elle, sur un ton qui indiquait qu'elle était tout sauf désolée, au contraire. Tu es surpris ? Après tout, tu t'es donné beaucoup de mal pour me tuer.

Kurt secoua la tête.

Hayden garda le silence. C'était à Jill de jouer. Il était curieux de voir jusqu'où elle pourrait pousser Kurt. Assez loin, il en était sûr.

— Hayden me dit que tu refuses de coopérer, observa-t-elle en s'approchant de la cellule. Pourquoi donc ? Après tout, tu as échappé à la justice pendant des années. Tu as sûrement envie de parler de tes crimes. De raconter ta version de l'histoire, non ?

Les doigts de Kurt se crispèrent sur les barreaux.

— Je n'ai rien fait.

— Nous t'avons vu. Nous avons vu ta voiture sur les lieux de l'incendie. Tu voulais boucler la boucle, c'est ça ? Nous attirer dans ce chalet. Faire exploser la bombe.

— Je n'ai pas bricolé de bombe ! Je ne saurais même pas par où commencer !

Il désigna Hayden d'un geste brusque.

— Il était dans l'armée. C'est son rayon, non ?

Apparemment, Kurt avait renoncé à feindre le choc. Sa langue se déliait.

— Et je ne sais pas ce qui s'est passé avec la voiture, ajouta-t-il, la sueur perlant sur son front. Elle a dû être volée, parce que ce n'est pas moi qui la conduisais — je faisais mon jogging, je vous le jure !

Jill esquissa un mince sourire.

— Malheureusement, le fait est que, de nos jours, quiconque est doté d'un accès Internet peut obtenir des instructions permettant de fabriquer une bombe. Et, pour quelqu'un comme toi, quelqu'un qui a déjà tué, je dirais qu'un peu de bricolage dans ce genre serait sans doute plaisant.

— Je ne l'ai pas fait ! bafouilla-t-il. Écoutez, c'est une erreur.

Son regard se porta sur Hayden.

— Enfin, allons, j'étais tout gamin à l'époque. Quand Jillian a été enlevée, j'avais ton âge !

Jill le dévisagea.

— Ce n'est pas toi qui m'as enlevée.

Les épaules de Kurt se tassèrent.

— Bien sûr que non. Maintenant, laissez-moi...

— Il était plus âgé. Plus costaud que tu ne l'étais à l'époque. Mais...

Elle inclina légèrement la tête.

— Mais cela ne veut pas dire que tu es innocent du meurtre de Christy. Tu ne m'as pas enlevée, mais tu as peut-être tué ta propre sœur.

Hayden fixait Kurt. Une fois de plus, la culpabilité se lut sur les traits de ce dernier.

— Tout le monde a toujours présumé que celui qui m'avait enlevée avait aussi assassiné Christy, reprit Jill. Cependant, ce n'est pas forcément le cas.

— Je veux parler à un avocat, coupa Kurt. Et je veux voir mon père.

— Et si...

Jill s'interrompit, l'air songeur.

— S'il y avait eu deux attaques distinctes ? Mon enlèvement... et l'assassinat de Christy ?

Hayden demeura impassible. Il ne voulait rien trahir à Kurt, mais la suggestion de Jill, l'idée que ce dernier ait pu tuer sa propre sœur, le révoltait. Quel cerveau malade pouvait commettre un acte tel que celui-là ?

— Il ne s'est rien passé à Hope pendant des années, pas d'enlèvements, pas de meurtres, jusqu'au jour où je suis revenue.

Elle fit une moue.

— Et une de mes premières décisions a été d'aller sur la tombe de Christy. Je parie que ça t'a mis en colère, hein ?

Kurt la dévisagea.

— Tu devrais rester à l'écart de Christy, murmura-t-il.

— C'est ce qu'on m'a dit. Mais je n'ai pas obéi. Je suis allée chez toi. J'ai parlé à ton père. Tu savais que j'allais rouvrir l'enquête et tu ne voulais pas que ça arrive, hein ?

Kurt lâcha les barreaux.

— Par conséquent, il fallait que tu m'en empêches. Tu m'as attirée au chalet et tu as déclenché l'explosion.

Kurt passa une main sur son front.

— Je... Non.

— Tu ne voulais pas que je découvre la vérité sur le passé. Tu ne voulais pas qu'on sache ce qui était réellement arrivé à Christy.

La voix de Jill s'était emplie de tristesse.

Hayden comprit qu'elle manipulait Kurt, qu'elle exploitait son émotion. Elle était bonne, très bonne. Cependant, Kurt n'avait pas craqué. Pas encore.

Il se tassa encore un peu plus.

— Je ne peux pas...

— Mais Christy est morte, reprit Jill d'une voix douce. Nous ne pouvons plus rien pour elle. La jeune fille que tu as prise ce matin... Elle est en vie. Tu as encore la possibilité de l'aider. De la sauver.

La main de Kurt tomba le long de son corps. Une fois de plus, il regarda Hayden.

— Tu as parlé d'une jeune fille.

Hayden acquiesça.

— Où est-elle ? insista Jill. Je l'ai entendue crier quand tu m'as téléphoné. Elle était en vie alors.

Elle marqua une pause.

— Est-elle toujours en vie ?

Kurt secoua la tête.

Le cœur de Hayden sembla cesser de battre. Il n'y tint plus.

— Tu l'as tuée !

Sa voix était rude, gutturale. Il s'avança d'un pas, le poing serré.

— Je n'ai enlevé personne ! cria Kurt, les yeux écarquillés. Je n'ai jamais vu cette fille. Je n'ai pas posé de bombe ! Ce n'était pas moi !

Jill échangea un coup d'œil avec Hayden.

— Je veux un avocat ! supplia-t-il. Appelez-moi un avocat ! Je ne veux pas aller en prison pour un crime que je n'ai pas commis. Je n'ai pas enlevé de fille ! Je n'ai rien fait !

Jill se détourna.

— Où allez-vous ? Vous n'allez pas me laisser ici ?

Hayden le toisa.

— Tu veux un avocat, on va t'en procurer un. Mais si cette fille meurt, si tu l'as laissée souffrir pendant que tu es ici...

Il serra les dents.

— ... je te jure que tu le regretteras.

Sur ce, il suivit Jill au-dehors, veillant à ce que les portes soient bien fermées derrière lui.

Il comprit subitement que Jill s'était immobilisée dans l'étroit couloir. Il mit une main sur son épaule et elle se tourna vers lui.

— Quelque chose ne colle pas, murmura-t-elle. Il nie avoir enlevé cette adolescente aujourd'hui...

Elle se massa la nuque, songeuse.

— Mais as-tu remarqué qu'il n'a à aucun moment nié avoir causé la mort de Christy ?

Hayden retint un juron. C'était vrai. Kurt avait cillé et rougi lorsqu'elle avait évoqué Christy et l'hypothèse de deux coupables, mais il n'avait pas nié.

— Quelque chose nous échappe, reprit-elle. Je le sens. Il faut que je parle à Samantha. Elle comprendra, elle nous aidera.

Quant à lui, il devait obtenir des rapports sur les recherches entreprises. Retrouver Samantha était sa priorité. Et chaque minute qui s'écoulait...

— Installons un poste de commandement ici, suggéra Jill. Il faut qu'on retrace les mouvements de Vanessa, qu'on essaie de déterminer où le tueur a pu l'emmener. Il faut fouiller tous les endroits vides — les chalets de plage, les résidences secondaires... Tous.

Hayden resserra sa prise sur l'épaule de Jill.

— Jusqu'à maintenant, nous n'avons pas de preuves directes contre Kurt, dit-il à regret. S'il s'accroche à son histoire de voiture volée, s'il peut dégoter des témoins qui l'ont vu faire son jogging, il sera libre à l'instant où son avocat arrivera.

Elle déglutit.

— Je sais. Essaie juste... de le garder aussi longtemps que possible, d'accord ? Je suis sûre qu'il nous cache quelque chose. Je le sais.

Hayden partageait sa conviction.

Elle fit mine de se dégager, mais il la retint et l'attira plus près. Ils étaient seuls, et il avait besoin de...

Il avait besoin d'elle, tout simplement.

Il se pencha et pressa ses lèvres sur les siennes. Ce ne fut pas un baiser fou, passionné, mais un baiser doux, prudent.

Tendre.

Un baiser empreint d'émotion, de toutes les émotions qu'il réprimait au fond de lui depuis si longtemps. Quand il pensait au danger qui les menaçait, qui la menaçait, il se sentait sur le point d'exploser.

— Je ne laisserai personne t'arracher à moi, chuchota-t-il contre sa bouche.

Elle mit une main sur son torse.

— Je ne vais nulle part. Promis.

Les promesses étaient faciles à faire. Mais la vie était dure, tortueuse et cruelle, et le destin pouvait tout vous arracher en l'espace d'un instant.

Elle pressa un baiser sur ses lèvres.

— Merci, Hayden.

Il fronça les sourcils. De quoi le remerciait-elle ?

— Tu m'as sauvée, aujourd'hui, murmura-t-elle. Je ne l'oublierai pas.

Il la regarda s'éloigner et secoua la tête. Jill ne comprenait pas. Il n'aurait pas quitté ce chalet sans elle.

Il ne l'aurait pas fait autrefois. Et pas davantage ce matin.

Elle l'avait sauvé, lui, des années plus tôt.

Il la protégerait jusqu'à la fin de ses jours.

12

Cinq heures plus tard, Vanessa Gray était toujours portée disparue. Personne ne l'avait vue lorsqu'elle était sur la plage. Personne ne l'avait vue sur le parking.

Personne ne l'avait vue nulle part.

Les adjoints étaient en train de fouiller toutes les maisons vides des environs. La photo de Vanessa avait été diffusée au journal télévisé. Cependant, Jill voyait le temps passer et son inquiétude ne faisait que grandir.

Elle avait établi son quartier général au poste de police. Elle avait dressé la liste des délinquants sexuels connus dans un rayon de plus de deux cents kilomètres et marqué leur emplacement sur une carte. Des agents étaient en route pour les questionner. En somme, elle obéissait à la procédure habituelle de son unité, mais...

Mais cette affaire était différente. Elle doutait fort de retrouver l'adolescente chez un des délinquants qui figuraient sur sa liste. Cette affaire était plus compliquée que cela. Plus noire.

Si Kurt Anderson disait la vérité, le vrai coupable avait à dessein volé sa voiture pour le compromettre. Pourquoi ? Ce type voulait-il que la police enquête sur Kurt ?

La tension nouait les muscles de sa nuque. Cette enquête la rendait folle. Elle n'avait qu'une idée en tête : retrouver Vanessa. Chaque fois qu'elle pensait à la jeune fille...

Je me revois. Seule et terrifiée dans ce chalet...

Et le triste individu à l'autre bout du fil avait raison. Il n'y avait eu personne pour secourir Vanessa. Personne ne l'avait vue.

On toqua légèrement à la porte. Arrachée à ses réflexions, Jill releva la tête et regarda avec surprise la femme qui se tenait sur le seuil.

Samantha Dark lui adressa un sourire tranquille.

— Tu attendais quelqu'un d'autre ?

Jill se leva d'un bond.

— Je suis vraiment heureuse que tu sois là.

Samantha était l'étoile montante des profileurs du FBI. Constamment à l'œuvre, son cerveau agile classait, disséquait et interprétait les informations qu'il absorbait. Dans les enquêtes les plus glauques, les plus déchirantes, elle semblait comme par magie capable d'analyser les motifs des assassins.

Ses cheveux noirs étaient rassemblés en torsade et ses yeux dorés brillaient lorsqu'elle referma la porte derrière elle.

— Tu m'as dit que tu avais besoin de moi. Par conséquent, j'ai pris le premier vol disponible et me voilà.

Car, en plus d'être une collègue hors pair, Samantha était aussi son amie. Elles avaient fait connaissance à Quantico, lors de leur formation, et s'étaient plu aussitôt.

Samantha s'avança et l'étreignit.

— Je te dis ça gentiment, souffla-t-elle à l'oreille de Jill, mais tu as une mine épouvantable.

Un rire choqué s'échappa des lèvres de Jill.

— Merci.

Elle lui rendit son étreinte, soulagée que Samantha soit arrivée. Celle-ci avait été là pour elle lorsqu'elle avait été blessée lors de sa toute première enquête. Elle avait été là lors des soirées un peu arrosées où Jill s'était épanchée au sujet de Hayden.

Elle avait toujours été là, fidèle, loyale.

Samantha recula et la dévisagea. Elle était très belle, même si Jill avait remarqué qu'elle essayait toujours de dissimuler ses atouts. Elle ne portait pas de maquillage, pas de vêtements moulants, pas de décolletés. Samantha était sérieuse.

Enfin, la plupart du temps. Jill l'avait vue se dérider une fois ou deux.

— J'ai lu le rapport sur ton enlèvement en venant ici, dit-elle avec une petite moue. Mais pour être franche j'avoue… que j'avais regardé ton dossier il y a des années. Tu as beaucoup de douleur en toi, ajouta son amie. Il y a longtemps que je veux t'aider.

Interloquée, Jill resta un instant sans voix, puis se détourna et s'approcha du bureau.

— Une jeune fille a été enlevée, murmura-t-elle en lui tendant le dossier qu'elle avait compilé sur Vanessa Gray. Le salaud qui l'a kidnappée m'a téléphoné — je l'ai entendue crier.

Samantha feuilleta le rapport.

— Nous avons appréhendé quelqu'un. Kurt Anderson.

Samantha leva les yeux.

— Le frère de Christy Anderson ?

Jill acquiesça.

— Tu es vraiment bien informée.

Il était un peu déconcertant d'apprendre que Samantha connaissait ses secrets, et qu'elle n'en avait jamais soufflé mot.

— Comme je te le disais…

Samantha inclina la tête.

— Je voulais t'aider. Parfois, Jill, ton chagrin était comme une seconde peau. Et il y a toujours une raison…

— Une raison ?

— Une raison aux chemins qu'on emprunte. Tu voulais aider des enfants. C'était ta mission, ton fardeau. Ton unique objectif. Il était évident que ce souhait avait une motivation directe.

Ah ! nous y voilà… Elle avait établi mon profil. Cependant, elle aussi pouvait jouer à ce jeu.

— Et toi, tu voulais seulement travailler avec les tueurs en série. Quelle motivation as-tu pour ça ?

Les lourds cils de Samantha s'abaissèrent.

— Peut-être que je comprends trop bien leur noirceur.

Elle s'éclaircit la gorge.

— Tu penses qu'un tueur en série est impliqué, sinon, tu

n'aurais pas fait appel à moi. Tu aurais contacté un de tes équipiers de l'unité.

Jill se mordit la lèvre.

— La première fois que je t'ai parlé, je le pensais. J'avais été enlevée, Christy Anderson aussi. Seulement, après nous deux, le tueur a semblé se volatiliser. Et cela n'arrive pas avec les tueurs en série, en général.

— Ils marquent une pause après chaque crime. Cela dit, dans l'ensemble, ils ne restent pas dormants aussi longtemps.

— L'adolescente qui a été kidnappée aujourd'hui a plus ou moins l'âge que nous avions au moment de notre enlèvement. Dans la même ville. Mais...

Elle se mit à faire les cent pas dans la pièce.

— Mais j'ai épluché les bases de données fédérales et personne d'autre ne correspond au même profil que nous trois. Il n'y a pas eu de rapts dans les régions voisines. Ça n'a aucun sens, à moins que...

Elle s'interrompit.

— À moins que quoi ?

Jill se tourna vers la carte qu'elle avait fixée au mur et plissa les yeux.

— À moins que le tueur ne soit allé beaucoup plus loin. Qu'il n'ait quitté la ville et sévi ailleurs pendant toutes ces années. Et qu'aucune de ses proies n'ait été identifiée comme victime.

— Des fugueuses, murmura-t-elle. C'est logique. Comment se fait-il que je n'y aie jamais pensé ?

— Jill ?

Elle se retourna vers Samantha.

— Quand la mère de Vanessa est venue, aujourd'hui, elle pensait que sa fille avait fait une fugue, expliqua-t-elle, le cœur battant. Et si tout le monde croyait que les autres filles s'étaient enfuies, elle aussi ? Si c'était précisément le genre de victime qu'il visait ? Qu'il choisissait des filles en sachant que leurs parents penseraient qu'elles avaient fugué et qu'elles allaient revenir.

Sauf qu'elles n'étaient jamais revenues.

— Et, quand ils signalaient enfin leur disparition, l'enquête suivait un cours tout autre que celui adopté quand on soupçonne un enlèvement. Du temps avait été perdu, des indices potentiels étaient passés inaperçus...

Les victimes s'étaient tout simplement... évanouies.

Samantha la dévisagea un long moment sans rien dire.

— Pourquoi aurait-on pensé que tu avais fugué ? demanda-t-elle enfin.

Jill serrait les poings.

— Mes parents étaient morts tous les deux. Je venais d'arriver dans une ville qui m'était complètement inconnue. Je n'avais pas d'amis. Ma grand-mère et moi... nous avons eu des rapports difficiles au début. J'étais distante. Sur mes gardes.

Elle déglutit.

— Oui. J'aurais pu être classée comme fugueuse.

— Et Christy Anderson ?

— Sa famille pourrait nous le dire.

— Sa famille, répéta Samantha avec un petit sourire ironique. Tu veux parler du frère qui est actuellement détenu, c'est ça ?

— Malheureusement, oui.

— Je veux l'interroger, déclara Samantha.

Jill hocha la tête.

— Ton shérif va me donner l'autorisation de le faire ?

Comme sur un signal, on frappa un coup léger à la porte. Une seconde plus tard, elle s'ouvrit et Hayden entra.

— Jill, il faut que...

Il se tut brusquement à la vue de Samantha.

Jill prit soudain conscience de ses poings serrés, de son corps tendu à craquer. Elle secoua la tête, s'efforçant de relâcher ses muscles noués.

— Hayden, voici mon amie l'agent Samantha Dark. Samantha, le shérif Hayden Black.

Samantha tendit la main à ce dernier.

— J'ai déjà entendu votre nom, dit-elle en le jaugeant du regard.

Hayden parut surpris.

— Ah bon ?

— Hum.

Le visage de Samantha était impassible, mais ses yeux s'étaient durcis.

— C'est vous qui...

— Je ne l'ai pas sauvée, coupa-t-il aussitôt. Si c'est ce que vous avez entendu dire. Ce n'est pas vrai, d'accord ? La vérité, c'est que Jill m'a sauvé ce jour-là. Personne ne s'en était aperçu, mais j'étais au bord du gouffre et elle m'a ramené à la vie.

Samantha inclina la tête vers la droite, son regard allant de lui à Jill.

— Intéressant. J'allais dire : c'est vous qui avez brisé le cœur de Jill.

Hayden se figea. Ses yeux se posèrent sur Jill.

— Mais maintenant..., reprit Samantha, je comprends que les choses sont plus complexes que je m'en étais rendu compte. Tant mieux. J'aime les énigmes. C'est mon truc.

Hayden fit un pas vers Jill.

— Je crois que je vais relire les notes, ajouta-t-elle en s'emparant des dossiers. Je vais prendre une chambre en ville, peut-être avec vue sur la mer. J'adore l'eau... Ça me rappelle l'endroit d'où je viens.

Elle se dirigea vers la porte, puis marqua une pause et jeta un coup d'œil par-dessus son épaule.

— Pourrais-je parler au suspect ?

Hayden avait froncé les sourcils.

— Jill peut se porter garante de moi, insista Samantha d'une voix douce. Je vous assure que je suis très, très compétente. Et, si vous tenez à découvrir les secrets de Kurt Anderson, vous me laisserez une demi-heure seule avec lui.

L'instant d'après, elle était partie. La porte se referma sans bruit derrière elle.

Jill exhala un soupir. *Merci, Sam, d'avoir gardé mon secret. Une malheureuse confidence un soir de sortie entre filles et voilà le résultat...*

— C'est vrai ?

Elle se détourna et passa une main dans ses cheveux, en faisant attention de ne pas toucher ses cicatrices. Elle avait toujours mal à la tête.

— C'est la meilleure profileuse que je connaisse. Elle sait entrer dans la tête des gens. C'est un talent que...

— Je t'ai brisé le cœur, Jill ?

Il avait comblé la distance entre eux, et levé la main vers elle. Ses doigts lui caressèrent l'épaule.

Elle se raidit et fut tentée de mentir. Mais à quoi bon ?

— Oui. Mais tu le savais déjà.

Elle pivota et lui fit face, inclinant la tête en arrière pour souder son regard au sien.

— Tu étais le centre de mon univers. La personne que j'aimais le plus au monde. Et tu...

— ... Je n'étais pas assez bien pour toi.

— Ne dis pas de sottises, Hayden.

— Les rumeurs m'avaient poursuivi toute ma vie. Les gens pensaient que je serais comme mon père. Ils étaient persuadés que je finirais en prison. Et puis je t'ai rencontrée sur la jetée. Et après ce jour-là tout le monde m'a regardé autrement.

— Hayden...

— Ils disaient que j'étais un héros, mais ils se trompaient. J'ai suivi cette voiture parce que je ne pouvais pas te laisser partir. Tu m'as regardé comme personne d'autre ne l'avait jamais fait. Tu m'as regardé...

Il déglutit.

— Et j'ai changé. J'ai aimé l'image de moi que je voyais dans tes yeux. Et la plupart des gens aussi. Tu es devenue une obsession pour moi, et ce n'était pas une bonne chose. Tu avais besoin de davantage.

Il marqua une pause.

— Tu rêvais d'entrer au FBI. De faire changer les choses. Je voulais que tu réalises ton rêve, Jill. Je voulais te prouver que je pouvais être davantage qu'un égoïste. C'est pourquoi j'ai pris du recul. Je ne voulais pas être une entrave pour toi. J'ai renoncé à ce qui comptait le plus dans ma vie. Et je me suis engagé dans l'armée pour te prouver que je pouvais devenir quelqu'un dont tu serais fière...

— Tais-toi.

Elle avait parlé bas, d'une voix sourde, pleine de colère.

— Tais-toi, répéta-t-elle.

Hayden la dévisagea.

— J'ai toujours été fière de toi, souffla-t-elle. Tu aurais dû t'en rendre compte. J'ai toujours voulu être avec toi. Tu aurais dû t'en rendre compte aussi.

Elle pressa les lèvres, envahie par le même chagrin qu'autrefois.

— Nous étions deux enfants, Hayden. Deux enfants qui s'accrochaient l'un à l'autre depuis trop longtemps. Nous avons commis des erreurs. Mais nous ne sommes plus ces enfants-là.

Il hocha la tête.

— Tu as raison. Et je ne ferai pas deux fois la même erreur.

— Hayden ?

Il la serra contre lui.

— Je t'aime.

Elle secoua la tête.

— Je t'aime, répéta-t-il. Si tu n'étais pas venue à Hope, je serais allé à Atlanta te chercher. Je voulais que tu me donnes une nouvelle chance. Je voulais être avec toi. Ce poste de shérif, mon engagement dans l'armée, tu ne comprends pas ? C'était pour toi. Pour te montrer que je pouvais être l'homme qu'il te fallait. Que je valais mieux que...

Jill agrippa la chemise de Hayden, l'attira brusquement vers elle et l'embrassa avec fougue. Avec passion, avec abandon. Le désir et l'émotion déferlaient en elle, mais elle ne tenta pas de les réprimer. Elle se laissa aller... comme elle avait toujours rêvé de le faire.

Les bras de Hayden se refermèrent autour d'elle. La chaleur de son corps l'enveloppa. Il était tout près. Si fort, si rassurant. Hayden.

Il détacha un instant ses lèvres des siennes.

— Quand cette enquête sera terminée, je veux que tu me donnes une autre chance.

Elle avait fermé les yeux. Elle brûlait de se fondre en lui, d'oublier la douleur qui les entourait, mais c'était impossible. On avait besoin d'eux.

— Quand cette enquête sera terminée...

Elle ouvrit les yeux et contempla son visage dur, déterminé, follement séduisant.

— Moi aussi, je veux que tu me donnes une autre chance.

La peur s'en était allée. Elle ne laisserait pas ses doutes la ronger. Hayden était l'homme qu'elle voulait.

L'homme qu'elle aurait.

— Trente minutes.

Samantha répondit par un hochement de tête. Hayden Black ne ressemblait en rien à l'homme qu'elle avait imaginé. Lorsque Jill avait parlé de lui, elle s'était représenté un être réservé, totalement maître de ses émotions.

Cet homme n'était pas maître de ses émotions, au contraire. Elles semblaient déborder de lui chaque fois qu'il posait son regard sur Jill.

Jill n'était pas la seule à avoir eu le cœur brisé.

Hayden Black était fort, dangereux, et à en juger par sa démarche prudente...

— Vous êtes en train d'établir mon profil ? demanda-t-il en s'immobilisant devant la lourde porte qui menait à la cellule.

Samantha émit un petit rire.

— Pardon. Déformation professionnelle, je suppose.

Il croisa les bras sur sa poitrine et attendit. Il était sexy, aucun doute. Elle comprenait que Jill soit attirée par lui, mais...

— Alors ? lâcha-t-il.

— Pardon ?

— Je veux savoir ce que vous pensez. Qui suis-je ?

— Ici ? Maintenant ? demanda-t-elle, interdite.

Elle avait hâte de questionner Anderson, mais, si tel était le prix de cet entretien, très bien.

— Je savais déjà que vous étiez un ex-soldat, mais je parierais que vous avez été le chef de votre unité. Vous êtes habitué à donner des ordres. Quand vous entrez dans une pièce, vous jaugez immédiatement les menaces potentielles. Vous aimez le risque, vous adorez sentir l'adrénaline courir dans vos veines. Vous êtes dangereux...

La mâchoire de Hayden se crispa.

— Dangereux ?

— Oui.

Elle était persuadée qu'elle était face à un homme qui n'hésiterait pas à tuer. Qui l'avait sans doute fait. Quand on prenait une vie, cela laissait une marque sur vous, non à l'extérieur mais tout au fond de vous. Hayden portait cette marque, elle le sentait.

Elle aussi.

— Vous croyez que je suis un danger pour Jill ?

Son regard s'était durci.

Elle secoua la tête.

— Pas pour Jill. Au contraire, je pense qu'aucune femme au monde n'est plus en sécurité quand vous êtes dans les parages.

Un peu comme Lois Lane.

— Je pense que vous feriez n'importe quoi pour elle, mais que si on essayait de vous la prendre...

— Ça n'arrivera pas.

— Vous avez tenté de vivre sans elle, n'est-ce pas ? De vous sacrifier ?

Il arqua un sourcil surpris.

— Je parie que vous en avez bavé, commenta-t-elle en souriant. Et que vous ne ferez pas deux fois la même erreur.

— Je suis étonné que vous ne me disiez pas de garder mes distances avec elle.

— Pourquoi ? Parce que vous êtes un grand méchant ?

Elle eut un petit rire.

— Cela ne fait pas peur à Jill. Ce qui lui ferait peur, c'est de vous perdre de nouveau. Peut-être devriez-vous l'interroger sur ses contacts à la CIA. Lui demander pourquoi une certaine unité de commandos l'intéressait tellement. Même quand vous étiez à l'autre bout du monde, croyez-moi, elle vous gardait près d'elle.

Il écarquilla légèrement les yeux. De beaux yeux. Sombres. Expressifs. Qui regardaient Jill... comme si elle était le centre de son univers.

Elle l'était.

Un instant, Samantha éprouva une pointe de mélancolie. Il aurait été agréable d'être regardée ainsi. Aimée ainsi.

Elle s'éclaircit la gorge.

— Écoutez, si intéressant que soit votre profil... vous n'êtes pas l'assassin que je cherche.

Elle marqua une pause et choisit ses mots avec soin.

— Si vous êtes toujours disposé à m'accorder trente minutes avec Anderson...

— Naturellement.

Il lui fit signe d'entrer.

— Mon adjoint Finn restera avec vous. Jill et moi allons retourner inspecter les plages.

— Jill devrait se reposer, marmonna Samantha.

Son amie lui avait paru exténuée.

— Elle refuse. Elle est persuadée que nous livrons une bataille contre la montre et qu'au bout de vingt-quatre heures... Eh bien, disons que nous ne devons pas laisser ces vingt-quatre heures s'écouler.

Il lui tint la porte et s'effaça pour la laisser passer. L'adjoint était déjà à l'intérieur. Elle hésita et se retourna vers Hayden.

— Restez près de Jill.

À la lecture du dossier, des signaux d'alarme s'étaient déclenchés dans sa tête. Quelque chose lui échappait. Leur échappait à tous. Elle le savait...

Mais quoi ?

— Bien sûr.

Il lui adressa un petit signe et s'éloigna. Samantha s'avança dans le couloir. Derrière les barreaux, un homme était assis sur un lit, tassé sur lui-même. Il leva les yeux.

— Mon avocat m'a dit de ne parler à personne ici, alors, madame, vous devriez tourner les talons et ressortir tout de suite.

Elle continua à s'avancer. Jusqu'aux barreaux. Ses talons hauts claquaient sur le sol.

L'homme fronça les sourcils.

— Madame...

— Nous pouvons faire venir votre avocat, proposa-t-elle. Il sera libre d'assister à notre entretien et de vous dire à quelles questions répondre ou non. Nous pouvons faire cela.

Il la détailla de la tête aux pieds.

— Qui êtes-vous ?

— Samantha Dark.

Le nom ne lui dirait rien. Un badge du FBI était accroché à sa hanche mais le regard de l'homme était planté droit dans le sien, comme s'il n'avait rien à cacher.

Quel mensonge ! Nous avons tous des choses à cacher. Trop de secrets.

— Nous pouvons faire cela, répéta Samantha, mais pendant ce temps une autre jeune fille mourra sans doute. Une fille comme Christy.

Anderson cilla.

— Vous voulez vraiment que cela arrive ? Vous voulez avoir une mort de plus sur la conscience ?

— Je n'ai pas tué ma sœur !

Et voilà pourquoi il allait lui parler. Il ne pouvait se confier à Jill... Quand il la regardait, Kurt Anderson était submergé par les souvenirs, tenaillé par un sentiment de culpabilité. Quand il regardait Hayden Black, la honte l'envahissait. *Parce que Hayden avait sauvé Jill et que lui n'avait pas pu sauver sa sœur.*

Cet homme portait ce chagrin comme un manteau sur les épaules. Il était temps de l'en libérer.

— Non, acquiesça-t-elle. Et le moment n'est-il pas venu de découvrir qui l'a fait ?

13

Sous une lune ronde et lourde, les vagues déferlaient en rugissant sur le rivage.

À travers la ville, les recherches se poursuivaient sans relâche, menées par les adjoints de Hayden avec l'aide des citoyens volontaires. Toutes les habitations vides des environs avaient d'ores et déjà été inspectées en vain.

Aucune trace de Vanessa.

Pourtant, ce matin... Tout avait commencé sur la plage. Vanessa était venue ici. Son vélo avait été emporté, rangé comme pièce à conviction, mais...

Tu étais ici, Vanessa. C'est là que tout a commencé pour toi. Où cela finirait-il ?

Jill regarda sur sa gauche et vit Hayden. Le faisceau de sa lampe balayait le sable. Elle savait ce qu'il redoutait, tout comme elle savait pourquoi il avait voulu qu'on commence dès maintenant à fouiller les plages.

Le corps de Christy Anderson avait été laissé sur la plage.

Hayden craignait que le même scénario se répète pour Vanessa. Chaque minute qui s'écoulait était à ses yeux une minute qui les rapprochait de la macabre découverte.

Les doigts de Jill se crispèrent sur la lampe qu'elle tenait à la main. Il n'y avait pas de corps à découvrir, pas encore.

— Il est revenu, souffla-t-elle.

Hayden était loin d'elle et elle ne croyait pas qu'il l'ait entendue, mais il s'approcha, une ombre imposante dans la nuit.

— Il est revenu, répéta-t-elle plus fort. Cette ville l'attire d'une manière ou d'une autre.

— À moins qu'il ne soit jamais parti.

La torche de Hayden éclairait le sable à leurs pieds.

— Toi et moi sommes partis, mais lui est peut-être resté. Peut-être qu'il a été là tout le temps.

Un tueur dissimulé parmi eux.

— Crois-tu que Vanessa soit encore en vie ? demanda-t-il tout bas.

Elle réfléchit.

— Oui. Parce qu'il n'a pas obtenu ce qu'il veut. Pas encore.

— C'est toi qu'il veut.

— Non.

Ce n'était pas tout à fait exact.

— Il veut que je meure.

— Jill West a une nouvelle hypothèse à propos des victimes, déclara Samantha.

Elle se tenait à quelques centimètres des barreaux, le regard rivé à l'homme qui s'était levé pour la dévisager.

— Elle pense que l'assassin choisissait des filles susceptibles d'être d'abord classées comme fugueuses, et non comme victimes d'un enlèvement. C'était habile. Cela lui permettait de gagner du temps.

Kurt fronça les sourcils.

— Votre sœur aurait-elle pu faire une fugue ?

— Non, non. Christy n'aurait...

— Vos parents sont divorcés, coupa Samantha.

Une tactique délibérée. On ne commençait jamais par la question qu'on voulait vraiment poser. Il fallait piéger le suspect, le prendre par surprise.

— Oui. Ma mère n'a pas supporté... ce qui s'est passé après Christy. Mon père buvait sans cesse. Ce n'était plus le même homme... Elle a dû le quitter.

— Et elle vous a emmené.

Il parut perplexe.

— Oui. Et alors ?

Elle le regarda sans rien dire.

— Vous pensez que je l'ai abandonné ? C'est ça ? Écoutez, je n'avais pas le choix. Je ne...

— Je ne crois pas que vous l'ayez abandonné. Mais je me demande s'il y avait des problèmes entre vos parents avant la mort de Christy.

— Mon père... Il travaillait beaucoup, d'accord ? Il était tout le temps en déplacement. Ma mère se plaignait de ne pas le voir assez.

Elle cilla.

— Quel genre de travail faisait-il à l'époque ?

— Il était représentant en produits pharmaceutiques.

Samantha demeura impassible.

— Il avait tout un secteur à couvrir. Par conséquent, il n'était pas souvent à la maison. Il subvenait aux besoins de la famille. Il faisait de son mieux.

Kurt passa une main dans ses cheveux.

— Après la mort de ma sœur, il a... Il s'est mis à boire. À boire et à crier tout le temps. Il blâmait toujours...

Il se tut brusquement.

— Il blâmait votre mère ? insista Samantha. Ou vous ?

Il lâcha un rire amer.

— Non. Il blâmait toujours Jill. Il répétait constamment que c'était sa faute.

Il lui tourna le dos.

— Il se mettait en rage, il disait que, si elle était morte, Christy serait toujours en vie. Même après avoir perdu son emploi — il a été licencié à cause de son alcoolisme —, il répétait sans cesse que tout était arrivé par la faute de Jill.

— Mais Jill était une victime, murmura Samantha doucement. Vous en avez conscience, n'est-ce pas ? Jill n'a pas fait de mal à votre sœur. Quelqu'un d'autre a fait cela. Quelqu'un l'a enlevée, lui a brisé le cou, l'a déposée sur cette plage.

Il se tassa sur lui-même.

— Christy adorait cette plage. Elle pouvait y passer des heures, à regarder les vagues.

Christy était enveloppée d'une couverture. Elle avait été laissée à un endroit qu'elle aimait.

Samantha songea aux clichés qu'elle avait vus dans le dossier. Les vêtements de Christy n'avaient pas été défaits. Il n'y avait pas eu d'abus sexuel.

Elle s'éclaircit la gorge.

— Parlez-moi de la dernière fois que vous avez vu votre sœur.

Il jeta un coup d'œil vers elle, les sourcils de nouveau froncés.

Elle avait délibérément changé de cap, car elle était sur le point de boucler la boucle.

Pour ainsi dire.

— Que faisait Christy la dernière fois que vous l'avez vue ?

Il se massa la nuque.

— Elle cherchait notre père. Elle était venue dans ma chambre après sa séance d'entraînement pour me demander où il était. Elle voulait sortir avec des copines et elle avait besoin d'argent de poche.

Il secoua la tête.

— C'est tout juste si je lui ai dit trois mots. Je ne m'intéressais pas à Christy. J'étais trop cool, vous savez ? Trop cool.

— Quels étaient ces trois mots ?

Il cilla.

— Vous vous en souvenez ? insista-t-elle.

Il déglutit.

— Oui, oui, je m'en souviens.

Elle attendit.

— Dans le jardin.

Il émit un rire jaune.

— C'est tout ce que j'ai dit. *Dans le jardin*. Ce n'est pas exactement renversant, hein ? Ça ne risque pas de vous aider à élucider l'affaire.

Avant qu'elle ait pu répondre, la porte s'ouvrit derrière elle. L'adjoint Finn se leva d'un bond pour intercepter l'homme au complet gris et aux cheveux roux qui venait d'entrer comme s'il était le propriétaire des lieux.

— Pourquoi interroge-t-on mon client ? demanda-t-il en tirant une feuille de papier de sa poche.

Un autre adjoint était derrière lui — une femme aux cheveux châtains que Samantha avait rencontrée plus tôt, Wendy Hollow. La mine sombre, elle échangea un rapide coup d'œil avec Finn.

— Le juge Eisen vient d'appeler. Nous avons reçu l'ordre de libérer Kurt Anderson.

— Bien entendu, intervint l'avocat d'une voix suave. Au moins y a-t-il enfin une personne dans cette ville qui comprend que la famille Anderson a connu l'enfer. Mon client est une victime. Un individu pervers — celui qui a tué sa sœur — le tourmente comme il tourmente l'agent spécial West. Ceci est une tragédie pour tous les gens concernés.

Il s'adressa à Finn.

— Mon client doit être libéré au plus vite. Il est tard. Il a besoin de rentrer chez lui. Il faut qu'il s'occupe de son père.

Samantha regarda Kurt. Elle n'en avait pas terminé avec lui.

— Excusez-moi, reprit l'avocat en s'approchant, mais qui êtes-vous ? Et pourquoi vous entretenez-vous seule avec mon client ?

Elle pivota et lui décocha à son tour un sourire suave.

— Je ne suis pas seule. L'adjoint Finn est là.

Le regard de l'avocat s'attarda sur son badge.

— FBI ? Si les droits de mon client ont été bafoués...

— Je veux lui parler, coupa soudain Kurt.

L'avocat ouvrit des yeux ronds. Samantha, quant à elle, s'efforça de dissimuler sa surprise. C'était une autre de ses tactiques — elle ne révélait ses émotions que lorsqu'elle voulait que les autres les voient. D'une manière générale, elle savait qu'il valait mieux ne révéler sa faiblesse à personne.

Quand un tueur flairait une faiblesse, c'était comme un requin qui sentait l'odeur du sang.

— Je veux trouver l'assassin de Christy. Je veux qu'il soit arrêté, répondit Kurt sur un ton sec. Mais je ne sais rien d'utile.

J'ai été incapable d'aider ma sœur il y a toutes ces années, et je le suis toujours.

Une sonnerie s'éleva, un bruit strident qui transperça l'obscurité. Avec un juron, Hayden sortit son téléphone de sa poche et jeta un coup d'œil à l'écran. C'était un appareil tout neuf, acquis quelques heures plus tôt pour remplacer celui qui avait fondu lors de l'incendie.

— C'est Finn.

Il se détourna légèrement pour prendre la communication. Jill le suivit des yeux, tendue à craquer. *Pourvu qu'on n'ait pas découvert le corps de Vanessa. Pourvu que...*

— Quoi ? explosa Hayden. C'est hors de question ! Le juge Eisen outrepasse ses droits. Ne se rend-il pas compte de l'importance de cette enquête ? Libérer Kurt Anderson...

Le téléphone de Jill sonna à son tour. Elle le tira de sa poche en fronçant les sourcils. L'écran était fendillé de part en part, et elle avait de la chance que l'appareil ne soit pas complètement hors d'usage.

Numéro inconnu.

Le cœur de Jill sembla cesser de battre. Veillant à ne pas se couper, elle glissa son doigt sur l'écran étoilé et s'éloigna de Hayden.

— Agent West.

— Vous avez eu peur quand le chalet a pris feu ?

— Non, j'ai été furieuse.

Elle parlait bas. Derrière elle, Hayden discutait toujours avec animation avec Finn.

— Je pensais que nous nous étions mis d'accord sur un échange.

— Hum, sauf que vous avez triché. Votre téléphone était sous surveillance.

Il marqua une pause.

— Je parie qu'il l'est toujours.

Il l'était, bien sûr. Remonter la trace d'un appel était relativement compliqué, mais pas pour le FBI.

— Et moi qui me suis donné le mal d'acquérir un téléphone jetable, dit-il avec un rire mauvais. Pendant que vous jouez toujours à votre petit jeu.

— Désolée du dérangement, lâcha-t-elle sur un ton cassant.

Il avait cessé de rire.

— Si vous envoyez la police et le FBI à mes trousses, Vanessa Gray mourra.

C'était la première confirmation officielle qu'il avait enlevé Vanessa. Ici même, sur cette plage.

— Comment puis-je être sûre qu'elle n'est pas déjà morte ?

Il y eut un bref silence.

— A... Allô !

Une voix de jeune fille, faible et rauque.

— Vanessa ?

— Je... Je veux mon frère, chuchota-t-elle. S'il vous plaît, est-ce que je...

Sa voix se tut brusquement.

Jill attendit, glacée.

— Elle est en vie. Quant à savoir si elle va le rester, ça dépend de vous.

Jill jeta un coup d'œil par-dessus son épaule. Hayden faisait les cent pas en parlant mais regardait dans sa direction. Elle esquissa un geste vers lui.

— Non.

Un seul mot, un grognement.

Ainsi, l'homme était assez proche pour l'observer. Et Vanessa était avec lui.

— Je ne veux pas que le shérif ou les députés soient au courant. Seulement vous.

Elle déglutit.

— Vous proposez toujours un échange ? Vanessa contre moi ?

Elle parlait aussi bas que possible.

— Oui.

— Et je suis censée vous faire confiance ? Pour que vous me guidiez à un autre chalet qui va exploser ?

— C'est une option.

La main de Jill se crispa sur son téléphone.

— Évidemment, je pourrais tuer Vanessa tout de suite, reprit-il. Puisque vous êtes si méfiante… Je pourrais lui briser le cou…

Vanessa hurlait en arrière-fond. Suppliait.

— Non, murmura Jill. Non.

Un silence.

— Donnez-moi la seconde option, ordonna-t-elle.

Il resta muet.

— Bon sang !

— Elle est morte par votre faute, murmura-t-il d'une voix changée, émue. Je ne voulais pas… C'est vous qui êtes responsable. Vous avez tout gâché. Détruit la vie que j'avais. Tout était si parfait avant.

Il ne parlait pas de Vanessa mais de Christy. *Elle est morte par votre faute.*

— Il n'est pas nécessaire qu'une autre jeune fille meure, dit Jill doucement. Nous pouvons mettre un terme à cela. Dites-moi où venir et je viendrai.

Avec des renforts. Avec des armes. Avec assez d'agents pour l'éliminer et sauver Vanessa.

— Ça ne marche pas comme ça.

L'émotion avait déserté sa voix aussi brusquement qu'elle était venue, comme s'il avait pressé un interrupteur en lui-même.

— Débarrassez-vous de Hayden. Retournez dans votre chalet. Quand je serai sûr que vous êtes seule, je vous appellerai.

Il marqua une brève pause.

— Si vous demandez au FBI de localiser cet appel, je le saurai. Je vous observe. S'ils viennent jusqu'à moi, elle sera morte avant qu'ils aient réussi à ouvrir la porte.

La communication fut coupée. Jill fixa son appareil. Hayden discutait toujours avec son adjoint.

— Non, non, Finn. Laisse-le partir, d'accord ? Mais fais-le suivre. Vingt-quatre heures sur vingt-quatre. Oui, j'arrive.

Elle rangea son téléphone et prit une profonde inspiration.

— Kurt Anderson va être relâché, annonça-t-il en s'avançant vers elle. Nous n'avons pas assez d'éléments pour le garder.

Si Kurt Anderson se trouvait encore derrière les barreaux, il ne pouvait pas être l'auteur du mystérieux appel. Il avait dit la vérité. Quelqu'un avait volé sa voiture et essayé de l'impliquer. Quelqu'un qui avait eu accès à la maison des Anderson.

— Je t'ai vue parler au téléphone, reprit Hayden. Tu as du nouveau ? Que se passe-t-il ?

Débarrassez-vous de Hayden. Elle regarda par-dessus l'épaule de ce dernier. Au loin, elle distinguait une rangée de chalets de plage, des lampes allumées à l'intérieur. Son interlocuteur l'observait. Elle le savait.

Elle savait aussi... que, si elle obéissait à ses instructions, Vanessa vivrait.

Le ravisseur avait fait de cette opération une affaire très personnelle. Pour lui, il ne s'agissait pas d'enlever une autre victime. Il s'agissait de se venger d'elle. De la punir.

— On m'annonçait la même nouvelle, répondit-elle, le regard toujours fixé au loin. Mais je ne crois pas que Kurt Anderson soit le coupable. Nous devons chercher ailleurs. Je veux dire : il est trop jeune pour m'avoir enlevée.

— Oui, mais ça peut quand même être lui qui s'est introduit dans ton chalet ou qui a fait sauter la bombe. Lui et son père... Jill, ils ont beaucoup de haine en eux. Beaucoup de haine. Et elle semble dirigée contre toi.

Exactement comme la fureur de son interlocuteur.

Elle est morte par votre faute.

— Oui, admit-elle doucement. En effet. Ils me rendent responsable de tout.

Parce qu'elle s'était échappée. Qu'elle avait survécu, et qu'une autre était morte à sa place.

— Il faut que je retourne au poste.

Voilà qui convenait parfaitement à Jill.

Il glissa une main sous son menton.

— Je sais que tu veux continuer à la chercher, mais il n'y a rien ici.

Il se trompait. Le ravisseur était là. L'homme qui avait pris Vanessa.

— Elle a tellement peur, Hayden, laissa-t-elle échapper. Elle veut rentrer. Elle veut son frère.

— Je connais son frère, murmura-t-il en lui caressant la joue. J'ai servi à ses côtés. Porter est un type bien. J'ai déjà fait appel à mes contacts pour le faire rentrer. Il fait partie des opérations spéciales, mais je fais de mon mieux pour qu'il soit rapatrié d'urgence.

Le cœur de Jill se serra. Elle ne voulait pas qu'il revienne pour enterrer sa sœur.

— Nous reprendrons les recherches à l'aube. Ton équipe arrive demain matin, n'est-ce pas ?

En effet, elle avait appelé les membres de son unité à la rescousse.

— Nous aurons des renforts, ajouta Hayden. Nous trouverons Vanessa.

Elle se haussa sur la pointe des pieds et pressa ses lèvres contre les siennes. Elle éprouvait le besoin de l'embrasser une fois de plus. De goûter sa bouche. De se remémorer ce qu'il en était d'être en sécurité, d'être aimée.

Il était fort et solide contre elle. Son roc.

Hayden captura sa bouche, et le désir monta en elle. Un baiser, une caresse… cela suffisait pour l'embraser.

Elle savoura Hayden un instant de plus, puis se dégagea. Pendant quelques secondes, elle le fixa dans l'obscurité. Son Hayden.

Elle déglutit.

— Tu me déposes au chalet ?

Il la dévisagea, le regard brûlant.

— J'ai un peu mal à la tête, murmura-t-elle. Je crois qu'il faut que je me repose pour être efficace demain matin.

Hayden acquiesça.

— Bien sûr.

Il recula d'un pas, l'air songeur.

Elle exhala un soupir.

— Merci.

Bientôt, elle serait seule au chalet. Alors, le vrai combat commencerait.

Samantha pianotait sur le bureau d'accueil du poste, observant l'avocat qui se hâtait de faire sortir Kurt Anderson. Ce dernier, tassé sur lui-même, paraissait épuisé.

Son regard se tourna soudain vers elle.

Il avait l'air coupable.

— Le shérif m'a ordonné de le faire filer, murmura Finn en s'approchant d'elle. Je vais m'en charger.

L'attention de Samantha se reporta sur lui.

— Je veillerai à ce qu'il ne fasse de mal à personne. Et s'il fait quoi que ce soit de suspect, s'il peut nous mener à cette adolescente disparue, j'appellerai le shérif tout de suite.

Elle lui tendit sa carte.

— Tenez-moi au courant aussi.

Avant qu'elle ait pu ajouter autre chose, l'avocat sortait, suivi de leur suspect numéro un. Elle inclina la tête vers la porte.

— À vous de jouer.

Finn attendit quelques secondes, puis se faufila au-dehors à son tour.

Samantha soupira. Elle ne croyait pas que Kurt soit le coupable, mais quelque chose ne collait pas.

Dans le jardin. Elle attrapa le dossier que Jill avait compilé sur l'enlèvement de Christy et feuilleta les pages contenant les dépositions des témoins. Theodore Anderson avait été interrogé sur son emploi du temps au moment de la disparition de sa fille. D'après lui, il était allé à la pêche. Il était parti tard la veille au soir et n'était rentré que vers midi, bien après que sa fille avait été enlevée.

Dans ce cas, pourquoi Kurt a-t-il dit que son père était dans le jardin ?

Kurt lui avait-il menti ? Ou son père avait-il menti aux autorités à l'époque ?

Samantha salua l'adjoint Hollow d'un signe de tête et se hâta vers la sortie. Elle avait besoin de parler à Jill. Peut-être celle-ci se souviendrait-elle de certains détails utiles.

Une fois dehors, elle se dirigea vers sa voiture de location, plongea la main dans sa poche et pressa la touche de déverrouillage des portières. Ses talons résonnaient sur le trottoir, le grondement de l'océan lui emplissait les oreilles.

Soudain, un frisson lui parcourut l'échine. Elle se raidit, certaine d'être observée.

Elle jeta un coup d'œil sur sa gauche. Kurt Anderson et son avocat étaient partis. La voiture de Finn sortait du parking.

Elle se tourna vers la droite — vers l'homme qui émergeait de l'ombre.

— Te voilà, dit-il d'une voix grave.

Il s'avança vers elle d'un pas déterminé.

— Tu veux m'expliquer ce que tu fabriques ?

Elle arqua les sourcils.

— Pourquoi as-tu filé à l'anglaise ?

La lueur du lampadaire tombait sur les traits de son nouveau partenaire au FBI — Blake Gamble — et il n'avait pas l'air content.

— Si tu es sur une affaire, moi aussi, reprit-il. Tu ne me laisses pas en rade.

Que diable faisait-il ici ?

— Comment as-tu su où j'étais ? Et que fais-tu ici ?

— Le directeur m'a envoyé. Il a dit que je devrais être avec toi, même s'il ne s'agit pas d'une enquête officielle.

Elle était officielle aux yeux de Samantha.

— On m'a demandé un service, expliqua-t-elle en lui faisant face.

Blake était imposant, aussi bien bâti que le shérif Black, et au moins aussi grand.

— Je suis ici pour aider une amie.

Il s'arrêta tout près d'elle.

— Et tu ne pensais pas que j'accepterais de l'aider aussi ?

Samantha essayait encore de définir sa relation avec son nouveau collègue. Jusqu'à maintenant, il avait paru scrupuleusement respectueux du règlement. Cependant, elle avait l'intuition que la personnalité de Blake était beaucoup plus complexe qu'il n'y paraissait.

— Je n'en étais pas sûre.

— Eh bien, laisse-moi te le dire : je suis avec toi. C'est ce que ça signifie, être partenaires, non ? On veille l'un sur l'autre.

— Oui.

— D'ailleurs, je connais Jillian West aussi, ajouta-t-il en hochant la tête. Il paraît qu'une adolescente a disparu. Qu'est-ce qu'on peut faire pour la retrouver ?

14

— Vraiment, Hayden, tu n'es pas obligé de m'accompagner à la porte.

Jill avait ouvert sa portière, et la lumière de l'habitacle se déversait sur elle.

— Je peux me débrouiller.

Hayden mourait d'envie de grimper les marches, de fouiller le chalet et de s'assurer que tout était en ordre, mais serra les dents et se força à acquiescer. Jill était armée et savait reconnaître des signes d'effraction.

Au fond, il ne voulait pas la quitter, voilà tout.

— Je vais faire un saut au poste et je reviens.

Elle descendit de voiture.

— Tu n'es pas obligé de faire ça.

Il descendit à son tour et la suivit, la retenant par le bras avant qu'elle puisse s'engager dans l'escalier.

— J'ai envie de le faire.

Il voulait passer ses journées et ses nuits avec elle. Ils avaient décidé de se donner une seconde chance, et il n'allait pas laisser cette chance s'envoler. Jill était tout à ses yeux. Tout. Son unique chance de bonheur. Il ne voulait pas la perdre de nouveau.

— Je reviens, répéta-t-il.

Il hésita, rongé par l'inquiétude. Après tout, elle avait subi un traumatisme et...

— En fait, je vais rester. Tu auras peut-être besoin de moi et...

— Je voudrais être seule, Hayden.

Son regard était tourné vers les vagues et non vers lui.

— Je veux juste... être seule ce soir, d'accord ? Je n'ai pas besoin que tu montes la garde autour de moi. Je suis capable de me défendre.

Il se força à laisser retomber sa main.

— Très bien. J'enverrai une patrouille...

— Tu veux toujours me protéger, n'est-ce pas ? Même quand je ne veux pas être protégée.

Il la fixa, perplexe. Quelque chose lui échappait. Elle continuait à éviter son regard, et sa voix semblait trop calme. Trop distante.

— J'ai besoin de passer cette nuit seule. Si cela te soulage d'envoyer une patrouille plus tard, fais-le. Mais je préférerais que tous tes efforts se concentrent sur Vanessa, et non sur moi.

Enfin, elle posa son regard sur lui.

— C'est elle qui compte, à présent. Tu comprends, n'est-ce pas ?

— Jill...

Elle recula.

— Si je vois quoi que ce soit de suspect, tu seras le premier averti.

Quelque chose n'allait pas. Cette scène sonnait faux. Les paroles de Jill sonnaient faux.

— Bonne nuit, Hayden.

Elle se détourna et grimpa les marches en hâte, sans se retourner. Il resta un instant immobile, l'observant jusqu'à ce qu'elle disparaisse. La lumière s'alluma à l'intérieur.

Il s'attarda encore. L'attitude de Jill le taraudait. Elle l'avait embrassé avec tant de fougue sur la plage...

Et maintenant elle le renvoyait.

Au bout d'un moment, il se dirigea vers sa voiture. Quelques secondes plus tard, il s'éloignait du chalet. Il jeta un coup d'œil dans le rétroviseur, mais ne vit que le noir.

Je reviendrai ce soir, Jill. Que tu le veuilles ou non. Je reviendrai. Retrouver Vanessa était une priorité absolue pour lui. Mais protéger Jill ?

Ce serait toujours sa première mission.

Jill regarda la voiture de Hayden disparaître, retenant son souffle. Il avait eu des soupçons à la fin, et elle n'avait pas été certaine qu'il s'en irait.

Elle avait dû se faire violence pour le laisser partir. Elle aurait tant voulu tout lui dire, avoir son aide et son soutien pour arrêter le coupable. Cependant, l'homme la surveillait. Et, s'il voyait quoi que ce soit de suspect, une jeune fille innocente risquait de mourir.

Elle posa son téléphone sur la table de cuisine et le fixa, voulant qu'il sonne. L'appareil resta muet.

Avec un soupir, elle gagna sa chambre et ouvrit sa valise. Elle en sortit son revolver de secours et l'attacha à sa cheville, après quoi elle vérifia son arme de service. Le poids du pistolet dans sa paume la rassura. Elle avait beau accepter les règles du ravisseur, elle n'allait pas lui offrir une proie facile.

Non, le matin venu, Jill avait bien l'intention d'être encore en vie.

Et d'avoir Vanessa Gray à ses côtés. En vie. Saine et sauve. Elle ne perdrait pas une autre victime. Elle ne pouvait pas la perdre.

Son téléphone se mit à sonner. Jill se hâta de retourner dans le salon. L'appareil vibrait sur la table. Elle baissa les yeux sur l'écran.

Numéro inconnu.

Elle veut son frère.

Hayden écrasa la pédale de freins. Les pneus hurlèrent sur le bitume.

Il avait repassé sa conversation avec Jill dans sa tête, en s'efforçant de comprendre ce qu'elle lui avait caché. Sur la plage, elle avait parlé de Vanessa. De la terreur qu'éprouvait la jeune fille.

Et elle avait dit que Vanessa voulait son frère.

Peut-être n'était-ce qu'une déduction de sa part. Peut-être avait-elle rassemblé les informations qu'elle détenait sur la vie de Vanessa et conclu que son frère manquait à l'adolescente, qu'elle se sentait en sécurité quand il était là. Après tout, Jill avait parlé avec la mère de Vanessa. Peut-être s'efforçait-elle simplement d'établir un profil de la jeune victime.

Il fit demi-tour et accéléra.

Ou peut-être Jill n'avait-elle fait que répéter des propos tenus par Vanessa. Sa voix s'était adoucie lorsqu'elle avait dit cela. La douleur avait percé dans les paroles qu'elle prononçait.

Et puis elle avait tenu à rentrer chez elle. Seule.

Un juron lui échappa.

Il appela son bureau.

— Je veux parler à Samantha Dark, dit-il dès qu'on décrocha. Elle est toujours là ?

— Non, shérif, répondit Wendy. Elle vient de partir.

Hayden retint une exclamation de dépit.

— Savez-vous si elle a téléphoné à Jill West avant de s'en aller ?

— Non, je suis désolée.

— Si vous la revoyez, dites-lui de me contacter. C'est urgent.

Il coupa la communication et se focalisa sur la route. Si Samantha n'avait pas appelé Jill, qui l'avait contactée ? Le ravisseur ? Il avait déjà appelé une fois pour lui proposer un marché. Avait-il recommencé ?

Mais Jill me l'aurait dit. Elle aurait...

Il était tout près du chalet. Assez près pour distinguer sa voiture. Et la voir, elle, qui se dirigeait justement vers le véhicule.

Hayden éteignit ses phares. Jill s'engouffra dans l'habitacle et démarra rapidement, le téléphone pressé contre son oreille.

Parlait-elle au ravisseur ?

Une seule raison aurait pu inciter Jill à lui mentir... et c'était de protéger la victime.

Et si le type lui avait proposé un nouveau marché ?

Une phrase de Jill lui revint brusquement à l'esprit. *C'est elle qui compte, à présent. Tu comprends, n'est-ce pas ?*

Elle lui avait dit ce qui se passait, et il avait été trop obtus pour saisir. Il regarda la voiture qui s'éloignait et n'hésita pas une seconde. Il allait la suivre, comme il l'avait suivie autrefois, sur un chemin sombre et menaçant.

Il suivrait Jill n'importe où, et même en enfer s'il fallait en arriver là. Tous phares éteints, il s'engagea sur la route, gardant une distance respectable. Il ne fallait pas que Jill le voie… et le ravisseur encore moins.

— Ce sont les maisons normales qui dissimulent les pires monstres, déclara Samantha en claquant sa portière, le regard rivé sur le numéro 1509, Sea Breeze Way. Elles ont l'air si innocent, et puis, trop tard, on se rend compte que la façade n'était qu'un mensonge.

Blake se hâta de contourner le capot et la rejoignit.

— Si je comprends bien, tu comptes interroger ce type ? Maintenant ? À l'heure qu'il est ?

— Il ne s'agit pas d'un interrogatoire. Je n'ai qu'une question à lui poser.

Elle détourna les yeux, s'efforçant de ne pas trop s'attarder sur le torse musclé de son compagnon. Blake n'était que son équipier. Rien de plus. Au FBI, on ne mêlait jamais le plaisir au travail, si tentant que cela soit.

— Ce n'est pas comme si on était en pleine nuit. Il vient d'être relâché. J'imagine qu'il fait les cent pas dans son salon depuis que son avocat l'a déposé chez lui.

Elle inclina la tête vers la maison, où apparemment toutes les lumières étaient allumées.

— Tant qu'il ne va pas se plaindre de harcèlement… marmonna Blake.

— Il ne se plaindra pas, assura-t-elle. Parce qu'il se passe quelque chose d'autre ici.

Quelque chose que Kurt n'avait pas révélé, et qui semblait le déchirer. Elle jeta un coup d'œil dans la rue. Ainsi qu'elle s'y attendait, la voiture de l'adjoint Finn était garée un peu plus bas, sous les branches tombantes d'un chêne imposant.

Rien n'est jamais aussi parfait qu'il en a l'air, aurait affirmé son ami Cameron Latham. Comme elle, il avait obtenu un diplôme de psychologie criminelle à Harvard. Quand elle avait une hypothèse en tête, bonne ou mauvaise, c'était à lui qu'elle la soumettait pour qu'il lui donne son avis. Cameron aurait jeté un coup d'œil à la maison et déclaré : *Trop parfait, Sam. Trouve les mensonges qui se cachent à l'intérieur.*

Et c'était précisément ce qu'elle comptait faire.

Samantha redressa le menton et passa devant, traversant le gazon bien entretenu. Elle toqua à la porte, entendit un bruit de pas dans l'entrée, le ronronnement d'un téléviseur et...

Le battant s'ouvrit sans bruit. Pas le moindre grincement de gonds. *Parfait.*

Kurt Anderson se tenait sur le seuil, mais son apparence était loin de la perfection. Ses cheveux étaient dressés sur son crâne, comme s'il y avait passé les doigts encore et encore. Son visage était blême, son regard, hanté.

— M. Anderson ?

Samantha tenta un bref sourire.

— Notre conversation a été interrompue tout à l'heure. J'ai une dernière question à vous poser.

— Il n'est pas là.

Samantha fronça les sourcils.

— Qui ?

— Mon père.

Kurt passa une nouvelle fois la main dans ses cheveux.

— Je savais que ça arriverait... J'ai été absent trop longtemps. Il s'est si bien conduit... Mais tout gâcher à présent...

Elle n'eut pas besoin de se retourner vers Blake. Elle sentait la tension qui l'avait gagné.

— Gâcher quoi, au juste ? demanda-t-elle calmement.

Kurt laissa retomber sa main.

— Il est sobre depuis un an et sept mois. Depuis que je suis revenu en ville. C'est moi qui l'ai obligé à arrêter de boire. Mais mon arrestation... Les questions de Jill au sujet de Christy... Tout ça a réveillé le passé, et il a craqué. J'ai trouvé une bouteille de whisky dans la cuisine.

Il déglutit avec peine.

— Vide.

— Puis-je entrer ? demanda Samantha avec douceur.

Kurt fit un pas hésitant en arrière.

— Il est parti. Il faut que… Il faut que Hayden lance un avis de recherche. Mon père n'est pas le même homme quand il a bu. Il pourrait se blesser.

Kurt pâlit encore.

— Ou blesser quelqu'un d'autre.

La dévastation régnait à l'intérieur de la maison. Le canapé avait été renversé, une lampe s'était fracassée sur le sol et… Samantha se baissa pour ramasser un cadre brisé. Des fragments de verre tombèrent à ses pieds. Elle fixa la photo d'une jeune fille souriante, aux cheveux blonds et aux joues creusées de fossettes. La fille du dossier. Christy Anderson, debout à côté de son père.

— C'est vous qui avez fait ça ? s'enquit Blake derrière elle.

— Ça ?

Kurt parut perplexe, puis jeta un coup d'œil autour de lui.

— Non, non. C'est mon père, je suppose. Je vous l'ai dit, quand il boit, il n'est pas le même homme. Il pique des colères épouvantables, on dirait quelqu'un d'autre. Mais il était sobre jusqu'au moment où Jill est revenue.

Il serra les poings.

— Elle aurait dû rester là où elle était. Il l'a vue le jour où elle a réapparu, avec Hayden, et tout lui est revenu. C'était comme une bombe à retardement… Je l'ai vu venir.

Une bombe à retardement. Compte tenu de ce qui était arrivé à Jill et à Hayden, le choix de mots était intéressant.

— Une minute. Qui êtes-vous ? demanda Kurt brusquement, en fixant sur Blake un regard perçant.

Samantha tenait toujours le cadre à la main.

— C'est mon équipier, Blake Gamble. Je vous l'ai dit, nous avons une question de plus à vous poser.

— Oubliez vos foutues questions ! cria Kurt. Appelez Hayden ! Dites-lui de chercher mon père. Tout de suite !

— Je vais le faire, assura Samantha. Je vais mettre toute une équipe à sa recherche.

Kurt acquiesça, un peu apaisé.

— Mais, avant, il faut que vous répondiez à une question pour moi. Une seule.

— Madame !

Kurt fit un pas vers elle, sa colère de retour.

— Vous jouez avec la vie de mon père.

En un éclair, Blake fut aux côtés de Samantha.

— Je vous conseille de changer de ton, mon vieux. Et tout de suite.

Samantha redressa le menton, affrontant le regard assassin de Kurt.

— Je ne joue pas. J'essaie seulement de découvrir la vérité.

Une vérité qui avait été trop longue à venir.

— Votre père a déclaré qu'il était à la pêche le jour où votre sœur a disparu. Mais ce soir, au poste, vous m'avez affirmé qu'il était à la maison et que vous aviez dit à Christy qu'il était dans le jardin.

Kurt s'humecta les lèvres.

— Où est la vérité, Kurt ? Dites-le-moi. Où était votre père quand Christy a disparu ?

Jill se gara près de la jetée. Elle resta un instant immobile, les mains crispées sur le volant. À côté d'elle, son téléphone sonna de nouveau.

Son doigt balaya l'écran endommagé.

— Je vous vois, Jill. Et vous avez tenu parole. Vous êtes seule.

Elle était si lasse de cette voix éraillée. Si lasse de ce petit jeu.

— Allez au bout de la jetée… et sautez dans l'eau, ordonna-t-il.

— Vous êtes fou ? Pourquoi irais-je…

— Nagez droit devant vous et vous trouverez mon bateau.

Jill retint une inspiration choquée. *Il est sur un bateau. Pas étonnant qu'il m'ait vue sur la plage avec Hayden tout à l'heure. Il nous observait depuis l'océan*. Sans doute était-il équipé de jumelles de vision nocturne.

Et l'homme qui s'était introduit dans son chalet… Ils avaient retrouvé sa moto, mais pas lui. *Pourquoi ? Parce qu'il a regagné son bateau à la nage ?*

— Je vous vois parfaitement, Jill. Je vais vous regarder nager. Si une autre voiture arrive, que ce soit celle du shérif ou celle d'un de ses adjoints, j'étrangle Vanessa et je la jette par-dessus bord.

— Je suis seule. Vous n'avez pas à vous inquiéter.

— C'est ce que je pensais l'autre fois aussi.

Jill réfléchit à toute allure. Elle n'avait pas escompté qu'elle devrait se mettre à l'eau. Ses pistolets ne fonctionneraient peut-être pas quand elle en sortirait.

J'ai besoin d'une autre arme.

— Allez au bout de la jetée, Jill. Plongez. Tout de suite. Vous avez quinze minutes pour arriver jusqu'à moi. Quinze minutes ou Vanessa meurt.

Elle raccrocha. Puis elle composa frénétiquement un texto, ouvrit sa boîte à gants et attrapa le tournevis qui s'y trouvait. Ce n'était pas une arme idéale, mais au moins résisterait-elle à l'eau. Elle le fourra dans son jean et descendit de la voiture, puis partit d'un pas rapide vers l'extrémité de la jetée. La lune éclairait son chemin le long des planches en bois. Elle scruta l'océan, mais ne vit aucune lumière.

Il a éteint ses feux de manière à ne pas être vu. Il attend. Il n'aurait pas besoin d'un chalet au cœur des marais, cette fois.

Un bateau était parfait pour commettre ce genre de crime. Il pouvait emmener ses victimes, les assassiner, se débarrasser des corps. Il lui suffisait de les lester pour s'assurer qu'ils ne seraient jamais retrouvés.

Les victimes demeuraient à jamais des personnes disparues.

Au bout de la jetée, elle fixa l'obscurité. L'espace d'un instant, elle revit un garçon blond qui se tenait à cet endroit. Un garçon aux cheveux un peu trop longs. Aux yeux sombres et pensifs.

Hayden. Je t'aime.

Elle espéra qu'il le savait. Jamais elle n'avait cessé de l'aimer. Elle ne pensait pas en être capable.

Jill exhala un soupir et escalada la rambarde en bois. Elle resta immobile une seconde, le regard sur les vagues. Et puis…

Elle sauta.

Il ne s'engagea pas dans le parking. Quand il vit Jill se garer, il ralentit, coupa le moteur et arrêta sa voiture au bord de la route. Ensuite, veillant à rester dans l'ombre, il se hâta vers la jetée. Il arriva juste au moment où Jill commençait à marcher, regardant droit devant elle, droit vers l'océan.

Il étrécit les yeux, scrutant les environs. Personne d'autre n'était en vue. Jill ne pouvait pas avoir rendez-vous avec l'assassin… il n'était pas là.

À moins qu'il ne soit pas encore arrivé ? Peut-être Jill était-elle censée le retrouver pour… procéder à un échange ? Qu'allait-il se passer ? Jill allait-elle se sacrifier pour Vanessa ? Il l'imaginait sans peine tenter une chose pareille. Bon sang, il allait falloir qu'ils aient une discussion sérieuse, tous les deux. Il ne pouvait pas la laisser risquer sa vie ainsi.

Il la suivit de loin, sans s'approcher du clair de lune, et s'immobilisa à côté de la vieille boutique de souvenirs. Il voyait Jill parfaitement. Elle s'avançait sans hésiter.

Son téléphone vibra dans sa poche. Il l'en sortit rapidement mais ne regarda pas le texto qu'il venait de recevoir car… car Jill avait enjambé la rambarde.

Que diable fabriquait-elle ?

Jill ? Il esquissa un pas vers elle.

Elle plongea.

15

L'eau était plus froide qu'elle ne s'y attendait. Glaciale. Le souffle coupé, les membres engourdis, Jill luttait pour se maintenir à la surface. Ses vêtements pesaient une tonne, elle avait dû se débarrasser de ses chaussures. Heureusement, elle avait toujours été une bonne nageuse, et la houle ne l'effrayait pas.

L'eau salée lui picotait les narines et les joues, les vagues lui aspergeaient la figure et la faisaient tousser. Bientôt, cependant, elle distingua la silhouette d'un bateau qui émergeait de l'ombre : un voilier, long de neuf mètres environ, à l'ancre. Elle ne pouvait pas déchiffrer son nom dans le noir, mais elle apercevait les contours des lettres à la proue. Elle nagea vers la poupe et sa main se referma sur l'échelle. Une fois à bord, haletante, elle resta immobile un instant, dégoulinante, une lumière braquée droit sur ses yeux.

— Bonsoir, Jillian.

Sa voix n'était plus rauque. Il ne la maquillait plus. Elle la connaissait. Elle connaissait son identité depuis qu'il l'avait appelée sur la plage. Depuis qu'il avait dit : *Elle est morte par votre faute... C'est vous qui êtes responsable. Vous qui avez détruit la vie que j'avais.*

Car elle avait déjà entendu ces mots-là... Dans la bouche de Theodore Anderson.

— Bonsoir, monsieur Anderson.

Elle gardait une main derrière son dos pour dissimuler le

tournevis qu'elle avait caché dans sa manche en montant à l'échelle.

D'abord, elle devait s'assurer que Vanessa était bien là.

— Jillian West.

Il maintint le faisceau sur elle.

— Vous n'avez pas l'air très en forme. J'imagine que vous n'êtes pas sortie tout à fait indemne du chalet.

— Non.

Cependant, elle ne faisait pas allusion à l'incendie mais aux événements qui s'étaient déroulés bien avant.

— Je suis venue seule, comme vous l'exigiez. Maintenant, montrez-moi Vanessa.

— Elle est dans la cabine.

Il tenait un pistolet à la main. Elle en distinguait la forme juste au-delà de la lampe.

— Il faut que je la voie, dit-elle sur un ton sec.

Il se mit à rire.

— Ce n'est pas vous qui commandez. Vous n'êtes plus le grand méchant agent du FBI ici. Vous savez ce que vous êtes ?

Il fit un pas vers elle.

Jill frissonna.

— Vous êtes ma victime, grogna-t-il. Et ce soir vous allez mourir.

Kurt passa une main tremblante sur son visage.

— Mon père avait un vieux bateau de pêche dont il se servait quand il était en ville. Le week-end où Christy a disparu... Le soir où Jillian West a été enlevée... Il était à la pêche, en effet. Je l'ai vu préparer son bateau. Il m'a même expliqué où il allait. Du côté de Destin.

Samantha le regarda sans rien dire. Elle sentit son téléphone vibrer dans sa poche, mais ne bougea pas. Pas encore.

— Mais il est rentré, marmonna Kurt en se mettant à arpenter le salon. Je l'ai vu ce matin-là. Il était... en furie. Il buvait. Je vous l'ai dit, il changeait du tout au tout quand il buvait. Il criait. Je suis allé dans ma chambre et je me suis tenu à l'écart.

— Pas votre sœur, intervint Samantha. Vous l'avez envoyée le voir.

Kurt se figea.

— Je l'ai interrogé au sujet de Christy. Il m'a dit qu'il ne l'avait pas vue de la journée, qu'il était retourné à son bateau. Vous voyez ? C'était un malentendu, voilà tout. Mon père n'a pas vu Christy.

Samantha jeta un coup d'œil vers Blake. Sa mâchoire s'était durcie, son regard étincelait.

Son téléphone vibra de nouveau, lui rappelant qu'elle avait reçu un texto.

— Excusez-moi un instant.

Elle s'éloigna de quelques pas et tira l'appareil de sa poche. Le texto avait été envoyé à Hayden Blake en même temps qu'à elle.

Il émanait de Jill.

Venez à la jetée. Ravisseur sur bateau. Avec V.

Elle prit une longue inspiration.

— Kurt, votre père a-t-il toujours ce bateau ?

— Non.

Il secoua la tête, les lèvres pincées.

— Kurt ? insista Blake d'une voix tendue.

— Il... Il possède un yacht, maintenant. Il l'a acheté quand il a cessé de boire. Il a dit que c'était un cadeau qu'il se faisait.

Kurt humecta ses lèvres.

— Il s'appelle *Christy*.

— Merci de nous avoir répondu, dit Samantha en pivotant sur ses talons.

Elle se dirigea vers la porte.

— C'est tout ? cria Kurt dans son dos.

Puis elle entendit ses pas précipités.

— Pas question ! Vous avez dit que vous m'aideriez à trouver mon père. Vous avez dit... Aïe ! Lâchez-moi !

— Il allait se jeter sur toi, expliqua Blake, qui l'avait intercepté et lui enserrait le poignet. Il n'aurait pas dû.

Il relâcha Kurt, mais sans détendre ses muscles pour autant, comme s'il était prêt à le maîtriser de nouveau.

Les joues de Kurt s'étaient empourprées.

— Il faut seulement que je trouve mon père. Allez-vous m'aider, oui ou non ?

Samantha l'enveloppa d'un regard perçant.

— Vous avez peur de ce qu'il va faire, n'est-ce pas ?

Elle lut la réponse dans les yeux écarquillés de Kurt.

— Moi aussi, avoua-t-elle dans un murmure. Mais ne craignez rien. Nous allons le trouver. Et nous allons trouver le *Christy*.

Elle effleura l'épaule de Blake.

— Viens. Il faut qu'on parte. Tout de suite.

Une fois dehors, elle courut vers la voiture, Blake sur ses talons.

— Samantha, ralentis !

Ils n'avaient pas le temps de ralentir. Elle ouvrit sa portière à la volée. Il l'attrapa et la retint fermement.

— Dis-moi ce qui se passe.

— Jillian a trouvé le tueur.

— Quoi ?

— Je crois qu'elle est à bord du *Christy* avec lui et que Vanessa est là aussi. Viens, dépêchons-nous ! Jillian a besoin de notre aide !

Les doigts de Jill s'enroulèrent autour du tournevis.

— Je veux que vous fassiez monter Vanessa sur le pont.

Theodore ne bougea pas.

— C'est votre faute.

Il répétait cela constamment.

— J'avais tout planifié. Vous étiez une proie parfaite. La nouvelle arrivée en ville, qui ne connaissait personne. Je n'avais jamais enlevé de fille à Hope avant. C'était trop près, si vous voyez ce que je veux dire.

Il vivait dans cette ville depuis tout ce temps…

— Mais vous étiez parfaite. Une cerise sur le gâteau.

Elle s'approcha de lui. Il avait bel et bien un pistolet dans la main droite, mais celui-ci n'était pas braqué sur elle.

— Et puis vous vous êtes enfuie.

La colère assourdit sa voix. Le yacht tangua légèrement.

— Vous n'étiez pas censée vous enfuir. Et si vous aviez amené la police jusqu'à moi ? J'avais essayé d'être prudent, de dissimuler mon visage, mais j'avais peur...

— Et les gens qui ont peur commettent de terribles erreurs.

Elle fit un nouveau pas en avant.

— C'est ce qui s'est passé pour Christy ? C'était une erreur ?

— Elle... Elle m'a surpris dans le garage. J'avais... J'avais les liens et les drogues dont je m'étais servi pour vous. Christy m'a demandé ce que je faisais. Votre histoire... venait de passer au journal télévisé. Ma fille l'avait vu. Elle me fixait, et j'ai compris à son regard qu'elle savait ce que j'avais fait.

Avait-elle vraiment compris ? Une simple corde avait-elle suffi pour que Christy parvienne à cette conclusion ? Ou avait-il été pris d'une panique irrationnelle qui l'avait poussé à l'irrémédiable ?

Il leva la main — celle qui tenait le pistolet — et s'asséna un coup violent à la tempe sans même paraître s'apercevoir de son geste. Éprouvait-il le besoin de se punir ?

— Je n'ai pas pu m'en empêcher. Il fallait que je tue, et vous étiez censé être ma proie. Seulement, vous vous êtes enfuie. Christy était là. Elle me fixait. J'ai vu la vérité dans ses yeux. Je l'ai vue. Je me suis jeté sur elle et elle a hurlé.

Il se frappa de nouveau.

— Christy a hurlé. Je ne pouvais pas la laisser hurler.

Si bien qu'il avait tué sa propre fille. Mais le remords l'avait hanté, contrairement à auparavant.

— Vous avez déposé son corps sur la plage...

— Elle adorait la plage, murmura-t-il. Comme moi. Elle avait toujours aimé l'eau.

— Vous l'avez bien installée. Recouverte d'une couverture.

Autant de signes de remords. D'affection.

Il abaissa sa main.

— Ça aurait dû être vous.

Le pistolet était braqué sur elle, maintenant. Apparemment, il s'était souvenu de sa présence.

— Si vous étiez morte, Christy aurait été en sécurité. Je ne lui aurais jamais fait de mal.

Jill en doutait fort.

— Combien de jeunes filles avez-vous tuées ?

Il garda le silence. Elle ne voyait pas ses traits distinctement, mais elle devina qu'il souriait.

— J'ai du mal à me les rappeler toutes, admit-il. Après Christy, j'ai arrêté. J'avais trop perdu. Je m'étais perdu moi-même. L'alcool m'a engourdi. Les journées ont passé. J'ai tout lâché. Ensuite, Kurt est revenu. Il m'a obligé à arrêter de boire. Tout est redevenu clair… Et puis, comme sur un signal, vous êtes réapparue. J'ai su ce que je devais faire. J'ai su qu'une fois que je vous aurais tuée ma vie redeviendrait comme avant.

Jill secoua la tête.

— Les choses ne vont pas se passer ainsi.

Il déposa sa torche sur le siège à côté de lui, le faisceau toujours fixé sur le visage de Jill.

— Personne ne va vous sauver, cette fois.

— Je suis ici pour sauver Vanessa. C'était cela, le marché, vous vous souvenez ? Je venais m'échanger contre elle.

Il s'avança.

— Devinez quoi, agent West ? J'ai menti. J'ai l'intention de vous tuer toutes les deux. Je vous l'ai dit… Je vais reprendre le contrôle de ma vie. Retrouver mon pouvoir.

Car c'était cela qui motivait ses actions depuis le début. Le contrôle. Le désir de domination.

— Devinez quoi ? lança-t-elle à son tour en resserrant sa prise sur le tournevis. J'ai menti aussi.

Il tressaillit, et le canon de l'arme pointa vers le pont.

— Quoi ?

— J'ai envoyé un texto à Hayden et à un de mes contacts

au FBI, dit-elle en désignant la plage. Ils sont tous là, à l'heure qu'il est.

Du moins l'espérait-elle.

— Ils sont au courant pour le yacht. Cette fois, vous ne vous en tirerez pas. Vous allez payer pour tout ce que vous avez fait.

— Espèce de...

Il leva le bras, mais Jill s'était déjà élancée et se jeta sur lui, le tournevis à la main. Une détonation éclata, elle sentit une balle la frôler, lui brûlant la peau au passage.

Elle planta le tournevis dans l'épaule d'Anderson. Fou de douleur et de rage, il leva son arme de nouveau.

Ils étaient tout proches l'un de l'autre. La tête inclinée en arrière, elle soutint le regard du monstre qui la hantait depuis si longtemps.

Elle arracha le tournevis et se prépara à l'enfoncer de nouveau dans sa chair.

Il fit feu. Cette fois, la balle se logea dans le côté de Jill. Elle recula en titubant.

— Jill !

Une voix avait rugi son nom. Elle tourna la tête. Hayden était là, il enjambait l'échelle, dégoulinant. Il se redressa, serrant les poings, la fureur sur ses traits.

Elle glissa et s'effondra contre la banquette.

— Il a fallu qu'il vous suive cette fois encore, hein ? lança Anderson. Toujours là pour me mettre des bâtons dans les roues...

— Éloignez-vous d'elle ! ordonna Hayden.

Anderson le visait.

— C'est la fin pour toi aussi. Il ne fallait pas jouer au héros. Ni autrefois ni maintenant.

— Arrêtez ! hurla Jill.

Elle avait sorti le pistolet attaché à sa cheville et le pointait vers lui.

— Lâchez votre arme ! Tout de suite !

Il émit un rire.

— Vous venez de faire cent mètres à la nage. Vous croyez que ce truc fonctionne ? Vous pensez que je ne savais pas que vous auriez une arme sur vous ? Elle est fichue. Fichue. Contrairement à la mienne.

Il s'apprêtait à tirer sur Hayden. *Pas Hayden.*

— Non !

Elle pressa la gâchette, et n'entendit qu'un déclic. Son pistolet était hors d'usage.

Anderson fit feu au moment où Hayden se jetait sur lui. Les deux hommes vacillèrent un instant avant de basculer par-dessus bord et de disparaître dans une gerbe d'eau.

— Hayden !

Elle empoigna la torche et gagna la rambarde, ignorant la douleur qui lui laminait le côté.

Avait-il été touché avant de tomber ? Une main pressée sur sa blessure, elle s'efforçait de stopper l'hémorragie, tandis que, de l'autre main, elle balayait frénétiquement les flots, cherchant Hayden des yeux. Elle était sur le point de se jeter à l'eau, de tout risquer pour lui quand...

... il refit surface.

Elle laissa échapper l'air qu'elle comprimait dans ses poumons sans en avoir conscience.

Il nagea vers le yacht. Ses mouvements étaient réguliers, puissants. Elle courut à la poupe, abandonnant la lampe pour lui prendre le bras et l'aider à remonter à bord. Une douleur fulgurante la traversa, et elle ravala un gémissement.

Hayden était debout devant elle. Trempé, mais sain et sauf. Peu importait qu'elle souffre. Il était indemne.

— Ce salaud t'a touchée, murmura-t-il en posant la main sur sa plaie. Ma chérie, je suis tellement désolé. Je...

Elle l'embrassa. Lui donna un baiser ardent, insensé. Ce n'était ni le lieu ni le moment, elle le savait et s'en moquait éperdument.

— J'ai eu si peur quand tu es tombé, souffla-t-elle.

Jamais de sa vie elle n'avait été aussi effrayée.

— Tu n'as rien ?

— Jill, c'est toi qui es blessée.

Il effleura la blessure et lâcha un juron.

— Tu perds du sang, ma chérie. Tu as besoin d'aide.

Elle avait besoin de lui. Et il était là. Sain et sauf.

— Il m'a dit de ne parler à personne. Il a dit qu'il tuerait Vanessa.

Vanessa. Jill jeta un coup d'œil par-dessus son épaule aux marches qui descendaient dans la cabine.

— Elle est en bas. Il faut qu'on vérifie que...

Elle tremblait de tous ses membres.

Hayden la souleva dans ses bras et la déposa avec précaution sur le siège derrière la barre.

— Je vais vérifier. Reste ici.

Son regard parcourut les ténèbres.

— Je ne sais pas où est passé ce salaud. Il peut être au fond de l'eau comme en train de s'enfuir ou même de revenir nous tuer.

Elle le saisit par la chemise.

— Va voir si Vanessa va bien.

Il attrapa la radio et lança un bref appel de détresse aux gardes-côtes, puis se pencha vers elle et l'embrassa avant de ramasser le pistolet qu'Anderson avait laissé échapper lorsqu'ils étaient tombés ensemble par-dessus bord.

— Si tu le vois...

Jill referma sa main sur la crosse de l'arme.

— Ne t'inquiète pas. Je n'hésiterai pas. Il a détruit trop de vies.

Hayden hocha la tête et pivota. L'instant d'après, il dévalait les marches.

L'arme au poing, Jill fixa les ténèbres. Son cœur tambourinait à ses oreilles. Son côté était brûlant, sa chemise imprégnée de sang lui collait à la peau. Les secondes s'égrenèrent. Le bateau tanguait, tirant sur son ancre.

— Elle va bien.

Hayden remontait, une jeune fille dans les bras.

— Elle va bien, Jill. Tu es arrivée à temps.

Il déposa Vanessa sur le pont et entreprit de défaire les liens qui la retenaient prisonnière. Il avait déjà ôté le bâillon qui l'étouffait.

Des larmes montèrent aux yeux de Jill. L'adolescente était en vie.

L'effervescence régnait sur le quai illuminé de toutes parts quand ils accostèrent. Outre les adjoints et les ambulanciers, une bonne partie des habitants de la ville les attendaient.

Jill fut aussitôt placée sur une civière et un secouriste entreprit de découper le T-shirt ensanglanté qui lui collait à la peau. Hayden s'avança vers elle, mais elle le repoussa d'un geste.

— Reste avec Vanessa ! cria-t-elle, son regard affolé se soudant au sien. Assure-toi qu'elle va bien… et sa famille aussi.

Il entoura de son bras les épaules de la jeune fille. Elle tremblait contre lui. Ou plutôt elle grelottait. Heureusement, elle ne semblait pas blessée.

Theodore Anderson. Le tueur se cachait parmi eux depuis toujours. Hayden avait encore du mal à y croire.

Samantha Dark fendit la foule pour s'approcher de Jill.

— Que s'est-il passé ?

Un grand brun élancé était sur ses talons. Son regard balaya le groupe, s'arrêtant sur Hayden.

FBI, comprit ce dernier aussitôt.

— Viens, Vanessa. Les secouristes vont s'occuper de toi.

Un autre ambulancier accourait vers eux. Hayden aperçut Finn et lui fit signe de s'approcher.

— Reste avec elle, ordonna-t-il. Ne la quitte pas d'une semelle.

Il n'était pas tranquille.

Il se tourna vers l'océan. La houle avait forci, et les vagues claquaient contre les parois du quai. Les voiliers tanguaient violemment.

Lorsqu'ils avaient basculé par-dessus bord, Hayden avait entendu un bruit sourd. Ils luttaient en tombant, et la tête de Theodore Anderson avait heurté le flanc du bateau. L'instant d'après, ils avaient percuté l'eau et les vagues les avaient arrachés l'un à l'autre.

Hayden n'avait songé qu'à une chose : remonter à bord, retourner à Jill.

Il n'avait pas cherché Anderson, et celui-ci n'était pas réapparu.

Était-il mort ?

Ou ce salaud s'était-il enfui ?

— Vanessa !

Le cri avait déchiré la nuit. Perçant, désespéré, terrifié.

Le cri d'une mère.

Sur un geste de Hayden, les adjoints frayèrent aussitôt un chemin à Carol Wells pour lui permettre de rejoindre sa fille. Quand elle se détacha de la foule, des larmes roulaient sur ses joues livides, et l'angoisse qu'il lisait dans son regard le bouleversa.

— Tout va bien, murmura-t-il en lui tapotant l'épaule, avant de la guider vers Vanessa, assise au bord d'une civière. Elle est saine et sauve.

Carol s'avança vers elle, chancelante.

— Vanessa ! Je suis tellement désolée, ma chérie, sanglota-t-elle. Je te demande pardon...

— Maman !

Vanessa pleurait, elle aussi. Elle tendit les bras à sa mère.

Elles s'étreignirent, au comble de l'émotion. Hayden les regarda un instant. Leur famille n'était pas parfaite. Aucune famille ne l'était. Mais Vanessa était indemne. Vivante. Elles pourraient se confronter aux problèmes qui les séparaient. Elles en avaient la possibilité.

Anderson ne leur avait pas volé cela.

Il prit Finn par le bras.

— Reste avec elles. Ne les laisse pas seules, entendu ? répéta-t-il.

Il était toujours inquiet. Si Theodore Anderson s'en était tiré, qui savait ce qu'il pourrait faire ?

— Entendu.

Hayden s'éloigna, se dirigeant vers Jill, qu'on était en train de faire monter dans une ambulance. Elle tentait de repousser les secouristes — à quoi diable songeait-elle ?

Il se mit à courir.

— Jill !

— Il faut que je reste ici ! protesta-t-elle. Il est encore en liberté, il faut qu'on le retrouve, je ne peux pas aller à l'hôpital.

— Bien sûr que si, rugit Hayden.

Samantha et le grand brun se tenaient tout près. Ils se retournèrent vers lui.

Jill aussi.

Mais, quand elle le vit, son expression s'adoucit.

Elle me regarde toujours de la même façon. Seule Jill l'avait jamais regardé ainsi. Avec de grands yeux pleins d'espoir et... d'amour. Il n'avait pas anéanti cet amour des années plus tôt, comme il l'avait craint.

Il était toujours là.

— Il faut que tu ailles à l'hôpital, mon cœur, dit-il en montant dans l'ambulance avec elle. Tu as perdu beaucoup de sang et tu as besoin de points de suture. Tu dois laisser les médecins te soigner.

Elle captura sa main et la tint entre les siennes.

— Mais Anderson est toujours en liberté.

— Je vais poursuivre les recherches.

Il porta les doigts de Jill à ses lèvres. Les embrassa. Un instant, il ferma les yeux, se remémorant sa course désespérée à la nage pour atteindre le yacht, le moment où il avait grimpé à l'échelle et l'avait vue — le claquement de la détonation.

— J'ai cru que je t'avais perdue.

La terreur demeurait, lui nouait l'estomac.

Il rouvrit les yeux. Jill le fixait avec intensité.

— Je t'aime tellement, Jill.

Elle entrouvrit les lèvres.

— Tu vas me donner cette chance dont nous avons parlé, ajouta-t-il très vite. Tu vas te rétablir et nous allons recommencer à zéro.

Jill secoua la tête.

Hayden se sentit soudain glacé.

— Qu'y a-t-il ?

— Nous n'avons pas besoin de recommencer à zéro..., souffla-t-elle en s'humectant les lèvres. Je... Je t'aime toujours.

Il se pencha vers elle.

— Euh... Excusez-moi, shérif, intervint le secouriste.

Hayden écarta avec précaution une mèche de cheveux égarée sur la joue de Jill.

— Je t'aime depuis mes quinze ans. Tu as toujours été mon univers.

Il fallait qu'elle le comprenne.

— Je ne cesserai jamais de t'aimer.

Il pressa un baiser sur ses lèvres. Doux. Tendre.

— Tu as sauvé Vanessa, Jill. Tu l'as ramenée à la maison.

Elle esquissa un sourire.

— Et tu m'as sauvé, moi. Alors, écoute-moi. Va à l'hôpital pour moi, parce que j'ai besoin de savoir que tu vas bien. Qu'on te soigne.

Elle était tout pour lui. Et la voir souffrir le déchirait.

Jill acquiesça.

— Reste ici, Hayden, ordonna-t-elle. Assure-toi qu'on passe toute la ville au peigne fin.

— À vos ordres, chef.

Il lui pressa les doigts une fois de plus, puis descendit de l'ambulance. Son regard se porta sur Samantha.

— Voulez-vous...

Elle montait déjà dans le véhicule.

— Ne vous inquiétez pas. Je reste avec elle. Je veillerai à ce qu'elle soit en sécurité.

Il suivit des yeux l'ambulance qui s'éloignait dans un hurlement de sirènes, la tension refluant lentement dans son corps.

Quand le véhicule eut disparu, un long soupir lui échappa.

— Ça a dû être dur...

Hayden jeta un coup d'œil à l'homme dont il avait deviné qu'il était un agent du FBI. Celui-ci exhiba son badge.

— Blake Gamble. Le nouveau partenaire de Samantha. Je suis venu donner un coup de main. Sauf qu'on dirait que je suis arrivé après la bataille.

— Pas tout à fait, rectifia Hayden sur un ton sombre. Theodore Anderson est toujours en liberté.

En revanche, il avait aperçu un visage familier dans la foule. Un visage empli d'horreur.

Celui de Kurt Anderson.

— Je n'ose pas imaginer ce que vous avez dû éprouver en vous jetant à l'eau, murmura Blake. En sachant que la femme que vous aimez était en danger.

Hayden détourna son regard de Kurt. Ça avait été un cauchemar.

— Dites-moi ce que je peux faire, reprit Blake.

— Participez aux recherches.

Déjà, les équipes se formaient et montaient dans les vedettes des gardes-côtes.

— Il faut qu'on trouve ce salaud.

Il ne serait en paix que lorsque Theodore Anderson serait derrière les barreaux.

Ou lorsqu'ils repêcheraient son corps.

16

Deux semaines plus tard...

Le ciel était sombre, les étoiles cachées, par les nuages. Jill ne distinguait même pas la crête blanche des vagues qui s'écrasaient sur la plage. Debout sur la terrasse de son chalet, elle scrutait la pénombre, le cœur battant lentement.

Theodore Anderson n'avait pas été retrouvé. Il n'était pas rentré chez lui. Son corps ne s'était pas échoué sur le rivage.

S'était-il noyé ? Avait-il été emporté au large ?

Ou s'était-il échappé ? Planifiait-il une nouvelle attaque ? Un autre enlèvement ?

Des mains chaudes lui caressèrent les bras, et elle sentit le corps puissant de Hayden contre le sien.

— Mes équipes continuent à patrouiller la ville.

Elle le savait. Cependant, Dieu merci, l'agitation médiatique qui avait accueilli la nouvelle de la culpabilité d'Anderson était retombée. La vie des habitants de Hope commençait à reprendre son cours normal.

Enfin... Pour la plupart, du moins.

Vanessa aurait besoin de temps pour surmonter son traumatisme. Porter était revenu en ville et Jill savait qu'il veillait sur sa sœur. Il la protégeait.

Quant à Kurt, il avait d'ores et déjà mis sa maison en vente.

Quand elle lui avait parlé après être sortie de l'hôpital, il avait semblé être l'ombre de lui-même.

— Crois-tu qu'il soit mort ? demanda-t-elle en pivotant dans les bras de Hayden, le dos appuyé à la rambarde.

Il focalisa son regard sur l'obscurité derrière elle.

— Je ne le croirai que lorsqu'on aura retrouvé son corps. Jusque-là, il reste une menace. Et je ne l'oublierai pas.

Elle éprouvait la même sensation. C'était comme si elle ne pouvait pas lâcher prise.

— J'ai passé la moitié de ma vie à regarder par-dessus mon épaule, en pensant constamment que le monstre rôdait dans les ténèbres. À présent, ce monstre a un visage.

— Il ne te reprendra pas.

La voix de Hayden était farouche, résolue.

— Non.

Elle en était certaine, elle aussi. Car elle n'était plus une victime.

Theodore Anderson était recherché par la police, par le FBI. Sa photo avait été diffusée dans tous les journaux télévisés du pays. C'était un homme traqué.

Et il finirait par être capturé.

Hayden se dégagea légèrement.

— Jill, j'ai quelque chose à te demander.

Il exhala une goulée d'air. Il paraissait nerveux. Chose rare chez lui.

— Je sais que ton poste est basé à Atlanta. Et que ton équipe veut que tu retournes là-bas.

C'était le cas, en effet, même si, compte tenu des circonstances, on lui avait accordé un congé supplémentaire.

— Atlanta ou Hope... Où que tu veuilles être... Je voudrais être avec toi.

Oh ! Mon Dieu... Hayden avait mis un genou à terre. Il tira un petit écrin de sa poche, l'ouvrit, et une bague scintilla dans le noir.

— Je t'aime depuis le jour où je t'ai rencontrée. Le temps

n'a fait que renforcer mes sentiments. Je veux passer ma vie avec toi, Jill.

Une fois de plus, il expulsa l'air qu'il retenait dans ses poumons.

— Veux-tu m'épouser ?

Elle fixa la bague, puis l'homme qui comptait plus que tout pour elle... Hayden. Les yeux de Hayden.

Et elle sourit.

— Oui.

Il se releva d'un bond, lui mit la bague au doigt et l'embrassa. Avec fougue. Avec passion. Avec joie.

Il y avait tant d'émotion dans ce baiser. Tant de bonheur. Un bonheur que Jill partageait. Elle n'allait plus laisser la peur dominer son existence. Certes, il arrivait des choses terribles dans ce monde. Des choses épouvantables.

Mais il y avait aussi du bien. Des baisers, des sourires, de l'amour, de l'espoir...

Des jeunes filles rendues à leur famille. Des gens qui se battaient pour protéger les victimes. Des êtres qui se dévouaient aux autres.

Le bien l'emportait sur le mal.

Elle noua les bras autour du cou de Hayden. Il la souleva et la porta à l'intérieur, s'arrêtant juste le temps de verrouiller la baie vitrée. Ensuite, il traversa le chalet et gagna la chambre. Il déposa Jill sur le lit avec précaution.

Elle sourit.

— Je ne suis pas en verre, Hayden. Je ne vais pas me briser.

— Je sais, ma chérie. Tu me l'as prouvé il y a longtemps.

Il se débarrassa de sa chemise, retira chaussures et chaussettes et s'assit au bord du lit.

— Cela dit, tu es encore convalescente et...

Elle mit une main sur son épaule.

— Je suis rétablie, Hayden. Et j'ai envie de toi.

Sur ce, elle l'embrassa, avant de lui mordiller la lèvre inférieure, une caresse espiègle qu'il adorait.

Elle envoya valser ses chaussures. Déjà Hayden abaissait la

fermeture du jean qu'elle portait. Le léger sifflement sembla résonner dans la pièce silencieuse. Il lui retira son jean et sa culotte, puis glissa les doigts entre ses cuisses... avec une infinie douceur.

Avec prudence.

Je lui ai dit que je n'allais pas me briser.

Il la caressa, l'amena à un paroxysme de désir, et elle arqua les hanches à sa rencontre. Les pointes dressées de ses seins tendaient le tissu de son T-shirt.

— Hayden !

Il retira sa main et lui ôta son T-shirt, d'un geste vif mais en veillant à ne pas toucher sa cicatrice encore fraîche. La cicatrice qui lui rappellerait à jamais Theodore Anderson.

Hayden dégrafa son soutien-gorge, et captura un sein dans sa bouche. Submergée d'un désir brûlant, elle murmura son nom. Elle adorait les caresses de Hayden. Elle adorait sa bouche. Les sensations qu'il éveillait en elle.

Mais elle détestait qu'il la fasse attendre.

Jill glissa la main entre leurs corps et la posa sur le membre dur et brûlant de Hayden, l'attirant entre ses jambes. Elle avait besoin de lui. Besoin de le sentir en elle.

— Hayden.

C'était un ordre.

Il l'embrassa dans le cou, sur son pouls qui palpitait.

Puis il s'enfonça en elle. Ce fut comme si le temps s'était arrêté. Cet instant était la perfection. L'amour, le désir, la tendresse...

Hayden.

Il se retira, avant de la pénétrer de nouveau, plus profondément. Le sommier grinça sous lui. Elle enroula les jambes autour de ses hanches. Alors que le va-et-vient de Hayden s'intensifiait, Jill ne put se retenir davantage. Elle cria son nom, s'abandonnant aux vagues de plaisir qui déferlaient en elle.

Hayden plongea en elle une fois de plus et se raidit, avant de frémir de tout son corps et de l'entourer de ses bras.

Il la serrait très fort, comme s'il ne voulait plus jamais la lâcher. Et c'était merveilleux, parce que Jill n'avait pas l'intention de le laisser partir non plus.

Ensuite, il l'attira contre lui, nouant ses doigts aux siens. Les diamants de la bague scintillèrent dans la nuit.

Et Jill ferma les yeux.

Ce fut le grincement qui la réveilla. Celui de la baie vitrée qui menait à la terrasse. Elle ouvrit les yeux et prit une brève inspiration.

— Tout va bien, murmura Hayden en lui pressant les doigts.

Sauf que... Tout n'allait pas bien. Quelqu'un était en train de s'introduire dans le chalet.

— On attendait ça, ajouta-t-il.

Sa main quitta la sienne. Sans bruit, il sortit deux pistolets du tiroir de la table de chevet.

Car, oui, ils avaient pressenti que, si Theodore Anderson n'était pas mort, il tenterait d'attaquer Jill de nouveau. C'était pour cette raison qu'elle était restée au chalet. Pour cette raison qu'elle avait pris soin de se montrer sur la terrasse chaque soir.

Pour servir d'appât.

Elle enfila son short et son T-shirt pendant que Hayden attrapait son jean. Puis, armés tous les deux, ils s'avancèrent vers la porte de la chambre.

Un craquement parvint aux oreilles de Jill, venant du salon. L'intrus passait à hauteur de la télévision. N'avait-il donc pas appris sa leçon après la dernière fois ? Manifestement, non, puisqu'il commettait les mêmes erreurs.

Relâchant son souffle, elle adressa un signe de tête à Hayden.

Prête.

Il ouvrit la porte à la volée.

— Ne bougez plus ! hurla Jill.

Hayden appuya sur l'interrupteur. La lumière jaillit, révélant Theodore Anderson au milieu de la pièce. Une barbe de plusieurs jours recouvrait son menton. Il tenait un long couteau étincelant.

Un couteau ne suffirait pas contre deux pistolets.

— Vous êtes en état d'arrestation, déclara Jill.

Il leva le bras et se rua vers elle en hurlant. En une fraction de seconde, elle devina qu'il préférait mourir plutôt que d'aller en prison. Pour un individu tel que lui, la prison serait un enfer. Les fillettes qu'il avait assassinées... sa propre fille...

Les autres détenus lui feraient payer ses crimes, jour après jour. Nuit après nuit.

Theodore Anderson voulait mourir. Il voulait être abattu.

Cependant, à bord du bateau, il s'était vanté d'avoir fait d'autres victimes. Des victimes que les autorités n'avaient pas encore identifiées. Leurs familles méritaient de savoir la vérité.

— Arrêtez !

Elle fit feu, en même temps que Hayden.

La balle de Jill atteignit Anderson à la jambe. Celle de Hayden se ficha dans son épaule. Il s'écroula, blessé, mais vivant.

— Non !

Jill fit volte-face. Là, sur le seuil de la pièce, se tenait Kurt Anderson, le regard fou.

— Tuez-le ! Vous devez le tuer !

Il sortit un pistolet de sa poche.

— Je surveillais la maison... J'attendais...

Ses mots étaient indistincts. Il était ivre. Ravagé par l'alcool et la douleur.

— Il te détestait tant... Je savais qu'il reviendrait. Il fallait l'arrêter.

Il pointait l'arme vers son père. Hayden, lui, avait donné un coup de pied dans le couteau, l'éloignant du blessé.

— C'est fait, Kurt. Ton père ne fera plus de mal à personne. Il va aller en prison.

Le pistolet tremblait dans la main de Kurt.

— La prison... ne ramènera pas Christy.

Jill s'avança d'un pas.

— Le tuer ne la ramènera pas non plus.

Un rictus se dessina sur les lèvres du jeune homme.

— Non, mais au moins je me sentirai mieux.

— Tu crois que c'est ce que Christy aurait voulu ? insista Jill.

Elle n'avait pas songé à Kurt, au chagrin qu'il éprouvait. Elle aurait dû se rendre compte qu'il ne supporterait pas que son père survive.

— Je ne sais pas ce que Christy aurait voulu, dit-il avec émotion. Elle est morte. Je ne peux pas lui poser la question. Il l'a prise… Il a menti. Il ment depuis si longtemps.

Il secoua la tête. Ses joues étaient sillonnées de traces de larmes.

— C'est fini. Fini !

Il allait tirer, Jill en eut la certitude. Elle ne voulait pas faire feu sur lui, mais…

Hayden se jeta sur Kurt. Les deux hommes tombèrent ensemble contre le canapé. Le coup partit, faisant voler en éclats l'écran de la télévision.

— Tu n'es pas comme lui, martela Hayden en le maintenant plaqué au sol. Tu es plus fort que lui. Tu ne lui ressembles pas. Nous ne sommes pas condamnés à être comme nos pères.

Kurt se mit à pleurer — à sangloter. Il semblait soudain vaincu, incapable de lutter davantage. Hayden se releva, glissa le pistolet qu'il avait pris à Kurt dans la taille de son jean et…

— Jill !

Il rugit son nom, les yeux écarquillés.

Elle avait cru que Theodore Anderson était assommé. Inconscient. Mais, au cri atterré de Hayden, son regard se posa sur l'homme à terre.

Il avait tiré un couteau à cran d'arrêt de sa botte et rampait vers elle pour l'attaquer.

Non. Une fois de plus, il essayait de la contrôler.

— Vous ne me manipulerez pas, dit-elle en lui assenant un coup de pied pour le déposséder de son arme. La prison vous attend. Votre châtiment vous attend. Vous ne vous en tirerez pas à si bon compte.

À ces mots, quelque chose sembla se briser en lui. Il se releva tant bien que mal et tituba vers elle en vociférant, les yeux exorbités.

Hayden s'interposa avant qu'elle ait eu le temps de réagir.

— Il y a des années que j'attends ça.

Il décocha à Anderson un coup de poing en pleine figure. Puis un autre. Et un troisième. Il continua jusqu'à ce que l'homme recule, chancelant, et s'effondre contre le mur.

— Vous n'auriez jamais dû l'enlever, siffla Hayden, d'une voix débordante de rage. Jamais...

Jill retint son geste alors qu'il s'apprêtait à frapper de nouveau. Les yeux d'Anderson s'étaient révulsés, il gisait sur le sol.

— Hayden, dit-elle doucement.

Il la regarda. Elle lut la fureur et la douleur dans son regard... et la peur.

Mais surtout elle lut l'amour qu'il lui vouait.

— Tout va bien, murmura-t-elle avec un sourire. C'est fini.

Le cauchemar qui avait commencé si longtemps auparavant était terminé. Anderson n'allait pas s'enfuir. Il ne ferait plus de mal à personne. Il ne laisserait plus la mort dans son sillage.

Debout à l'extrémité de la jetée, Hayden contemplait les flots d'un bleu profond au-dessous de lui.

Il entendit des pas légers derrière lui et vit Jill qui s'avançait, plus belle que jamais. Ses cheveux roux flamboyaient au soleil.

— Samantha essaie d'identifier les autres victimes, annonça-t-elle. Je... Je lui ai demandé de s'en charger parce que je sais qu'il essaierait de me manipuler. C'est trop personnel entre lui et moi.

Elle se tourna vers l'océan.

— Mais Samantha n'a pas son pareil pour faire parler les tueurs. Elle découvrira la vérité. Je le sais.

Sa main se referma sur la rambarde. Le diamant qu'il lui avait offert brillait de mille feux. Il recouvrit ses doigts des siens. Les pressa.

Même jetée. Même fille.

Nouvelle vie.

— Je t'aime, Jill, dit-il d'une voix sourde.

Ils avaient mis un plan au point. Ils s'étaient attendus à ce que Theodore Anderson revienne à la charge, mais, quand celui-ci s'était jeté sur Jill, quelque chose en Hayden avait cédé. Il était passé à l'attaque. Il avait riposté avec toute la fureur aveugle de l'adolescent qu'il avait été… et de l'homme qui ne pouvait supporter de voir menacer la femme qu'il aimait.

Elle se pencha vers lui et l'embrassa sur la joue.

Elle souriait. Son sourire était si tendre, si beau. Nulle ombre ne voilait son regard. Il n'y voyait que la paix.

L'espoir.

— Je sais, souffla-t-elle. Et je t'aime aussi. Tu es mon partenaire, mon amant… et mon meilleur ami.

Son ami.

— Tu l'as toujours été.

Exactement comme elle avait toujours été tout pour lui.

— Pour toujours, Hayden ?

Il l'attira dans ses bras et la serra contre lui.

— Oui, ma chérie. Pour toujours.

Et il scella sa promesse par un baiser.

RACHEL LEE

Le passé en question

Traduction française de
CATHY RIQUEUR

BLACK ROSE

HARLEQUIN

Titre original :
CORNERED IN CONARD COUNTY

Ce roman a déjà été publié en 2018.

Prologue

Dory fut tirée de son sommeil et essaya de se boucher les oreilles. Papa se disputait avec son grand frère, George, une fois encore. Elle se rendit cependant compte rapidement que les sons étaient différents. Des cris s'élevaient, mais maman riait-elle ? Ça ne ressemblait pas au rire gai de maman.

Intriguée, Dory descendit de son lit, prit sa peluche préférée et s'avança jusqu'au sommet de l'escalier. Papa criait toujours. Elle mit son pouce dans sa bouche et regarda fixement la zone lumineuse émanant de la cuisine au rez-de-chaussée. Maman émit un son étrange, et la curiosité poussa Dory à descendre.

Avant qu'elle arrive à mi-chemin, tout devint très calme, et elle s'arrêta. Elle se demanda si le fait de s'être levée lui attirerait des ennuis. Papa et maman étaient très stricts sur ce point. Une fois au lit, elle devait y rester jusqu'au matin. George en plaisantait, mais il disait que papa et maman avaient besoin de passer du temps entre grandes personnes. Toutefois, George était presque lui-même une grande personne et il voulait sortir le soir. C'était probablement la raison de leur dispute. Dory hésita. Les cris avaient cessé.

Soudain elle entendit un autre son étrange et descendit les dernières marches, tenant Bunny sous son bras et suçant son pouce. Elle se tourna vers la lumière éclairant l'entrée de la cuisine.

Tout était rouge. Comme de la peinture. Il y en avait partout. Papa et maman étaient étendus par terre, couverts de peinture rouge. George se tenait près d'eux ; il la regarda, une drôle d'expression sur son visage crispé.

— Tout va bien, Dory. J'ai fait fuir le méchant monsieur.

Il s'accroupit et lui tendit les bras.

D'ordinaire, Dory aurait couru s'y réfugier, mais George était lui aussi couvert de peinture rouge, et elle n'aimait pas ça.

— Dory ? Viens là, ma puce.

Elle vit alors ce qu'il avait à la main. Un couteau. Il était aussi tout rouge. Pourquoi tout était-il tellement rouge ?

Une sorte d'instinct l'alerta, et une soudaine terreur l'arracha à sa confusion. Elle ignorait ce qui se passait, mais elle cessa de penser. Quelque chose en son for intérieur l'incita à réagir, et elle se précipita hors de la maison puis se mit à courir dans la rue en hurlant… hurlant… hurlant.

1

En hurlant.

Dory Lake fut réveillée par l'écho de ses propres hurlements. Lorsque ses yeux s'ouvrirent, son regard rencontra la lueur réconfortante de la lampe de chevet et durant un instant, un instant seulement, elle se sentit en sécurité.

Bien que, en vingt-cinq ans, les cauchemars soient devenus moins fréquents, elle se rappelait ce qu'elle avait vu. À présent, ils revenaient chaque nuit, voire plusieurs fois par nuit.

Parce que son frère était sur le point d'être libéré de prison.

Elle se redressa brusquement et fut soulagée de ne pas se sentir étourdie. Elle souffrait d'hypotension, et il lui arrivait parfois de perdre brièvement conscience. C'était un problème mineur, un simple désagrément, la plupart du temps.

Trempée de sueur, elle se leva et alla prendre une douche. Il n'était pas sorti. Pas encore. Elle n'avait pas lieu de s'inquiéter.

Quoi qu'il en soit, le rêve avait fait resurgir cette horrible nuit. Les années qui s'étaient écoulées n'en avaient pas effacé le souvenir, même s'il la perturbait de moins en moins. Mais depuis qu'elle avait appris que George était sur le point de finir de purger sa peine, les cauchemars avaient repris. Chaque nuit. Impossible d'y échapper.

Il n'y avait aucune raison de penser que George éprouverait le moindre intérêt pour elle alors qu'elle n'avait jamais parlé de rien. Et en imaginant qu'elle parle, il ne pourrait de toute façon pas être reconnu de nouveau coupable du meurtre, se répéta-t-elle tandis que l'eau froide martelait son corps. Elle n'avait cessé de se le dire depuis qu'elle avait appris la nouvelle. Il ne pouvait pas davantage être intéressé par son héritage, qui avait été placé pour elle en fidéicommis, disposition irréversible dont l'avocat de George avait informé son client.

D'ailleurs, il ne serait probablement même pas capable de la retrouver. Lake était un nom de famille extrêmement répandu.

Finalement, elle se sécha, enfila une chemise de nuit propre et un peignoir, et décida de descendre au rez-de-chaussée. Elle n'arriverait pas à se rendormir. Elle emménageait dans sa propre maison le lendemain... Ou était-ce le jour même ?

En bas, la lumière était allumée dans la cuisine. Son amie Betty s'assurait que la maison reste raisonnablement éclairée la nuit. Pour Dory, qui ne supportait pas de se réveiller dans l'obscurité.

Mais quand elle entra dans la pièce aux couleurs gaies, elle découvrit que Betty s'y trouvait déjà et qu'elle avait fait du café. Elle était assise à la table sur laquelle les mugs, les cuillers, le sucre ainsi qu'une assiette de cookies étaient prêts, eux aussi. Ses courts cheveux grisonnants ébouriffés, et fidèle à ses goûts, elle portait un peignoir zippé au motif presque psychédélique de minois de chats. Elle était déterminée à devenir une typique dame aux chats. Pour le moment, elle n'en avait que trois, occupés à tourner en rond autour des pieds de chaises en se demandant si c'était l'heure du petit déjeuner.

— J'ai entendu la douche, dit Betty. Une fois encore ?

— Oui. Je suis désolée de t'avoir réveillée.

— Quel genre d'amie serais-je si j'étais gênée par ça ? Je ne fais pas de cauchemars comme les tiens, mais ça m'est arrivé. C'est agréable d'avoir quelqu'un près de soi quand ils vous réveillent.

Betty se mordit la lèvre inférieure.

— Tu es certaine de vouloir déménager ? Je ne supporte pas l'idée de te savoir seule.

Dory s'installa sur l'une des chaises.

— Je vis seule depuis l'université. Je ne peux pas laisser

George me priver de mon indépendance. Il n'a d'ailleurs aucune raison de vouloir me retrouver. Il a purgé sa peine, et je ne représente pas une menace. Après tout ce temps, nous sommes devenus des étrangers. Et, comme tu le sais, je dois reprendre le travail.

Bien sûr, ces paroles courageuses ne tenaient pas compte du fait que, sur l'invitation de Betty, elle ait accouru du Kansas jusqu'à Conrad City, dans le Wyoming, dès qu'elle avait appris la libération prochaine de son frère et que les cauchemars étaient revenus. En disant que George ne chercherait pas à la retrouver, elle tentait de se rassurer.

Même à l'époque du lycée, quand elle enseignait l'anglais à la classe de Dory, Betty était déjà très directe. Aussi Dory s'inquiétait-elle du fait qu'elle ait ressenti le besoin de la faire venir chez elle.

Apparemment, elle ne pensait pas que George viendrait l'y chercher. Ou peut-être tentait-elle seulement de calmer ses cauchemars. Mais qu'importe.

Le café fut le bienvenu. Dory prit aussi un cookie et bientôt elle se détendit suffisamment pour que l'un des chats, un rouquin tigré nommé Ginger, lui saute sur les genoux pour quémander des caresses.

C'est tellement réconfortant ! songea-t-elle en gratouillant Ginger derrière les oreilles, ce qui provoqua un ronronnement étonnamment sonore. Se sentant de plus en plus relaxée, elle se dit qu'elle devrait peut-être elle aussi prendre un chat.

— Alors, tu as arrêté la thérapie ? lui demanda Betty.

— Je l'ai suivie durant des années. Je doute que l'on puisse faire plus.

— Peut-être pas, mais tu es plus âgée, à présent.

Betty hésita avant de poursuivre :

— J'aimerais que tu rencontres l'un de mes amis, ce matin.

Dory se crispa légèrement. Depuis qu'elle était arrivée, une semaine plus tôt, elle avait évité toute interaction sociale. Elle ne se sentait pas prête. De plus, elle n'avait jamais été douée pour ça.

— Détends-toi, reprit Betty, interprétant correctement sa réaction. Un jour, tu seras prête à sortir de ta coquille, mais je doute que ce soit pour tout de suite. Tu vis repliée sur toi-même depuis trop longtemps. Il s'agit d'un ami très spécial. Il est éducateur canin au bureau du shérif. Il forme les chiens et les autres policiers. Et je tiens à ce que tu fasses sa connaissance.

— Pourquoi ?

— Eh bien, en dehors du fait qu'il s'est retrouvé, contre son gré, propriétaire de deux autruches hargneuses dont il n'arrive pas à se débarrasser, ce que je trouve désopilant et intéressant, il a de nombreux chiens. Je pense qu'il te faut un chien pour te tenir compagnie.

— Ah bon ? Je pensais plutôt à un chat.

Betty sourit.

— Dory, réfléchis. Qu'est-ce qui te fera te sentir le plus en sécurité ? Un chien de garde ou un chat de garde ?

Dory ne put s'empêcher de rire.

— Tu marques un point.

Depuis qu'elle avait été son professeur d'anglais en seconde, Betty avait toujours fait preuve de l'infinie patience nécessaire pour que Dory laisse une personne devenir proche d'elle. Ses efforts avaient perduré bien au-delà du lycée et, finalement, Dory avait été elle-même surprise de découvrir qu'elle avait une véritable amie.

Personne d'autre n'était aussi proche d'elle.

— Oh ! Et tu n'emménages pas aujourd'hui, ajouta Betty.

Dory préférait prendre elle-même ses décisions.

— Pourquoi ? demanda-t-elle d'un ton un peu sec.

— Parce qu'un message a été laissé ce matin sur le répondeur. Tu n'auras pas Internet en haut débit avant deux jours. Tu en as besoin pour travailler, non ?

Betty n'avait pas besoin d'une connexion haut débit. Chez elle, Dory se contentait donc de relever ses e-mails, mais elle ne pouvait rester indéfiniment sans travailler.

— J'ai besoin de ma connexion... Deux jours de plus, soupira-t-elle.

— Pourquoi exactement dois-tu rester en ligne la majeure partie de la journée ?

Dory sourit et se versa un peu de café.

— Je ne réalise pas seule toute la partie graphique. Je travaille la plupart du temps en équipe. Pouvoir chatter et partager des fichiers est essentiel.

— Je vois, dit Betty en plissant le front. Eh bien, je vais rappeler le fournisseur pour voir s'il peut s'activer. Je connais Will Gladston ; il devrait pouvoir tirer une ou deux ficelles.

Dory posa la main sur le bras de son amie.

— Deux jours de plus ne feront pas une grosse différence. Mes collègues ont été prévenus que je serais hors connexion pendant un moment, et tout le monde sait que je déménage. En plus, nous ne sommes pas trop sous pression en ce moment.

— Si tu en es sûre... Dans une petite ville, personne ne se presse sans raison. Je suis certaine que si tu leur expliquais pour ton travail...

— Ça me convient, insista-t-elle.

Elle décida de changer de sujet. Betty s'inquiétait trop pour elle.

— Alors, dis-moi, cet homme aux chiens. Il possède vraiment des autruches ?

Le visage de Betty se détendit, s'éclairant d'un sourire.

— Oui, deux. Des bestioles désagréables.

— Pourquoi les avoir chez lui, dans ce cas ?

— Oh ! C'est une histoire abracadabrante. Le père de Cadell est mort subitement. Et quand Cadell est revenu pour les funérailles, il a découvert qu'il avait hérité non seulement du ranch, mais aussi de ces deux satanées autruches. Rien n'indiquait comment ni pourquoi elles étaient arrivées là.

Elle se pencha vers Dory.

— Je peux te dire que cet homme est incroyablement patient ; il jure rarement. Mais ces volatiles arrivent à l'énerver assez pour qu'il jure comme un charretier. Et il se montre particulièrement inventif. Le spectacle vaut le détour.

Dory eut envie de rire.

— Pourquoi ne s'en débarrasse-t-il pas ?

— Tu crois qu'il n'a pas essayé ? Mon Dieu...

Betty secoua la tête en riant.

— Je le laisserai te raconter. C'est une histoire à rebondissements.

Quelques heures plus tard, alors qu'elle s'habillait pour aller rendre visite à cet éducateur canin avec Betty, Dory se demanda pourquoi elle aurait besoin de protection. Avant cette nuit-là, son frère avait toujours été bon pour elle. Plus tolérant que la plupart des frères avec une fillette de sept ans. Leur relation avait été chaleureuse et aimante.

Jusqu'à cette nuit. Chaque fois qu'elle se le rappelait debout devant elle, couvert de sang et tendant sa main tenant un couteau ensanglanté, elle se demandait quelles étaient alors ses intentions. L'aurait-il tuée, elle aussi ? Elle ne comprenait toujours pas pourquoi il avait tué leurs parents. Ni comment il avait échappé à la perpétuité.

Toutes ces questions restées sans réponse la rongeaient, et les cauchemars prouvaient qu'elle le craignait encore à ce jour. Peut-être ces craintes étaient-elles sans fondement, mais beaucoup plus tard, lorsqu'elle avait été en âge de s'interroger, elle avait appris qu'il n'avait fourni aucune explication à son geste.

Furieuse contre elle-même, elle prit un polo pour aller avec son jean et s'efforça de se réjouir à l'idée de voir des autruches acariâtres. Ainsi que des chiens. Elle avait toujours aimé les chiens.

Un pas, un jour à la fois, jusqu'à ce que son désordre émotionnel disparaisse enfin. Alors, elle irait bien.

Cadell Marcus se tenait près de l'enclos des autruches, lorgnant sa paire d'enfants terribles avec une aversion à peine dissimulée. À l'exception de quelques jolies plumes, elles étaient les oiseaux les plus disgracieux qu'il ait jamais vus. Bien qu'il soit un homme de grande taille, elles le dominaient encore et semblaient peu enclines à le lui laisser oublier. De véritables dinosaures. Pourquoi ne s'étaient-elles pas éteintes ?

Elles occupaient le petit enclos auquel il recourait parfois lorsque, en dépit de leurs exigences, il utilisait son corral à d'autres fins.

Quant à lui, il se gardait bien d'oublier que ces bestioles pourraient le tuer de quelques coups de patte. Non qu'elles aient essayé, mais elles lui avaient souvent lancé des regards noirs et, une fois qu'elles eurent cessé d'avoir peur de lui, elles avaient pris un malin plaisir à donner des coups de bec à ses chapeaux. Deux de ses couvre-chefs préférés avaient ainsi été détruits.

Ce matin, il les avait parquées là car Betty Cassell amenait l'une de ses amies pour se renseigner à propos d'un chien de garde. Betty n'avait évoqué que très succinctement la raison pour laquelle elle l'estimait nécessaire. Il espérait donc en apprendre davantage à leur arrivée.

Dans l'intervalle… Ces maudites autruches devraient bien se tenir, que cela leur plaise ou non. Au moins la clôture électrique parvenait-elle à les contenir. Il ne s'imaginait pas les rattraper si jamais elles s'échappaient. Il aurait besoin de Mike Windwalker, le vétérinaire, et de son fusil anesthésiant magique.

En cet instant, elles le toisaient. Il les toisa en retour.

— Vous ne soupçonnez pas la chance qui est la vôtre de ne pas finir dans une fabrique de chaussures !

Enfin, il entendit le bruit d'un moteur puis le crissement de pneus sur le gravier. Les deux oiseaux détournèrent leur attention de lui et battirent en retraite, s'abaissant au sol dans une posture défensive.

— Restez donc comme ça, leur suggéra-t-il avant de partir saluer ses visiteuses.

Un sourire éclaira son visage dès l'instant où il vit Betty. Quelque chose en elle le faisait toujours sourire. Mais l'autre femme qui descendit de la voiture lui coupa le souffle. Il n'aurait jamais cru qu'une femme en chair et en os puisse avoir le visage d'un ange de Botticelli, encadré de longs cheveux blonds. C'était pourtant le cas de celle-ci. Elle attira et retint son regard jusqu'à ce qu'il prenne conscience qu'il se montrait impoli.

Alors, seulement, il vit le reste de son corps. Oh ! bon sang ! Aucun ange ne pourrait avoir un corps pareil. Ou du moins ne le devrait-il pas, car il provoqua en lui un embrasement immédiat malgré le jean et le polo bleu décontracté qu'elle portait.

— Salut, Cadell, lui lança Betty.

Il fit l'effort de se reprendre, et se concentra sur elle.

— Betty, ça fait plaisir de vous voir.

— Plaisir partagé, lui dit-elle en serrant la main qu'il lui tendait. Je te présente mon amie, Dory Lake.

Il se tourna. Maintenant, il ne pouvait plus éviter de la regarder.

Elle était d'une beauté renversante. Avec des yeux bleus couleur d'un ciel d'été. Instantanément, il eut la sensation d'être débraillé et pas assez bien pour elle.

Mais elle sourit et, lorsqu'il serra la main qu'elle lui tendait, le contact de sa peau l'électrisa.

— J'ai entendu parler de vos autruches.

— Et encore, Betty ne vous a pas tout raconté, j'en suis sûr.

Au moins avait-il retrouvé l'usage de la parole. Jamais une femme ne l'avait fait se sentir aussi… Bon sang ! Il était policier ! Personne, homme ou femme, ne l'avait jamais laissé sans voix.

Jusque-là.

— Betty m'a dit que vous en avez hérité avec le ranch ?

— En effet. J'ignore d'où elles viennent. Je sais seulement que mon père prenait soin d'elles. Depuis assez longtemps pour avoir posé une clôture électrifiée afin de les empêcher de se sauver. Elles sont là-bas.

Il se retourna et désigna l'enclos.

— Ne vous approchez pas trop ; elles donnent des coups de bec.

Le visage de Dory s'illumina.

— D'après Betty, vous voulez vous en débarrasser ?

— Je veux leur trouver un bon foyer, quelque part où le

climat leur conviendra davantage. Jusqu'ici, pas d'amateurs. Mais si nous allions voir les chiens ? Ils sont de bien meilleure compagnie.

Il sentit les regards malveillants des deux oiseaux posés sur lui tandis qu'il conduisait Betty et son amie au chenil situé à l'arrière de la maison. Il avait actuellement six chiens à des stades divers de leur formation, un berger allemand et cinq malinois. Chacun des dix box du chenil disposait d'un accès à un espace extérieur clôturé.

À leur arrivée, les chiens se redressèrent immédiatement, attentifs. Aucun aboiement, pas de bonds surexcités.

Il attendit pendant que les deux femmes les étudiaient. Après quelques instants, Dory le surprit en désignant le berger allemand.

— C'est une autre race.

— La plupart des gens ne le remarquent même pas, lui répondit-il. Oui, c'est un berger allemand. Les autres sont des malinois, parfois appelés bergers belges.

Elle posa sur lui son regard bleu limpide.

— Se comportent-ils différemment ?

— Un peu. Le malinois peut se montrer têtu. Il a besoin d'être cadré, et il est aussi plus puissant qu'il y paraît. Il fait un excellent chien policier. Le berger allemand est plus obéissant.

Il haussa les épaules.

— Ça fait dix ans que je travaille avec les deux races, et je les apprécie tout autant. Chacune vous procurera un bon chien de garde, mais toutes deux sont dynamiques. J'espère que vous aimez courir.

Elle sourit à nouveau, et il sentit son cœur manquer un battement.

— Il se trouve que je cours chaque matin. Trois à quatre kilomètres. Est-ce que ce sera suffisant ?

— Plus vite vous courez, plus vite ils fatiguent, mais ils sont très endurants. Et d'un courage à toute épreuve.

Il l'observa tandis qu'elle passait d'un chien à l'autre, l'air songeur. Il attira son attention sur les deux derniers, à droite.

— Ces deux-ci sont presque prêts à rejoindre la police. Leurs maîtres-chiens ont quasiment fini de les entraîner. Les quatre autres sont à divers stades de la formation, et n'importe lequel fera assez rapidement un bon chien de garde.

Elle hocha la tête.

— Lequel recommanderiez-vous à une geek qui perd régulièrement la notion du temps ?

Cadell ne put s'empêcher de rire.

— Le berger se couchera à vos pieds et vous adressera un regard implorant. Le malinois pourra vous donner de petits coups de museau pour attirer votre attention. Mais... Ils peuvent aussi se montrer turbulents. Il n'y a pas de garantie.

Il ne s'attendait pas qu'elle se décide juste en regardant les chiens. Il ouvrit donc deux enclos, libérant le berger et l'un des malinois. Tous deux sortirent sans précipitation, observèrent les nouvelles venues, puis les reniflèrent calmement. Une fois leur curiosité satisfaite, ils s'assirent, attendant les ordres.

— Je n'ai jamais vu de chiens aussi bien éduqués ! s'exclama Dory.

— La plupart des gens n'aiment pas qu'ils leur sautent dessus, lui répondit Cadell. Ils le feront si vous le voulez, mais je ne le conseille pas. Tendez-leur la paume de votre main. Une fois qu'ils l'auront reniflée, vous pourrez les caresser.

Dory adorait l'allure des deux chiens. Il y avait dans leur regard quelque chose d'alerte et... d'empathique à la fois. Les chiens éprouvaient-ils de l'empathie ? Elle l'ignorait, mais l'envie lui prit de s'accroupir pour être à leur niveau. Les deux chiens soutinrent tranquillement son regard, ce qui la surprit. Elle tendit une main à chacun d'eux et, comme l'avait dit leur hôte, ils la reniflèrent. Ensuite seulement, elle plongea les doigts dans leur fourrure épaisse.

Jamais elle n'avait eu d'animal de compagnie et elle ignorait dans quoi elle s'engageait. Malgré cela, elle sut à cet instant qu'elle voulait vraiment l'un de ces chiens. Elle mourait d'envie de mettre les bras autour de leur cou et de les serrer contre elle.

Étonnée de sa propre réaction, réaction que ne lui inspiraient que très rarement les humains, elle s'assit sur ses talons et s'efforça de se ressaisir.

— Ils sont tous les deux magnifiques. Dois-je me décider tout de suite ?

— Non, bien sûr, lui répondit Cadell. Mais ça pourrait vous aider si nous allions dans le grand enclos jouer un peu avec eux. Ils ont des personnalités différentes, tout comme les humains. L'un d'eux retiendra, plus que l'autre, votre attention.

Pendant un petit moment, Dory oublia tout le reste alors qu'ils jouaient avec une balle de tennis. Elle porta finalement son choix sur le malinois. D'accord, elle avait décelé son côté espiègle, mais elle adorait la couleur de sa robe : son museau plus sombre et ses pattes qui semblaient porter des chaussettes foncées. Il y avait aussi autre chose, cette étincelle quand leurs yeux se croisaient. C'était comme si le chien lui disait : « Je suis à toi. »

Bien que ce soit sans doute le fruit de son imagination, sa décision était prise. Ce serait le malinois. Alors que, le sourire aux lèvres, elle se tournait vers Cadell pour le lui dire, elle surprit une lueur de désir dans son regard. Ce fut fugitif, mais cela ne l'empêcha pas de ressentir la même chose en retour.

Elle reporta aussitôt son attention sur le chien qui s'était plaqué contre sa cuisse. Cadell Marcus était un homme très séduisant. Bien bâti, le visage volontaire, un sourire sublime. Elle redoutait de le regarder de nouveau.

Ce genre de sentiment l'effrayait presque autant que ses cauchemars. Elle était brisée, songea-t-elle tout en caressant la tête du chien. Et cette vulnérabilité, elle la devait à George. Une colère subite la fit se redresser.

— Celui-ci, dit-elle à Cadell.

Il sourit.

— Vous formez déjà un binôme. Il vous aime vraiment.

Excellent choix. Nous pouvons commencer à vous entraîner maintenant, si vous le voulez.

— À m'entraîner ? répéta-t-elle, surprise.

— Absolument. Nous allons lui demander de tirer profit de votre personnalité et de vos aptitudes dans votre propre intérêt. Mais vous devez apprendre comment l'amener à le faire.

— Entendu, répondit-elle, très impatiente de développer une véritable relation avec le chien. Comment s'appelle-t-il ?

— Flash. Mais vous pouvez changer son nom, si vous le souhaitez.

Elle sourit.

— Flash est un nom approprié, en particulier pour une geek.

Il se mit à rire et s'adressa à Betty.

— Ça prendra deux heures. Si vous voulez rester, il y a du café et des en-cas à la cuisine.

Betty consulta sa montre.

— Je serai de retour vers midi et demi, d'accord ? Bon amusement à vous deux.

Cadell lui fit un signe de la main puis reporta son attention sur Dory qui s'en trouva bizarrement émue.

— Allons-y.

À plus de mille kilomètres de là, dans un pénitencier du Missouri, George Lake savourait la chaleur du soleil, assis dans la cour. Plus que deux jours et il serait libre. Il devait s'armer de patience.

Au moins, depuis un bon moment déjà, plus personne ne l'ennuyait. En prison, il avait acquis force et résistance, qualités qu'il emporterait au-dehors. Ainsi que la méfiance. Il n'avait confié à aucun de ses amis ce qu'il avait en tête. Ainsi, nul ne serait en mesure de le trahir, et rien ne permettrait de le relier à ce qu'il projetait de faire.

Enfin il aurait la belle vie ! Seul un léger obstacle se dressait encore en travers de sa route.

— Salut, mec, lança une voix familière.

Ed Krank s'assit près de lui.

— Salut, répondit George.

— Je ne peux pas croire que tu sors dans deux jours. T'as des projets ? Quelque chose en vue ?

— Oui.

— Tant mieux pour toi. T'as du fric, il paraît.

George parvint à ne pas se crisper. Entre ces murs, les sujets de discussion étaient si rares que même les nouvelles périmées restaient d'actualité. Les journaux de l'époque avaient fait mention de l'argent.

— Détrompe-toi. On m'a repris tout ce dont j'avais hérité quand j'ai été condamné.

— Ça craint.

Sauf que, au fil des années, il avait suivi la vie de sa petite sœur via les ordinateurs de la prison. En plus de l'argent de la vente de la maison, il lui restait encore une grande partie l'assurance-vie. Et elle avait apparemment aussi une petite activité prospère.

S'il lui arrivait quelque chose, disons un accident mortel, il serait son unique héritier. Et, cette fois, il s'en sortirait car il était déterminé à ne pas laisser d'indice compromettant.

Il avait beaucoup appris en ce lieu, souvent en écoutant, parfois en agissant.

Dory avait disparu quelques semaines plus tôt, mais il la retrouverait. Elle devrait refaire tôt ou tard surface en ligne, et il avait suivi pas mal de cours pour développer ses compétences dans ce domaine.

Il la localiserait et s'arrangerait pour que ça ait l'air d'un accident.

— Je me débrouillerai, assura-t-il à Ed. J'ai des projets.

Ed se mit à rire.

— Ce n'est pas le temps qui manque, ici, pour faire des projets.

— Je ne plaisante pas, lui répondit George en souriant. Il y a un travail qui m'attend.

Il s'abstint simplement de préciser quel genre de travail.

— Tant mieux pour toi, fit Ed en hochant la tête. Moi je sors dans huit mois. Tu pourrais peut-être m'en trouver un.

— Je verrai ce que je peux faire.

Il n'en avait nullement l'intention. Il éliminerait Dory, toucherait son héritage et quitterait le pays.

Fermant les yeux, il s'imagina sur une plage de sable fin, entouré de femmes superbes.

Seule Dory l'empêchait d'accéder à son rêve. Quelle poisse ! Si elle était restée au lit comme elle était censée le faire, il aurait pu s'enfuir et effacer ses traces. Aucun d'eux n'aurait eu à endurer cet enfer.

Mais elle avait désobéi à une règle stricte. Elle avait descendu l'escalier et était tombée sur lui. Puis elle avait refusé de l'écouter quand il avait tenté de lui expliquer qu'il avait fait fuir le méchant.

Au lieu de ça, elle s'était sauvée en hurlant dans la rue, et aussitôt la nuit s'était emplie des lumières des maisons voisines, de gens accourant pour l'aider, et de voitures de police. Il avait tenté de s'échapper, mais il était alors trop tard pour effacer sa trace. Elle était responsable de son arrestation. Elle et personne d'autre.

Elle avait donc cherché ce qui allait lui arriver. Il avait payé pour ses crimes et, maintenant, il méritait la vie qu'il aurait dû avoir depuis le début. Or, c'était elle qui possédait tout.

Eh bien, il allait changer tout ça. Étant donné qu'il savait pour quel groupe elle travaillait, il ne tarderait pas à la localiser.

Il eut presque de la peine pour la petite fille qu'elle était alors. Cependant, ses années de détention l'avaient endurci, et elle n'était plus l'enfant qui s'asseyait sur ses genoux pour qu'il lui lise une histoire avant de la mettre au lit. Non, elle était adulte, à présent, et pas une fois elle ne lui avait écrit ou n'était venue lui rendre visite.

Il n'y avait plus rien entre eux. Enfin, excepté le fait qu'il mettrait fin à son existence de la même façon qu'il avait mis fin à celle de leurs parents. À cette différence près qu'il le ferait plus proprement, en veillant à ce que cela ne ressemble pas à un meurtre.

Son sourire s'élargit. Il aurait parié qu'elle se croyait totalement absente de ses pensées. Stupide femme. Elle lui avait tout pris.

2

Deux heures plus tard, Dory était assise au milieu de l'enclos des chiens, riant aux éclats tandis que Flash lui léchait le visage.

— Il ne se fatigue jamais !

— Je pense qu'il vous a choisie, lui aussi. Il lui faudra encore un peu d'entraînement pour intégrer son rôle mais, si vous le souhaitez, vous pouvez l'emmener chez Betty.

— Elle a trois chats !

— Ils pourraient ne pas apprécier, mais Flash les laissera tranquilles. Bon, d'accord, je le garde pour le moment. J'en profiterai pour renforcer son entraînement.

Il s'accroupit près d'elle.

— Betty m'a un peu expliqué votre situation. Voulez-vous en parler ?

Elle se tendit. Elle venait de passer un excellent moment, et voilà que ça refaisait surface. Elle aurait voulu lui en tenir rigueur, mais elle comprenait sa curiosité. Après tout, il formait un chien destiné à la protéger.

— Est-ce que ça servira à quelque chose ?

Il chercha son regard.

— C'est à vous de voir. Mais en général j'aime savoir quel genre de menaces mes chiens devront affronter. Ça me permet de parfaire leur formation.

Elle hocha lentement la tête, regardant Flash qui avait posé la tête sur ses genoux. Elle lui massait doucement le cou, le mouvement de ses doigts les réconfortant l'un comme l'autre.

Ce chien a des pouvoirs magiques, songea-t-elle.

Elle soupira.

— Betty vous a probablement appris l'essentiel. Mon frère aîné a tué mes parents. J'avais sept ans, et je l'ai pris sur le fait. Quoi qu'il en soit, il a été condamné à une peine de vingt-cinq ans, non à perpétuité, et il sera bientôt libéré.

Elle se tourna vers lui.

— Je n'ai aucune raison de penser qu'il puisse vouloir me retrouver. Nous n'avons eu aucun contact depuis cette nuit-là. Mais... Je fais beaucoup de cauchemars et, bien que j'essaye de m'en convaincre...

— Vous ne croyez pas qu'il ne représente aucune menace pour vous, compléta-t-il. Ce n'est guère étonnant, étant donné ce que vous l'avez vu faire. Il n'a vraiment jamais tenté d'entrer en contact avec vous ?

Cela semblait le contrarier.

— Ce qui signifie que je ne l'intéresse absolument pas. Il m'a probablement oubliée.

— Peut-être, mais votre subconscient ne semble pas le croire.

Malgré elle, elle émit un petit rire.

— Apparemment pas. Je me sens parfois tellement stupide ! Des cauchemars toutes les nuits... Et maintenant, un chien de garde. C'est exagéré.

— Je ne pense pas que ce soit exagéré. Il n'y a rien de mal à avoir un chien de garde, pour qui que ce soit. Flash sera, pour le moins, un bon compagnon.

Il observa le chien qu'elle cajolait.

— C'est certain. Il est merveilleux. Le caresser me fait me sentir bien.

— Lui aussi, apprécie. Mais vous devrez le faire travailler chaque jour pour éviter d'en faire un mollasson.

— Un mollasson ? Lui ? s'exclama-t-elle, étonnée.

— Eh bien... Je ne veux pas dire qu'il deviendrait paresseux, mais il a besoin de rester alerte. Vous devrez donc travailler avec lui chaque jour pendant au moins une demi-heure. Pouvez-vous faire ça ?

— Bien sûr. Ce sera amusant pour nous deux.

Il sourit.

— Bien. Vous serez une parfaite éducatrice pour lui. Il aime travailler, vous savez. Pour lui, c'est un jeu. Maintenant, occupons-nous de l'entraînement à l'attaque. Je vais mettre mon costume rembourré, et vous allez lui demander de m'attaquer.

Elle le dévisagea, perplexe.

— Mais il vous connaît et il vous aime ! Pourquoi vous attaquerait-il ?

— Parce que le fait qu'il me connaisse n'a aucune importance. Vous protéger sera tout ce qui compte pour lui. Quand vous lui donnerez l'ordre d'attaquer, il attaquera. Son travail n'est pas de prendre ce genre de décision, mais de prendre soin de vous. Vous verrez.

Préoccupée, elle hésita encore.

— Sait-il comment attaquer ?

— Nous nous sommes entraînés. Le moment est venu de passer aux choses sérieuses.

Il se rendit dans une remise et en revint peu après avec une manchette de protection à chaque bras. Flash reconnut aussitôt l'équipement et se leva en remuant la queue. Dory se releva elle aussi.

— Il s'est entraîné sur un mannequin, lui expliqua Cadell. À présent, il va pratiquer dans la vraie vie.

Ils se rendirent sur le parcours d'entraînement. Les deux autruches les observaient par-dessus la clôture.

— Maintenant, dites-lui ce qu'il doit faire.

Dory hésita un instant puis se rappela.

— Flash, au pied !

Le chien vint aussitôt se placer, alerte, à côté d'elle.

De toute sa vie, elle était certaine de n'avoir jamais vu un chien aussi bien éduqué.

— À présent, vous allez lui dire d'attaquer. Pour ce faire, je n'aime pas utiliser un mot dont on se sert couramment. Il n'y a pas que le ton qui compte. Ils peuvent saisir les paroles d'une conversation. Je ne tiens pas à ce que mes collègues aient des problèmes.

Un peu nerveuse, elle hocha la tête.

— Je comprends.

Pourtant, elle n'était pas du tout sûre d'avoir envie d'ordonner à ce chien d'attaquer.

— Le mot que j'utilise est « fong ».

Les coins de ses yeux se plissèrent.

— Nous pratiquerons jusqu'à ce que ça devienne naturel. Mais puisque vous allez commencer par un ordre très simple chaque soir quand vous irez vous coucher ou que vous le sortirez, il saura quoi faire même s'il n'entend pas le mot.

— Ce qui veut dire ?

Elle commençait à s'y perdre.

— Si vous lui dites de monter la garde, il le fera. Et il n'aura pas toujours besoin d'un ordre pour vous protéger. Il est capable d'estimer si une menace devient trop pressante. L'ordre est utile quand il se produit quelque chose un peu plus loin et qu'il pourrait ne pas le percevoir comme une menace immédiate pour vous.

— Ah ! d'accord !

À présent, elle comprenait mieux.

Il lui tapota l'épaule de sa moufle rembourrée.

— Vous saisirez mieux dans un instant. Je vais m'éloigner d'une quinzaine de mètres. Et vous lui ordonnerez de monter la garde. Ensuite, je ferai demi-tour et je pointerai sur vous une arme factice. Observez bien ce qui va se passer pendant que je m'approcherai de vous.

— Flash, garde ! dit-elle.

Elle sentit le chien remuer un peu à côté d'elle, mais ne le regarda pas.

À environ vingt pas de là, Cadell se retourna. Il tenait une arme dans la main droite, pointée vers le sol. Flash ne bougea pas un muscle. Pas à pas, Cadell s'approcha. Arrivé à trois mètres d'elle, il la mit en joue. Flash n'eut pas besoin d'ordre. Il s'élança comme une flèche et mordit la manchette droite de Cadell.

— Mon Dieu...

Elle ne s'attendait pas à ça. Le chien s'accrocha à ce bras menaçant, refusant de lâcher alors même que Cadell secouait le bras et décrivait des cercles, le soulevant du sol.

— Dites-lui d'arrêter, finit par dire Cadell.

— Flash, lâche ! ordonna Dory, se rappelant le mot qu'il lui avait enseigné pour que le chien pose son jouet.

Flash obéit immédiatement et la regarda.

— Au pied !

Il trotta vers elle, l'air content de lui.

— Maintenant, la récompense, ajouta Cadell.

C'était la balle de tennis. Elle lui dit qu'il était un bon chien et lui donna la balle. Il la mâchouilla puis la déposa à ses pieds, lui demandant de la lui lancer, ce qu'elle fit. Il courut la rechercher avec entrain.

— C'est aussi simple que ça, conclut Cadell en l'observant tout autant qu'il observait le chien. Quelques jours de formation supplémentaires et il fera n'importe quoi pour vous.

Elle s'accroupit, encourageant Flash à revenir vers elle.

— Comment puis-je lui indiquer qu'il n'a pas à monter la garde ?

— Lancez-lui la balle. Ça signifie que c'est le moment de jouer.

C'était tellement simple ! Et, dans le même temps, si étonnamment complexe. Incroyable même, songea-t-elle en étreignant le malinois. Le chien la faisait déjà se sentir plus en sécurité, moins seule aussi.

Après le départ de Betty et Dory, Cadell passa l'après-midi à travailler avec deux policiers qui se formaient pour devenir maîtres-chiens. Ces hommes intervenaient dans un large éventail de situations requérant des compétences en pistage, sauvetage, etc. Tout cela nécessitait un apprentissage plus complexe que celui dont Dory aurait l'utilité.

Quand il eut fini, il mangea sur le pouce et se rendit au bureau du shérif pour y effectuer son temps partiel. Les jours d'entraînement, il ne travaillait pas plus de quatre heures en tant que shérif adjoint.

Avant de s'en aller, il prit le temps de donner aux autruches leur nourriture hors de prix et d'ouvrir leur enclos afin qu'elles aient plus d'espace. Aucune d'elles ne manifesta la moindre reconnaissance.

Accompagné de son chien Dasher, un malinois, il arriva au bureau du shérif. Une autre soirée paisible dans le comté de Conrad s'annonçait. Il était parfois surpris de constater à quel point il appréciait d'avoir laissé derrière lui l'effervescence de Seattle. Souriant intérieurement, il se dit qu'il devait vieillir. Trente-cinq ans, un grand âge…

Dasher s'installa près de son bureau, le museau entre les pattes, attentif. Le calme persistant, Cadell se servit de l'ordinateur pour se renseigner sur l'histoire de Dory Lake et de son frère. Ce n'était en rien de la curiosité malsaine ; il voulait savoir ce qu'elle avait subi afin de mieux cerner la menace qui pesait sur elle.

Bien que remontant à vingt-cinq ans, le dossier allait rester accessible pendant encore de nombreuses années, pour le cas où George Lake s'attirerait à nouveau des ennuis. Par chance, il avait été numérisé.

Tout juste âgée de sept ans, Dory avait été trouvée hurlant au milieu de la rue à presque 2 heures du matin. Les voisins avaient accouru et prévenu la police qui était arrivée à temps pour appréhender George lors de sa fuite de la scène de crime. L'affaire fut vite résolue en ce qui le concernait. Il avait essuyé l'arme, mais il était beaucoup trop couvert de sang pour pouvoir clamer son innocence. Pour une raison assez obscure, on lui avait offert une négociation à vingt-cinq ans de sa peine. Il semblait avoir été sous l'emprise de la drogue, et le père avait été reconnu violent. Cadell devina que le procureur n'avait pas pu recueillir assez d'éléments pour étayer une accusation de meurtre au premier degré. En l'absence de procès, il n'y avait pas grand-chose dans le dossier pour expliquer tout cela.

Ce qui l'interpella fut un article de journal. Apparemment,

quand Dory avait cessé de hurler, les trois seuls mots qu'elle avait prononcés pendant près d'un an furent : « la peinture rouge ».

Seigneur ! Il se renfonça dans son fauteuil et ferma les yeux ; il ne l'imaginait que trop clairement. L'enfant avait été bel et bien traumatisée. Il était même fait mention de cécité hystérique, un trouble de conversion, mais qui n'avait pas duré aussi longtemps que son refus de parler. Elle avait été emmenée et élevée par ses parrain et marraine, ce qui lui avait épargné le trauma supplémentaire du placement en famille d'accueil.

Personne, en tout cas d'après le dossier, ne savait ce qu'elle avait vu au juste et ce qui l'avait terrorisée au point de la rendre muette pendant presque un an — à l'exception de : « la peinture rouge ». Cadell avait été témoin de beaucoup de mauvaises choses durant sa carrière, mais cette histoire lui brisa le cœur.

Quant aux sentiments confus de Dory au sujet de George... Eh bien, son opinion fut faite quand il lut qu'elle avait reçu l'intégralité de l'énorme prime d'assurance ainsi que l'ensemble des biens. Son frère se sentait sans doute floué. Il avait été dépossédé de son héritage parce qu'il avait été reconnu coupable du meurtre de leurs parents. Probablement espérait-il en récupérer une partie, peut-être en obligeant Dory à le payer pour qu'il la laisse tranquille.

Voire pis. En effet, il lui apparut que si Dory mourait, son unique héritier serait George. Et s'il ne pouvait être relié à sa mort...

Bon sang ! Être policier l'avait rendu plus que soupçonneux. Il devait se reprendre, réprimer ses émotions, et faire usage de sa raison.

Cependant, son instinct lui soufflait que tout cela n'augurait rien de bon.

Quand elle revit Betty cet après-midi-là, Dory lui fit part de son enthousiasme au sujet de Flash.

— J'ai eu l'impression d'être une enfant au matin de Noël,

lui confia-t-elle. Ce chien est merveilleux. J'en suis tout de suite tombée amoureuse.

Betty se mit à rire en leur servant du café.

— Je savais qu'un chien était une bonne idée. Il égayera ton quotidien, même si tu n'as jamais besoin de lui.

— J'ai déjà besoin de lui. J'ai tellement pris l'habitude de vivre dans un monde virtuel que j'en ai oublié que quelques autres choses pouvaient être agréables. Une amie comme toi, un chien comme Flash...

— Un homme comme Cadell, observa Betty d'un ton désinvolte.

Il fallut un instant à Dory pour percuter.

— Betty ! Essayerais-tu de jouer les entremetteuses ?

— Quelle idée ! répliqua Betty avec un large sourire. Je voulais seulement dire que tu devrais lui donner une chance de devenir ton ami. Il est en ville depuis un an, et je n'ai entendu que des éloges le concernant. Je suis donc certaine que tu peux lui faire confiance... En tant qu'ami. Mais je dois t'avertir : la rumeur circule qu'il a vécu un divorce difficile et qu'il refuse même de sortir à nouveau avec quelqu'un.

Dory se sentit mal à l'aise. Betty considérait qu'elle se coupait trop du monde réel, elle en avait conscience. Et ce n'était pas seulement à cause de son travail.

Mais depuis cette fameuse nuit, la confiance ne lui venait pas naturellement. Même ses parrain et marraine avaient mis du temps à franchir les barrières qui s'étaient mises en place à l'époque, alors qu'elle les connaissait et les aimait déjà. Betty était la seule à avoir su trouver le chemin de son cœur.

— J'essayerai, Betty, finit-elle par dire. Mais j'ai tendance à être têtue si je me sens forcée.

Tout compte fait, l'aversion actuelle de Cadell pour les femmes lui convenait parfaitement.

— À qui le dis-tu...

Betty s'esclaffa franchement.

— Je ne te force pas la main. Je dis seulement que Cadell est un type bien et que tu peux lui faire confiance. J'ai aussi quelques amies qui te plairaient probablement, mais tu remarqueras que je ne les ai pas invitées depuis ton arrivée.

Aussitôt, Dory se sentit honteuse.

— Je suis désolée. Je ne veux pas perturber ta vie. Tu ne devrais rien changer. Si je me sens mal à l'aise, je peux aller me balader. Et j'emménagerai bientôt chez moi. Je peux partir ce soir, si tu le veux.

Betty se redressa sur sa chaise.

— Arrête ça ! J'adore t'avoir ici. De toute façon, tu ne partiras pas avant que Cadell t'ait donné un chien.

Elle marqua une pause.

— Quand George sortira-t-il de prison ?

— Demain, je pense. Ou peut-être après-demain.

Dory baissa les yeux.

— La date devrait pourtant être gravée dans ma mémoire, si on pense à ce que ça me fait.

— Raison de plus pour que tu restes avec moi.

Tandis qu'elle aidait Betty à préparer le dîner, en début de soirée, elle prit sa décision. Elle déménagerait le lendemain. Toute sa vie, elle avait été en proie aux cauchemars. Peut-être pas aussi violents, mais elle s'en était accommodée. Elle continuerait.

Pas question que Betty vive en recluse à cause d'elle. Son amie méritait de profiter de la vie. Quant à elle, même si George était libéré le lendemain, il ne serait pas là le jour même, ni le suivant.

Et elle ne voyait toujours pas pourquoi il voudrait la revoir. Ils avaient été proches quand elle était enfant. Il lui lisait alors des histoires pour la distraire des disputes de leurs parents, mais il avait tout réduit à néant cette nuit-là dans la cuisine. Il était impossible de revenir en arrière.

Betty ayant un rendez-vous le lendemain matin, Dory se rendit seule au ranch de Cadell pour une autre séance d'entraînement. Le paysage l'enchanta. Les terres alentour laissaient entrevoir les contreforts des montagnes qui donnaient l'impression d'avoir été déposées là toutes faites et non de s'y être lentement développées depuis des siècles. Peut-être était-ce seulement une question de perspective. Quoi qu'il en soit, elle garda cette vision en mémoire pour l'utiliser un jour dans une animation.

En arrivant, elle vit Cadell qui l'attendait, assis dans un rocking-chair sur la terrasse en façade. Il se leva aussitôt.

Quelle délicieuse journée ! songea-t-elle en descendant de voiture. Chaude mais pas trop, avec une légère brise. Une de ces journées où l'on ne pouvait qu'apprécier d'être en vie.

— Bonjour, lança-t-il du haut des marches. Vous voulez vous mettre tout de suite au travail ou vous avez le temps de prendre d'abord un café ?

Lui-même en avait probablement envie et, bien qu'elle soit effectivement pressée car elle voulait déménager durant l'après-midi, elle décida d'être polie. Après tout, cet homme lui rendait un grand service.

L'intérieur de la maison était accueillant et apparemment en cours de rénovation.

— Excusez le désordre, lui dit-il alors qu'ils se dirigeaient vers la cuisine. Ces dernières années mon père a un peu laissé aller les choses, et je ne pouvais m'éloigner assez longtemps pour reprendre vraiment cet endroit en main.

— Ça ne me gêne pas. Donc, vous avez grandi ici ?

— Oui. J'en suis parti à vingt ans pour intégrer l'école de police, après quoi j'ai trouvé un emploi à Seattle.

Elle prit place à la table et le regarda tandis qu'il sortait des mugs et versait le café. Seigneur ! Il était plutôt bien bâti. Elle aurait voulu qu'il s'assoie afin qu'elle puisse détacher son regard de lui.

— Cette ville doit vous sembler terriblement morne, après Seattle.

— Cet aspect me plaît.

Il lui apporta son café en souriant.

— Je peux passer plus de temps avec les chiens.

— Et les autruches, plaisanta-t-elle.

Il s'esclaffa et s'assit en face d'elle.

— Et les autruches.

— Aucune idée, vraiment, de la façon dont elles sont arrivées ici ?

Il secoua la tête.

— Mike Windwalker, le vétérinaire, m'a appris que mon père ne les avait que depuis deux mois quand il est décédé. Lui aussi ignore d'où elles viennent. Papa lui a seulement demandé conseil pour les garder en bonne santé. Une fois. J'aurais aimé qu'il en fasse mention quand nous discutions au téléphone, mais il n'en a jamais parlé.

— Peut-être pensait-il ne pas les garder longtemps.

— Possible, mais cette clôture... Enfin, il a sans doute dû trouver rapidement un moyen de les empêcher de s'échapper. J'ai demandé autour de moi, personne ne semble rien savoir.

Son visage se fendit soudain d'un sourire.

— En un sens, c'est amusant. J'ai reçu l'appel m'annonçant la mort de papa et alors que je préparais mes bagages pour venir ici, j'ai reçu un second appel qui m'a laissé sans voix. Il provenait de Mike, le véto. Il m'a dit de ne pas m'inquiéter, qu'il prendrait soin des autruches pendant quelques jours. J'en suis resté bouche bée au téléphone.

Dory pouffa.

— Ça a dû être un choc.

— En effet. Et je n'ai pas été moins choqué quand j'ai découvert en arrivant à quel point elles sont hargneuses.

Il marqua une pause.

— D'accord, peut-être est-ce seulement mon sentiment et devrais-je leur laisser une autre chance. Mais elles ont déjà massacré deux de mes chapeaux préférés, et je n'apprécie guère qu'elles me donnent des coups de bec chaque fois que l'envie leur en prend. J'espère que nous finirons par conclure une trêve.

Elle regarda par la fenêtre et vit les deux autruches dans le petit enclos, non loin de là. Elles n'étaient pas particulièrement attirantes.

— Est-il difficile de s'en occuper ?

— Je dois leur commander une nourriture spéciale. Par chance, une des grosses sociétés de vente d'aliments pour animaux de compagnie en fabrique aussi pour les zoos. Et l'hiver, il faut les laisser dans la grange.

— Elles n'ont donc pas toujours besoin de vivre sous un climat chaud ?

— À l'évidence, non.

Il soupira, affichant un sourire en coin. Un homme séduisant, bien dans sa peau. Elle l'envia. S'était-elle jamais sentie en harmonie avec elle-même, en dehors de son travail ?

— Je voudrais vraiment les donner à quelqu'un qui a envie de les accueillir.

— Comme animaux de compagnie ?

— C'est peu vraisemblable. Pour autant que je puisse dire, elles n'ont pas été élevées par l'humain. Ou alors, c'est seulement qu'elles ne m'aiment pas.

Il haussa les épaules.

— Mais je ne les vendrai pas pour la viande ou le cuir. Betty ne cesse de me rappeler qu'une autruche vaut des milliers de dollars. Ce n'est pas ce que je recherche. Il existe cependant un marché très lucratif pour leurs œufs. J'essaye donc de trouver quelqu'un qui les voudrait pour cela ou pour l'élevage. Pourtant, certains jours, je me dis qu'elles feraient de belles bottes.

Conquise par son sens de l'autodérision, elle se mit à rire.

— Sont-elles réellement pénibles ?

— En toute honnêteté, non, répondit-il en se laissant aller contre le dossier de sa chaise. Si elles avaient la taille d'un perroquet, elles seraient sympas.

Elle rit à nouveau.

— J'ai eu un perroquet quand j'avais dix ans. Vous avez toute ma sympathie. Lui aussi aimait donner des coups de bec.

— Dans leur cas, ça peut être douloureux.

— Et coûteux en termes de chapeaux, disiez-vous ?

— Deux de mes préférés. Fichus.

Il lui sourit.

— Venez, allons travailler avec Flash.

Depuis son réveil, elle avait été impatiente de revoir Flash. Elle prit conscience qu'elle commençait déjà à aimer ce chien, et espéra que Cadell la jugerait bientôt prête à l'emmener.

Tout à coup, elle se rendit compte qu'elle n'avait prévu ni nourriture, ni gamelles, ni couchage, ni laisse. Waouh ! Elle allait devoir s'occuper de tout ça rapidement.

Quand elle en parla à Cadell, il secoua la tête.

— Chaque chien a ses propres gamelles et laisse qu'il emporte en partant. Pareil pour ses jouets préférés. Quant au couchage... Il dormira là où vous le laisserez le faire, mais sachez que si vous l'invitez à venir sur le lit, il pourrait en prendre possession.

Elle se surprit à rire de nouveau. C'était la première fois qu'elle se sentait aussi bien depuis qu'elle avait appris la libération prochaine de George. Son moral était au beau fixe, elle se sentait sûre d'elle, tout cela à cause d'un éducateur canin et d'un chien nommé Flash.

Elle se demanda combien de temps cela durerait.

Cadell s'arrêta à mi-chemin de l'enclos des chiens et lui fit face.

— Vous pouvez l'aimer, Dory. Seulement, ne le gâtez pas. Rappelez-vous : c'est un chien de travail, et travailler le rend heureux. Continuez à l'entraîner et fixez vos limites. Vous aurez alors une relation géniale.

Elle hocha la tête et le suivit, estimant que c'était probablement aussi un bon conseil concernant les humains.

La queue de Flash remuait à toute allure, et elle aurait pu jurer qu'il lui souriait tandis qu'ils approchaient. Cependant, excité ou pas, il se comporta à la perfection, se contentant de lui renifler la main pour la saluer quand Cadell le libéra du chenil. Dory, pour sa part, fut un peu plus exubérante, s'accroupissant pour lui caresser le cou et les flancs.

— Tu es un beau garçon, s'entendit-elle lui dire.

Voilà qu'elle parlait à un chien !

Mais lorsqu'elle plongea le regard dans les yeux bruns et chaleureux de Flash, cela lui parut soudain normal. Elle soupçonna que ce chien comprenait plus de choses qu'elle ne pouvait l'imaginer.

Elle leva les yeux vers Cadell et vit qu'il les regardait affectueusement, le chien et elle, un sourire aux lèvres.

— Bien, dit-il. Allons-y. Peut-être pourrez-vous l'emmener aujourd'hui.

Cadell prit conscience qu'il développait un problème. Son attirance pour Dory ne cesserait pas. Sa beauté presque éthérée l'avait frappé, mais cela aurait pu passer rapidement. Elle n'était pas la première femme superbe qu'il voyait.

Non, quelque chose chez elle le touchait davantage ; il ne s'agissait pas d'une simple attirance superficielle, et ce n'était pas bon. Les années d'expérience d'un mariage raté lui avaient enseigné que même les groupies des policiers n'appréciaient pas nécessairement d'être mariées à l'un d'eux. Les plaintes incessantes qui l'avaient assailli après les six premiers mois de son mariage auraient dû lui servir de leçon. S'il était retenu par son travail et qu'il manquait le dîner, une explosion en résultait. S'il devait partir à l'improviste, il ne rencontrait aucune compréhension. Il se demandait parfois si son épouse ne se réjouirait pas d'apprendre un jour qu'il ne rentrerait plus jamais.

Elle ne s'inquiétait pas pour lui, pour sa sécurité. Non, elle reprochait à son travail d'interférer dans sa vie, et ce n'était une existence heureuse pour aucun d'eux.

Il avait ainsi appris que l'amour avec la mauvaise personne pouvait mourir rapidement. Depuis son divorce, il avait donc évité de s'engager. Il ignorait s'il était coupable d'avoir porté un mauvais jugement ou s'il avait empoisonné leur relation. Toujours est-il que Brenda s'était transformée en une femme qu'il ne reconnaissait pas, et il se demandait parfois s'il en portait la responsabilité.

Quoi qu'il en soit, même dans son nouveau travail, il était soumis à l'imprévu. La recherche d'une personne disparue, par exemple, pouvait le tenir éloigné de chez lui pendant des jours. Aussi estimait-il préférable d'éviter les relations à long terme. Plus tard, peut-être... Quand il aurait quitté la police pour se consacrer à l'école d'éducation canine qu'il mettait lentement en place. Peut-être une fois qu'il se serait débarrassé de ces maudites autruches...

Toutefois il aimait aider Dory à faire progresser Flash. Tandis qu'un soleil éclatant montait dans le ciel, et qu'ils faisaient de fréquentes pauses pour que Flash se désaltère, il regardait la femme et le chien renforcer le lien qui les unissait. De son point de vue, Flash avait déjà accordé sa loyauté à Dory. Il était fou d'elle.

Nulle protection n'était meilleure que cela. Cependant, il y avait toujours son frère. L'inquiétude le taraudait. Même s'il était bon d'avoir un chien de garde, ce n'était pas la solution miracle. Il y avait toujours moyen de régler la question du chien, si on y réfléchissait... À l'aide d'une balle, en général.

Une fois l'entraînement terminé, Dory se laissa tomber par terre pour jouer avec Flash.

— Avez-vous été mariée ? demanda-t-il, principalement parce que, si elle aussi avait connu un mariage calamiteux, il pouvait espérer qu'elle ait autant de raisons que lui d'éviter tout engagement.

Une chose était sûre : avec cette femme, il aurait d'excellentes raisons de se protéger. Tout en elle l'attirait.

— Non, répondit-elle en lançant la corde nouée.

Flash bondit pour l'attraper.

Sa réponse avait été étonnamment brève. Elle ne lui retourna même pas la question, ce qui aurait été la suite logique de la conversation.

Il décida néanmoins de poursuivre, subtile mise en garde les concernant tous deux.

— Je l'ai été, dit-il.

Elle reporta son attention sur lui tandis que Flash lui rapportait la corde et la déposait sur ses genoux.

— Flash, couché ! dit-elle.

Tout cela venait naturellement à Dory ; il sourit. Flash obéit immédiatement, la tête levée, attentif.

— Pas terrible ? fit-elle.

— Horrible, répondit-il en toute franchise.

— Je suis désolée.

Il se demanda un instant s'il devait lui en dire plus, puis se décida. Elle avait suffisamment retenu son attention pour qu'il envisage de rester en contact et de veiller à ce qu'elle aille bien. Professionnel et amical, aussi longtemps que George représenterait une menace potentielle.

— Mon épouse, Brenda, était l'une de ces groupies de policier.

Elle écarquilla les yeux.

— Je sais, tout policier futé sait que c'est dangereux, que la plupart de ces femmes veulent seulement vous épingler à leur tableau de chasse. Mais Brenda semblait différente. Peut-être l'était-elle. Je n'ai jamais entendu dire qu'elle a couché avec les autres gars. Mais elle restait assise au bar, nous encourageant à parler, s'efforçant de partager notre camaraderie.

Dory hocha lentement la tête.

— Je vois, mais j'ai probablement tout faux.

— Sans doute pas. Certaines femmes aiment l'uniforme, pas ce qu'il y a à l'intérieur. Et certains policiers recherchent des aventures d'un soir, tout comme ces femmes. Mais Brenda semblait vraiment différente. Malheureusement, elle l'était.

Dory baissa les yeux et gratta Flash derrière l'oreille.

— Comment ça ?

— J'ai été attiré par elle. J'ai donc passé de plus en plus de temps en sa compagnie. Alors que nous apprenions à mieux nous connaître, j'ai décidé qu'elle était sincère, et nous avons commencé à sortir ensemble. En résumé, je suis tombé amoureux, nous nous sommes mariés et, six mois plus tard, je me suis rendu compte de mon erreur.

Il cueillit un brin d'herbe en secouant la tête puis contempla la pâture et les montagnes voisines. Il y avait aussi des montagnes à Seattle, mais celles-ci étaient spéciales à ses yeux.

— Quoi qu'il en soit, il s'est avéré qu'elle ne supportait pas mon travail. Les horaires irréguliers, les projets compromis... Elle a commencé à me reprocher de ne pas être fiable et à exiger que je trouve un emploi normal.

— Pas fiable ? Un policier ?

— De son point de vue, c'était probablement le cas. Je ne compte pas les fois où je lui ai fait faux bond pour un dîner ou un ciné. Elle voulait un mode de vie différent, et moi je voulais rester dans la police. La situation a dégénéré. Mais j'ai appris une chose.

— Ah oui ?

— J'ai compris que je devrais sans doute éviter d'épouser qui que ce soit. À l'évidence, je faisais quelque chose de mal, une chose à laquelle je ne pourrais apparemment jamais remédier, à moins de renoncer à être moi-même.

Ce fut au tour de Dory de contempler les montagnes. Quelles que soient ses pensées, Flash les perçut, car il leva les yeux vers elle.

Presque instinctivement, elle le caressa.

— Je n'ai jamais été aussi proche de quelqu'un, reprit-elle au bout d'un moment. Je ne saurais vous dire lequel de vous deux était en faute.

— Je ne vous demande pas ça. Mais puisque nous allons probablement nous voir assez souvent à cause de Flash, je me suis dit...

— Que nous pourrions être amis, compléta-t-elle.

Elle le regarda en face.

— Je ne me fais pas d'amis, Cadell. Exception faite de Betty. Elle est ma seule amie.

Brièvement, elle ferma les yeux puis les rouvrit.

— Je suis incapable d'accorder vraiment ma confiance. Des années de thérapie n'y ont rien changé. Aussi... Considérez-moi comme brisée, ce que je pense être.

Elle se leva. Flash l'imita.

Cadell abandonna l'idée d'un rapprochement. Il avait émis la mise en garde qu'il jugeait nécessaire mais, manifestement, elle n'en avait pas besoin.

À cause d'une chose qu'elle avait vue étant enfant, elle était fermée comme une huître.

Il se leva lui aussi.

— Vous voulez emmener Flash aujourd'hui ?

— Les chats de Betty pourraient désapprouver.

— Je pensais que vous emménagiez.

— J'étais presque décidée à le faire, mais j'ai changé d'avis. J'attendrai demain qu'Internet soit installé.

Tout était revenu à la normale.

— Entendu. Je vais le garder et je vous l'amènerai demain.

Quand elle repartit en direction de sa voiture, Flash voulut la suivre, mais elle lui dit de ne pas bouger. L'air triste, il se coucha sur le ventre et posa le museau entre ses pattes.

Dory ne manqua pas de remarquer son expression.

— Demain, Flash. Je te le promets.

Perdu dans ses pensées, Cadell regarda sa voiture s'éloigner, sans se rendre compte qu'il se tenait trop près de l'enclos des autruches. Il s'écarta juste à temps pour éviter un coup de bec.

— Satanés volatiles ! maugréa-t-il.

Malgré tout, il gardait l'esprit ailleurs. Il venait d'apprendre beaucoup de choses à propos de Dory Lake. Et loin de le détourner d'elle, ces choses lui faisaient plutôt de la peine pour elle.

Maudit soit son frère ! Si ce type se pointait dans le comté, il le donnerait en pâture aux oiseaux. À de gros oiseaux.

3

Le lendemain matin, Betty insista pour aider Dory à déménager ses affaires. L'essentiel consistait en du matériel informatique très lourd, aussi Dory la chargea-t-elle d'emporter les vêtements et les ustensiles de cuisine, plus légers.

La maison contenait déjà les meubles qu'elle avait fait transporter par bateau, pour la plupart en rapport avec son travail comme, par exemple, l'antique chaise de bureau qui lui permettait de mieux se pencher en arrière que la nouvelle. Elle adorait aussi s'y asseoir juste pour réfléchir. Étant la plupart du temps concentrée sur la création de graphismes en collaboration avec son équipe, elle faisait peu de cas de son cadre de vie.

La pile de vêtements posée sur son lit amusa Betty. Jeans. T-shirts. Sweat-shirts.

— Seigneur ! T'arrive-t-il parfois de t'habiller pour sortir ?

Dory se mit à rire en secouant la tête.

— Nous allons devoir faire quelque chose pour ta garde-robe, reprit Betty.

— Pourquoi ?

Elle travaillait à longueur de journée, n'avait aucune envie de rencontrer des gens, et le seul homme qui ait réussi à lui faire reconsidérer son désir de solitude lui avait dit qu'il n'était pas intéressé parce que son mariage avait été un échec.

Betty la suivit dans son bureau et la regarda déballer ce qui était le véritable centre de sa vie.

— Tu sais que je t'aime, lui dit-elle en la voyant sortir le premier des six écrans.

— Je sais.

Dory se prépara à affronter le sermon habituel.

— Tu as besoin d'autre chose dans ta vie que ton travail. Ne veux-tu pas au moins rencontrer une ou deux personnes qui, je pense, te plairaient ?

— J'ai rencontré Cadell, rappela-t-elle à Betty. Un type sympa. La vie ne l'a pas épargné, lui non plus.

Betty soupira et lança, sur un ton un peu sarcastique :

— Eh bien, au moins vous faites la paire !

— Non. Il est agréable, pour le moins. C'est un excellent éducateur canin...

— Et il est sublime, la coupa Betty. Confirme-moi au moins que tu n'es pas aveugle.

Un câble électrique à la main, Dory marqua une pause.

— Je t'en prie, Betty. Dis-moi que tu ne vas pas persister dans cette voie. Parce que si c'est ton but, j'arrête tout de suite de déballer mes cartons.

Betty battit en retraite.

— Non. Je m'inquiète seulement pour toi. Et je sais, ce ne sont pas mes affaires.

Puis elle tourna les talons et partit chercher d'autres choses dans la voiture. Dory prit conscience qu'elle venait de blesser la seule amie qu'elle avait en ce monde.

Prends ça comme un avertissement, se dit-elle.

Elle semblait uniquement capable de faire du mal aux autres.

Elle se remit à installer son bureau, heureuse à la perspective d'être bientôt de nouveau en contact avec son équipe, des fanas d'informatique, drôles, brillants et qui ne faisaient jamais intrusion dans sa sphère privée. Une communion d'esprits. Qui avait besoin d'une communion des cœurs ?

Alors qu'elle connectait les câbles, elle se sentit replonger avec délices dans ce monde confortable où elle contrôlait tout.

Même son bureau semblait l'accueillir chaleureusement, l'encourageant à commencer une nouvelle vie.

Sa vie. Elle songea soudain à Flash. D'accord, peut-être existait-il autre chose en dehors du monde digital dans lequel elle vivait.

La voix de Betty résonna dans le couloir ; elle revenait avec quelqu'un. Dory se raidit instinctivement.

— Dory, je te présente Rhonda qui vient installer Internet.

— Bonjour. Si j'ai bien compris, vous êtes dans la conception graphique ?

Dory acquiesça.

— Alors je vais faire en sorte que vous ayez la meilleure connexion que cette société puisse offrir. Je suis une fan de jeux vidéo. Alors, quelles cartes graphiques utilisez-vous ?

— Je vais chercher les derniers cartons et préparer du café, annonça Betty en levant les yeux au ciel. Je n'imagine que trop bien la suite.

Dory et Rhonda se mirent à rire, après quoi elles s'absorbèrent dans toute une série de questions techniques relatives à l'informatique et à la bande passante.

Rhonda travailla rapidement, étant donné tout ce qu'elle avait à faire à l'intérieur. Elle accepta ensuite de prendre rapidement un café en compagnie de Dory et Betty avant de s'atteler à l'installation extérieure.

— À bientôt, j'espère ! leur lança-t-elle d'un ton enjoué en sortant.

— Une femme agréable, commenta Dory avant de finir de mettre en place sa station de travail haut de gamme.

Lorsque ce fut fait, elle put enfin envoyer un e-mail aux membres de son équipe pour les prévenir qu'elle était de retour sur la Toile. Presque aussitôt, l'ordinateur lui signala l'arrivée d'e-mails.

Elle était de nouveau chez elle.

Cadell partit pour son travail deux heures à l'avance en emmenant deux chiens, Flash et Dasher. Reconnaissant dans la cage à l'arrière du SUV de fonction de son maître le début de l'aventure, Dasher était impatient de se mettre au travail. Flash ne voyait pas les choses de cette façon, mais il était content de faire une balade en voiture.

Arrivé à l'adresse de Dory, il se gara dans l'allée, derrière une berline bleue qui avait connu des jours meilleurs. La maison était ancienne et petite, comme la plupart des autres dans cette partie de la ville, mais elle venait d'être repeinte en blanc. La terrasse, quant à elle, datait d'une époque où les terrasses se devaient d'être accueillantes.

Non que Dory s'en souciât, à ce qu'il avait cru comprendre. D'après Betty, qui s'inquiétait du fait que son amie s'immerge trop dans son travail, elle n'était pas très sociable.

S'immerger dans le travail était une chose qu'il comprenait parfaitement ; il ne lui en ferait pas grief. Étant donné le passé de Dory, il était même surpris qu'elle lui ait avoué son incapacité à accorder sa confiance. Flash serait sans doute la meilleure thérapie qu'il puisse lui offrir. Les chiens s'y entendaient pour passer outre vos défenses.

Il laissa Dasher dans la voiture avec le moteur en marche pour qu'il puisse profiter de la climatisation, et emmena Flash en laisse jusqu'à la porte d'entrée.

— Ta nouvelle maison, Flash. Garde-la bien.

Il frappa.

Quelques instants s'écoulèrent durant lesquels il scruta les environs, se demandant si elle avait décidé d'aller se promener. Sa voiture, en tout cas, était là.

Soudain la porte s'ouvrit, et Dory le regarda, étonnée.

— Oh ! J'ai failli ne pas vous reconnaître, dans cet uniforme. Je suis désolée. J'ai oublié que vous veniez cet après-midi.

Il lui sourit.

— Pas de problème. Si vous voulez bien prendre la laisse de Flash, je vais chercher ses affaires. Je ne peux pas rester. Mon chien est dans la voiture, et même si la climatisation est de qualité, je ne m'y fie jamais trop.

Il lui tendit la laisse.

Elle se mordit la lèvre inférieure, puis lâcha :

— Pouvez-vous amener aussi Dasher à l'intérieur ?

Il consulta sa montre et vit qu'il aurait amplement le temps de passer manger un morceau chez Maud avant d'aller au travail.

— Bien sûr, ça aidera certainement Flash à se sentir plus vite chez lui.

Elle sourit à son tour, un faible sourire qui éclaira néanmoins son regard, et accepta de prendre la laisse.

— Ces chiens sont presque comme des humains, pour vous.

Il lui lança par-dessus son épaule :

— Non. Ils sont plus sympas que la plupart des gens.

Le rire doux qu'elle laissa échapper l'accompagna tandis qu'il repartait chercher Dasher. Il se rendit compte qu'il l'appréciait vraiment. Ce n'était pas seulement parce qu'elle était belle. Oh ! bon sang ! Il n'avait pas besoin de chercher les ennuis.

Il amena néanmoins Dasher à l'intérieur et le laissa avec Dory pendant qu'il retournait à sa voiture. Deux gamelles, un grand tapis rembourré, plusieurs balles de tennis, quelques jouets à mâcher et un sac de vingt kilos de croquettes plus tard, il était assis à sa table de cuisine bancale et la regardait farfouiller dans son réfrigérateur pour lui donner un soda.

— Merci d'avoir apporté toutes ces choses pour Flash. Vous n'avez jamais évoqué le sujet, mais combien est-ce que je vous dois ? Vous me donnez un chien de garde bien entraîné que vous avez dû passer beaucoup de temps à former.

Il secoua lentement la tête.

— Je considère Flash comme une extension de mon serment de protéger et de servir. Je vous l'offre, Dory. Si vous n'y voyez pas d'offense.

— Mais, Cadell...

— Pas de « mais ». Vous pourrez être ma publicité en ville, que pensez-vous de ça ?

Les deux chiens allaient et venaient en reniflant tout. Dory les observa pendant un moment, un léger sourire aux lèvres, avant de répondre :

— C'est le plus beau cadeau qu'on m'ait jamais fait.

— J'espère que vous n'aurez jamais besoin de ses talents spéciaux.

— Moi aussi.

Le silence s'abattit sur eux. Puis Dory le surprit en demandant :

— Qu'enseignez-vous d'autre aux chiens ?

— Beaucoup de choses. Le chien possède un fabuleux odorat, des centaines de fois plus sensible que le nôtre. Il peut suivre une piste remontant à plusieurs semaines, même si elle est en hauteur. Il nous est particulièrement utile en recherche et sauvetage.

— Faites-vous beaucoup de sauvetages ?

— Aux environs ? Nous en faisons pas mal dans les montagnes. Des randonneurs, principalement. Et puis il y a les personnes âgées qui parfois s'égarent. Un peu plus tôt au cours de l'été, nous avons dû retrouver une petite fille autiste. Elle s'était perdue, avait pris peur et s'était cachée dans un conduit d'évacuation.

— Ses parents ont dû être terrifiés. Et elle tout autant.

Il sourit.

— Elle s'est méfiée de nous, mais elle a fait confiance au chien.

Il la regarda sourire à nouveau. Pour une femme qui était venue là afin d'échapper à une menace potentielle et qui, d'après Betty, souffrait de cauchemars, elle souriait facilement.

Elle a du cran, songea-t-il.

— Il est aussi possible, poursuivit-il, d'entraîner un chien à rechercher des odeurs spécifiques. Comme celles des explosifs, des cadavres, de la drogue...

Son sourire s'effaça.

— Des cadavres ?

— Nous les entraînons à distinguer ceux de l'humain et de l'animal. Leur taux de réussite et d'environ 95 %. Ils sont capables de retrouver un corps enterré cent ans plus tôt, et ce à une profondeur pouvant aller jusqu'à presque dix mètres.

— Impressionnant ! Comment apprennent-ils toutes ces choses ? Je veux dire, est-il difficile de les leur enseigner ?

— Avec un peu de patience, ils comprennent très vite. Ils sont incroyables, et ils ont très envie de faire plaisir.

Dasher vint poser la tête sur la jambe de Cadell.

— Je pense qu'il est prêt à partir travailler.

Elle se leva aussitôt.

— Je suis désolée, je vous retiens.

— En fait, non. Je suis parti largement à l'avance.

Il sortit une note pliée de la poche de sa chemise.

— Les instructions pour la nourriture, entre autres. Si vous avez des questions, appelez-moi. Et, si ça ne vous ennuie pas, je passerai chaque jour ou presque pour voir comment vous progressez tous deux.

— Jamais je ne pourrai assez vous remercier, Cadell, dit-elle en prenant la note.

Il eut un petit rire.

— Redites-moi ça quand vous aurez des poils partout dans la maison ! Il n'en perd pas beaucoup, mais il va en perdre. À demain après-midi.

Alors qu'il se dirigeait vers la porte avec Dasher, il entendit Dory ordonner à Flash de ne pas bouger. Le chien devait prendre ses marques dans sa nouvelle maison. Il se dit que Dory allait lui faciliter les choses.

Tandis qu'il remontait en voiture, après avoir installé Dasher dans la cage derrière son siège, il se rendit compte que Betty lui avait, sans le vouloir, brossé un portrait injuste de Dory. Sans doute n'était-elle pas prête à accorder sa confiance, sans doute était-elle terrifiée par la libération imminente de son frère et était-elle hantée par d'horribles cauchemars, mais elle était courageuse. Elle possédait une véritable force intérieure.

Il l'appréciait. Il la respectait. Et il allait devoir se surveiller, car il refusait de rendre une autre femme malheureuse.

Dory et Flash s'observaient mutuellement dans la cuisine. Elle lui avait enlevé sa laisse, mais il restait assis, le regard levé vers elle, comme s'il l'implorait.

Elle tapa du doigt sur la note que lui avait donnée Cadell.

— Ça dit que tu ne dois pas prendre ton repas avant deux heures.

Flash baissa un peu la tête.

Se donnant l'impression d'être une méchante sorcière, elle parcourut à nouveau la note.

— Mais tu peux avoir ton os à mâcher.

Elle alla fouiller dans le sachet plastique posé derrière le sac de croquettes et en sortit l'os en question.

À sa vue, Flash se lécha les babines mais ne bougea pas.

Dory songea qu'elle pourrait avoir un petit problème avec un chien aussi bien éduqué. Allait-il se contenter de rester assis comme une statue, ou lui ferait-il savoir ce qu'il voulait ?

— Prends-le, Flash, finit-elle par lui dire en désespoir de cause.

Apparemment, il la comprit. Se levant d'un bond, il prit l'os avec une étonnante délicatesse avant de s'installer par terre pour le ronger.

— Bien, cool ! s'exclama-t-elle. Nous communiquons.

Elle s'assit à la table pour lire plus attentivement les consignes de Cadell. Délaissant son os pendant quelques instants, Flash leva les yeux vers elle en remuant la queue. Il semblait si heureux qu'il était impossible de ne pas éprouver la même chose.

Plus tard, après qu'elle eut relevé ses e-mails et repris sa participation au projet, elle sentit une truffe s'appuyer doucement sur sa cuisse. Un coup d'œil à l'horloge lui apprit qu'il était plus de 23 heures... Et elle n'avait pas promené Flash depuis son arrivée.

Elle quitta la conférence en expliquant qu'elle devait sortir son chien. Espérant ne pas susciter l'avalanche de plaisanteries à laquelle elle s'attendait, elle alla chercher la laisse. Flash lança un aboiement joyeux puis se tint parfaitement immobile pendant qu'elle l'attachait à son collier.

Soudain, elle se rendit compte qu'il était vraiment tard. Elle avait l'habitude de travailler jusqu'au milieu de la nuit mais à présent elle était effrayée. Son frère était peut-être déjà sorti de prison. Tout à coup, elle eut peur de la nuit et de ses secrets, ce qui ne lui était plus arrivé depuis longtemps.

Elle posa les yeux sur Flash et constata qu'il l'observait, sans bouger un muscle. Il avait dû sentir son brusque accès de terreur.

— Je ne devrais pas être aussi idiote, dit-elle sans y croire elle-même. Je t'ai, après tout.

Flash remua légèrement la queue. Seigneur ! Ce chien semblait lire en elle comme en un livre ouvert.

— Je te promets de prendre bien soin de toi. Je suis désolée de ne pas t'avoir promené plus tôt, mais penses-tu que tu pourrais te contenter d'une courte balade au jardin ?

Sans doute ne comprenait-il pas un mot de ce qu'elle racontait. Elle avait totalement perdu ses moyens sans la moindre raison. Même si George avait voulu la retrouver, il ne pourrait pas l'avoir déjà localisée. Comme elle payait ses factures en ligne, elle n'avait même pas eu à faire suivre son courrier. Et la seule connexion qu'elle ait établie sur place pour le haut débit ne mentionnait même pas son nom en entier.

Elle alla vers la porte de derrière tout en se convainquant qu'elle serait très difficile à trouver.

Flash avançait à côté d'elle.

En plus, elle avait un chien de garde. Elle était donc en sécurité, n'est-ce pas ?

Elle souhaita pouvoir le croire.

L'obscurité, à l'extérieur, lui sembla pleine de menaces. Le jardin était pourtant le même que quand elle avait loué la maison, entourée d'une clôture de deux mètres. Si quelqu'un tentait de la franchir, elle le saurait.

Et, bien sûr, il y avait Flash. Cependant, bizarrement, aussi impressionnée qu'elle soit par ce chien, elle ignorait si elle était prête à mettre sa vie entre ses pattes.

Seigneur ! Elle perdait pied. Redressant le dos, elle déverrouilla la porte et sortit avec le chien. Devait-elle lui enlever la laisse ?

Flash sembla bien comprendre la situation. Dès qu'ils atteignirent l'herbe, près d'un buisson, il fit ce qu'il avait à faire puis se retourna, face à la maison. Il sentait manifestement qu'elle avait envie de se réfugier derrière des portes fermées à clé.

Pour le moment, elle n'était pas d'humeur à se raisonner. Demain, Flash aurait droit à une longue promenade et même à des exercices.

Mais pas ce soir. Elle avait l'impression que quelque chose de malveillant rôdait au-dehors et elle ne tenait pas à découvrir si elle avait raison.

George avait besoin d'argent pour voyager. Or, il n'irait pas loin avec la somme misérable reçue en cette fin d'après-midi lors de sa libération, quatorze heures plus tôt qu'il ne s'y attendait. N'avait-il pas été un prisonnier modèle ?

Quant au billet d'autocar qu'on lui avait fourni pour retourner dans la petite banlieue de Saint-Louis dont il était originaire, il n'était pas remboursable. En attendant de décider comment il allait se débarrasser de Dory, il se rendit donc au centre d'hébergement et de réinsertion sociale dont la prison lui avait donné l'adresse et se résigna à chercher un moyen de se procurer rapidement de l'argent. Il n'avait aucune intention d'accepter de prendre l'un des emplois mal payés que le centre lui indiquerait probablement. Il nourrissait un projet plus ambitieux.

Une fois installé dans sa chambre, il demanda s'il pouvait avoir accès à un ordinateur. On lui dit qu'il en trouverait un dans la salle commune des résidents, au rez-de-chaussée. Il était trop énervé pour s'endormir et avait de toute façon somnolé dans le car.

Durant le trajet en car jusqu'à cet endroit, il avait été choqué par une étonnante sensation d'inconfort due au fait de ne plus être cerné par des murs ni constamment surveillé. Il n'aurait jamais imaginé que le monde lui paraîtrait aussi vaste, aussi chaotique.

Assis devant l'ordinateur et occupé à chercher des informations sur sa sœur, il retrouva le rythme de vie ordonné qui avait été le sien durant les vingt-cinq dernières années.

Apparemment, Dory était associée dans une société de conception graphique qui n'avait pour adresse qu'une URL et un e-mail.

Les parrain et marraine qui l'avaient élevée étaient décédés.

Il devait en apprendre plus, mais il soupçonna que s'il appelait les habitants de leur ville natale, il irait droit dans le mur. Il craignait qu'ils se souviennent de lui.

Cette pensée en tête, il remonta dans sa chambre. Sa propre chambre. Ça faisait un bon bout de temps ! Guère plus grande qu'une cellule, mais au moins y était-il seul.

Durant un petit moment, l'espace le perturba un peu, puis il s'y habitua. C'était une bonne chose d'avoir de la place. En repensant à ses premiers jours en prison, il se souvint du sentiment de claustrophobie qui l'avait assailli. Plus jamais ça.

Il avait retrouvé une liberté infinie.

Il devait à présent se rappeler comment en profiter. Comment l'utiliser.

4

Cadell reçut la visite de Dan Casey dans la matinée.

Dan avait récemment épousé une femme qui avait une petite fille, et le couple attendait un heureux événement.

Cadell et lui étaient collègues et étaient devenus bons amis.

— Donc..., dit Dan en faisant une pause près de l'enclos des autruches.

Celles-ci posèrent sur lui le même regard furibond qu'elles adressaient à Cadell.

Dan secoua la tête.

— Donc ? répéta Cadell.

— Krys veut venir voir les oiseaux, reprit Dan en faisant référence à sa belle-fille âgée de cinq ans.

— Attention, ces démons pourraient la prendre pour un en-cas, lui répondit Cadell avec un clin d'œil. Amène-la quand tu veux, je suis à la maison.

— Et puis il y a ce chien dont elle a envie.

— Bien sûr. Est-ce qu'elle pense à un chiot ? Le véto en a plein à adopter.

Dan haussa les épaules.

— Je sais. Mais elle aime les chiens policiers.

Cadell laissa échapper un petit rire.

— Tu n'es pas sorti de l'auberge. Et je ne parle pas du chien.

Ils entrèrent dans la maison. Le café venait de finir de passer, et ils s'installèrent pour le boire à la table sur tréteaux datant de l'époque où les ouvriers du ranch prenaient leur repas avec la famille.

— Alors, que se passe-t-il avec Krys, et qu'en pense sa mère ? demanda Cadell.

— Vicki a un avis mitigé… Elle pense qu'un chien enseignerait le sens des responsabilités à Krys, mais que ce serait finalement nous deux qui nous occuperions de la plupart des tâches. L'idée d'un chiot est irrésistible mais, chaque fois que Vicki l'évoque, Krys s'entête à répéter qu'elle veut un chien policier.

Cadell hocha lentement la tête.

— Son père était policier, n'est-ce pas ?

— Oui. Et Vicki se demande dans quelle mesure ça entre en ligne de compte. Peut-être Krys entretient-elle certaines craintes après la mort de son père.

Tout en buvant son café, Cadell réfléchit.

— Eh bien, je peux lui donner un chien bien entraîné qui la protégerait et lui obéirait. Mais Vicki et toi devrez poursuivre l'entraînement, sans quoi vous vous retrouverez avec un chien comme un autre. Ce qui serait tout aussi bien.

Dan soupira.

— Le problème, c'est que Krys n'est pas très claire au sujet de ce qu'elle entend par « chien policier ». Une chose est sûre, je ne vais pas confier à cette enfant un chien capable d'attaquer sur commande.

Cadell ne put se retenir de rire.

— Jamais de la vie. Elle est bien trop jeune. Un accès de colère, et…

— Exactement. Je ne pense pas qu'elle dirait au chien de nous tenir en respect, mais ça pourrait changer quand elle sera adolescente.

Les deux hommes s'esclaffèrent puis Cadell reprit la parole.

— Je peux m'assurer que le chien identifie certaines personnes comme étant amies. Et je peux le former à la protéger sans ordre d'attaquer.

Il marqua une pause.

— Tu as bien conscience que si le chien perçoit une personne comme étant menaçante, il attaquera sans qu'on lui en donne l'ordre ?

Dan fronça les sourcils.

— Tout dépend du genre de menace. Je veux dire, si le facteur lui tend une enveloppe...

— Non, fit Cadell en secouant la tête. Plutôt si un étranger l'attrape par le bras ou par la main. Ou s'il essaye de la faire monter dans une voiture. Voyons, Dan, tu as déjà travaillé avec ces chiens. Tu sais qu'ils sont capables de faire la différence.

Après une brève hésitation, il ajouta :

— Attends une seconde. J'ai une idée. Je viens de donner un chien de garde à une amie récemment arrivée en ville.

— Dory Lake ? Betty m'a parlé d'elle. Quel est le problème ?

— Son frère aîné a tué leurs parents. Il vient de finir de purger sa peine de vingt-cinq ans et, naturellement, Dory est nerveuse de le savoir à nouveau en liberté.

Dan plissa le front.

— Elle a sans doute des raisons de s'inquiéter.

Puis il revint au sujet du jour.

— Alors, quelle est ton idée ?

— Je me disais qu'avec la permission de Dory peut-être pourrions-nous emmener Krys voir son chien, Flash. Il a deux ans et est seulement formé à protéger. Krys pourrait découvrir qu'elle veut quelque chose de différent.

— Cette idée me plaît. Je pense qu'elle conviendra aussi à Vicki.

— Quant à moi, j'aimerais vraiment rencontrer Krys et en parler avec elle. Voir si je peux comprendre ce qui se passe dans la tête de cette enfant.

— J'adorerais le savoir, moi aussi. Ce n'est pas comme si son père avait été éducateur canin. J'ignore d'où ça lui vient, mais...

Dan haussa les épaules.

— ... je me demande souvent où elle va chercher certaines de ses idées. Cette enfant est un mystère.

Il était environ 14 heures quand Dory s'étira et éteignit ses écrans d'ordinateur, permettant à sa dernière conception pour la scène graphique de se traduire par une image en haute définition quasiment réaliste. Cela ne prendrait que peu de temps, étant donné le nombre et la puissance de ses cartes graphiques. Mais cela lui rappela qu'elle devait emmener Flash faire une promenade plus longue qu'un simple tour de jardin. Et elle lui avait aussi promis de travailler avec lui pour entretenir ses aptitudes.

— Flash, promenade, dit-elle.

Elle entendit aussitôt le crissement de ses griffes sur le parquet de l'entrée. Quand elle arriva à la porte, il l'attendait, assis, tenant sa laisse dans sa gueule.

C'était un chien intelligent. Il désespérait probablement aussi de sortir, car il était habitué à une activité beaucoup plus intense.

— Je suppose que personne ne t'a averti que je perds la notion du temps quand je travaille, lui dit-elle en se penchant pour attacher sa laisse. Désolée, mon chien.

Elle caressa sa fourrure et le gratta entre les oreilles, mais il était visiblement impatient. Il piétinait littéralement, comme s'il pouvait à peine contenir son excitation.

Peut-être aurait-elle intérêt à programmer une alarme pour se rappeler quand elle devait le sortir. Elle fourra un sachet plastique dans sa poche pour nettoyer derrière lui.

— Prêt ? lui demanda-t-elle.

Question idiote. Il était plus que prêt.

— Flash, au pied.

Alors qu'ils franchissaient ensemble le seuil de la maison, elle vit Cadell se garer dans son allée. Véhicule officiel et uniforme, cette fois encore. Elle n'avait jamais été portée sur l'uniforme, mais cet homme... Eh bien, il remplissait exceptionnellement bien le sien.

Elle lui fit un signe de la main, et il la salua en retour en descendant de voiture.

— Vous allez quelque part ? lui demanda-t-il.

— Flash et moi allons nous promener.

— Si vous n'avez rien contre un peu de compagnie, Dasher et moi venons avec vous.

Elle n'hésita pas un instant. Pour une fois, elle était ravie d'avoir de la compagnie. Le monde qui l'entourait semblait devenir de plus en plus menaçant. George arpentait à nouveau les rues. Et il lui reprochait sa condamnation, même si elle n'avait pas témoigné contre lui, plongée dans un profond état de choc comme elle l'était à l'époque.

— Super. Vous pourrez me dire si je m'y prends bien.

Ils atteignirent le coin de la rue sans qu'aucun d'eux ait prononcé une parole. En chiens parfaitement éduqués, Dasher et Flash attendirent sagement qu'on leur indique quelle direction prendre.

— Vous avez une préférence quant à l'endroit où vous voulez vous promener ? lui demanda Cadell.

— Honnêtement, je fais mon jogging presque chaque matin, mais je n'ai pas la moindre conscience de mon environnement. Mon esprit est habité par les projets, et tout le reste disparaît quand je cours.

Il hésita puis dit :

— En ce moment, ce n'est pas raisonnable, Dory. Vous avez Flash, c'est vrai, mais vous devez être attentive à ce qui vous entoure. Sans parler du fait que vous devez apprendre à vous repérer.

Elle rougit légèrement ; il avait raison. Terrifiée comme elle l'était par son frère, elle ne pouvait se permettre d'être retranchée dans son propre monde quand elle se trouvait à l'extérieur. Cependant, courir la déconnectait de tout, ce qui laissait ses pensées divaguer dans des directions qui pouvaient s'avérer extrêmement utiles ou créatives.

Les sourcils froncés, elle fixa la chaussée en se demandant comment trouver le juste équilibre. À quel point exactement craignait-elle George ? Au point de faire attention ? De renoncer en partie à ses meilleurs moments de réflexion ?

Relevant la tête, elle balaya du regard le quartier paisible.

Il paraissait tellement agréable et ses craintes, tellement incongrues... Toutefois, le quartier où elle avait vécu, enfant, n'était pas si différent. Paisible. Agréable. Puis un monstre était apparu dans sa propre maison.

— Entendu, dit-elle finalement. Vous avez raison. Je n'aime pas ça, mais vous avez absolument raison.

— Vous n'aurez pas à être en alerte maximale. Vous aurez effectivement Flash qui surveillera les environs. Mais vous devez au moins savoir où vous êtes et développer votre capacité à sentir si quelque chose est suspect. Pour votre tranquillité d'esprit, vraiment.

Il marquait un point. Elle avait sauté le jogging la veille à cause de George tout en se reprochant d'être ridicule. Même s'il savait où elle se trouvait, ce dont elle doutait fort, il lui faudrait un moment pour arriver jusqu'ici.

Elle tourna à droite, et ils poursuivirent leur marche. Peu après, elle admit un fait difficile à formuler à voix haute :

— Je pense que j'ai attribué à mon frère des pouvoirs de super-méchant.

— Comment ça ?

— Oh ! vous savez... Comme s'il allait me retrouver. Arriver ici en un instant, traverser les murs... Je ne sais pas exactement. Même s'il me savait ici, il lui faudrait un moment pour arriver. Pourtant, hier j'ai sauté mon jogging.

— Je suis désolé que vous ayez renoncé à votre jogging. Mais je comprends le reste.

Elle lui jeta un coup d'œil.

— Comment est-il possible que vous compreniez une telle insanité ?

— J'ai eu l'occasion de constater ce qu'une expérience vraiment horrible peut faire à l'esprit et au cœur humains. L'impossible est devenu possible une fois. Alors pourquoi pas aussi pour tout le reste ? Ce n'est pas une insanité.

— Peut-être pas.

Elle ne pouvait croire qu'elle venait de lui révéler cela. Mais Cadell semblait être un homme gentil et honnête. Et, depuis le début, il avait compris ses craintes. Betty avait entendu plus d'une fois toute l'histoire. Sans doute avait-elle besoin d'une autre personne à qui se confier. Peut-être avait elle envie d'une perspective nouvelle sur tout cela.

Elle s'efforça de prêter attention à tout ce qui l'entourait.

— Alors, reprit-il, deux pâtés de maisons plus loin. Pensez-vous que vous pourriez me rendre un service ?

Dory sentit tout son corps se crisper. Cela dépendrait, songea-t-elle, quoiqu'elle se retînt de le dire. Seigneur ! Cet homme lui avait offert un magnifique chien de garde. Elle lui devait ce service... Si elle était en mesure de lui procurer ce qu'il voulait.

— Lequel ? lui demanda-t-elle prudemment.

— L'un de mes amis, également shérif adjoint, a une belle-fille âgée de presque six ans. Son père, qui était policier, a été tué. Quoi qu'il en soit, elle est depuis quelque temps déterminée à avoir un chien policier. Aucun de nous ne sait pourquoi ni ce qu'elle souhaite réellement. Aussi... Pourrais-je l'amener voir Flash ? Il n'a pas reçu le genre d'entraînement qui rendrait ses parents nerveux, et il se pourrait qu'il soit exactement ce dont elle a besoin.

Il rit doucement.

— J'ignore d'où lui vient cette exigence, mais elle est catégorique. Pas de chiot, un chien policier.

Dory se sentit déchirée. Une petite fille qui avait perdu son père. Elle s'identifiait à elle, mais ne tenait pas à tisser de liens sociaux dans cette ville. Pour tout dire, elle ne voulait fréquenter personne. La vie était tellement plus simple quand elle restait seule et qu'elle se cantonnait au travail. Le problème de devoir accorder sa confiance ne se posait jamais.

Mais une petite fille ? Pas si différente de celle qu'elle avait été... Voilà qui faisait vibrer la corde sensible, que cela lui plaise ou non.

— Très bien, dit-elle, certaine de ne pas paraître très enthousiaste.

— Si c'est trop de dérangement...

Elle s'arrêta et fit volte-face. Flash s'arrêta aussi puis vint se tenir juste à côté d'elle, mais elle le remarqua à peine.

— Ce n'est pas un problème de dérangement. C'est moi qui ai un problème. Je préférerais vivre en ermite, au cas où vous ne l'auriez pas compris. Amenez l'enfant. Au moins, je pourrai avoir confiance en elle.

Là-dessus, elle se remit en marche avec Flash, laissant Cadell et Dasher derrière elle.

Eh bien, tu viens de te montrer peu aimable, songea-t-elle, irritée. Mais, à l'évidence, les gens du coin allaient insister pour s'immiscer dans sa vie. Il fallait que cela cesse.

Elle pensa alors au don du chien trottant à côté d'elle et se sentit profondément ingrate. Ne pouvait-elle au moins faire l'effort de mettre un vernis plaisant sur sa personnalité d'écorchée vive ?

De nouveau elle fit halte brusquement et se retourna. Cadell était juste derrière elle, le visage impassible.

— Je suis désolée.

— Vous subissez un gros stress. J'imagine que j'en rajoute.

Et voilà qu'elle allait le faire culpabiliser alors qu'il s'était montré incroyablement prévenant et compréhensif !

— Vous avez été génial avec moi. D'habitude, je ne suis pas comme ça, mais...

— Vous avez déménagé, votre frère est sorti de prison... Tout cela n'a rien d'habituel. Je comprends.

— Je ne mérite pas que vous me trouviez des excuses. Je dois apprendre à gérer tout ça. C'est ma vie, à présent.

Et cette vie n'allait manifestement pas consister à se terrer avec ses ordinateurs et ses projets, et à ne sortir que lorsqu'il faudrait aller faire les courses. Désormais, il y avait Betty à proximité ainsi que Cadell, qui semblait déterminé à garder un œil sur elle. Plus une petite fille qui avait perdu son père.

La pensée de la petite fille se fraya un chemin derrière ses défenses, et elle eut un pincement au cœur. Leurs histoires étaient peut-être différentes, mais elle comprenait le manque

que devait ressentir cette enfant, d'autant que son deuil était relativement récent.

— Comment s'appelle la fille de votre ami ?

— Krystal. Tout le monde l'appelle Krys.

— Quand a-t-elle perdu son père ?

— Il y a deux ans environ.

— Comme c'est triste... Je suis désolée de m'être emportée. Bien sûr, amenez-la pour qu'elle rencontre Flash. Prévenez-moi seulement un peu avant.

Cadell passa un petit moment à faire revoir ses exercices à Flash dans le jardin à l'arrière de la maison, mais Dory ne fit pas preuve du même enthousiasme que d'habitude. Elle semblait pensive, et il espéra ne pas en être responsable.

Donc, elle voulait vivre en ermite. Après tout, certaines personnes étaient ainsi faites, totalement introverties. Cependant Betty lui avait appris qu'au travail Dory chattait à longueur de journée avec son équipe. Elle nouait donc des relations. Sans doute ses craintes à propos de son frère la poussaient-elles à vouloir se dissimuler au regard de tout le monde.

Et il ne trouvait rien de mieux que d'amener de nouvelles personnes dans sa vie, dont une petite fille qui ne lui permettrait assurément pas de rester détachée. Il sentait qu'elle s'identifiait déjà à Krys.

Il se demanda s'il n'avait pas commis une énorme erreur en s'efforçant d'aider un ami. Le fait était qu'il voulait éviter que Krys s'attache à l'un de ses chiens policiers en cours de formation. Ils avaient déjà leur affectation. Ce qui laissait Flash, l'exemple type du chien qu'il pourrait former pour elle. Aussi jeune qu'elle soit, la fillette comprendrait certainement que Flash était le chien de Dory. Il lui serait plus difficile de lui expliquer que ceux de son chenil n'étaient pas adoptables.

Pour en revenir à Dory, peut-être quelque chose le poussait-il à se montrer plus intrusif qu'il le devrait. Il avait l'intuition que

Krys serait sans doute capable de percer, mieux que quiconque, ses défenses.

Il ne prit pas la peine de chercher à savoir pourquoi ça lui tenait à cœur. Cela aurait pourtant dû l'alerter.

Dory annonça soudain qu'elle devait retourner travailler.

— J'ai une équipe qui m'attend. Ils savent que je suis sortie promener le chien, mais ils vont finir par se demander si j'ai été kidnappée.

Bien que déçu, il lui sourit.

— Avez-vous des nouvelles de votre frère ?

Le visage de Dory se ferma instantanément.

— Non.

Elle prit la direction de la maison, le laissant trouver la sortie du jardin clôturé.

— J'appellerai avant d'amener Krys, lui lança-t-il.

Elle regarda à peine en arrière.

— Merci. Merci pour tout, Cadell.

Merci pour quoi ? se demanda-t-il tandis qu'il regagnait sa voiture en compagnie de Dasher. Il n'avait rien fait. Enfin, à part lui donner le chien dont elle avait désespérément besoin. Avait-il passé les bornes en lui demandant de rencontrer Krys ?

Tout en s'éloignant, il se moqua de lui-même. Il agissait comme un papillon attiré par la lumière d'une flamme. La simple vue de Dory embrasait ses sens, mais il en avait assez vu pour savoir que c'était sa froideur qui risquait de lui causer de pénibles brûlures.

Dory oublia toutes ses préoccupations tandis qu'elle se replongeait dans l'animation que les autres membres de l'équipe et elle créaient, échangeant des idées, résolvant les problèmes.

Il arrivait que leurs discussions prennent un tour personnel, mais elle se protégeait si méthodiquement qu'aucun d'eux ne devait soupçonner que D. K. Lake était une femme.

Au bout de quelques heures, elle se rendit compte que sa concentration faiblissait et que ses pensées dérivaient vers d’autres sujets. Seigneur ! Elle s’était montrée plutôt grossière avec Cadell.

Non, elle n’était pas ravie à l’idée de rencontrer la petite fille parce que tenir aux autres était une chose dangereuse. Cependant, lui apporter son aide ne nécessitait pas qu’elle s’investisse. Ça ne la tuerait pas de l’aider.

En dehors de Betty, personne ne connaissait la véritable Dory Lake. Bien sûr, elle côtoyait des personnes, mais elle n’entretenait que des relations superficielles, ce qui lui permettait de se tenir en retrait.

Elle avait suivi une thérapie pendant assez longtemps pour savoir ce qu’elle faisait, et elle n’avait pas le moindre désir de changer quoi que ce soit. La coquille qui renfermait son moi intime était tout ce qui la protégeait ; elle l’avait appris à ses dépens.

Alors que Flash posait la tête sur sa cuisse et qu’elle baissait les yeux sur lui, elle prit conscience que ses défenses avaient sans doute été entamées. Juste un peu.

En soupirant, elle caressa la tête du chien puis se remit au travail.

5

Un peu plus d'une semaine plus tard, un samedi matin, Cadell rejoignit Dan et la petite Krystal devant la maison de Dory.

La veille au soir, il avait découvert des choses inquiétantes concernant George Lake, et il se demandait s'il allait ou non en informer Dory. En ce qui concernait Krys et son désir d'avoir un chien policier, il était déterminé à ne laisser planer aucune ombre.

Dory les accueillit aimablement à la porte, mais il remarqua les cernes sous ses yeux. Près d'elle se tenait Flash, alerte, penchant la tête, l'air interrogateur.

Quand ils furent dans l'entrée, Cadell fit les présentations. Dory serra la main de Dan en lui souriant puis s'accroupit devant Krys.

— J'ai entendu parler de toi, Krys. Alors, tu veux un chien policier ?

Krys hocha vivement la tête.

— Dan dit que vous en avez un. C'est lui ?

— Oui, je te présente Flash. Il est beau, n'est-ce pas ?

— Il est gros. Je peux le toucher ?

— Bien sûr. Flash, assis. Donne la patte.

C'était son ajout personnel au répertoire de Flash. Le chien s'assit aussitôt et tendit sa patte avant droite.

Krys gloussa et la prit dans sa main.

— Je l'aime bien !

Apparemment, c'était réciproque. Si les chiens pouvaient sourire, c'était ce qu'il faisait en cet instant.

— Mais est-ce qu'il est un « vrai » chien policier ?

Apparemment, elle n'était pas prête à s'en laisser conter.

Cadell surprit Dory à sourire tandis qu'elle se redressait.

— Je l'ai entraîné, répondit-il à la fillette. C'est un bon chien de garde.

Krys leva les yeux vers lui.

— Il mord pas ?

— Non.

Ce n'était pas tout à fait vrai.

— Il mord seulement si on le lui dit.

— Maman dit que je peux pas avoir un chien qui mord.

Cadell regarda Dan qui haussa les épaules et précisa :

— Je ne pense pas qu'elle ait voulu dire un chien qui ne mordrait pas un méchant. Est-ce que ça t'inquiète, Krys ?

— Non, s'il mord seulement les méchants.

Son visage devint sérieux.

— Il y a des méchants. Comme celui qui a tué mon papa. J'aurais voulu qu'il ait un chien.

Les trois adultes échangèrent des regards, mais le nuage se dissipa aussi vite qu'il était apparu. Krys demanda :

— Je peux jouer avec lui ?

— Bien sûr, lui répondit Dan.

Dory sourit et leur désigna la porte donnant sur le jardin.

— Emmenez-le dehors. J'ai quelque chose à finir.

Mais au lieu de retourner à ses ordinateurs, Dory regarda les deux hommes et la fillette jouer avec Flash depuis la fenêtre de sa chambre. Seigneur ! Krys lui faisait de la peine. Une autre enfant à la vie gâchée par un meurtrier.

Par la fenêtre entrouverte, elle saisit des bribes de conversation.

— Flash n'écoute que Dory et moi, expliquait Cadell. Donc, ton chien n'écoutera que tes parents et toi. D'accord ? C'est en partie ce qui fait qu'un chien policier est différent.

Ainsi Cadell allait donner à cette petite fille une version de Flash. Dory se demanda si l'enfant était hantée par des cauchemars ou par des peurs qu'elle ne savait exprimer.

Ce n'est pas ton affaire, se dit-elle. *Tu n'y peux rien.*

Elle retourna à son bureau et se replongea dans le travail. Le travail était sa planche de salut. Concevoir des mondes artificiels la rendait heureuse.

En dehors de ça, assez peu de choses y parvenaient.

Une demi-heure plus tard, elle n'entendit plus le babil de Krys et présuma qu'elle était de nouveau seule. Elle regretta de ne pas être plus douée pour communiquer, en particulier avec cette petite fille. Mais tout en elle semblait se figer lorsqu'on l'approchait, la laissant impuissante.

Elle entendit Flash trotter dans sa direction et sentit sa tête se poser sur sa cuisse. Machinalement, elle lui gratouilla le cou tout en regardant la dernière animation prendre vie sur son écran.

L'eau s'engouffrait au rez-de-chaussée d'un bâtiment, balayant sur son passage meubles et objets divers. Tout en la visionnant, elle demeura attentive aux moyens de l'améliorer.

— C'est cool, dit une voix derrière elle.

Sous l'effet de la surprise, elle faillit sauter au plafond. Se retournant, elle vit Cadell debout à l'entrée de son bureau. Elle avait la gorge si nouée qu'elle était incapable de parler.

— Vraiment cool, répéta-t-il. C'est vous qui avez fait ça ?

Elle hocha la tête.

— Je suis impressionné. Désolé, je vous ai fait peur. Je pensais que vous m'aviez entendu arriver. Je voulais vous remercier d'avoir laissé Dan et Krys voir Flash.

— Pas de problème, marmonna-t-elle, attendant que les battements de son cœur ralentissent. Krys pourra revenir, si elle le veut.

— C'est généreux de votre part. J'ai vu que vous étiez mal à l'aise. Et la façon dont vous regardiez Krys… Au moins n'a-t-elle rien vu. Dory, elle était à la maison, dans son lit, quand son père a été tué.

— Est-ce important ? demanda-t-elle, tendue.

— Pardon ?

C'était comme si, en elle, une clé à molette desserrait un énorme boulon. Avant de comprendre ce qu'elle faisait, elle se mit à parler.

— Il y avait cette petite fille, dit-elle en baissant les yeux sur ses genoux.

Flash s'était installé à ses pieds.

— Elle venait d'avoir sept ans, et elle pensait que son grand frère était la meilleure personne au monde. Elle l'idolâtrait.

Levant les yeux, elle vit Cadell hocher la tête, l'air grave.

— Son grand frère jouait avec elle, poursuivit-elle. Il lui lisait des histoires. Il la portait sur ses épaules. Il la faisait beaucoup rire. Leurs parents étaient stricts, mais il s'arrangeait pour qu'elle n'en souffre pas trop. Quelquefois, il s'accusait à la place de la petite fille pour lui éviter d'être punie. Et quand la petite fille n'arrivait pas à dormir la nuit à cause des disputes, il venait parfois dans sa chambre, lui lire des histoires dans le noir. Des histoires qui finissaient bien. Des histoires où les gens ne se disputaient pas.

— Je vous écoute, lui murmura Cadell.

— Leurs parents ne se disputaient pas souvent. Un jour, ils commencèrent à se disputer avec son grand frère, et la petite fille fut contrariée. Elle savait que son grand frère restait dehors trop tard et que ses parents pensaient qu'il faisait des choses qu'il ne devait pas. Mais elle pensait que son grand frère était quelqu'un de bien.

Elle poussa un soupir tremblant.

— Elle adorait son grand frère. Jusqu'à cette nuit. La dispute était bruyante, violente, effrayante. Ils se battaient avec son frère. Elle savait qu'elle n'était pas censée descendre au rez-de-chaussée, mais elle était inquiète pour lui. Elle descendit donc l'escalier à pas de loup et...

Sa voix se brisa. Elle prononça les derniers mots dans un murmure.

— Elle découvrit que son frère était devenu un monstre.

Cadell resta immobile pendant un long moment. Il avait l'impression que des mains d'acier lui enserraient la poitrine, accentuant la pression à chaque respiration. Pour la première fois de sa vie, il ignorait totalement que faire.

La toucher, même pour lui offrir du réconfort, pourrait la faire fuir. C'était la femme qui voulait vivre en ermite. Une part de lui n'en revenait pas qu'elle lui ait raconté son histoire d'une manière aussi intime. Une autre part de lui s'alarma du fait qu'elle soit actuellement aussi vulnérable ; un mot ou un geste de travers pourraient l'amener à se refermer définitivement.

Quelque chose chez Krys avait extrait cela d'elle. Il était certain de ne rien avoir fait, de son côté, pour l'amener à baisser sa garde de cette façon. À s'ouvrir. Il finit par lui demander d'une voix hésitante :

— Et pour ce qui est de Krys ?

À ces mots, elle sembla retrouver tout à coup sa concentration et le regarda. Les émotions qui avaient resurgi des profondeurs de sa mémoire battirent soudain en retraite... refoulées, songea-t-il, par les codes sociaux.

— Krys ? Qu'est-ce que ça lui a fait si elle n'a rien vu de violent ? Elle est allée se coucher un soir et s'est réveillée le lendemain matin pour apprendre que son père ne reviendrait jamais. C'est dur à encaisser.

— J'en suis sûr. Donc, vous pensez qu'un chien l'aidera ?

— Flash m'aide, c'est certain.

Il en éprouva une grande satisfaction et vint s'accroupir devant sa chaise. Les nouvelles qu'il avait apprises la veille devraient attendre.

— Pouvez-vous partir ? demanda-t-il.

— Partir ?

— Sortir d'ici un moment. Pour une balade, à pied ou en voiture, qu'importe.

La perplexité qui s'afficha sur son visage en dissipa un peu la tension.

— Vous êtes en uniforme. Ne devez-vous pas travailler ?

— Je dois m'arrêter quelques minutes au poste des gardes forestiers. Eux aussi veulent quelques auxiliaires canins, mais ce sera vite réglé. Vous apprécierez sans doute de rencontrer Desi Jenks. C'est un personnage. Pouvez-vous vous libérer un moment ?

Il la regarda hésiter, tourner la tête vers l'inondation qui tournait en boucle sur son écran presque comme si elle avait envie d'y plonger. Puis elle fut secouée par un frisson, comme si elle relâchait la tension.

— D'accord, dit-elle finalement. Je suppose que j'ai besoin de sortir un peu. Ça me fera du bien. Accordez-moi une minute pour prévenir mon équipe.

— Comment ? fit-il d'un ton léger. Vous voulez dire que vous ne l'emmenez pas partout sur votre portable ?

Son expression changea totalement, et elle sourit.

— J'ai remarqué quelques zones blanches en ville.

— Ça s'arrange, mais ce n'est pas encore parfait.

Il se redressa et alla vers la porte.

— Je vous attends devant la maison, mais je dois voir Desi pendant sa pause déjeuner...

Il consulta sa montre.

— Qui est pour très bientôt.

— Entendu.

Elle se tourna vers son ordinateur.

— Combien de temps cela prendra-t-il ?

— Pas longtemps pour Desi, mais si vous voulez visiter un peu le secteur, accordez-vous deux heures.

— Flash vient avec nous ?

— J'espère que vous n'envisagez pas d'aller où que ce soit sans lui.

— Le supermarché pourrait lui refuser l'entrée, lui fit-elle observer d'un ton enjoué.

— Dans ce cas, je lui trouverai un dossard.

Dory éprouvait un sentiment étrange. D'abord, cet épanchement inattendu à propos de ce qui lui était arrivé étant enfant. Elle n'aurait su dire ce qui l'avait provoqué, mais elle avait l'impression que c'était en rapport direct avec Krys. Identification. Le besoin d'expliquer à une personne au moins que perdre un parent laissait des cicatrices, que l'on ait ou pas assisté à sa mort.

Quoi qu'il en soit, elle n'avait jamais raconté son histoire de cette manière à quiconque. Elle ne l'avait pas non plus terminée, et se demanda si elle le devrait. Elle reconnut à Cadell le mérite de ne pas avoir réagi comme s'il y pouvait quelque chose. Son âme avait été malmenée, altérée par ce qu'elle avait vu, et rien ne lui rendrait sa pureté d'origine.

Elle quitta finalement sa maison en fermant à clé derrière elle, même si Betty lui avait affirmé que tout le monde dans les environs laissait ouvert en partant.

Peut-être. Cependant, tout le monde n'avait pas le genre d'équipement informatique onéreux qu'elle utilisait. Sa tour pouvait paraître à peine plus large que la normale, mais elle renfermait plusieurs cartes graphiques d'une valeur de quatre mille dollars chacune, sans compter les modules complémentaires. Par conséquent, elle fermait la porte à clé et gardait les rideaux tirés en permanence pour dissimuler son matériel. Betty avait beau prétendre que les vols étaient rares dans le secteur, pourquoi tenter le diable ?

Flash et elle montèrent dans la voiture avec Cadell. Assis à l'arrière, Dasher lança un aboiement de bienvenue. Flash lui répondit.

Dory se sentit soulagée en retrouvant son sens de l'humour.

— Ils ont l'air copains comme cochons.

— Ils vont probablement avoir une grande conversation,

là derrière. Quand nous arriverons au poste, ils sauront tout ce que chacun de nous a fait depuis notre dernière rencontre.

Dory sourit en se disant que c'était tout à fait possible.

— Donc, nous allons voir une femme ranger ?

— En fait, Desi est garde-chasse.

— Je n'en ai encore jamais rencontré.

— Elle vous plaira. Elle a la tête sur les épaules et est bigrement douée pour ce qu'elle fait. L'automne dernier, elle a démantelé un réseau de guides non agréés. Une affaire plutôt risquée. Ce n'est pas moi qui m'aventurerais dans les bois durant la saison de la chasse quand tout le monde est armé.

Cette remarque fit rire Dory. Elle se rendit compte que ça lui faisait du bien d'être sortie. Le soleil, l'air chaud soufflant par la vitre ouverte... Elle passait trop de temps dans sa grotte. Pour un peu, les saisons se succéderaient sans qu'elle s'en aperçoive. Elle tourna la tête et regarda le paysage. Le trajet jusqu'au poste ne dura pas longtemps, mais assez cependant pour qu'elle commence à se demander si elle adorait son travail ou s'il était pour elle un refuge.

Cette interrogation la mit mal à l'aise, et elle écarta cette pensée. George était sorti de prison. L'introspection devrait attendre qu'elle soit sûre qu'il ne veuille rien avoir à faire avec elle.

Il n'avait aucune raison de vouloir la retrouver. Ces mots étaient devenus une sorte de mantra qu'elle se répétait sans cesse.

Il ne lui restait plus qu'à le croire et à espérer que ce soit vrai.

George localisa sa sœur en un temps record. Cela ne lui prit que quelques jours. Elle était présente sur le web à cause de son travail d'infographiste, bien qu'elle s'appliquât à se cacher derrière ses initiales. Il avait découvert le métier qu'elle exerçait des années plus tôt.

Quant à l'argent dont il avait besoin... inutile de s'embarrasser d'un boulot minable. Il avait baratiné une femme d'une cinquantaine d'années, lui servant une histoire attendrissante qui fit qu'elle l'invita à venir habiter chez elle. Elle ne tarderait pas à lui donner tout l'argent qu'il lui fallait, et elle aurait certainement trop honte pour aller en parler à la police.

Il informa donc le centre qu'il avait trouvé un emploi dans une autre ville et s'empressa de plier bagage. Il était de toute façon un homme libre, et son hébergement était censé n'être que provisoire.

Il resta en ville une semaine encore, traitant la femme comme une reine, se sentant le cœur au bord des lèvres chaque fois qu'il la faisait rire bêtement comme une gamine. À son âge ! Vraiment...

Puis il lui annonça qu'il se rendait à un « entretien d'embauche » et disparut. Même si elle décidait d'appeler la police, elle ignorait son véritable nom, et ne l'avait jamais pris en photo. Par ailleurs, il avait fait très attention à ce qu'il touchait — hormis elle. Effacer ses empreintes était presque devenu un automatisme.

Il découvrit ensuite qu'il n'avait pas retrouvé Dory. Elle avait quitté son ancienne adresse quelques semaines plus tôt, et personne ne savait où elle était allée. Furieux, il passa du temps sur les ordinateurs de la bibliothèque locale. Elle travaillait toujours. Cependant, il savait par expérience que sa société ne donnait pas d'informations sur le lieu de résidence de ses membres, précisant tout au plus une région. La personne qui lui répondit au téléphone croyait même qu'elle était un homme.

Cela l'amusa. La vie de Dory était un simulacre. Quelle poule mouillée !

Il devait absolument mettre des kilomètres entre la femme qu'il venait d'escroquer et lui. Le risque était faible, mais il ne pouvait être absolument certain qu'elle ne porterait pas plainte. Il quitta la bibliothèque et prit la route.

Restait à localiser Dory, et il ne doutait pas d'y parvenir. Probablement se croyait-elle en sécurité derrière le rempart de sa société ainsi que de son pseudonyme. Elle n'avait aucune raison d'imaginer qu'il serait capable de la retrouver sur Internet.

Elle n'avait certainement pas la moindre idée de ce que l'on pouvait apprendre dans ce domaine en prison.

Elle pouvait s'attendre à un choc.

Dory oublia momentanément ses craintes tandis qu'elle faisait la connaissance de Desi Jenks, une femme adorable à la forte personnalité. Elle avait une idée très précise de ce qu'elle attendait des deux chiens que devait lui fournir Cadell.

— Des chiens policiers, en gros, lui dit-elle. Nous les utiliserons probablement le plus souvent en recherche et sauvetage, mais j'ai aussi besoin qu'ils soient capables de retrouver les obus et les balles afin que nous puissions trianguler une scène, qu'ils reniflent la drogue...

Elle fit une pause et se mit à rire.

— Tu sais déjà tout ça, Cadell, non ? Ce que je veux n'est pas tellement différent de ce à quoi tu formes les chiens pour le bureau du shérif.

— Pas vraiment, non, répondit-il avec un sourire. Vous pourriez avoir quelques demandes supplémentaires. Nous verrons ça en cours de route. Auront-ils des dossards ?

— Oui, des dossards orange. Nous devrions les recevoir bientôt.

— La nuit, accrochez-leur des bâtons lumineux, d'accord ?

Elle hocha la tête.

— Tu peux y compter. Je ne tiens pas non plus à ce qu'on les confonde avec du gibier.

Desi se tourna vers Dory qui se tenait en silence sur le côté.

— Alors vous êtes infographiste ? Dans quel domaine, exactement ?

— Je conçois des animations pour des films et des publicités.

Desi sembla bluffée.

— Vous voulez dire comme celles qu'on voit au cinéma ?

— En partie. Les grands studios d'animation travaillent sur les films majeurs, mais certaines nous sont confiées et nous travaillons aussi sur des productions indépendantes.

— Si jamais je trouve le temps de me libérer, vous accepteriez de me montrer quelque chose ?

Dory hésita presque imperceptiblement.

— Bien sûr.

— Ce n'est pas que j'aie tellement de temps libre, reprit Desi d'un ton pince-sans-rire. Kell et moi cherchons encore un moment pour nous marier et caser notre lune de miel.

— Enfuyez-vous, lui suggéra Cadell. Fais-toi porter pâle, et mettez les voiles.

Desi s'esclaffa.

— Pourquoi pas ? Dans l'état actuel des choses, c'est à peine si nous nous voyons.

Des sujets de préoccupation tellement normaux, songea Dory en les regardant rire et discuter à bâtons rompus. Peut-être le fait de se réfugier tout le temps dans son travail la privait-il de quelque chose.

Toutefois, être aussi détendue en compagnie d'autres personnes exigerait d'elle plus de confiance qu'elle ne s'estimait capable d'en accorder. Non, elle se sentait mieux dans le monde qu'elle s'était créé. Ce n'était pas parce que Betty s'était révélée spéciale qu'il en serait de même pour les autres personnes.

— Au fait, quelle race de chien veux-tu ? demanda Cadell à Desi quelques minutes plus tard.

— Je n'ai pas de préférence, du moment qu'il est partant pour se balader dans les bois.

— Entendu. J'appellerai la semaine prochaine pour te dire quel genre de sélection je peux te proposer. Quand j'en aurai quelques-uns, tu pourras venir les voir.

Quand ils repartirent, les chiens toujours installés sagement à l'arrière, Cadell semblait perdu dans ses pensées.

— Je suppose que les chiens ont besoin de se dégourdir les pattes, dit-il finalement.

— Probablement.

Il la regarda.

— Vous êtes d'accord pour que nous les promenions ?

— Bien sûr. Pourquoi ?

— Eh bien, vous avez dit vouloir vivre en ermite, et je ne cesse d'introduire des personnes dans votre vie. Ce n'est pas très attentionné de ma part.

— Vous m'avez d'abord posé la question.

D'accord, c'était fatigant pour elle qui n'avait pas l'habitude de côtoyer de nouvelles personnes, mais elle aurait pu dire non. En revanche, pour rien au monde elle n'aurait voulu manquer sa rencontre avec Krys. La fillette avait quelque chose de spécial, et elle regrettait de ne pouvoir se départir de ses propres réticences pour passer plus de temps avec elle.

Quant à Desi, elle était sympathique et ne s'était pas montrée insistante d'une manière qui aurait pu la mettre mal à l'aise.

— Je sais que je vous ai posé la question. Je me demande seulement si vous ne vous êtes pas sentie obligée d'accepter.

Elle fut singulièrement touchée par sa sollicitude. La plupart des gens n'auraient pas songé à cela.

Ils s'arrêtèrent sur le bas-côté d'une route de terre, près de ce qui semblait être la barrière d'accès à une pâture, et Cadell détacha les deux chiens pour qu'ils puissent courir autant qu'ils le voulaient et dépenser leur énergie.

Dory se rendit compte qu'il avait une grande confiance en eux. Plus qu'elle n'en avait en Flash. Elle ne franchissait jamais le seuil de la maison avec lui sans qu'il soit en laisse.

Les chiens étaient visiblement au paradis. Livrés à eux-mêmes sans avoir à suivre d'ordres, ils couraient à travers les herbes, les faisant onduler comme les vagues d'une mer.

— Je connais deux lascars qui vont avoir besoin d'un bain en rentrant, remarqua Cadell.

Tout à coup, il cria :

— Flash ! Dasher ! On ne creuse pas.

Les deux chiens relevèrent immédiatement la tête et cessèrent de s'affairer au sol.

— Ici, dit-il.

Tous deux revinrent en trottant, la langue pendante, l'air réjoui. Cadell alla prendre une grande bouteille d'eau et une gamelle en métal à l'arrière de son SUV. Il la posa par terre tandis que les chiens, assis, attendaient sagement. Quand il l'eut remplie d'eau, il leur dit :

— Allez-y, les gars.

Sitôt la permission donnée, ils ne se firent pas prier. Dory sentit une nouvelle bouffée de joie l'envahir.

Lorsqu'ils furent remontés en voiture, Cadell lui dit :

— Emmenons-les chiens chez moi pour les laver. J'ai une douche pour chien ; ce sera beaucoup plus simple pour vous que d'essayer de vous en charger dans une baignoire. Quoique je sois sûr que vous y arriveriez.

Elle se tourna et posa le regard sur deux chiens très heureux, à présent affalés sur la banquette arrière.

— Je m'inquiète plus pour les épillets que pour la boue.

— Les épillets sont toujours sources de problèmes. Et je vous montrerai comment on vérifie qu'ils n'ont pas de tiques.

Des tiques ? Oh ! Seigneur ! Elle n'avait même pas pensé à ça. Cette idée la dégoûta.

— Le dois-je vraiment ?

Cadell se mit à rire.

— Eh bien, si vous voulez, je pourrai venir vérifier chaque jour.

En un instant, elle se rendit compte que cela ne la gênerait pas du tout qu'il passe chaque jour. Devait-elle voir là un autre sujet d'inquiétude ? Comme elle trouvait presque impossible de tisser de vrais liens avec les autres, la dernière chose dont elle avait envie était de faire que Cadell se sente mal alors qu'il se montrait tellement bon pour elle.

Elle redressa les épaules et se dit qu'elle réussirait à apprendre à s'occuper des tiques. Enfin elle l'espérait.

— Allons chez moi, reprit-il. Je laverai les loulous. Nous pourrons manger un morceau, et ensuite je vous ramènerai chez vous.

— Merci.

Puis, au prix d'un effort, elle lui demanda :

— Comment vont les autruches ?

— Comme d'habitude. Elles me détestent, sont coûteuses à entretenir et me rendent fou. J'aurais aimé que mon père me donne un indice sur ce qu'il avait en tête quand il les a accueillies, mais aucun de ses amis ne semble au courant.

— C'est étrange.

Il haussa les épaules.

— Mon père était un homme intéressant. Il avait de grandes idées de toute sorte, puis rien ne se réalisait. Comme la fois où il a échangé une radio à ondes courtes contre un miroir de télescope. Il est vrai qu'il n'utilisait pas la radio, mais il ne s'est jamais non plus servi du miroir. Il est toujours posé sur son établi.

Au bout d'un moment, il ajouta :

— Je me demande si je pourrais échanger ces autruches contre deux chevaux...

Dory laissa échapper un gloussement.

— Les chevaux seraient sans doute plus amicaux.

— Oh ! ça ne fait aucun doute !

Ils traversèrent un paysage de pâturages à perte de vue en repartant vers le ranch de Cadell. Lentement, très lentement, ce vaste espace qui l'entourait fit s'insinuer en Dory une sensation de malaise. Il n'y avait là aucun endroit où se cacher. On pourrait courir à perdre haleine, et être toujours visible.

Pourquoi entretenait-elle ces pensées ? George. Mais George n'avait aucune idée de l'endroit où elle se trouvait. Elle tenta de chasser cette sensation insidieuse mais échoua lamentablement. Elle avait besoin de la protection d'espaces confinés, de murs, de portes et de fenêtres fermées. Elle devait garder le croque-mitaine à l'extérieur.

Elle se ressaisit. Le croque-mitaine ? Son frère n'était pas un croque-mitaine. C'était un meurtrier, oui, et un humain. Elle ignorait totalement pourquoi il avait tué leurs parents, si c'était la rage qui lui avait fait perdre le contrôle ou s'il était gravement perturbé mais, d'une manière comme d'une autre, il n'était pas un être imaginaire maléfique. Seulement un homme.

Le malaise refusa toutefois de la lâcher, et un frisson lui parcourut la nuque bien qu'il n'y ait aucune raison à cela. Elle se réprimanda. Elle avait suffisamment de cicatrices ;

allait-elle vivre dans la terreur pendant le reste de sa vie parce que George était sorti de prison ? Cela ne lui paraissait pas une façon très agréable de passer les quarante ou cinquante prochaines années.

Elle fut soulagée quand ils atteignirent le ranch de Cadell. Il y avait là des bâtiments dans lesquels elle pourrait courir se réfugier. De nombreux chiens qu'il formait à la protection. Ainsi que deux autruches qui adoreraient probablement arracher les yeux de George à coups de bec.

Cette dernière pensée finit par la faire rire tandis que la tension s'évacuait.

— Qu'y a-t-il ? voulut savoir Cadell.

— J'imaginais vos autruches arrachant les yeux de George.

— Vous avez soif de sang ? lui demanda-t-il d'un ton léger tout en serrant le frein à main.

— Je suppose. C'est mieux que d'avoir peur.

Son expression redevint aussitôt sérieuse, mais il ne répondit pas directement.

— Vous pouvez aller à l'intérieur, si vous voulez, et vous chercher quelque chose à manger dans le réfrigérateur. Je vais juste emmener les chiens à la douche.

— Vous vouliez me montrer comment vérifier s'ils ont des tiques...

— Ce n'est vraiment pas difficile, si vous caressez beaucoup votre chien. Mais, oui, venez, et je vous montrerai.

Il avait bel et bien une douche pour chien, une pièce en béton avec une douchette attachée à un long tuyau. Les deux chiens paraissaient rompus à l'exercice et ne firent aucune difficulté. Dasher entra le premier pour être shampooiné et rincé. Cadell fit courir les mains sur lui tandis qu'il le lavait et expliqua à Dory qu'elle devait prêter attention à la moindre bosse.

Alors même qu'il parlait, une tique tomba des poils de Dasher et disparut dans la canalisation.

— Pas encore attachée, remarqua-t-il.

— Qu'est-ce que je fais, si elles sont déjà enfoncées ?

— J'aime bien le vernis à ongles.

Un rire étonné fit vibrer la voix de Dory.

— Vous aimez quoi ?

— Le vernis à ongles. Une fois la tête enfouie, la tique doit respirer par l'autre extrémité. Vous la couvrez de vernis à ongles, et elle ressortira très vite. Il ne faut pas non plus risquer de laisser une tête incrustée en tirant dessus. Alors, une touche de vernis à ongles, elles ressortent, je les attrape avec une pince à épiler et je les balance dans une canalisation ou dans les toilettes.

Lorsqu'il eut fini de rincer Dasher, il conseilla à Dory de reculer.

Elle comprit vite pourquoi. Le chien s'ébroua, et des gouttes d'eau volèrent partout. Puis il fonça hors de la douche et courut devant les box, s'ébrouant à nouveau devant chacun d'eux.

— Il partage sa douche, observa Cadell. Flash, viens.

Dory aurait presque juré que Flash soupira, mais il s'exécuta et se tint parfaitement immobile.

Cette fois, Cadell tendit à Dory le shampooing et la douchette.

— Il a besoin de savoir que vous savez faire ça aussi.

Elle ne pouvait dire le contraire et, de toute façon, c'était mieux que de penser à des monstres effrayants qui pourraient l'observer à travers les vastes espaces. Elle se demanda, et ce n'était pas la première fois, si elle perdait la tête.

Par chance, Flash s'avéra exempt de tiques et il sembla apprécier plus que tout le rinçage à l'eau tiède. Puis il s'ébroua et courut de long en large comme s'il était plein d'enthousiasme.

— Je n'ai jamais été capable de décider s'ils font ça parce qu'ils sont contents d'en avoir fini avec la douche ou s'ils sont seulement heureux, dit Cadell.

— Ils me semblent heureux.

Et ils l'étaient. Pendant quelques instants, Dory oublia tout le reste. Flash avait cet effet sur elle. Même s'il n'avait jamais à faire autre chose, il la détendait, ne serait-ce qu'un moment.

— J'adore ce chien.

— Je crois que ce sentiment est réciproque.

Elle se tourna alors vers Cadell, osant croiser directement

son regard sans détourner aussitôt les yeux. Son expression était chaleureuse, engageante, suggérant des délices qu'elle pouvait à peine imaginer. Pourtant, il restait avec elle un parfait gentleman. Peu à peu, il franchissait ses défenses, exactement comme l'avait fait Betty. Elle s'efforça de se convaincre que ce n'était pas une mauvaise chose. Un homme qui lui avait donné un chien tel que Flash était forcément spécial. Toutes ces heures d'entraînement... Elle aurait parié qu'il ne faisait pas souvent ça gratuitement. Néanmoins, il avait insisté, arguant que Flash était seulement une extension de son travail de policier.

Waouh !

Une décharge électrique parut faire grésiller l'air entre eux. Quelque chose d'invisible semblait l'attirer vers lui. Était-il magnétique ou quelque chose comme ça ?

Soudain, il détacha le regard du sien et jeta un coup d'œil à sa montre.

— Vous voulez entrer fouiller dans mon réfrigérateur avant que je vous ramène ? Je prends mon service dans deux heures.

Le charme étant rompu, elle tâcha de trouver un terrain sûr dans le pragmatique.

— Après cette douche, je pense que vous allez devoir changer d'uniforme.

Il regarda ses vêtements et se mit à rire.

— Ce n'est jamais qu'un peu d'eau.

Et voilà ! En plus de l'attirance sexuelle, elle commençait à beaucoup l'aimer. L'attirance physique était gérable. Au fil des années, elle avait éconduit plus d'un homme parce qu'elle refusait d'être aussi proche de quelqu'un.

Mais l'affection ? Ce pouvait être un plus grand danger encore. Elle naissait de son propre chef, et elle ignorait comment empêcher cela. Le devait-elle, d'ailleurs ?

En lui racontant en partie son histoire, ne lui avait-elle pas déjà accordé sa confiance ? Elle avait eu confiance dans le fait qu'il ne minimiserait pas la gravité des événements et ne lui dirait pas qu'il était temps de les surmonter. Non, il avait écouté ses confidences en silence, sans porter de jugement.

Peut-être, en y réfléchissant, le jugement l'effrayait-il plus que la confiance. Après tout, son frère avait fait quelque chose d'horrible et d'inexplicable. Peut-être pensait-elle que les autres la jugeaient aussi mauvaise que lui. Ou peut-être était-ce en elle qu'elle ne pouvait pas avoir confiance...

Seigneur ! C'était le bazar dans sa tête, et elle ne voulait pas penser à tout ça pour l'instant. Elle devait se remettre au travail. Flash la faisait se sentir en sécurité. Elle devait s'en tenir à cela.

En allant vers la maison, ils passèrent devant l'enclos des autruches. Pour une fois, elles ne leur prêtèrent pas la moindre attention. Elles regardaient en direction des champs, loin des montagnes. Brûlaient-elles d'envie de s'évader ?

Alors qu'elle s'apprêtait à franchir le seuil derrière Cadell, quelque chose l'arrêta. Elle se retourna brusquement et scruta les prairies qui s'étendaient à perte de vue. Elle ressentit un picotement dans la nuque. Sans raison. Il n'y avait rien, là-dehors.

Peut-être réagissait-elle seulement au comportement des autruches. Ou à ses propres peurs.

Haussant les épaules, elle rejoignit Cadell à l'intérieur. Manger un morceau commençait à lui sembler une bonne idée.

Avant de partir en patrouille, Cadell vérifia s'il avait reçu des informations sur l'endroit où se trouvait George Lake. Rien. Après en avoir débattu intérieurement, il décida de ne pas dire à Dory que son frère avait quitté le centre d'hébergement. C'était probablement sans importance ; peut-être avait-il trouvé un emploi dans une autre ville.

Bizarre, cependant, que personne au centre n'ait la moindre idée de la direction qu'il avait pu prendre ni de la raison de son départ. Tout ce qu'il apprit fut que George avait passé beaucoup de temps sur leur ordinateur à son arrivée.

Cela le mit mal à l'aise, mais ce n'était malheureusement pas une raison valable pour demander le mandat qui lui permettrait de fouiller dans l'ordinateur pour découvrir ce qui avait autant intéressé George.

Personne en ville ne devait être en mesure de le renseigner, de toute façon. Après le drame, Dory était partie vivre avec ses parrain et marraine avant d'aller au collège ; elle n'avait donc aucun contact dans cette ville. Après vingt-cinq ans, il n'y avait probablement même plus grand monde pour se rappeler ces meurtres anciens ni pour se soucier du bref passage de George Lake en ville.

Une impasse. Il avait donc bien fait de ne pas parler à Dory des déplacements de son frère. Cela n'aurait fait que la rendre plus anxieuse, et elle l'était déjà suffisamment.

Le métier de policier l'avait rendu extrêmement attentif au langage corporel d'autrui. Il avait décelé son malaise dans les espaces à découvert. Il avait même surpris la soudaine frayeur qui l'avait fait se retourner sur le seuil de la maison et observer les champs déserts.

Il aurait voulu la tranquilliser, mais tout ce qu'il pouvait faire était essayer de repérer un homme parmi des millions. Les chances d'y parvenir étaient minces, à moins que cet homme n'enfreigne la loi, d'une façon ou d'une autre.

Quoi qu'il en soit, si c'était tout ce qu'il pouvait faire, il le ferait. Et il garderait un œil sur elle aussi, le plus discrètement possible.

Parce qu'il pensait sincèrement que ses craintes étaient fondées. Du fait de l'héritage qu'elle avait reçu.

6

George ne tenait pas particulièrement à ce qu'on le retrouve, du moins pas encore. Dans l'immédiat, il était confronté à un casse-tête. Il avait dépouillé cette femme d'une somme suffisante pour se débrouiller, mais il était difficile de s'en sortir sans pièce d'identité.

On lui avait dit de présenter ses documents de remise en liberté et son numéro de prisonnier dans un bureau de la sécurité sociale pour obtenir une carte. Il se demanda si quelqu'un, dans le système carcéral, s'était récemment intéressé à la paperasse nécessaire pour y parvenir. Il n'avait pas eu de permis de conduire en vingt-cinq ans, et ne pensait pas que quelqu'un lui en donnerait tout simplement un. Obtenir un certificat de naissance se révélait un autre parcours d'obstacles.

Il n'avait pas l'intention de refaire déjà surface mais, à moins de disposer de beaucoup plus d'espèces, il ne pourrait même pas s'acheter la plus minable des voitures sans une pièce d'identité. Cela signifiait qu'il devrait en voler une, au risque de se faire arrêter quelque part sur une route.

Dans tous ses rêves concernant ce qu'il ferait à Dory et la richesse dont il jouirait une fois qu'il aurait récupéré l'héritage qui lui était dû, il n'avait jamais pris en considération le fait qu'une fois sa peine purgée il pourrait encore être tout aussi prisonnier. Chaque voie semblait bloquée... Excepté en commettant un délit.

Il y avait là une ironie qu'il était loin d'apprécier.

Cela ravivait en lui une ancienne fureur sans pour autant l'aider. Il y avait bien un crime qu'il tenait à commettre, mais il ne voulait en aucun cas laisser derrière lui une succession de petits délits dans un large secteur du pays. Cela attirerait autant l'attention sur lui que s'il se procurait une pièce d'identité valide.

Il connaissait un type qui pouvait en fabriquer de fausses, mais elles n'étaient pas bon marché. Il n'avait pas assez soutiré à la femme pour couvrir ces frais et pouvoir ensuite voyager. Bon sang ! Il aurait dû mieux réfléchir à tout ça.

Puis un élément décisif se présenta à lui. Il remarqua un changement récent sur le site web de la société d'animation pour laquelle travaillait Dory. L'un des concepteurs était à présent répertorié comme vivant dans le comté de Conrad, dans le Wyoming. C'était une chose ridicule à mettre en avant, mais il eut le sentiment que le groupe tentait de prouver qu'il pouvait travailler à partir de tout le pays. En quoi cela l'aidait, il n'en avait aucune idée. En revanche, il sut en quoi ça l'aidait, lui. Enfin, dans une certaine mesure. Un comté était une vaste étendue.

Il eut la certitude qu'il s'agissait de Dory. Le timing du changement était trop proche de sa libération. À l'évidence, elle n'avait pas la moindre envie de le revoir un jour, ce qui lui convenait parfaitement. Maintenant qu'il savait où chercher, il ne lui restait plus qu'à se rendre sur place et à évaluer la situation.

Une fois sa décision prise, il passa du temps à rêver tout éveillé. Se doutait-elle qu'il arrivait ? Comprenait-elle, même confusément, qu'il fallait qu'elle meure et pourquoi ? Comme elle aurait l'air surpris quand elle le verrait !

Il se rappela la petite sœur, celle à qui il lisait des histoires le soir, avec qui il jouait. Mais l'enfant qui l'avait aimé était morte cette nuit-là. Elle s'était enfuie en hurlant de la maison avant qu'il ait pu nettoyer, donner l'impression que quelqu'un s'était introduit chez eux. C'était sa faute s'il était allé en prison.

Il se demanda si elle se souvenait de ça.

Dory fit irruption dans la conférence. Une phrase tout en majuscules retenant l'attention ; ce fut ainsi qu'elle choisit de s'adresser à l'équipe.

QUI A CRU BON DE METTRE MON LIEU DE RÉSIDENCE SUR LE SITE ?

Nous le faisons toujours.

LES ENVIRONS DE KANSAS CITY, C'EST TRÈS DIFFÉRENT DE CE QUE TU AS MIS LÀ !

Mais c'est un comté entier.

C'EST UN COMTÉ OÙ NE VIT QUASIMENT PERSONNE !

Le chef d'équipe intervint :

Faut-il que nous en discutions sur Skype ?

Dory prit plusieurs profondes inspirations pour se calmer. Avait-elle envie que les membres de son équipe sachent qu'elle était une femme ? Qu'ils voient son visage ? À combien de personnes pourraient-ils le dire ?

Non. Retire immédiatement cette information, s'il te plaît. Mon frère est un meurtrier. Il vient de sortir de prison. Je ne veux pas qu'il me retrouve.

Considère que c'est fait. Je viens de l'enlever. Nous l'ignorions. Je suis désolé, D.K.

Elle rafraîchit la page et vit que Reggie était digne de confiance. Ça avait déjà disparu. Elle espéra seulement que ce n'était pas resté affiché longtemps.

Pourquoi diable leur avait-elle dit où elle allait ? Parce que, sur le moment, ça lui avait paru assez innocent ? Parce qu'elle n'avait pas prêté attention à ce qu'ils mettaient sur cette page du site ?

Tout simplement parce que, dans sa panique, elle n'avait pas eu les idées assez claires. Elle ne voyait pas d'autre raison. Elle avait laissé échapper cette information parce qu'elle avait été trop effrayée pour se rendre compte qu'il pourrait être risqué de la partager avec ses collègues. Parce qu'elle s'était uniquement préoccupée de disparaître de sa dernière adresse où elle avait été connue en tant que Dory Lake.

Brillant ! Elle aurait pu se donner des gifles.

Un gémissement attira son attention et la tira de ses pensées. Flash était allongé à ses pieds et, alors qu'il levait le regard vers elle sans bouger la tête, elle eut la nette impression qu'il était malheureux. Il percevait certainement son angoisse.

Il avait besoin de faire quelque chose, décida-t-elle, d'une occupation. Elle lui en avait donné assez peu et, en cet instant, elle ne se sentait pas d'humeur à aller faire une promenade ou courir. Bon sang ! Elle n'avait même pas envie de mettre le nez hors de chez elle.

Tout ça car elle ne pouvait échapper au sentiment que George pourrait avoir découvert pour qui elle travaillait. Ce n'était pas exactement le plus grand secret de la planète. Alors si jamais il le savait ? S'il avait trouvé ce changement sur leur site ? Elle ignorait combien de temps l'information était restée visible.

Seigneur !

Elle plongea le regard dans celui, éloquent, de Flash et eut pitié de lui.

Il lui fallait quelque chose à faire, et elle avait besoin qu'il fasse quelque chose pour elle.

— Flash, garde.

Aussitôt, il fut debout, remuant la queue. Puis, comme s'il comprenait, il partit contrôler les pièces de la minuscule maison. Quand il revint peu après, il s'allongea le dos tourné vers elle, la tête levée, les oreilles en alerte.

Il était assurément en service.

Elle devrait se sentir mieux, songea-t-elle. Après tout, elle avait vu ce dont il était capable. Mais un chien, comme seule protection ?

Comment était-elle censée continuer, maintenant ? De mauvaises choses pouvaient arriver quoi que l'on fasse. C'était à jamais gravé dans sa mémoire. Mais personne ne pouvait vivre en s'attendant en permanence que quelque chose de mauvais le guette à chaque coin de rue. Sa thérapeute s'était évertuée à le lui faire comprendre.

Là aussi, c'était un genre de confiance qu'elle trouvait difficile à acquérir. La confiance dans le fait que rien de mauvais ne se produirait…

Un *ping* attira son attention sur l'un de ses écrans. C'était Reggie en chat privé.

Tu as décroché. Tout va bien ?

Oui. Je prends seulement un peu de temps pour me calmer.

Alors, où en es-tu de cette simulation d'inondation ?

Elle lui fut reconnaissante d'avoir laissé passer.

Je pourrai te présenter la version préliminaire dans quelques jours.

Super ! Pingue-moi si tu as besoin de quoi que ce soit.

Travaille, se dit-elle. *Remets-toi au boulot*. Elle pouvait s'immerger dans les subtilités de la tâche consistant à donner vie à l'idée d'un auteur dans sa saisissante expression tridimensionnelle, processus qui ne cessait de la fasciner et où il y avait toujours à apprendre.

Elle lança à nouveau la séquence de l'inondation, cherchant tout ce qui pourrait révéler qu'il s'agissait d'une animation. Celle des êtres humains était presque impossible à rendre assez réaliste pour qu'on ne puisse pas la déceler. Mais ce genre de chose ? Si elle s'y prenait bien, cela pourrait duper à peu près tout le monde.

Lentement, elle fit pivoter son angle de vue, à l'affût du

moindre problème dans la façon dont l'eau bougeait. Juste au moment où elle pensait en avoir trouvé un, on sonna à la porte.

Dans un premier temps, elle fut tentée de l'ignorer, puis elle remarqua que Flash s'était levé et qu'il remuait la queue. Il regarda par-dessus son épaule comme pour lui dire : « Dépêche-toi. »

Donc, c'était quelqu'un qu'il connaissait. Elle devina qui. Bien que peu disposée à le reconnaître, elle aussi avait envie de revoir Cadell. Cela faisait plus d'une semaine. Betty n'était passée la voir qu'une fois. L'ermite qu'elle était commençait à déplorer un peu sa solitude.

Elle avait vu juste. Quand elle ouvrit la porte, elle vit Cadell, en tenue civile, un gros sac en papier dans les bras.

— Salut. J'ai apporté le dîner, si vous avez le temps.

Flash était sagement assis à côté d'elle, mais son arrière-train remuait comme s'il mourait d'envie de sauter sur Cadell.

Elle recula pour lui laisser le passage.

— Vous feriez mieux d'entrer et de dire bonjour à Flash avant qu'il décide de vous sauter dessus. J'ai la nette impression que vous lui manquez.

Se rappelant alors que son dernier ordre à Flash avait été de monter la garde, elle s'accroupit vivement et, prenant sa tête entre ses mains, le caressa.

— C'est bon. Joue.

Bondissant de joie, il suivit Cadell dans la cuisine.

— Maude fait ce qu'il y a de meilleur, dit-il en posant sur sa table branlante des boîtes qu'il sortit de son sac. Je présume que vous êtes une carnivore ?

— Absolument.

— Dieu merci ! Si vous m'aviez dit être vegan, j'aurais eu du mal à trouver quelque chose que vous puissiez manger. Je ne suis même pas sûr que la salade aurait pu convenir. Maude y met du fromage persillé.

Elle aurait aimé pouvoir rire en réponse à ses efforts pour se montrer gai, mais elle n'en avait pas le cœur.

— J'espère ne pas vous avoir dérangée dans votre travail.

— Non.

C'était vrai, dans une certaine mesure. Depuis le choc reçu en découvrant que son lieu de résidence était sur le site, la concentration semblait lui faire défaut.

Quand il reprit la parole, ils étaient attablés l'un en face de l'autre. Il poussa vers elle un grand café et ouvrit les boîtes pour qu'elle choisisse.

— Je ne suis pas raffiné. Piochez dans ce qui vous semble bon.

Il lui tendit des couverts en plastique.

Elle se dit qu'elle devrait sortir sa vaisselle. Non qu'elle en ait beaucoup ; elle n'en avait jamais eu besoin pour plus d'une personne.

— Qu'est-ce qui ne va pas ? lui demanda-t-il soudain.

Surprise, elle le dévisagea.

— C'était inscrit sur votre visage quand vous avez ouvert la porte. Et j'ai vu que Flash était en alerte. Que se passe-t-il ?

Son appétit disparut instantanément.

— Probablement rien.

Seigneur ! Elle détestait avoir toujours peur, en particulier d'une chose qui ne se produirait probablement pas. Combien de fois devrait-elle se demander pourquoi George pourrait bien vouloir la retrouver ?

Cadell la surprit en changeant d'approche.

— Avez-vous témoigné contre votre frère ?

Elle inspira brusquement. Son champ de vision se réduisit jusqu'à ce qu'elle ne voie plus qu'un long tunnel sombre. Tout à coup, elle se retrouva debout dans la rue, hurlant, hurlant sans vraiment savoir pourquoi, sachant seulement dans son cœur d'enfant que son monde était détruit à jamais.

— Dory ? Dory !

Une main lui saisit doucement le bras. La voix de Cadell parvint jusqu'à elle dans l'obscurité.

— Racontez-moi, lui dit-il d'une voix douce.

— La peinture rouge. La peinture rouge.

Sentant confusément ses bras se refermer autour d'elle, elle s'abandonna à son étreinte.

Tout lui revint alors, en détail. C'était pire que les cauchemars. Puis ce fut le noir total.

Il y avait un canapé bancal dans la pièce en façade. Cadell y transporta Dory et l'installa sur ses genoux.

Qu'avait-il dit ? Qu'avait-il fait pour qu'elle se réfugie au plus profond d'elle-même ? Il lui avait simplement demandé si elle avait témoigné contre son frère. Dans ce cas, elle pourrait avoir raison d'être effrayée. Elle n'avait sans doute même pas imaginé que son héritage pourrait la mettre en danger. La plupart des gens ne pensaient pas comme des criminels. Il ne lui avait même pas dit que son frère avait disparu du centre d'hébergement au bout de deux jours.

Il sentit un frisson parcourir le corps de Dory. Baissant la tête, il vit ses yeux, d'un bleu aussi limpide que celui d'un ciel sans nuages. Un ange de Botticelli.

Sauf que cet ange n'avait pas la sérénité d'un ange. Elle se mit à gigoter, se débattant pour quitter ses genoux. Il refusa de la lâcher.

— Doucement, Dory. Doucement. Ce n'est que moi.

Il remarqua alors Flash qui le fixait, les babines légèrement retroussées. Prêt à l'attaque pour la protéger, mais indécis parce qu'il s'agissait de lui.

— Dory, reprenez-vous avant que votre chien m'arrache la moitié du visage.

À ces mots, elle réagit. Ses yeux bleus incroyables concentrèrent brusquement leur regard. D'abord sur lui, puis sur le chien.

— Flash, pas bouger.

Elle s'adressa ensuite à lui.

— J'ignore ce qui s'est passé, mais vous feriez mieux de me lâcher.

Il eut l'impression de recevoir une gifle. Il la lâcha immédiatement, ignorant la réaction de son corps lorsqu'elle se trémoussa pour descendre de ses genoux.

— J'étais inquiet pour vous, marmonna-t-il. Vous êtes carrément tombée de votre chaise.

Une éternité s'écoula avant qu'elle parle à nouveau.

Flash s'installa à ses pieds, mais garda les yeux rivés sur lui.

— Je suis désolée, dit-elle finalement.

— Vous n'avez pas à l'être. Je ne comprends pas ce qui s'est passé. Je vous ai posé une simple question, puis vous avez dit quelque chose comme : « la peinture rouge », et vous vous êtes effondrée, presque évanouie.

Comme elle gardait le silence, il reprit :

— Voulez-vous quelque chose ? Un verre d'eau ?

— Oui, s'il vous plaît.

Il alla dans la cuisine, prit l'un des deux verres qu'il trouva dans le placard près de l'évier, le remplit d'eau et revint, en s'exclamant d'un ton léger :

— Un peu plus de vaisselle ne serait pas un luxe.

Elle hocha la tête, mais ne le regarda pas. Du moins n'émit-elle pas d'objection quand il s'assit près d'elle. Elle prit le verre et le vida, laissant sur ses lèvres des gouttelettes d'eau qu'il aurait adoré y lécher. Il se ressaisit. Bon sang ! Perdait-il l'esprit ? Ce n'était ni le moment ni l'endroit, et certainement pas la bonne personne. Par ailleurs, ayant déjà été échaudé, il n'était pas prêt à se porter volontaire pour renouveler l'expérience.

— Je suis désolée, dit-elle à nouveau.

— Dory...

Il laissa tomber. Elle ne le regardait toujours pas, et il lui avait déjà dit qu'elle n'avait pas besoin de s'excuser.

— La peinture rouge.

Elle parlait d'une voix si tendue qu'elle semblait sur le point de se briser.

— Je ne vous l'ai jamais dit. J'ignore même si je l'ai confié à Betty. Mais pendant un moment, après le... meurtre, j'ai été aveugle et j'ai arrêté de parler à l'exception de trois mots : « la peinture rouge ». Je pensais que tout ce sang était de la peinture rouge.

Une fillette de sept ans... Bien sûr, elle n'avait pas eu d'autre moyen de l'expliquer. Cela lui donna aussi une idée très claire de la quantité de sang qu'elle avait vue. Il eut mal pour elle. Pour l'enfant qui avait été exposée à une telle horreur.

— Quelqu'un m'a expliqué, des années plus tard, qu'il s'agissait d'un trouble de conversion, reprit-elle d'une voix un peu plus ferme. N'ayant pas pu supporter ce que j'avais vu, je m'étais refermée sur moi-même. Ma vue s'est rétablie au bout de quelques mois mais, pendant un an, je n'ai pu prononcer que ces mots.

— La peinture rouge.

— Exactement.

Elle poussa un long soupir.

— Tout à coup, quand vous m'avez demandé si j'avais témoigné contre George, j'ai été de retour là-bas. Dans cette rue, en train de hurler. Je me rappelle vaguement les voisins accourant, les voitures de police, la femme policier qui m'a emmenée. J'étais terrifiée parce que je n'y voyais plus. Quant à parler... Je n'ai plus jamais vraiment eu envie de parler.

Il prit le risque de poser la main sur la sienne, et fut soulagé qu'elle ne la retire pas. Elle tremblait légèrement.

— En fait, poursuivit-elle, je fais toujours des cauchemars à propos de cette nuit. Ils avaient presque cessé, mais ils sont revenus en force depuis que je sais que George a été libéré. Pourquoi n'a-t-il été condamné qu'à vingt-cinq ans ? Je n'ai jamais compris ça.

— Beaucoup de choses entrent en jeu dans la détermination de l'inculpation et du verdict, lui répondit-il prudemment. Vous pourriez en parler à notre juge local, Wyatt Carter. Il pourrait vous donner une réponse détaillée. Tout ce que je peux vous dire, c'est que le meurtre au premier degré est très difficile à prouver. L'intention coupable n'est pas toujours simple à démontrer dans une salle d'audience et, en dehors de circonstances aggravantes, c'était le seul moyen de le faire condamner à la réclusion à perpétuité. Si vous voulez mon sentiment...

— Oui, s'il vous plaît.

— George a dû se disputer avec vos parents. La tension était présente depuis un moment, d'après ce que vous avez dit. Votre frère a vu rouge et a perdu son sang-froid. Un crime passionnel, sans préméditation. Ça pèse dans les charges qu'un procureur pense pouvoir vendre au jury. Et ça a probablement joué en sa faveur. En résumé, la condamnation de votre frère n'a pas été inhabituelle, étant donné les circonstances et le fait qu'il ait été âgé de quinze ans à l'époque. Je sais que ça ne vous fait pas vous sentir mieux...

— Non, l'interrompit-elle. Pas du tout. Il les a massacrés, Cadell. Massacrés !

Il prit l'initiative de serrer sa main dans la sienne ; elle mêla ses doigts fuselés aux siens.

— Alors, lui demanda-t-elle après un soupir tremblant, quelle est la probabilité qu'il fasse à nouveau une telle chose ?

Honnêtement, il n'en savait rien. Un quart de siècle en prison pouvait changer un homme ou le rendre encore plus pervers.

— Je l'ignore, reconnut-il.

— Personne ne peut le savoir.

Elle changea soudain de sujet.

— Le dîner que vous avez apporté est en train de se gâcher, et j'ai faim, tout à coup.

Il la regarda se lever et quitter la pièce, Flash à côté d'elle.

Chaque nouvelle chose qu'il apprenait lui inspirait plus de respect pour elle. Elle s'était reconstruit une vie sur les cendres d'un passé cruel.

Avant de la suivre, il s'autorisa à réfléchir un moment sur son mariage, sur la femme dont les récriminations incessantes les avaient tous deux rendus si malheureux. Quelle différence ! Brenda n'aurait sans doute pas survécu à ce qu'avait traversé Dory, du moins pas avec autant de grâce.

— Cadell ? Vous venez ?

Il se leva et il alla rejoindre l'ange qui n'avait pas totalement déployé ses ailes durant un quart de siècle.

La nourriture n'avait pas vraiment refroidi. Ils mangèrent dans la bonne humeur. Dory s'était remise à rire, ce qui le rassura. Mais ça ne durerait pas, il le savait. En fait, il serait probablement contraint d'être celui qui ferait voler en éclats sa fragile sérénité.

Tandis qu'ils débarrassaient la table, il lui dit :

— Vous paraissiez contrariée, quand je suis arrivé. Vous ne m'avez pas dit pourquoi.

Elle secoua légèrement la tête en s'essuyant les mains avec un torchon.

— J'étais furieuse parce que ma société a cité mon lieu de résidence sur sa page web. Ils ont estimé que c'était assez vague. J'ai dû leur expliquer que le comté de Conrad était sous-peuplé.

— Attendez... Pourquoi ont-ils indiqué l'endroit où vous vivez ? demanda-t-il d'un ton presque brusque.

— Je présume que ça fait passer le message que, puisque nous n'avons pas d'agence centrale, ce peut être un avantage d'être disséminés dans tous les États tout en travaillant ensemble. Major Animations dispose de trois équipes comme la mienne. Et nous sommes vraiment répartis partout dans le pays.

— Je suppose que je peux comprendre ça. Centralisés sans être localisés en un lieu.

Les battements de son cœur s'étaient accélérés. L'angoisse avait commencé à le ronger comme un rat affamé.

— Quoi qu'il en soit, ils l'ont enlevé. Je doute que quiconque l'ait remarqué.

Il aurait aimé en être sûr.

— Votre nom entier était-il cité ?

— Non. Je me fais appeler D. K. Lake. L'initiale du milieu n'est même pas exacte.

C'était bien suffisant, songea-t-il, amer. Si George avait découvert qu'elle travaillait pour cette société, il n'aurait aucun mal à la retrouver.

— Donc, personne ne pense à votre sécurité.

Il trouvait ça difficilement acceptable.

— Nous ne sommes qu'un groupe d'infographistes. La plupart

de nos contacts sont des agences de publicité, des producteurs indépendants... Ce n'est pas comme si nous racontions notre vie.

Elle baissa les yeux.

— Excepté aujourd'hui. J'ai fait apparaître Caïn. J'ai dû leur parler de mon frère.

Il fit un pas vers elle.

— Et vous n'avez pas aimé ça.

— Bien sûr que non.

Elle se frotta les bras, des épaules aux poignets, l'un après l'autre, comme pour essayer de se débarrasser de quelque chose.

— C'est comme une tache invisible. Mon frère est un meurtrier. Et, ce qui est pis, il a tué nos parents. Qu'est-ce que ça dit de lui, de moi, de notre famille ?

Oh ! Seigneur ! Sous peu, il allait regretter de n'avoir pas fait des études de psychologie. Il chercha quelque chose à dire, quelque chose qui puisse vraiment la réconforter.

Tout ce qui lui vint à l'esprit fut une question.

— Croyez-vous vraiment ça, Dory ? Croyez-vous que vous auriez pu faire ce qu'a fait votre frère ?

Son visage se figea. Pendant quelques instants, il craignit de l'avoir renvoyée dans l'horreur, puis elle secoua la tête.

— Non. Je ne pense pas que je l'aurais pu. Jamais. Mais qui peut savoir ça, Cadell ? Des personnes parfaitement ordinaires peuvent basculer dans la folie à tout moment.

— Je suis policier, lui rappela-t-il en la faisant s'asseoir sur l'une des chaises de la cuisine.

— Donc ? dit-elle. Vous êtes policier. Ce qui signifie ?

— J'aime cette ville, car elle est plutôt tranquille la plupart du temps. Mais j'ai travaillé dans de plus grandes villes. J'ai vu bien pire que ce qu'a commis votre frère. Il n'y a pas de limites à ce dont est capable l'être humain.

Elle leva les yeux vers lui.

— Et en quoi est-ce rassurant ?

— Je ne suis pas sûr que ce soit rassurant. Mais je peux vous dire une chose : il y a eu des signaux d'alerte dans chacun de ces cas. Peut-être personne ne les a-t-il remarqués à temps, mais ces signaux étaient présents. Des tensions naissantes. Des paroles ou des allusions. Un certain manque, peut-être. Mais une fois l'enquête bouclée, nous avions presque invariablement établi le profil de quelqu'un qui envoyait ce genre de signaux depuis des mois, voire des années. Très rares étaient les affaires qui surgissaient de nulle part. Et quand ça se produisait, la drogue était souvent impliquée.

Elle hocha lentement la tête tandis qu'il s'installait sur l'autre chaise, face à elle.

— Le fait est, poursuivit-il, que la grande majorité des gens ne tue jamais, et encore moins de la manière dont l'a fait votre frère. Il fait partie d'un groupe très restreint. Vous n'avez pas la moindre raison de vous demander si vous pourriez faire ce qu'il a fait. D'avoir l'impression que c'est une sorte de tare. Vos parents n'étaient pas des meurtriers, n'est-ce pas ? Avez-vous jamais été tentée de faire quelque chose de ce genre ?

— Seigneur, non !

Elle frémit, écarquillant les yeux.

— Vous n'avez aucune raison d'avoir honte parce que votre frère est parti à la dérive. L'un des policiers avec qui je travaillais à Seattle avait un frère qui était un escroc. On ne pouvait imaginer deux hommes plus différents. Pourtant, ils étaient issus du même patrimoine génétique et du même environnement. Toutefois, Ralph détestait ça. Il était frustré, il ne parvenait pas à faire entendre raison à son frère. Nous l'avons plusieurs fois arrêté et envoyé en prison pour quelques années. Ralph se faisait un peu charrier, et si quelqu'un avait de bonnes raisons pour vouloir le tuer, c'était bien lui. Son frère était doué pour harceler les gens mais, aussi furieux que cela rende Ralph, il se contentait de lui mettre les menottes et de l'embarquer. Il ne s'est jamais montré violent avec lui.

— Waouh ! C'est terrible.

— Ça l'était certainement pour Ralph. Il était convaincu que ça le freinait dans sa carrière. J'ignore si c'était le cas. Je veux dire... plus on s'élève, plus il est difficile de progresser car plus rares sont les postes. Mais Ralph croyait que le service ne lui ferait jamais totalement confiance.

Décidant qu'il en avait assez dit, il se tut.

Dory prit une serviette en papier et la plia, l'air absent.

— J'ai toujours eu le sentiment que quelque chose n'allait pas chez moi, reconnut-elle.

Puis elle lui adressa un faible sourire.

— Enfin, manifestement, du point de vue des autres, certaines choses chez moi sont déphasées. Je vis la plupart du temps en ermite, je ne fais guère confiance aux gens... Mais je fais allusion à autre chose.

— Je sais.

Elle serra les lèvres et hocha la tête.

— Quand une telle chose se produit aussi près de soi, en particulier dans sa propre famille, peut-être se sent-on toujours différent.

— Peut-être.

D'après ce qu'elle lui avait dit, elle avait suivi une longue thérapie. Il n'avait aucun droit de mettre en péril la paix relative qu'elle était parvenue à atteindre.

Il lui apparut soudain qu'il était venu sans y avoir été invité, dans l'intention de ne rester qu'une demi-heure. Mais avec ce qui s'était passé, il était là depuis beaucoup plus longtemps.

— Je suis désolé d'avoir interrompu votre travail, lui dit-il.

— Vous ne m'avez pas vraiment interrompue, lui répondit-elle. J'ai travaillé presque toute la journée avant de m'en prendre à mon équipe à propos du site web.

— Eh bien, je ferais tout de même mieux d'y aller.

Il consulta sa montre et se rendit compte qu'il se faisait tard. Flash somnolait près de Dory, mais il se réveillerait au moindre son. Elle était en bonnes pattes, décréta-t-il. Il décida que ce n'était pas le moment de l'informer de ce qu'il savait au sujet de George.

Elle avait été suffisamment éprouvée, ce soir, juste à cause d'une simple question.

Dory soupira et regagna son bureau. Flash et lui la suivirent.

À peine assise, elle parut examiner attentivement sa simulation ; elle était probablement de nouveau à moitié immergée dans son travail. Il était vraiment temps de partir, songea Cadell.

Alors qu'il ouvrait la bouche pour lui dire au revoir, elle le surprit en demandant :

— Ainsi, votre femme n'a pas pu supporter d'être mariée à un policier ?

Surpris, il ne répondit pas immédiatement puis opta pour la légèreté.

— Je vous en prie, n'oubliez pas d'inclure « ex » quand vous parlez de ma « femme ». Et son prénom était Brenda.

Elle se détourna de l'écran, la main sur la souris, et ses traits s'animèrent un peu. En cet instant, elle lui paraissait absolument à croquer.

— Plutôt amer ?

— Ce n'est pas le mot que j'utiliserais. Plus maintenant, en tout cas. J'étais certainement en colère, à l'époque. J'avais l'impression qu'elle m'avait menti dès le moment de notre rencontre, quoique ce n'ait probablement pas été une appréciation juste. Elle n'avait simplement aucune idée de ce dans quoi elle s'engageait, et elle ne s'est rendu compte qu'ensuite qu'elle n'aimait pas ça.

Il haussa les épaules.

— Ça a seulement duré deux ans, mais ce fut long pour chacun de nous. Je suis seulement heureux que nous n'ayons pas eu d'enfants, car ça se serait avéré une tragédie.

— En effet, murmura-t-elle.

Son visage s'assombrit. Bien sûr. Il venait de lui rappeler ce que c'était que perdre ses parents.

Durant quelques instants, il envisagea sérieusement de garder à l'avenir le silence en sa présence. Puis il prit conscience que marcher sur des œufs serait perturbant pour l'un comme pour l'autre. Il décida de lui confier une autre vérité avant de partir.

— Avec Brenda, reprit-il, j'ai appris quelque chose. À l'époque, je voulais seulement être avec elle et je lui ai involontairement donné de fausses idées. J'ai changé de poste plus d'une fois avec mes collègues pour pouvoir sortir avec elle, faire ce qu'elle voulait. Donc, si elle s'est attendue que ça continue, c'était entièrement ma faute.

Le visage de nouveau serein, elle hocha lentement la tête. Dieu qu'elle était belle ! Difficile de croire qu'autant de laideur hantait sa mémoire et sa vie.

— Ça ne pouvait pas continuer ? demanda-t-elle.

— Non. Mes collègues étaient supersympas, mais ça a fini par poser problème. La hiérarchie a commencé à émettre des objections. J'ai récolté quelques remarques sarcastiques du genre : « Pourquoi ne nous dites-vous pas simplement quand vous serez disponible pour travailler ? »

— Aïe !

Elle grimaça puis sourit.

— À la grande déception de Brenda, j'ai dû prendre mes responsabilités.

Il lui avait fallu un moment pour y faire face, mais il avait retenu la leçon, et c'était une bonne raison de ne pas louvoyer avec Dory. Seule l'honnêteté pourrait lui valoir sa confiance. Si toutefois elle la lui accordait un jour.

— Quoi qu'il en soit, j'ai accaparé toute votre soirée, et ce n'était pas mon intention. Je vais vous laisser, à présent.

Quelque chose dans ses yeux bleus lui évoqua presque un appel, mais quel genre d'appel ? Il ne parvenait pas à imaginer ce qu'elle pouvait éventuellement vouloir de lui. Cette femme lui avait dit, à deux reprises au moins, qu'elle préférait vivre en ermite.

Soudain, mû par une impulsion qui lui vint il ne savait d'où, il s'agenouilla devant elle, sans la toucher.

— Vous êtes belle, vous savez, murmura-t-il. Vous me rappelez un ange de Botticelli.

Elle cligna des yeux, l'air indécis.

Ça suffit, se dit-il.

Il pourrait se botter les fesses en rentrant chez lui. Il se releva et alla vers la porte.

— Cadell ?

Il se retourna à demi.

— Oui ?

— Vous êtes beau gosse.

Étonné, il lui fit face puis se mit à rire.

— Imaginez le tableau que ça donnerait.

Puis il tourna les talons et sortit, marquant seulement une pause pour dire au revoir à Flash.

Dory rit sous cape. Le tableau que ça donnerait… Un ange et un policier ? Ou un cow-boy ? C'était plutôt comique, en effet.

Son sens du comique s'estompa toutefois progressivement. La nuit s'était refermée sur la maison, et elle le perçut comme une pression presque physique.

— Flash. Garde.

Il obéit, s'asseyant près d'elle. En alerte.

Seule sans être seule. Qui aurait cru qu'elle serait aussi reconnaissante pour un chien ? Et pour ce qui venait d'arriver avec Cadell ? Elle lui avait révélé des choses durant son flash-back qu'elle était sûre de n'avoir jamais dites à personne d'autre que sa thérapeute. Elle entendait sa propre voix tandis qu'elle faisait le récit de cette soirée, comme si elle en était détachée, avec néanmoins encore un peu la voix d'une enfant.

Il l'avait bien géré. Mais pourquoi ne l'aurait-il pas bien géré ? Il était policier… Il avait probablement déjà vu tout ça. Une part d'elle fut surprise à la pensée qu'elle s'était tournée vers lui, presque un étranger, lorsque tout cela avait jailli du tréfonds de sa mémoire. Elle ne faisait jamais ce genre de chose.

Malgré ses efforts pour s'immerger dans le travail, son cerveau refusa de coopérer. La porte du passé s'était ouverte ce soir, et elle avait l'impression que toute cette horreur datait de la veille.

Bon sang !

Se tournant vers l'autre ordinateur, elle afficha l'image qu'elle avait créée, quelques années plus tôt, de cette terrible nuit. Elle ignorait pourquoi elle s'était sentie obligée de la rendre avec un réalisme proche de la photographie.

Quel usage pourrait-elle en avoir ? Quelle partie de son esprit en avait besoin ? Pensait-elle qu'en la regardant encore et encore, elle s'insensibiliserait ?

Voulait-elle vraiment devenir insensible à une telle violence ?

Non.

Elle resta néanmoins assise à la regarder, comme hypnotisée. Quand elle avait été en âge de comprendre, on lui avait expliqué que son frère avait à l'évidence consommé de la drogue. La cocaïne pouvait détruire l'esprit et rendre certaines personnes violentes. La faute en incombait-elle à la cocaïne ?

Appuyant sur une touche, elle fit disparaître l'image et envisagea de l'effacer tout simplement. Elle ne recelait pas de réponses pour elle. Il ne pouvait y avoir aucune véritable réponse à ce qui s'était produit ce soir-là. Aucune explication satisfaisante à ce genre d'acte.

Elle entendit un *ping* et se tourna pour voir que Reggie, le chef d'équipe, était revenu dans le chat. Il la cherchait.

D.K. Tu es là ?

Elle hésita puis tapa sa réponse.

Oui.

Je suis vraiment désolé pour le problème sur le site web. Je veux seulement m'assurer que tu vas bien.

Oui, répondit-elle. Comme si elle allait vraiment bien.

Le webmaster a fait la correction.

Merci, Reggie.

Pas de problème.

Un moment s'écoula avant qu'il tape autre chose.

Écoute, nous sommes tous inquiets pour toi. Si tu as besoin de quoi que ce soit, pingue-moi ou contacte-moi sur Skype. Je ne suis jamais loin de cette fichue machine.

Moi non plus. Tu as testé des jeux sympas, récemment ?

N'importe quoi pour changer de sujet.

Rien de neuf, reconnut-il. J'essaye toujours de battre le lutin à la grille pour obtenir la récompense. Satané lutin !

Son moral remonta tandis qu'ils discutaient du jeu auquel ils jouaient parfois ensemble. Quoique, même de cela, elle n'eût plus très envie. Au bout de quelques minutes, elle arrêta de chatter, se prétendant fatiguée.

En réalité, elle n'était pas du tout fatiguée, et ne voulait pas aller se coucher. Elle ne voulait pas d'un nouveau cauchemar.

Fermant les yeux, elle pensa à Cadell, surprise de lui avoir dit qu'il était beau gosse. Plus surprise encore qu'il trouve qu'elle ressemblait à un ange.

Oublie Cadell, se dit-elle. Comment pourrait-elle être sûre qu'il n'allait pas lui briser le cœur comme l'avait fait George ? Peut-être pas par la violence, mais d'une autre manière.

Elle soupira, posa le menton dans sa main et tenta d'étudier sa scène d'inondation. Elle était là, figée, attendant que son attention se porte sur un vortex mal placé. Elle devait encore y ajouter beaucoup d'éléments, tous listés dans un fichier que lui avait envoyé Reggie. Chacun d'eux devait être créé. Ils ne faisaient malheureusement pas partie des éléments que l'équipe avait stockés dans sa bibliothèque au fil des créations.

Ex nihilo. À partir de rien. D'ordinaire, elle adorait le challenge. Ce soir, elle n'adorait pas grand-chose.

Flash se leva, s'étira et s'ébroua avant de reprendre sa position à côté d'elle. Vivre avec elle devait être ennuyeux pour ce pauvre chien, songea-t-elle.

Il était temps de l'emmener faire une promenade au jardin. Elle allait emporter sa balle de tennis et la lui lancer plusieurs fois. Cela le ferait sans doute se sentir mieux. Et peut-être cela l'aiderait-il elle aussi à chasser les bouffées d'horreur, de chagrin et de peur qui ne cessaient de lui effleurer l'âme et lui donnaient envie de trembler.

Dès qu'elle ramassa la balle, Flash se leva d'un bond et balaya l'air de la queue comme un fou. Oh oui ! il savait ce qui allait suivre, et son enthousiasme la fit sourire.

— Allons-y, lui dit-elle en se dirigeant vers la porte de derrière.

Il était près de minuit, mais Flash savait s'abstenir d'aboyer. Cela ne dérangerait donc pas les voisins qu'il se dépense pendant une dizaine de minutes.

Ce n'est qu'en ouvrant la porte qu'elle se rendit compte que quelque chose avait changé. Elle ne pouvait se résoudre à franchir le seuil. La nuit lui faisait l'effet d'un mur l'empêchant d'avancer.

Crise de panique, analysa son esprit. Seigneur ! Cela ne s'était plus produit depuis un moment. Que diable lui arrivait-il ce soir ? C'était comme si les progrès qu'elle avait laborieusement faits au fil du temps avaient été réduits à néant.

Soudain, juste à côté d'elle, Flash se mit à gronder dans l'obscurité.

7

Cadell entendit l'appel alors qu'il était à mi-chemin de chez lui. Il fit aussitôt demi-tour, alluma les gyrophares et roula à tombeau ouvert.

En approchant de la maison de Dory, il vit deux autres voitures de police dans le quartier. Les ignorant, il fonça droit chez elle.

Flash montait la garde devant Dory, assise sur le canapé. Il tenait en respect deux policiers de la ville et un shérif adjoint. Le concernant, personne n'approcherait d'elle.

— Salut, Cadell, lança Dan Casey, le shérif adjoint. Mlle Lake a dit que son chien avait grondé sur quelque chose dans le jardin à l'arrière. Nous n'avons trouvé aucun signe d'intrusion.

— Dory... Dory !

Elle le regarda et fut secouée par un frisson.

— Dites à Flash de jouer. Nous sommes là.

Elle hocha la tête mécaniquement.

— Flash. Joue.

Le chien se détendit aussitôt, tout en restant attentif. Bon sang ! Il avait bien assimilé l'entraînement, songea Cadell. Et il était aussi profondément attaché à Dory.

Les policiers se détendirent eux aussi. Tous avaient un véritable respect pour un chien de garde entraîné.

— Alors, que s'est-il passé ? demanda-t-il à Dory.

— Je l'ignore. J'allais sortir Flash pour qu'il se promène et joue un peu dans le jardin. J'avais à peine ouvert la porte qu'il s'est mis à gronder. Je me suis dit que je ne devais pas l'ignorer.

— Sage décision, approuva Cadell.

— Mais je ne voulais pas causer autant de dérangements.

— Il n'y a aucun dérangement, lui assura Matt Hamilton, l'un des policiers. Nous sommes là pour ça. Et je suis d'accord avec le shérif adjoint Marcus. N'ignorez jamais votre chien de garde.

Peu de temps après, les agents partirent en annonçant qu'ils allaient contrôler une nouvelle fois le jardin et la ruelle à l'arrière de la maison. Cadell resta.

— Je suis désolée, s'excusa Dory. Vous deviez être presque rentré.

— Ça n'a pas d'importance.

Avisant un vieux rocking-chair face au canapé bancal, il décida de s'y asseoir.

— Flash aurait-il pu réagir ainsi à la présence d'un autre animal ?

— Normalement, il ne le devrait pas. Mais je pourrai faire le test demain, si vous voulez.

Elle secoua la tête.

— Je suis sûre qu'il y a des tas de choses dont vous devez vous occuper en dehors de moi. Vous avez été formidable, mais...

— Mais quoi ? Je ne suis pas libre de choisir comment passer mon temps ? Ou alors êtes-vous en train de m'envoyer promener parce que je vous ennuie ?

— Ce n'est pas du tout ce que je voulais dire.

Il sourit.

— Tant mieux, parce que je vais moi aussi contrôler le périmètre. Et je camperai ici cette nuit. Vous avez une couverture d'appoint ?

Il la vit débattre intérieurement avant de lui répondre.

— N'est-ce pas un peu exagéré ? demanda-t-elle finalement.

— Je ne pense pas.

Malheureusement, il allait devoir lui parler sous peu. Le fait qu'il ne puisse localiser George Lake ne signifiait pas forcément qu'il se dirigeait vers eux, mais il ne pouvait pas non plus exclure cette éventualité.

Il eut le sentiment qu'il devait un peu plus d'honnêteté à Dory. Elle avait le droit d'être informée de ce qu'il savait et de ce qu'il soupçonnait. Elle avait déjà déclenché l'alerte rouge quand Flash avait grondé, et Flash n'avait certainement pas fait cela sans une bonne raison. Il ne voulait pas qu'elle le néglige, quoi que cela signifiât.

— Fermez la porte d'entrée à clé. Je vais chercher ma torche et contrôler les alentours.

— Mais vos collègues l'ont déjà fait.

— J'en suis sûr.

Il lui adressa un sourire en coin.

— Et je suis certain qu'ils ont fait du bon boulot. Ce sont tous d'excellents éléments. Je le fais pour moi, d'accord ?

Elle parut comprendre, car elle hocha la tête et referma la porte derrière lui quand il retourna à sa voiture. Il la garerait dans son allée plus tard. Dans l'immédiat, il se contenta d'y prendre sa torche.

Parce que quelque chose avait perturbé Flash.

Flash n'avait pas été le seul à être perturbé par quelque chose à l'arrière de la maison. Dory gardait encore l'impression d'un rempart presque physique que lui avait opposé la nuit quand elle avait voulu le promener. Cette sensation l'avait figée sur le seuil, l'empêchant de bouger.

Elle se demanda si Flash avait grondé en réaction à son soudain changement d'humeur. Peut-être lui avait-elle communiqué son appréhension ; il semblait incroyablement sensible à ses états d'âme.

Reprenant place sur le canapé, elle le regarda, et il remua nonchalamment la queue, une fois seulement. Il lui paraissait détendu, à présent.

— Je l'ai peut-être imaginé, lui dit-elle. C'est la chose la plus étrange que j'aie jamais ressentie. J'aimerais que tu puisses me dire pourquoi tu as grondé.

Hélas ! Il ne pouvait lui répondre. Il ne détachait cependant pas le regard d'elle, les oreilles dressées, les orientant d'un côté et de l'autre comme s'il jaugeait chaque son. Y compris, probablement, des sons qu'elle était incapable de percevoir. Comment pouvait-il paraître aussi détendu tout en étant à ce point alerte ?

— Tu m'as fait aussi peur que cette sensation démente, lui confia-t-elle.

Cela ne sembla pas le gêner le moins du monde.

Elle soupira et se renversa contre le dossier du canapé. D'accord, quelque chose avait troublé Flash, mais ce n'était probablement pas l'étrange sensation qu'elle avait éprouvée. Cadell pouvait bien croire qu'il ne réagirait pas ainsi à un chien ou un chat, mais qu'en serait-il d'un coyote ? Il en venait sans doute parfois en ville. Ou alors un lapin, voire un serpent.

Quant à elle, il était possible qu'elle ait senti quelque chose. Une faible odeur que seul son subconscient aurait remarquée. Quelque chose qui l'aurait dégoûtée, un relent porté par la brise. Peut-être Flash avait-il senti la même chose.

Quoi qu'il en soit, elle était quasiment certaine que Cadell ne trouverait rien de plus que les autres policiers. Elle se demanda si elle perdait la tête puis se rappela que le chien avait vécu la même expérience.

Donc, elle n'était pas folle. Alors, que s'était-il passé ?

Elle entendit une voiture s'arrêter dans son allée. Flash se leva. Apparemment, il n'avait pas besoin qu'on lui répète sans cesse de monter la garde. Excepté quand il jouait avec elle, il semblait être toujours de service. Calme, mais constamment à l'affût du danger.

Un coup frappé à la porte d'entrée la fit se lever elle aussi. Elle écarta un peu le rideau et déverrouilla en voyant Cadell.

Il entra, une grosse torche à la main, et se contenta de secouer la tête tout en refermant la porte à clé derrière lui.

— Rien ? fit-elle.

— Rien dont il y ait lieu de s'inquiéter.

Il regarda Flash.

— Je serais tout de même plus tranquille si je savais ce qui l'a fait gronder.

Redoutant ce qu'elle risquait d'entendre, elle hésita. Pendant longtemps après l'assassinat de ses parents, les gens l'avaient regardée avec pitié, commentant son état mental, disant qu'elle n'était pas normale et ne le serait peut-être jamais plus. Cela avait fait naître en elle cette autre peur qui lui était restée, l'amenant à manquer de confiance en elle.

— Allons chercher quelque chose à boire, proposa-t-elle. Peut-être aussi des restes, si vous avez faim. Si vous prévoyez de passer la nuit ici, il se peut que je vous raconte des choses.

Elle fut surprise de voir le sourire chaleureux qui s'épanouit sur le visage de Cadell.

— J'aimerais les écouter.

C'était aussi simple que ça. Elle se demanda seulement si elle aurait le cran de parler.

Heureusement que les micro-ondes existent ! songea Dory en mettant à réchauffer les restes du dîner que Cadell avait apporté. Elle serait probablement morte de faim sans cet appareil, tellement elle oubliait souvent de se préparer un repas.

Cadell rassembla les restes des deux salades dans le couvercle de l'une des boîtes. Elle aurait pu être embarrassée de posséder aussi peu de vaisselle, mais il n'en sembla pas le moins du monde troublé.

Peut-être avait-il vécu à la dure étant plus jeune, se dit-elle. Pour sa part, elle n'avait d'autre excuse que le désintérêt. Ses revenus étaient confortables, elle disposait de beaucoup d'économies... Elle n'avait pas à vivre comme quelqu'un qui débutait dans l'existence mais, la plupart du temps, elle s'en moquait. Elle ne voulait que ce dont elle avait vraiment besoin.

Son extravagance, et non des moindres, concernait la technologie. Bien sûr, elle avait besoin de la majeure partie du matériel pour son travail, mais certaines de ses acquisitions relevaient du pur plaisir ou de son intérêt pour l'informatique. Ce qui faisait sans doute d'elle une sorte de geek.

Ils s'assirent à la table, et elle commença par éviter les sujets qui la préoccupaient. Son style habituel, même si elle reconnaissait pour ce qu'il était ce détournement d'attention. Cadell ne s'y trompa probablement pas non plus. Jusque-là, il s'était montré très perspicace.

— Alors, comment vont les autruches ? demanda-t-elle.

— Très bien. Je commence à penser qu'elles sont indestructibles.

Elle leva les yeux de son assiette, oubliant qu'elle avait presque peur de le regarder en raison de la forte réaction qu'il suscitait en elle. Des envies, des envies féminines, enfouies en elle durant la majeure partie de sa vie, se concentraient sur lui avec une insistance croissante.

— Pourquoi ?

Il haussa les épaules.

— Parce qu'elles sont une espèce exotique dont j'ignore tout. Bien sûr, le véto m'a donné quelques indications, mais même pour lui elles sortent de l'ordinaire. Il est incroyable que mon ignorance ne semble leur avoir causé aucun mal.

— Donc, elles sont endurantes.

— Comme vous.

Elle eut le souffle coupé. « Endurante » ?

— Je ne suis pas endurante, objecta-t-elle quand elle eut retrouvé sa voix. Je suis une mauviette. Je suis tellement effrayée que Betty et vous avez décidé que j'avais besoin d'un chien de garde pour pouvoir dormir la nuit. Et il n'y a probablement pas de raison valable pour que je me sente ainsi.

Il planta sa fourchette dans une tomate cerise sans rien dire lui laissant le temps de trouver sa façon d'aborder le sujet, sans lui mettre de pression. Ses mains semblaient tellement puissantes, comme tout le reste de son corps ! Elle détesta imaginer ce qu'il devait penser d'elle. Il était le genre de personne assez aimable pour essayer de l'aider, mais il devait se dire qu'elle était folle. Et peut-être l'était-elle.

Rassemblant le courage qui lui restait, elle lâcha :

— Il n'y a pas eu que le grondement de Flash.

Il releva vivement la tête, fixant toute son attention sur elle.

— Que voulez-vous dire ?

— C'est insensé...

— Tout dans cette affaire, à commencer par le meurtre de vos parents, est insensé. Je n'écarte rien. Que s'est-il passé ?

— C'est moi... C'est peut-être à cause de moi que Flash a grondé. Je veux dire...

Seigneur ! Comment expliquer ça ?

— Je ne pouvais me résoudre à franchir la porte. Je voulais emmener Flash faire ses besoins, courir un peu au jardin, et je me suis figée. C'était comme si...

Enfin les mots vainquirent sa résistance à les prononcer.

— Comme si la nuit était devenue solide. Qu'elle s'était transformée en un mur. J'étais incapable de bouger.

Il plissa légèrement les yeux.

— Avez-vous entendu quelque chose ? Vu quelque chose ?

— Pas consciemment. C'était juste comme si cette force m'empêchait d'avancer. Puis, avant que j'aie pu lutter contre elle, Flash s'est mis à gronder. J'ai refermé la porte et appelé la police. Peut-être lui ai-je communiqué ma peur irraisonnée.

Elle déglutit. Voilà, elle l'avait dit. S'il suggérait qu'elle avait une araignée au plafond, elle ne l'en blâmerait pas.

Peu désireuse de lire ses pensées sur son visage, elle fit mine de s'intéresser à son assiette.

— La nuit vous a-t-elle déjà effrayée auparavant ? lui demanda-t-il d'un ton calme.

— De temps à autre. Pour tout dire, jusqu'à présent le fait de sortir courir la nuit était ce qui me sauvait. Ce n'est pas comme si la nuit elle-même était pour moi une source de terreur.

Il repoussa la salade et prit sa boisson.

— La nuit effraye beaucoup de gens, ce qui est compréhensible, car nous sommes alors vulnérables. C'est une réaction atavique qui remonte probablement à l'époque des cavernes. Nous sommes une espèce diurne.

— À vous entendre, ça paraît tellement normal...

Elle n'avait pas l'impression que ce qui s'était produit à cette porte était normal.

— Je dis seulement que la peur de l'obscurité est en soi courante, et qu'elle peut parfois devenir très forte sans que nous prenions même conscience de ce qui l'a provoquée. Mais ce n'est pas insensé.

— Peut-être pas, répondit-elle d'une voix atone.

Elle se demanda pourquoi elle combattait sa gentillesse. Tenait-elle vraiment à ce que quelqu'un lui dise qu'elle était folle ?

— Quand vous étiez toute petite, vous êtes-vous jamais demandé si quelque chose était tapi sous votre lit ?

Considérant que ce n'était pas du tout la même chose, elle soupira.

— Bien sûr.

— Je suis quasiment sûr qu'il y avait quelque chose sous mon lit.

Son choix de mots la surprit.

— Vous le pensez toujours ?

Il sourit.

— Plus maintenant. Mais pendant longtemps, j'ai bondi hors de mon lit, assez loin pour que rien ne puisse m'attraper. Ce n'était pas parce qu'il n'y avait rien en plein jour qu'il en allait de même la nuit. La raison dans ce cas est inefficace, car nous sommes programmés pour avoir une peur raisonnée de la nuit.

— Mais c'était différent, protesta-t-elle.

— Je vous crois. Ce que vous avez perçu quand vous avez tenté de sortir était réel. J'ignore ce qui a provoqué cette peur, mais ce n'était pas simplement la nuit. Peut-être est-ce le fait de vivre dans un nouveau lieu, de savoir George en liberté.

Elle revint à sa question de départ.

— Ma propre peur a-t-elle pu faire gronder Flash ?

— C'est possible. Peu probable, mais possible. Je pense plutôt que quelque chose d'autre l'a perturbé.

— Donc, une chose là-dehors nous a dérangés. Tous les deux ?

— Manifestement.

Il se leva et emporta les restes du repas sur le plan de travail.

— Je vous suggérerais bien d'emporter votre équipement informatique chez moi, mais ça ne ferait que vous isoler davantage, si quelque chose vous inquiète. Par contre, je peux apporter mon sac de couchage et rester dans les parages quand je ne suis pas de service. Ici, il y a toujours les voisins pour vous aider au cas où.

Bien que sachant que cette proposition partait d'une bonne intention, elle se crispa.

— Je vis seule depuis l'université.

— Je n'en doute pas. Et George était alors en prison. Les choses ont un peu changé. J'aimerais pouvoir vous assurer qu'il est en route pour le Brésil ou une quelconque île déserte, mais je ne le peux pas. Donc, vous allez vous inquiéter pendant encore un moment.

— Mais c'est tellement stupide ! s'exclama-t-elle d'un ton véhément. Stupide ! Il n'a aucune raison de me rechercher. Durant toutes ces années, il n'a jamais tenté d'entrer en contact avec moi. Pourquoi cela changerait-il maintenant ? Mes craintes sont irrationnelles. Même moi, je le sais.

— Je ne suis pas sûr de ça.

Il vint se rasseoir à la table et lui prit la main.

— Vous avez vu votre frère au beau milieu d'un acte tellement haineux que la plupart des gens ne peuvent même pas l'imaginer. Vous avez découvert le monstre ; il n'était pas sous votre lit, et ce n'était pas votre imagination. Pourquoi n'auriez-vous pas peur de lui ? Vous savez ce dont il est capable.

Elle secoua légèrement la tête quoiqu'elle soit d'accord. L'étreinte de sa main était si chaleureuse, rassurante... Elle eut envie de s'y abandonner.

— Alors, découvrir, pour couronner le tout, que votre lieu de résidence est mentionné sur le site de votre société... Ça n'avait rien de rassurant.

C'était vrai. Non seulement ça l'avait rendue furieuse, mais ça l'avait effrayée. Elle était venue là pour se cacher de George, pas pour qu'il se retrouve pratiquement sur le pas de sa porte.

— Peut-être devrais-je partir. Il est probablement trop facile de localiser quelqu'un dans les environs.

Dès que ces paroles eurent franchi ses lèvres, elle se sentit lâche. Fuir ? Encore ? Elle avait fui une fois déjà, et elle avait toujours autant de peurs, autant de cauchemars. Elle ne pouvait se fuir elle-même. Il fallait qu'elle tienne tête au monstre qui la poursuivait dans ses rêves depuis un quart de siècle.

Cadell n'avait pas dit un mot. Elle exerça une pression sur sa main.

— Je ne vais pas fuir encore. Ça ne me ferait aucun bien. Je porte mon frère en moi, je ne peux lui échapper.

— J'ignore vraiment comment vous soulager de ce poids.

Il pressa sa main en retour.

— Cela dit, j'approuve votre choix de ne pas fuir à nouveau. Nous sommes en effet une petite ville et un comté peu peuplé. L'avantage est que les habitants repèrent les étrangers. Ils ont remarqué votre arrivée, mais il était clair que vous étiez une amie de Betty. Il n'aurait pas cet avantage s'il se montrait ici.

Elle le regarda, s'immergeant dans ses yeux sombres. Ils offraient quelque chose de chaleureux, de rassurant, d'accueillant. Il lui donnait le sentiment de tenir à elle. Ce qu'elle devinait être le cas, puisqu'il envisageait d'installer là son sac de couchage jusqu'à nouvel ordre.

— Si vous logez ici, cela ne fera-t-il pas jaser ?

— Ça ne me gêne pas. Si ça vous ennuie...

Elle secoua vivement la tête.

— Non. En fait, je pensais à vous. Pas à moi, pour changer.

À ces mots, le regard de Cadell s'anima.

— Gardez seulement votre chien sous contrôle, mademoiselle Lake. Je pense vraiment qu'il s'en serait pris à moi tantôt si vous vous étiez totalement opposée à ce que je vous tienne dans mes bras.

Surprise, elle écarquilla les yeux.

— Mais vous l'avez formé !

— Ce qui est peut-être la seule raison pour laquelle il ne m'a pas attaqué. Il y pensait certainement.

Il fit un signe de tête en direction de Flash qui semblait faire un somme en travers du seuil de la cuisine.

— Il sait qu'il est à vous, à présent. Et il en paraît plutôt ravi à ce que je vois.

Puis il se retourna et la sidéra en se penchant vers elle et en lui effleurant les lèvres d'un baiser.

— J'en ai d'autres en réserve, si ça vous dit, murmura-t-il en s'écartant.

Le maelström qu'il déclencha en elle par le subtil contact de ses lèvres la stupéfia. De toute sa vie, en raison de son incapacité à accorder sa confiance, elle n'avait jamais laissé quiconque devenir aussi proche d'elle. Lorsqu'une attirance commençait à se développer en elle, elle la réprimait impitoyablement.

— Cadell..., fit-elle dans un souffle.

Seigneur ! Elle en voulait plus. Beaucoup plus.

Il secoua lentement la tête.

— Pas maintenant. Pas alors que vous vous sentez comme un punching-ball. Par ailleurs, je tiens à ce que vous soyez sûre de ce que vous voulez vraiment. Je ne pense pas que vous le sachiez en cet instant.

Elle aurait pu se sentir rejetée, mais ce ne fut pas le cas. Quoiqu'elle eût préféré le contraire, il prenait soin d'elle une fois de plus. D'après ce qu'il lui avait dit concernant son mariage, lui aussi avait des problèmes de confiance. Quelle paire ils formaient !

Il estimait préférable d'attendre. Étant donné son état d'esprit actuel, elle nc pouvait en disconvenir. Aussi fort que semblât être son désir pour lui, elle ne pouvait être sûre qu'il n'était pas une simple partie de la foule d'émotions avec laquelle elle se débattait depuis qu'elle avait appris la libération prochaine de George.

— Je ne manquerai pas de vous le rappeler, lui dit-elle, sentant renaître son courage.

Il sourit.

— J'y compte bien.

Bien qu'elle ne puisse imaginer que Cadell dormirait confortablement sur le tapis du salon, elle ne pouvait lui reprocher de dédaigner le canapé. Chaque fois qu'elle s'y asseyait, elle se rendait compte à quel point il grinçait.

— Vous savez, je vais travailler jusqu'à tard dans la nuit. Vous pourriez utiliser mon lit.

— Non. Je serai très bien ainsi, et il est probable que vous ayez envie de dormir à un moment donné.

Alors qu'elle aurait dû être épuisée après le chaos émotionnel de cette journée, elle se sentait agitée, presque nerveuse. Peut-être le monstre s'était-il vraiment trouvé dans le jardin. Bien qu'il n'ait pas pu arriver jusque-là aussi rapidement, n'est-ce pas ?

Comme elle s'apprêtait à regagner son bureau, elle se sentit prise de vertige, bien qu'elle vienne de manger. Elle l'ignora. Des choses plus importantes que son hypotension récurrente la préoccupaient.

Cadell était en train d'étaler une couverture au sol en guise de matelas.

— Cadell ?

— Oui ?

— Combien de temps faudrait-il à George pour arriver ici ?

Il finit d'installer la couverture et se redressa.

— Ça dépend.

— De quoi ?

— Eh bien... Quand un prisonnier est libéré, il ne possède absolument rien. On lui donne seulement un billet d'autocar non remboursable pour retourner dans la ville où il a été arrêté. Ceux qui n'ont personne vers qui se tourner se retrouvent souvent à dormir sous un pont ou dans un refuge. S'ils ont de la chance, quelqu'un les aide à réunir les papiers pour obtenir une nouvelle carte de sécurité sociale, une pièce d'identité. Sans cela, ils ne peuvent même pas bénéficier d'une aide temporaire. Ce n'est que lorsqu'ils en disposent qu'ils peuvent vraiment commencer à chercher du travail.

Elle s'appuya contre le chambranle.

— Ça paraît être une excellente recette de récidive.

— Ça l'est, pour les détenus à long terme. Grâce aux nouvelles règles de sécurité nationale, même faire renouveler leur permis de conduire qui a expiré nécessite un certificat de naissance, un justificatif de domicile, une carte de sécurité sociale... vous imaginez. Ce n'est vraiment pas simple.

Une part d'elle fut sérieusement perturbée par cette nouvelle mais, concernant son frère, elle fut contente qu'il ne lui soit pas facile de se déplacer.

— Donc, il se pourrait que George ne puisse même pas acheter un autre billet d'autocar avant un moment.

— C'est possible, mais j'ignore de quels moyens il dispose. Peut-être s'est-il fait en prison un ou deux amis qui sont prêts à l'aider. Ou alors, il pourrait trouver un autre moyen de mettre la main sur de l'argent.

À sa façon de le dire, elle soupçonna que ce ne serait pas légal. Elle eut soudain besoin d'une chaise. À défaut, elle agrippa le chambranle.

— Je suis désolé de ne pouvoir vous rassurer davantage, reprit-il au bout d'un moment. S'il est ingénieux, il trouvera un moyen.

— Mais il n'a aucune raison de vouloir me retrouver !

— Dory, avez-vous réfléchi au fait que la moitié de votre héritage lui serait revenue, s'il n'avait pas été condamné ?

— Évidemment, répondit-elle presque sèchement. Mes parrain et marraine l'ont placé en fidéicommis. Ils ont tout mis de côté, à l'exception de l'argent de la vente de la maison qui a servi à financer mes études. Ils ont dit que le reste serait mon fonds de retraite. Ils ont assuré mon avenir, mais je ne peux pas y toucher.

— Mais le sait-il ?

— Il le devrait. Ils en ont informé son avocat. Ils ont dû se dire que cela me protégerait en le dissuadant de me demander sans cesse de l'argent. S'il pense mettre la main sur le moindre sou, il peut s'attendre à recevoir un choc. Même si je meurs, il ne pourra l'avoir.

— Peut-être croit-il pouvoir vous faire changer ça.

Ce serait effectivement une raison suffisante pour la traquer, songea-t-elle. Ce fut sa dernière pensée cohérente. Elle était trop lasse, trop étourdie, et cet ultime élan de colère eut raison d'elle.

Quand elle reprit connaissance, elle vit Cadell penché sur elle alors qu'elle était étendue sur son lit. Flash s'y était allongé juste à côté d'elle. Il lui lécha timidement la joue.

— Bon retour parmi nous. Mangez-vous assez ? Dois-je appeler un médecin ? lui demanda Cadell.

Elle secoua légèrement la tête.

— J'ai toujours eu une tension basse. C'est bon pour ma santé, mais je peux m'évanouir facilement.

— Eh bien, vous m'avez fait peur ! lui dit-il franchement. J'ai failli ne pas vous rattraper à temps. Caressez votre fichu chien, s'il vous plaît. Il semble inquiet.

Cadell lui parut énervé, mais elle eut l'impression que ce n'était pas tant dirigé contre elle qu'en rapport avec la situation. Il était un protecteur par nature et, en cet instant, il devait se sentir quasiment impuissant.

L'héritage. Elle s'était crue protégée par le fidéicommis. Or, elle venait de se rendre compte que ce pouvait être une raison pour George de vouloir la retrouver. Pensait-il pouvoir lui faire modifier cela ? Exiger sa part ? Elle se tourna, serrant Flash dans ses bras.

— Cadell ? Serait-il possible que je lui envoie simplement de l'argent ?

— Oui, à condition que l'on sache où le joindre. Et si jamais ça ne lui suffisait pas ?

Elle sentit sa bouche s'assécher et ferma les yeux, se raccrochant désespérément à Flash.

— Il pense probablement être mon héritier légal.

— C'est possible, en effet.

— Il ne l'est pas. Les termes du fidéicommis stipulent qu'il ne touchera pas un sou. Mais s'il n'en a pas conscience ?

La peur l'envahit. Si elle n'avait jamais su pourquoi George avait tué leurs parents, elle savait maintenant pourquoi il pourrait vouloir la tuer.

Le monstre venait s'en prendre à elle. Il ne subsistait plus le moindre doute dans son esprit.

Sa tension artérielle était revenue à la normale, et tout espoir de dormir s'était évanoui. Dory se dit qu'il vaudrait mieux qu'elle aille travailler. Au lieu de ça, elle resta couchée, Flash collé à elle. De l'autre côté du lit et de Flash, Cadell s'était allongé. Le chien se tenait résolument entre eux. Cadell avait même dû négocier la permission de s'étendre.

À présent, ils étaient là tous les trois : homme, femme et chien, les humains fixant le plafond et le chien attentif à tout.

Dory lui caressa le cou.

— Dors, Flash. Inutile de veiller en t'inquiétant avec moi.

S'il comprit, il n'en tint pas compte. Elle soupira, laissant la soirée s'écouler. Donc, George avait effectivement une raison de la rechercher. Étant donné ce qu'il avait fait à leurs parents, il ne fallait pas beaucoup d'imagination pour deviner le sort qu'il lui réserverait s'il pensait pouvoir obtenir de l'argent.

— Il m'aimait...

— George ? demanda Cadell.

— Oui. Il prenait toujours tellement bien soin de moi ! À la différence de nombreux grands frères, il ne m'a jamais traitée comme une nuisance. Quand il sortait le soir, il se faufilait dans ma chambre pour laisser une friandise sur mon oreiller. Parfois, je me réveillais, je le voyais, et il souriait en posant un doigt sur ses lèvres. « Pas de bruit. »

Elle le revoyait si distinctement quand elle fermait les yeux... Ce souvenir lui déchirait le cœur. Elle l'avait tant aimé, autant que pouvait aimer une enfant de sept ans. Qu'est-ce qui avait mal tourné ?

— Pourquoi « pas de bruit » ?

— Nos parents étaient stricts. À l'époque, je croyais qu'il voulait éviter que je m'attire des ennuis en faisant du bruit alors que j'étais censée dormir. Mais peut-être se protégeait-il aussi. Je n'étais pas supposée redescendre après avoir été envoyée au lit. Mais ce soir-là... Seigneur ! Je regrette d'avoir enfreint la règle.

— C'est regrettable, en effet. Il aurait mieux valu que vous ne voyiez jamais ça.

Elle sentit le lit bouger. Cadell avait passé la main par-dessus Flash pour la poser sur son bras.

— Ce chien fait sans doute du bon travail mais, pour l'instant, il est une entrave, observa-t-il, le ton enjoué de sa voix la surprenant. Considérez donc que c'est le meilleur câlin que je puisse vous faire.

— Lui aussi me fait un câlin, lui répondit-elle, se sentant l'esprit plus léger.

Des câlins... Quelque chose qui manquait dans sa vie depuis les décès de ses parrain et marraine. Presque instantanément, son humeur s'assombrit de nouveau.

— Pensez-vous vraiment qu'il s'en prendra à moi pour l'héritage ? Même si son avocat a dû lui dire qu'il était en fidéicommis ? Que lorsque je mourrai, il ira à une œuvre de charité ? reprit-elle.

Que cela lui plaise ou non, elle devait affronter cette possibilité. La fuir ne résoudrait rien et, de toute façon, elle fuyait beaucoup de choses depuis trop longtemps.

— J'ignore ce qu'il sait, dit Cadell.

— Même si j'avais accès à l'argent, je ne le voudrais pas. Une autre de mes bizarreries, je suppose. Je ne voudrais pas...

— Tirer profit du meurtre de vos parents. Je comprends.

Elle se tourna sur le côté, passant elle aussi le bras par-dessus le chien, et sa main atterrit sur la taille de Cadell.

— Flash pris en sandwich, observa-t-elle.

Non que le chien semblât le moins du monde s'en soucier.

— Vous êtes policier, ajouta-t-elle un peu plus tard.

— C'est la rumeur qui circule.

— Vous savez certaines choses à propos des gens comme George.

— Ça dépend, fit-il d'un ton circonspect.

— Je ne m'attends pas que vous expliquiez ce qu'il a fait à nos parents. Je me demande seulement... l'effet que toutes ces années de prison ont eu sur lui. Pourrait-il être devenu plus dangereux ?

— Je l'ignore, admit-il en toute franchise. Tout ce temps en prison... Je ne peux pas dire. Ce que je sais, en revanche, c'est qu'en vieillissant les hommes sont moins susceptibles de commettre des crimes. Il y a moins de récidives parmi les hommes âgés de plus de trente-cinq ans. D'un autre côté...

Il laissa sa phrase en suspens.

— Sa colère pourrait s'être accrue, suggéra-t-elle, sentant un poids lui comprimer la poitrine. Ça pourrait l'avoir rendu plus mauvais.

Cette fois, il ne répondit pas.

Elle reprit la parole au bout d'un moment.

— Vous n'avez aucune idée du temps que j'ai passé à tenter de comprendre ce qui a incité George à faire ça. Ce n'était pas le George que je pensais connaître, mais j'étais si jeune... Je savais qu'il se disputait avec nos parents, mais ma mère m'avait dit une fois que c'était juste une question d'âge et que ça lui passerait.

— C'est souvent vrai, dit-il d'une voix douce.

— Alors qu'est-ce qui l'a rendu si différent ?

La question semblait jaillir de son âme même. Se levant lentement pour s'assurer qu'elle n'avait plus de vertiges, elle se dirigea vers son bureau, Flash sur les talons. Cadell leur emboîta le pas.

Elle fit alors une chose qu'elle n'avait encore jamais faite : elle partagea avec lui sa représentation en 3D de la scène de ce soir-là.

— Mon Dieu..., murmura-t-il.

— C'est ce que j'ai vu. Une fois que j'y ai inséré tous les éléments, je peux voir la scène sous différents angles. Ça ne m'aide pas à comprendre quoi que ce soit, mais je persiste à chercher des réponses. Il n'y en a pas... Qu'est-ce que j'espère ?

Qu'un monstre hideux va soudain apparaître dans ma représentation et que je pourrai me dire que mon frère était possédé ?

Elle referma l'image et fit pivoter sa chaise pour le regarder.

— Je dois apprendre à lâcher prise. Je pensais l'avoir fait jusqu'à ce qu'arrive la nouvelle de sa libération. C'est comme si quelqu'un avait ouvert les vannes d'un barrage. Tout me revient comme si c'était hier.

Elle se tordit les mains.

— Le frère que j'aimais a disparu. Je dois affronter ça. Je dois affronter le fait que s'il a pu le faire une fois, il pourrait le refaire.

— Dory...

— Mon frère est un meurtrier. Je n'ai aucune raison de penser qu'il n'est pas la même personne qui a poignardé nos parents. Qui a tranché la gorge de ma mère. Et vous avez raison. S'il pense que j'ai cet héritage, il en voudra sa part. Car s'il est une chose que je me rappelle, c'est le nombre de fois où il a subtilisé de l'argent à nos parents. Pour acheter de la drogue, probablement. Il est vrai qu'on ne peut jamais faire confiance à un voleur.

Elle secoua la tête, comme si elle tentait de se réveiller.

— J'ai essayé d'assembler deux pièces de différents puzzles. De réunir des parties qui n'ont aucune connexion possible. J'ignore pourquoi il était aussi souvent gentil avec moi, mais ce n'était qu'une partie de lui.

Cadell s'éclaircit la voix.

— Auriez-vous mouchardé à propos de ses vols, si vous ne l'aviez pas autant aimé ?

Elle inspira profondément.

— Peut-être. Je savais que c'était mal.

Il ne dit rien de plus, c'était inutile. Soudain, les pièces se mirent en place et cela lui fit mal. Ces souvenirs chéris du temps passé flétrirent et disparurent comme des feuilles mortes emportées par une bourrasque.

En un instant, tout devint douloureusement clair. Elle avait une véritable raison d'être effrayée. Son frère était capable de la manipuler et de Dieu seul savait quoi d'autre s'il n'obtenait pas ce qu'il voulait.

Son cœur se serra, et des larmes brûlantes lui emplirent les yeux, coulant sur ses joues.

— Il y a des années, dit-elle d'une voix enrouée, ma thérapeute a tenté de m'expliquer qu'il était un psychopathe manipulateur. J'ai refusé de le croire. J'aurais dû !

Lorsque les bras de Cadell se refermèrent autour d'elle, elle s'agrippa à sa chemise avec l'énergie du désespoir. À la dérive dans une mer d'horribles découvertes, elle avait besoin d'une ancre dans la tempête.

Cadell serra Dory dans ses bras durant un long moment. Même s'il estimait qu'elle pouvait avoir des raisons valables d'avoir peur, il ne s'était pas attendu qu'une telle chose émerge. Pour elle, le fait de voir soudain son enfance sous un jour très différent se révélait dévastateur à l'extrême. Il avait perçu l'amour dans sa voix quand elle parlait de la façon dont George la traitait avant les meurtres. Tout venait de s'effondrer.

Il se demanda ce qu'une femme était capable d'encaisser, et aussi si elle avait besoin de plus d'aide qu'il ne pouvait lui offrir. Peut-être devrait-il appeler Betty dans la matinée, amener Dory à lui parler.

Bon sang ! Elle était vraiment seule. Il comprenait que c'était par choix : elle s'autoproclamait ermite. Quoi qu'il en soit, il n'en demeurait pas moins qu'il y avait des moments dans la vie où l'on avait besoin de quelqu'un sur qui s'appuyer et à qui parler. Il avait des amis avec qui il pouvait presque tout partager ; cette femme n'avait personne en dehors de Betty. Cela avait peut-être été suffisant jusque-là, mais après ce qui venait de se passer il n'en était plus sûr du tout.

Elle l'avait prévenu qu'elle n'accordait pas sa confiance. Pourtant, elle lui avait confié énormément d'informations sur son frère et sur elle-même. Parce qu'il était policier et qu'il pourrait comprendre ?

Le fait d'être policier ne rendait pas les horreurs compréhensibles. Tout au plus permettait-il de construire les murs d'autoprotection nécessaires.

Une autre question le troublait également. Aussi, lorsque ses larmes se calmèrent, garda-t-il les bras serrés autour d'elle, redoutant qu'elle veuille remettre de la distance entre eux.

— Pourquoi avoir représenté la scène de crime ?

Aussitôt, il la sentit se raidir. Comme il le soupçonnait, elle tenta de s'écarter de lui.

— Vous pensez que je suis malade ? demanda-t-elle d'une voix meurtrie. C'est ce que vous pensez ?

— Je veux seulement comprendre.

Ce n'était pas tout à fait vrai. Elle lui avait dit l'étudier pour tenter de trouver une réponse, mais c'était franchement macabre, et il avait besoin de connaître la raison qu'il y avait là-derrière. Cela lui en apprendrait tellement au sujet de Dory !

Elle respirait rapidement, mais elle cessa de le repousser.

— Pourquoi ?

— Parce que ma psychologue me l'a enseigné.

— Pardon ?

— Vous m'avez bien entendue.

Bien qu'enrouée, sa voix réussit à être un peu cassante.

— J'étais incapable de parler, vous vous rappelez ? Elle me faisait donc dessiner. J'ai dessiné cette scène encore et encore. Ça semblait m'aider. Par conséquent, elle m'a encouragée à continuer à le faire aussi longtemps que j'en éprouverais le besoin.

— Apparemment, vous l'éprouvez encore.

Il la sentit frémir, et sa main, qu'elle avait laissée posée contre son torse après l'avoir repoussé, se crispa sur sa chemise.

— J'éprouve à présent un différent type de besoin. Et je ne la dessine plus. J'ai terminé cette représentation il y a plus de cinq ans. C'est l'arrêt sur image de ce qui est à jamais gravé dans ma mémoire. Quand j'étais enfant, c'était un moyen de m'exprimer. Pendant un temps, ce fut une violente expression à base de colère, de terreur et de tristesse.

Cadell se rendit compte que quelque chose en Dory s'était ouvert au cours des dernières heures.

— La police aimerait avoir d'aussi bonnes représentations de ce que voient les témoins sur une scène de crime, dit-il.

Elle pivota alors sur son siège pour faire face à l'écran. Puis elle le surprit en sélectionnant plusieurs fichiers et en les supprimant.

— Je n'en ai plus besoin à présent, dit-elle d'une voix calme. Problème résolu. La psychologue avait raison. C'est un psychopathe manipulateur. Il m'a manipulée quand j'étais enfant, et il ne s'est probablement pas amélioré. Il est incapable d'éprouver de l'empathie.

Cadell tira à lui l'autre chaise de bureau pour s'asseoir près d'elle. Sa psychologue avait qualifié George de psychopathe, mais l'avait-elle jamais reçu en consultation ? Si le diagnostic était fondé sur les dires de Dory, se pouvait-il qu'il soit erroné ?

Aussi prudent qu'il soit concernant ce genre de chose, il ne pouvait se permettre d'écarter l'hypothèse que George soit bel et bien un psychopathe manipulateur. Au cours de sa carrière, il avait souvent rencontré de ces personnes incapables de ressentir le moindre sentiment sincère envers un autre être humain. Certaines excellaient à jouer un rôle. Bon nombre d'entre elles ne s'attiraient jamais d'ennuis avec la loi et réussissaient très bien dans la vie, car elles étaient aussi dotées d'une intelligence supérieure à la moyenne.

Et il y avait les autres. Les escrocs au cœur de pierre et les tueurs. Oh ! tellement charmeurs, mais morts à l'intérieur !

Elle tourna la tête vers lui et demanda brusquement :

— Comment avez-vous su, pour mon héritage ?

Conscient de la précarité du sentiment de confiance qui avait commencé à s'instaurer entre eux, il se raidit.

— Je me suis renseigné sur le meurtre après vous avoir donné Flash.

— Pourquoi ne pas en avoir fait mention avant ce soir ?

Oups ! Venait-il de tout gâcher ? Au point où il en était, autant tout lui avouer.

— J'ai également cherché à savoir où se trouvait George. Il a disparu du centre d'hébergement où il a passé ses deux premières nuits. On ignore où il est actuellement.

— Et vous n'avez pas pensé que je devrais être au courant ?

— Pour être honnête, répondit-il en se levant, je ne tenais pas à ajouter ça à vos craintes, à moins que ça ne devienne nécessaire.

— Et qu'est-ce qui vous a fait changer d'avis ? Pourquoi devrais-je vous faire confiance au point de vous laisser dormir dans ma maison ?

Il avait fait voler en éclats leur fragile relation de confiance. Il ne voulut pas y ajouter une dispute. Le moment était venu pour lui de partir.

— Bonne nuit, Dory. Je surveillerai la maison de ma voiture. Vous savez où me trouver.

À chaque pas qui l'éloignait d'elle et jusqu'à ce qu'il sorte de la maison, il espéra l'entendre le rappeler. Elle n'en fit rien.

Un psychopathe. Aussi méfiant qu'il soit concernant les diagnostics faits à distance, Cadell ne put s'empêcher de penser que la psychologue avait vu juste. Et, dans ce cas, les ennuis étaient inéluctables. Debout sur la terrasse, il se demanda ce que les autres policiers locaux et lui pourraient faire. Bien sûr, les étrangers étaient repérables. Mais George Lake se montrerait sans doute assez malin pour faire profil bas dès qu'il aurait constaté à quel point la ville était petite. Il lui suffirait d'une recherche sur Internet pour le découvrir.

Étant psychopathe, il ne reculerait devant rien. Il l'avait déjà prouvé. S'il estimait que Dory lui avait volé son héritage, il ferait tout pour le récupérer. Sortir de prison totalement démuni avait sans doute exacerbé son sentiment d'avoir été floué. Bien que Dory n'y soit pour rien, il l'en jugeait responsable. Et s'il pensait que sa mort lui permettrait de tout empocher, fidéicommis ou pas ?

S'ils avaient de la chance, il appellerait et réclamerait sa part, mais Cadell avait l'intime conviction que les choses ne se passeraient pas ainsi. Quoi qu'il se soit vu refuser par ses parents et qui l'avait poussé à commettre ces meurtres sanglants, il avait montré son vrai visage. Si le meurtre était la solution de facilité, il y recourrait.

Espérer pouvoir le localiser était une perte de temps. L'homme avait purgé sa peine. Personne n'avait plus à présent de raison de le surveiller. Donc, à moins que son chemin croise celui de la police à cause d'un méfait, il pourrait ne plus jamais apparaître sur les radars.

Bon sang ! Il voulait que Dory se sente en sécurité. Elle en avait désespérément besoin, et c'était la raison pour laquelle il lui avait donné Flash. Elle était terrifiée, et bien qu'à ce moment-là il ait pensé qu'elle n'aurait jamais vraiment besoin de Flash, le chien lui serait une présence rassurante, un protecteur toujours à ses côtés.

Maintenant, il se retrouvait sur les ruines d'une relation naissante avec une femme qui lui avait avoué en toute franchise qu'elle ne pouvait accorder sa confiance et qu'elle préférait vivre en ermite.

En somme, il s'était immiscé dans sa vie. Il était temps de faire machine arrière, de la laisser vivre à sa guise. Elle avait Flash pour veiller sur elle.

En soupirant, il s'assit sur l'une des marches du perron, regrettant d'avoir arrêté de fumer dix ans plus tôt, et réfléchit à tout ce qu'il savait.

L'image qu'elle avait créée à l'ordinateur était désormais gravée dans sa mémoire, telle une pièce à conviction. Qu'elle puisse comporter des erreurs ne le préoccupait pas particulièrement. Elle restait plus que parlante.

Ainsi, George volait de l'argent à leurs parents et manipulait Dory pour qu'elle garde le silence. Les sommes avaient dû être importantes, pour mener aux disputes mentionnées par Dory. Pour créer une telle tension.

Cependant, cette scène dans la cuisine, les blessures décrites dans le rapport… Il ne s'agissait pas d'un meurtre perpétré sur l'impulsion du moment. L'argument du crime passionnel avait permis d'éviter à George la perpétuité, mais il n'y croyait plus.

Il se releva et alla frapper à la porte de Dory.

— Dory, c'est moi.

Puis il ouvrit la porte et entra.

Flash chargea.

8

— Flash, non ! lança sèchement Dory juste avant que le chien arrive sur Cadell.

Elle ne lui avait pas dit de monter la garde, mais elle n'aurait su dire s'il l'attaquait ou s'il l'accueillait.

— Pas bouger.

Flash s'arrêta aussitôt, et elle remarqua alors qu'il remuait joyeusement la queue.

À la fois encore furieuse et sincèrement heureuse de le voir, elle regarda Cadell.

Elle lui en voulait de ne pas lui avoir appris ce qu'il savait sur George mais, d'un autre côté, il ne lui avait rien dit pour la protéger.

— Je vous croyais parti…

— Je ne suis pas allé plus loin que la terrasse. Le policier a repris le dessus. Y a-t-il une chance que vous restauriez cette image du meurtre ? J'aimerais la regarder.

Elle hésita ; elle avait eu le sentiment qu'il avait été horrifié qu'elle ait créé une telle image, aussi détaillée.

— Qu'est-ce qui a changé ?

— Comme je vous l'ai dit, le policier a repris le dessus. Certaines choses m'ont frappé. Je voudrais les étudier.

Elle hocha lentement la tête.

— Je peux la restaurer.

Après une courte pause, elle lui demanda :

— Voulez-vous un soda ?

— Y aurait-il une chance d'avoir un café ?

Un léger sourire éclaira son visage.

— Bien sûr. Laissez-moi lancer la restauration, et je vais en faire.

En arrivant dans la cuisine, elle dut s'appuyer contre le plan de travail. Ses jambes la portaient à peine, et elle tremblait de la tête aux pieds. Cela comptait-il tellement pour elle qu'il soit parti ? Revenu ? N'était-elle pas furieuse contre lui ?

Il n'était pas vraiment parti et, maintenant, il voulait voir la représentation de la scène de crime. Peut-être avait-elle eu tort de penser qu'elle l'avait choqué.

Se reprochant sa réaction excessive sans savoir si elle était due au retour de Cadell ou à l'idée que George ait une bonne raison de la rechercher, elle prit une profonde inspiration. Tout cela était trop pour elle.

Le café fut vite prêt. Elle en remplit un mug qu'elle apporta à Cadell. Elle-même n'en boirait pas. Sa nervosité était déjà assez grande, même si elle avait cessé de trembler.

L'image emplit à nouveau l'écran.

— Pouvez-vous la faire pivoter ? lui demanda-t-il avant de la remercier pour le café.

— Oui, mais vous devez comprendre que je ne l'ai pas vue sous un autre angle. Donc, vous obtiendrez l'inverse de ce que vous voyez ici, plus l'autre côté de la cuisine tel que je m'en souviens.

— Chaque détail me sera utile. Puis-je la faire pivoter moi-même ?

— Pas aisément.

Elle lui offrit une chaise, et il se pencha vers elle tandis qu'elle ouvrait un menu. Elle mit en surbrillance une instruction du logiciel de graphisme.

— Le problème est que vous ne déplacez pas vraiment l'image, mais les caméras autour d'elle. Ça peut être malaisé.

Les yeux rivés sur l'écran, il hocha la tête et but une gorgée de café.

— Tournez-la de 90°, si vous le pouvez.

C'était assez simple. Néanmoins, elle détesta cette vue orientée directement sur son frère alors qu'il se tenait au-dessus de leurs parents. Ça ne lui ressemblait pas, bien sûr. C'était un avatar, mais elle savait exactement de qui il s'agissait.

— La cuisine derrière lui représente-t-elle ce qu'elle aurait dû être selon votre souvenir ?

— Oui.

— Tournez encore de 90° dans la même direction.

Elle s'exécuta. Apparurent la table, l'entrée, la petite fille debout au pied de l'escalier, quoique son frère obstruât partiellement la vue.

— Avez-vous une représentation de la cuisine sans George à l'intérieur ?

— Bien sûr. J'ai dû commencer par là.

— Puis-je la voir ?

Du moins ne tremblait-elle plus songea-t-elle tandis qu'elle saisissait la souris pour basculer vers une autre image. La cuisine. Vide. Telle qu'elle aurait dû l'être à cette heure tardive.

— Une porte arrière..., marmonna-t-il. Un bloc à couteaux tout au bout, là, avec la table entre les deux.

— Entre quoi et quoi ? demanda-t-elle.

Son cœur s'emballa tandis qu'elle se demandait s'il avait vu là quelque chose qui lui aurait échappé.

Il se frotta le menton et se renversa contre le dossier de sa chaise. Puis il lui désigna le bloc à couteaux.

— Tous les couteaux sont à leur place.

— Évidemment, acquiesça-t-elle. Jusqu'à ce qu'il en utilise un.

— Je veux que vous regardiez cette image dans son ensemble, Dory. Pour l'instant servez-vous uniquement de votre imagination pour y insérer les silhouettes.

— Entendu.

Ce ne lui fut pas difficile, étant donné qu'elle l'avait regardée jusqu'à ce qu'elle n'en ait quasiment plus besoin.

Ses parents gisant sur le sol entre la table et un alignement de vaisseliers. George debout au-dessus d'eux...

— Le rapport de police précise qu'il les a tués à l'aide d'un couteau de chef de trente centimètres.

— Oui, murmura-t-elle en ouvrant les yeux en dépit de ses instructions.

— Pris dans ce bloc à couteaux.

— Oui.

Il pivota sur lui-même et la regarda fixement.

— Ça a été prémédité.

Cette soirée s'avérait riche en révélations choquantes. Elle ne voulut même pas savoir comment il était parvenu à cette conclusion. Pas dans un premier temps. Renonçant à tout espoir de sommeil et de sérénité, elle se rendit dans la cuisine et se servit un café. Cadell, qui l'avait suivie, se resservit.

— Je suis désolé, Dory. Mais plus nous en saurons sur lui...

— Je comprends, l'interrompit-elle, peu soucieuse d'être impolie. Je comprends.

Oh oui ! elle comprenait ! Il lui disait que son frère n'avait pas été en proie à une rage aveugle qui l'aurait poussé à commettre un acte qu'il n'aurait sinon jamais envisagé. Il lui disait que George avait eu l'intention de tuer leurs parents. Qu'il avait planifié ce meurtre depuis Dieu seul savait combien de temps. Il l'avait subtilement soudoyée, l'amenant à l'aimer, puis il avait renforcé l'ordre de ses parents lui enjoignant de ne pas redescendre une fois couchée.

— Seigneur..., murmura-t-elle.

— Peut-être devriez-vous vous asseoir. Je ne veux pas que vous vous évanouissiez à nouveau.

— Ça ne risque pas. Ma tension doit crever le plafond, en ce moment. Cadell, comment pouvez-vous en être sûr ?

Il la poussa doucement vers la table jusqu'à ce qu'elle s'assoie.

— Si vous pouvez le supporter, pensez à cette cuisine. Dans quelle mesure est-il concevable qu'il ait pris par surprise vos deux parents s'il est allé attraper un couteau ? Il aurait dû contourner la table, aller jusqu'au bloc à couteaux et revenir par le même chemin... Ne pensez-vous pas que l'un d'eux au moins se serait enfui à ce moment-là ? Aller prendre le couteau était une menace mortelle. Le fait qu'ils soient étendus l'un près de l'autre... Il était déjà armé. Il les a pris totalement au dépourvu, et il savait exactement ce qu'il allait faire.

Curieusement, elle avait dépassé le stade du choc. Remplaçant toutes ses craintes, le sentiment de recevoir des coups répétés fit naître en elle de la colère. Une fureur dirigée contre George. En raison de ce qu'il avait fait, ainsi que des cicatrices et des terreurs que cela lui avait laissées.

Elle ferma les yeux, serrant les poings et souhaitant qu'il soit présent pour lui crier dessus, le frapper, lui dire une fois pour toutes qu'il avait aussi tué une part d'elle.

Mais George s'en moquait. Il s'en était toujours moqué. Un psychopathe manipulateur. Le frère qui avait été si tendre avec elle s'était seulement servi d'elle. Un calme étrange l'envahit alors, lui donnant la sensation de s'observer de l'extérieur.

— J'ai mes réponses, à présent, dit-elle.

— Il semblerait.

Cadell resta un moment silencieux puis ajouta :

— Je suppose que je ferais mieux de partir. Je vous ai donné assez de chocs et de mauvaises nouvelles pour aujourd'hui. Vous allez finir par détester me voir.

Elle rouvrit brusquement les yeux. Sa voix s'éleva, atone.

— Je vais faire des cauchemars, si je dors. Je vais me réveiller en hurlant.

Ouvrant et refermant les mains comme s'il ne savait que faire, il l'observa, l'air préoccupé.

— Ça vous arrive souvent ?

— Surtout depuis l'annonce de la libération de George. Je le sens arriver comme si j'étais déjà dans un demi-sommeil. Il va hanter mes rêves.

— Bon sang ! marmonna-t-il.

Elle sentit quelque chose contre sa cuisse et baissa les yeux. Flash. Il avait posé la tête sur sa jambe et la regardait.

— Cadell...

— Oui ?

— Je ne supporte pas d'être seule dans l'obscurité quand je m'éveille en hurlant.

Il s'assit sur la chaise près d'elle.

— Je vais rester. Je vous ai dit que je resterais la nuit. Simplement, après ce qui s'est passé, ces mauvaises nouvelles et le reste, je me suis dit que vous vouliez que je parte.

Se sentant toujours étrangement détachée, elle étudia son visage.

— En fait, je me suis mise en colère en apprenant que vous m'aviez caché des choses. Ensuite, vous êtes parti.

— Pas vraiment. Je n'ai pas fait trois pas, reconnut-il. Mais je conçois que vous vous soyez sentie trahie. J'imagine que j'ai tout gâché entre nous.

Elle secoua lentement la tête.

— Pendant une ou deux minutes... En fait, je suis contente que vous soyez revenu. Et que vous ayez apporté des réponses à mes questions.

— Ce bon vieux Cadell porteur de mauvaises nouvelles ! Je suis doué pour faire se sentir mal les autres, répliqua-t-il d'un ton léger.

Une émotion soudaine traversa son armure de détachement.

— Est-ce le sentiment que vous procurait votre ex ?

Elle le vit réfléchir à la question durant quelques instants.

— Oui. Mais ça fait aussi partie du métier de policier. Combien de fois ai-je eu de bonnes nouvelles à annoncer ?

— Je n'ai jamais pensé à ça, admit-elle. À ce que ça pouvait vous faire, aux autres policiers et à vous. Tous mes souvenirs en rapport avec la police sont positifs et chaleureux. Vos collègues ont tellement bien pris soin de moi ! Tous, sans exception. Je ne l'ai jamais oublié.

— Je suis heureux que vous le ressentiez ainsi.

Se surprenant elle-même, elle lui étreignit la main d'un geste impulsif.

— Vous êtes un homme bon. Je ne cesse de penser à l'horreur que ça a été pour moi, mais cette soirée n'a pas dû être drôle pour vous non plus. Je suis surprise que vous soyez revenu, après la façon dont j'ai réagi tout à l'heure.

Il haussa légèrement les épaules.

— Pendant que je m'autoflagellais sur la terrasse pour avoir sacrifié notre confiance naissante, j'ai pensé à ce que vous m'aviez dit à propos de cette image qui contenait sans doute des réponses. Vous avez le regard d'une artiste, moi celui d'un policier, et une idée m'est venue. Je suis désolé que ce soit aussi sordide.

— Toute cette affaire a été sordide.

Elle sentit le détachement se dissiper et tenta de s'y raccrocher. Elle douta d'être prête à éprouver des sentiments. Malheureusement, elle y succomberait ; c'était toujours le cas. Cette soirée la hantait depuis un quart de siècle.

— Écoutez, reprit-il au bout d'un moment, vous avez vraiment besoin de sommeil. Moi aussi, d'ailleurs. Il est terriblement tard.

Il s'était passé tant de choses depuis son arrivée avec le dîner que le temps avait filé. Elle sursauta en regardant l'horloge.

— Waouh ! Travaillez-vous demain matin ?

— Je suis en repos, demain. Si vous trouvez le temps, peut-être vous et Flash pourriez vous venir avec moi voir les autruches. J'aurai certainement besoin de me doucher et de me changer.

Un timide sourire se dessina sur son visage figé.

— Bien sûr. Pourquoi ne leur avez-vous pas donné de noms ?

— Aux oiseaux ? Parce que je ne veux pas m'y attacher. Rappelez-vous, j'essaye de me débarrasser de ces grincheux volatiles.

Il la tira doucement par la main.

— Allez, au lit ! Flash va me surveiller. Si vous faites un mauvais rêve, j'arriverai aussitôt.

Enfin, elle sentit la tension accumulée depuis des heures se relâcher. Elle ne serait pas seule. Et même si elle était certaine que Flash la protégerait, ce n'était pas comme avoir quelqu'un à qui parler. Durant son séjour chez Betty, elle avait compris l'importance que cela pouvait avoir. Depuis son emménagement dans cette maison, elle s'était rendu compte à quel point avoir quelqu'un à ses côtés lui manquait.

— Pourquoi Flash devrait-il vous surveiller ? demanda-t-elle soudain.

Il se contenta de rire. Elle sentit son armure se fissurer un peu plus, car elle comprit ce rire.

Pour la première fois depuis longtemps, quelque chose de spécial lui réchauffait le cœur.

George se traita d'imbécile. Il avait obtenu tout l'argent qu'il voulait de cette femme, et elle ne l'avait guère ralenti. C'était tout le reste qui le ralentissait.

Depuis son incarcération, les choses avaient changé. Il avait été choqué de découvrir qu'il ne pouvait même pas acheter un billet d'autocar sans une pièce d'identité. La dernière chose qu'il souhaitait était qu'on puisse retrouver sa trace. Pas avec ce qu'il avait en tête.

Cela lui donna une idée. Il entra avec aplomb dans la gare routière et demanda un billet pour Miami. En voyant sa carte de détenu, la guichetière n'hésita qu'un bref moment. Il sortit avec un billet pour Miami, ayant laissé derrière lui une première fausse piste.

Il devait à présent trouver le moyen de gagner ce lieu, dans le Wyoming. Pour ne pas laisser de trace, il décida de se rendre à pied dans la ville voisine la plus proche. Les grands espaces lui semblaient encore trop vastes pour lui, et il se demanda si ça lui passerait. D'après ce qu'il savait du Wyoming, il devrait s'y habituer rapidement.

La petite ville dans laquelle il arriva ne disposait que d'une minuscule bibliothèque, qui était cependant équipée d'ordinateurs et connectée à Internet. Il s'installa devant l'un d'eux sans avoir à produire une quelconque pièce d'identité et se mit au travail.

Une heure plus tard, il se demandait ce qui avait attiré Dory dans un lieu tel que le comté de Conrad. C'était le bout du monde ! Presque personne, rien à y faire. La ville principale, Conrad City, était tout juste une petite ville d'éleveurs. L'avantage était que Dory serait facile à repérer. L'inconvénient était qu'il le serait aussi.

Se renfonçant sur sa chaise, il navigua entre les pages. L'une d'elles lui présenta les statistiques concernant l'endroit. Une autre lui donna accès à une carte de la région. Une troisième afficha des photos. De magnifiques montagnes, une ville décrépite et beaucoup de grands espaces.

Il n'avait aucun moyen de savoir si Dory était arrivée là seule ou si un homme l'y avait entraînée. Il ignorait tout de sa vie personnelle. Bon sang ! Elle n'avait même pas un compte sur les réseaux sociaux, à quelque nom que ce soit, où il pourrait se renseigner sur elle.

Il n'en avait pas toujours été ainsi. C'était de cette façon qu'il avait appris qu'elle était infographiste et travaillait pour une certaine société. Puis, dix ans plus tôt, tout avait été supprimé. Comme si elle voulait rester invisible.

Ça n'avait aucun sens. De quoi avait-elle peur ? Il était alors encore incarcéré et ne lui avait pas donné la moindre raison de le craindre.

Si seulement elle n'était pas descendue au rez-de-chaussée ce soir-là ! Elle l'avait aimé, à l'époque. Il s'en était assuré. Il s'était assuré qu'elle l'idolâtrerait plus que leurs parents, qu'elle serait son alliée et garderait ses secrets. Puis elle avait enfreint la règle en descendant l'escalier.

Elle n'avait cependant aucune raison de le craindre, de penser que son grand frère aimant pourrait vouloir la tuer. Il avait toujours été bon pour elle.

Il lui paraissait suspect que son lieu de résidence ait été modifié sur le site quasiment au moment de sa libération. Mais ça avait changé depuis. Était-ce une simple erreur ? Car pourquoi diable serait-elle allée vivre dans un endroit aussi reculé ?

— Monsieur ?

George leva les yeux. Une femme d'âge mûr lui sourit.

— Je suis désolée, mais vous utilisez cet ordinateur depuis plus d'une heure, et d'autres personnes attendent.

Il lui adressa son sourire le plus charmeur et sexy. Inutile de se faire remarquer.

— Je suis désolé. Laissez-moi seulement fermer mes pages.

— Oh ! Vous pouvez prendre quelques minutes de plus, lui répondit-elle, souriant de plus belle.

Ses joues s'empourprèrent même légèrement.

— Je vais expliquer que vous avez presque fini.

Alors qu'elle s'éloignait, il se demanda s'il devrait la baratiner un peu, peut-être passer la nuit avec elle. Puis sa mémoire lui renvoya l'image de l'alliance qu'elle portait.

Non. Il devrait trouver un autre point de chute.

Après avoir fermé ses pages, il effaça l'historique puis se dirigea vers la sortie et adressa un nouveau sourire à la bibliothécaire avant d'affronter le soleil matinal. La bibliothèque était située sur une large rue et, durant un moment, il fut assailli par l'espace. Il se ressaisit et se mit à arpenter le trottoir, regardant les vitrines. Un homme séduisant venant de dépasser la quarantaine. Il apprécia de voir son reflet.

Pendant tout ce temps, son esprit ne cessa de passer les choses en revue, le changement d'adresse, la rectification. Singulière coïncidence. Pourquoi se rendre au milieu de nulle part ? Parce qu'elle avait fini par prendre peur ?

Quand il l'avait vue debout dans la cuisine, il avait tenté de la rassurer en lui disant qu'il s'était débarrassé du méchant monsieur. L'avait-elle cru ? Sans doute, mais de nombreuses années s'étaient écoulées, et il les avait passées en prison. Peut-être avait-elle été davantage convaincue par sa condamnation que par lui. Il était certain que quelque chose en elle s'était brisé cette nuit-là. Il n'avait jamais oublié la façon dont elle s'était enfuie loin de lui en hurlant. Ce son l'avait figé, réduisant à néant son plan et, finalement, il n'avait pas eu le temps de se nettoyer, de se débarrasser de l'arme et de laisser une fausse piste.

Si seulement elle était restée au lit... Elle n'avait jamais dit à leurs parents qu'il les volait, bien qu'elle l'ait vu le faire. En fin de compte, pour autant qu'il sache, elle n'avait jamais rien dit à quiconque au sujet de cette soirée. Elle avait même carrément cessé de parler. Son avocat l'avait régulièrement tenu informé. Cet idiot pensait qu'il s'inquiétait pour sa sœur. Grâce à lui, il avait gardé un œil sur Dory, sans insister, bien sûr. Les années passées avec ses parrain et marraine, un couple qu'il n'avait jamais aimé. Les études universitaires, période durant laquelle il avait brièvement pu la suivre sur les médias sociaux. Mais ensuite, sans raison apparente, elle s'était retirée. Elle avait disparu, supprimé ses comptes.

Il se demandait encore ce qui avait pu provoquer ça. Peut-être quelqu'un l'avait-il importunée. Quoi qu'il en soit, elle n'avait jamais repris. Elle avait disparu du radar presque autant que lui.

Cette idée le fit sourire. Peut-être pourrait-il simplement la faire disparaître. Qui s'en inquiéterait ? Ses collègues ? Si elle avait des amis, il pourrait le découvrir. Même ce fichu avocat n'avait pu le lui dire et, pour finir, le type s'était impatienté, lui rappelant qu'il n'était pas à ses ordres et que s'il lui avait rendu des services par pure bonté d'âme durant toutes ces années, c'était terminé.

Le salaud ! Parfois George se disait qu'il s'occuperait de lui une fois qu'il se serait chargé de Dory.

Surpris, il se rendit compte qu'il avait atteint la limite de la ville. Il n'hésita qu'un instant avant de décider de continuer vers l'ouest. On l'avait prévenu que faire du stop était illégal, mais cela n'excluait pas que quelqu'un l'emmène. Il paraissait assez inoffensif, propre sur lui, pas trop gros, portant un sac à dos sur son épaule. Personne ne devinerait qu'un homme mince tel que lui puisse être source de problèmes.

Ce qui était exactement ce qu'il voulait. Il avait mis à profit les périodes d'exercice pour rester mince. En bonne condition physique, mais élancé. Se muscler comme le faisaient de nombreux détenus ne réussissait qu'à vous faire paraître potentiellement dangereux. Il ne voulait effrayer personne.

Dans l'immédiat, les seules armes dont il avait besoin étaient son physique avantageux, son sourire et sa langue.

Lorsque Dory ouvrit les yeux, la matinée était déjà bien avancée, et lumière vive du soleil l'éblouit. Elle songea qu'il faudrait qu'elle pose des rideaux.

Puis elle se rendit compte ensuite qu'elle était seule. Elle se retourna et constata que Flash et Cadell n'étaient plus là. La place où le chien avait dormi était encore chaude ; ils n'étaient donc pas partis depuis longtemps. Elle entendit alors du bruit dans le jardin et comprit que Cadell faisait s'entraîner Flash. Elle se redressa et s'étira. Pas l'ombre d'un cauchemar ! Elle n'avait pas aussi bien dormi depuis des semaines.

Cela faisait un bon moment qu'elle ne s'était pas sentie aussi bien. Elle se leva et alla prendre une douche qui la ferait se sentir encore mieux.

Quand elle descendit au rez-de-chaussée, vêtue d'un T-shirt et d'un jean, ses cheveux blonds enveloppés d'une serviette, elle sortit regarder Cadell et Flash. Ils avaient passé la phase travail et en étaient à celle du jeu. Elle sourit en voyant le chien bondir de joie chaque fois que Cadell lançait la balle. Être si heureux…

Dès qu'il la vit, Cadell rappela Flash au pied et vint vers elle.

— Vous avez bien dormi ?

— Comme une souche. C'est incroyable !

— Bonne nouvelle. Quand vous serez prête, nous irons chez moi. Il y aura là-bas autre chose que deux autruches et un chenil…

Elle sourit, mais son sourire se figea bientôt.

— Qui s'occupe des chiens ?

— Eux-mêmes. Je ne sais jamais à l'avance si je risque de m'absenter durant une longue période. J'ai donc un chenil très moderne. Il leur délivre automatiquement eau et nourriture.

— Et les autruches ?

Il se mit à rire.

— J'espère qu'elles auront débarrassé le corral de tous les insectes !

Elle aimait son rire communicatif.

Après un brunch pris dans un café en ville, ils prirent la route en direction du ranch. Flash, dans la cage à l'arrière, était excité comme s'il savait qu'il allait rendre visite à ses amis chiens.

Dory se demanda ce qui se passait en elle. Après les chocs de la veille au soir, n'aurait-elle pas dû être bouleversée ? Au lieu de cela, elle se sentait comme libérée d'un poids. Peut-être parce que Cadell lui avait donné certaines des réponses qu'elle cherchait. Peut-être parce qu'elle avait fini de s'interroger et savait à présent ce qu'elle devrait affronter.

Restait la peur des événements à venir, mais elle décida de mettre tout cela de côté. George ne la priverait pas d'une journée agréable. En fait, maintenant qu'elle y pensait, elle était atterrée de lui avoir accordé autant de pouvoir. Elle lui avait permis de la hanter durant des années. Elle l'avait autorisé à emplir de terreur son sommeil et ses rêves. Il ne méritait pas ce droit.

Se redressant, elle se délecta du spectacle des montagnes.

— Cadell ?

— Oui ?

— Après votre divorce, avez-vous eu du mal à accorder votre confiance ?

— Oh oui ! Je me méfiais des femmes et de moi-même.

— De vous ? Pourquoi ?

— Parce que je me croyais avant plutôt fin psychologue. Plus autant après ça. Je me suis rendu compte à quel point une personne pouvait changer dans une situation de stress. Je pense qu'il est important de savoir quel sera ce changement. Dans toute vie surviennent des problèmes qu'il faudra gérer. Je préférerais trouver quelqu'un qui en soit capable.

Ce qui l'excluait, songea Dory tout en se demandant en quoi cela devrait la préoccuper. Il l'avait vue stressée et ne lui avait sûrement pas attribué de bons points. Peur des cauchemars, de rester seule ? Peur de son frère ? Vivant en ermite car elle ne parvenait pas à faire facilement confiance à quelqu'un ?

Comment pourrait-elle véritablement gérer quoi que ce soit ? Elle n'était qu'une masse de mécanismes de défense.

Elle soupira, l'imaginant en train de cocher une liste des qualités requises chez la compagne idéale ou, pis, d'inscrire en travers de la page la concernant « recalée ».

Tant pis. Elle ne répondait sans doute pas à ses attentes, mais cela ne l'empêcherait pas d'apprécier cette journée.

Même si George était dans les parages, il ne la retrouverait jamais au ranch.

9

Cadell avait laissé les autruches dans le corral qui était lui aussi entouré d'une clôture électrifiée. Elles avaient consciencieusement gratté le sol à la recherche de nourriture. Laissant Dory descendre du véhicule quand elle le voudrait, il se dirigea vers le petit enclos. Les deux oiseaux arrivèrent en courant.

— Vous savez qui vous nourrit, on dirait, leur lança-t-il.

Cependant, avant de les laisser entrer, il devait remplir leur mangeoire. Hors de question de les autoriser à s'approcher de lui. Il avait retenu la leçon.

Quand ce fut fait, il ouvrit la barrière donnant accès à l'enclos et recula pour les laisser passer. Comme il ne savait pas encore s'il voulait les y enfermer, il la laissa ouverte.

Dory l'avait rejoint, Flash à côté d'elle.

— Waouh ! fit-elle. Elles se déplacent vite !

— Et elles ne courent même pas à toute vitesse. Ce sont des oiseaux incroyables... Vus de loin.

Il fut content de l'entendre rire de nouveau. Il avait eu le sentiment, juste avant la fin du trajet, que quelque chose avait assombri son humeur. Une sorte de légère tristesse.

La façon dont elle avait accueilli les révélations de la veille au soir, en particulier celle concernant la préméditation, l'avait impressionné. Elle avait probablement combattu cette idée durant des années, refusant d'admettre ce dont son frère bien-aimé était capable.

Il la mena le long de la clôture.

— Vous voyez la clôture électrifiée à l'intérieur du corral ? Je la dois à mon père et aux autruches.

— Comment était votre père ?

— C'était un homme honnête, convenable, travailleur, qui allait régulièrement à l'église. Respecté de ses voisins. Un bon exemple pour un enfant.

— Pourquoi êtes-vous parti ?

— L'envie de voir du pays propre à la jeunesse, je suppose.

Il soupira et secoua légèrement la tête.

— Je ne pensais pas être taillé pour devenir propriétaire de ranch. Ça a totalement éreinté mon père. Les mêmes tâches chaque jour, et les tracas sans fin...

Il s'appuya sur la clôture en bois.

— J'ai essayé pendant quelques années, mais mon père ne s'est pas opposé ensuite à mon départ. Il réduisait déjà son activité. Le bétail coûte cher à élever, et sa vente ne lui rapportait pas assez. Je me demande parfois s'il ne pensait pas que je m'en sortirais mieux en faisant autre chose.

— C'est possible, en effet.

La brise faisait voleter les cheveux de Dory, qui brillaient au soleil comme de l'or. Une magnifique journée.

— Et puis, vous êtes revenu pour les autruches.

Il eut un rire spontané.

— Eh oui. Et n'allez pas croire qu'il ne m'est pas venu à l'idée qu'il a pu tout manigancer. Il me connaissait bien. Jamais je n'abandonnerais un animal, et il savait probablement qu'il me serait difficile de me débarrasser de ces deux-là. C'est une drôle de façon de me faire retrouver mes racines, mais il avait parfois un étrange sens de l'humour.

— Elles sont une sacrée plaisanterie, remarqua-t-elle en observant les deux oiseaux à l'allure singulière qui mangeaient voracement. Je sais que ce sont des oiseaux, mais...

— Elles sont trop grosses, convint-il. De véritables dinosaures.

Il l'étudia pendant quelques instants avant de reporter son attention sur les montagnes qui se dressaient d'un côté de son ranch. Elle semblait hésitante. Après avoir commencé la journée de si bonne humeur qu'il en avait été surpris, elle s'était un peu repliée sur elle-même.

— J'aurais aimé pouvoir rencontrer votre père, dit-elle enfin.

— Pourquoi ?

À peine avait-il posé la question qu'il lui vint à l'esprit qu'elle n'avait pas vraiment eu la chance de connaître ses propres parents. Elle était trop jeune lors de leur disparition pour en garder beaucoup de souvenirs, et elle connaissait très peu les adultes présents dans sa vie.

— Parce que la personne que vous êtes m'apprend quelque chose sur lui.

Elle l'étonna avec un petit sourire.

— Je suis sûre qu'il était exactement l'homme bon que vous décrivez.

C'était un sacré compliment de la part d'une femme qui lui avait franchement dit ne pas faire facilement confiance.

Un aboiement provenant du côté du chenil attira leur attention.

— Flash ! s'exclama Dory en riant. Il doit se sentir délaissé. Il veut jouer avec ses copains.

— Allons les faire sortir, dit-il en repoussant la barrière pour enfermer les autruches dans l'enclos.

L'herbe était rare et sèche sur la terre brûlée par le soleil. Cependant elle devenait plus verte aux abords du chenil, étant donné que Cadell devait souvent asperger le sol en béton. Chaque box comportait un petit espace individuel extérieur pour que les chiens ne se sentent pas trop cloîtrés. En cet instant, tous étaient sortis, observant Flash qui gambadait gaiement d'un bout à l'autre du chenil.

— Je jurerais presque qu'il les nargue, commenta Cadell.

— Ce chien est capable de plus d'expressions et de sentiments que je l'aurais cru, remarqua Dory. Comment se fait-il que vous ayez plus de box que de chiens ?

— En fait, ça varie. Je n'entraîne pas seulement des chiens policiers. Je travaille aussi avec des chiens d'assistance, et même avec des animaux de compagnie. Par moments, il arrive que j'aie huit ou dix chiens ici.

— Ça vous donne beaucoup de travail.

— C'est sûr. Certaines formations sont plus intensives et demandent plus de temps que d'autres.

Il libéra les chiens qui aussitôt se lancèrent dans une joyeuse course-poursuite à travers l'espace non clôturé, fonçant jusqu'à la grange délabrée puis revenant tout aussi vite. Leur plaisir était si communicatif que Cadell et Dory sourirent en les regardant.

— Alors, se risqua-t-il à lui demander, qui pris soin de vous lorsque vous étiez petite ?

En la voyant se mordiller la lèvre, il regretta d'avoir gâché l'ambiance, mais il avait besoin de mieux la connaître. Il avait envie de mieux la connaître. Il ne doutait pas un instant qu'il y ait plus chez cette femme que la graphiste et la fillette terrorisée.

— Mes parrain et marraine, répondit-elle au bout d'un moment. Mes parents et eux étaient bons amis depuis longtemps, et je les connaissais. J'imagine que c'était mieux qu'une famille d'accueil.

— Vous en êtes seule juge. Vous êtes-vous sentie aimée ?

— Ils ont essayé. Je n'ai pas dû être facile. Comme vous le savez déjà, pendant plus d'un an je n'ai pas parlé. Ils m'ont emmenée consulter des thérapeutes et des médecins. Mais, même quand j'ai recommencé à parler, eh bien... Je vous l'ai expliqué, je ne fais pas confiance aux gens... Ils m'ont beaucoup donné, et quand je regarde en arrière je me rends compte que je leur ai donné très peu en retour.

— Je doute qu'ils l'aient fait pour ce qu'ils auraient pu en retirer. Je suis sûr que c'était plutôt dans le but de faire quelque chose pour vous. Quoi qu'il en soit, Betty est devenue votre amie. Comment est-ce arrivé ?

En voyant le visage de Dory s'éclairer, il se sentit profondément soulagé. Il n'avait pas gâché sa journée. C'était déjà bien assez qu'il ait gâché sa soirée la veille.

— Elle était ma prof d'anglais en seconde. Vous la connaissez bien ?

— Nous ne sommes pas proches, mais nous discutons de temps en temps. Pourquoi ?

— Je me demandais si vous saviez à quel point elle peut se montrer persévérante.

Il se mit à rire.

— Je l'ai entendu dire.

Le sourire de Dory s'élargit.

— Elle s'est montrée persévérante avec moi. J'ignore pourquoi, mais elle n'a jamais lâché l'affaire. Elle n'a cessé de travailler sur moi, me parlant dans les moments difficiles. Finalement, elle nous a invités, mes parrain, marraine et moi, à dîner chez elle puis ils lui ont retourné l'invitation et... Eh bien, depuis elle n'a jamais laissé tomber.

Elle émit un rire léger.

— J'ignore quand ou comment c'est arrivé, mais elle est devenue mon amie. Ma seule amie. Après la mort de mon parrain et de ma marraine, Betty est devenue la seule personne qu'il me restait.

Il hocha la tête. Il commençait à se faire une idée plus précise de la solitude dans laquelle elle vivait.

— Qu'est-il arrivé à vos parrain et marraine ?

— Une tornade, répondit-elle simplement avant de diriger son attention sur les montagnes.

Seigneur ! Elle avait subi beaucoup d'épreuves. Le meurtre de ses parents, la trahison de son frère puis la perte de ses parrain et marraine dans une catastrophe naturelle. Sans réfléchir, il tendit le bras, le lui passa autour des épaules et l'attira contre lui.

Il voulait trouver un moyen d'exprimer sa compassion, mais il soupçonna qu'elle ne voudrait pas de cela. Pour autant qu'il puisse dire, elle semblait avoir fait la paix avec la plupart des choses de sa vie. Avec tout, sauf son frère. Quoi qu'il en soit, aucun des mots qu'il pourrait prononcer ne compenserait ses pertes. Il lui offrit donc le réconfort qu'il pouvait par ce contact.

Après quelques instants, elle le surprit en se tournant vers lui et en posant la joue contre son torse.

— Je suis une telle épave..., dit-elle. Je ne vois pas pourquoi quelqu'un me supporterait.

— Je ne pense pas que vous soyez une épave.

Il la sentit bouger légèrement contre lui.

— Comment pouvez-vous dire ça ? Je vous ai dit que je suis incapable d'accorder ma confiance. J'ai peur presque tout le temps...

— Je ne vous reproche ni l'un ni l'autre. Ce qu'a fait votre frère rendrait n'importe qui méfiant. Quant à votre peur... C'est tout de même un tueur sans pitié. Je n'ai pas le droit de vous faire de promesses. Je suis là pour vous, mais je ne peux rien vous garantir concernant votre frère ou votre sécurité. Tout ce que je peux vous promettre, c'est de faire de mon mieux.

Lentement, elle mit les bras autour de sa taille. Il dut fermer les yeux pour réprimer une soudaine bouffée de désir. Cela couvait en lui depuis leur rencontre, et il le refoulait parce que c'était probablement la dernière chose dont elle avait besoin ou envie. Certains problèmes étaient trop graves pour être résolus par une partie de jambes en l'air.

— Merci, murmura-t-elle. Merci.

— De quoi ?

— D'être sincère avec moi. Hier soir, vous m'avez dit des choses que vous saviez que je ne voulais pas entendre, et aujourd'hui vous refusez de me faire des promesses inconsidérées.

Il jeta un coup d'œil aux chiens qui commençaient à se lasser de gambader et soupira. Il se tenait là avec l'une des plus belles femmes qu'il ait jamais rencontrées et il se demanda s'il serait capable de baisser suffisamment sa garde. Lui aussi trouvait difficile d'accorder sa confiance.

Ils faisaient la paire. Deux cas désespérés.

La surprise qu'il lui avait laissé entrevoir se présenta sous la forme de Betty. Elle arriva au milieu de l'après-midi alors que Cadell vérifiait que les chiens n'avaient pas de tiques.

— J'ai besoin d'aide, annonça-t-elle.

Un sourire se dessina sur les lèvres de Dory.

— Betty ! Que se passe-t-il ?

— J'ai là un coffre plein de nourriture que ce jeune homme m'a demandé d'acheter, mais je ne pourrai jamais tout transporter seule.

— Et un de plus, dit Cadell en levant les yeux du chien qu'il venait de contrôler. Qu'avez-vous fait ? demanda-t-il à Betty. Vous comptiez ravitailler une armée ?

Betty le toisa, les poings sur les hanches.

— De toute évidence, vous ne faites pas souvent vos courses ici. La plupart des gens ont une famille nombreuse et achètent en gros, pour plusieurs semaines à la fois. Faire les courses pour deux ou trois personnes est quasiment impossible.

L'espace d'un instant, Dory craignit qu'ils ne songent à inviter d'autres personnes. Elle se sentait encore trop secouée.

— J'ai de la place au congélateur, répondit Cadell.

— Et je vais t'aider, proposa-t-elle à Betty.

— J'arrive dans une minute, ajouta-t-il. Posez tout sur la table. Vous connaissez le chemin, Betty.

— La maison n'est pas grande au point que je m'y perde, répliqua Betty d'un ton ironique. De plus, je suis déjà venue, quand vous avez organisé ce barbecue.

Elle regarda Dory.

— Cet homme est populaire. Je pense qu'il n'y avait pas moins de deux cents invités. Il a dû envoyer des coursiers chercher des hamburgers supplémentaires.

Derrière elle, Cadell se mit à rire.

— C'était un barbecue ouvert à tous.

— Je pense aussi que les gens voulaient voir les autruches, commenta Betty en se dirigeant vers sa voiture. Elles sont le sujet de conversation de tout le comté.

— Tu m'as manqué, avoua en toute sincérité Dory à Betty en l'aidant à sortir les sacs réutilisables du coffre.

— Je te manquerais beaucoup moins si tu n'étais pas toujours occupée à travailler, répliqua Betty. Chaque fois que je suis passée, j'ai eu l'impression de t'interrompre.

— C'était probablement le cas, mais ça ne veut pas dire que ça m'a ennuyée.

Betty se mit à rire.

— J'en prends bonne note.

Elles montèrent les marches ensemble.

La maison avait une vaste terrasse, et la porte n'était pas verrouillée.

— Comment vous en sortez-vous, ce chien et toi ?

— Je l'adore. Je n'ai quasiment pas à lui indiquer ce qu'il doit faire. Il semble le savoir.

— Tout le monde s'accorde à dire que Cadell est un excellent éducateur canin.

Betty tourna à gauche et entra dans la cuisine. Elle avait raison. La maison n'était pas assez grande pour s'y perdre. Elles posèrent les sacs sur la table, beaucoup plus grande et solide que celle de Dory, et entreprirent de les vider.

— Il y a vraiment de quoi nourrir une armée ! s'exclama Dory en empilant les victuailles sur la table.

— Je me suis dit que tu pourrais en emporter chez toi. Qu'as-tu dans ton réfrigérateur ? Du soda. Dans tes placards ? Du pop-corn. Vraiment, Dory...

Cadell les rejoignit alors et mit de côté trois steaks, de la salade de pommes de terre et un sachet de brocolis surgelés.

— Pour notre dîner ? suggéra-t-il.

— Oui, acquiesça Betty. J'ai pensé que Dory pourrait prendre une grande partie du reste. Je ne veux pas que ça se perde. Son réfrigérateur ne contient que du soda et des crudités.

— Excellente idée !

— S'agirait-il d'un complot pour me nourrir ? demanda Dory en souriant.

— Il le faut bien. Tu négligerais d'aller dormir, si tu le pouvais.

Dory se sentait de nouveau aussi bien que lorsqu'elle s'était réveillée ce matin. Cadell avait répondu à l'une de ses questions les plus préoccupantes concernant le meurtre, et c'était un soulagement. Être confrontée à la capacité de son frère à commettre de tels actes effaçait le doute qui l'avait rongée durant toutes ces années.

Il ne l'avait jamais aimée. Il s'était servi d'elle, et il n'hésiterait pas à recommencer. Aussi étrange que cela puisse paraître, le savoir la faisait se sentir plus forte. Elle avait le sentiment qu'elle pourrait faire face au moment où il s'en prendrait à elle — s'il s'en prenait à elle.

Ou peut-être le fait d'enlever l'amour de l'équation l'avait-il libérée du tourment de vouloir comprendre parce qu'elle se rappelait encore avoir aimé George. De sa réticence à admettre ce qu'il était vraiment dans l'espoir qu'il ne soit pas à ce point mauvais. Tout en étant terrifiée par lui.

Un monumental désordre émotionnel, songea-t-elle alors qu'elle aidait à préparer le dîner. Après tout cela, la clarté était la bienvenue.

Non qu'elle éliminât ses craintes. Elle avait conscience qu'elles seraient toujours présentes, avec George en liberté. Mais du moins n'aurait-elle pas à se sentir troublée et coupable parce qu'elle croyait qu'il l'avait aimée étant enfant. Il ne l'avait jamais aimée.

Après un délicieux repas, ils prirent le café sur la terrasse pour profiter de la brise de fin de journée.

— Alors, lança Betty au bout d'un moment, des nouvelles de George ?

— Pas exactement, lui répondit Cadell alors que Dory restait silencieuse. Il est allé dans un centre d'hébergement de sa ville natale et en a disparu au bout de deux jours. Plus aucune trace de lui depuis.

— Bien, fit Betty. S'il a une once de bon sens, il restera éloigné de Dory.

— Pourquoi dis-tu ça ? demanda Dory.

— Parce que tu es la seule personne avec qui l'on puisse raisonnablement s'attendre qu'il prenne contact.

Betty marquait un point, se dit Cadell mais elle raisonnait

sans tenir compte de l'héritage. George n'avait pas hésité à voler pour obtenir ce qu'il voulait, ni à tuer quand les choses avaient mal tourné. À présent, il se trouvait démuni. Pourquoi laisserait-il passer l'occasion de tenter de s'approprier tout cet argent s'il pensait qu'il y avait un moyen de l'obtenir ? Cadell doutait sérieusement qu'il se contenterait de venir réclamer ce qu'il estimait lui revenir. Après tout, Dory savait qu'il avait assassiné leurs parents. Pourquoi lui donnerait-elle quoi que ce soit ?

S'il surveillait Dory, il savait probablement qu'elle n'était pas mariée et n'avait pas d'enfants. Mais même dans le cas contraire, il n'hésiterait pas à éliminer toute sa famille pour arriver à ses fins. Cadell avait vu la représentation de la scène de crime. C'était clair comme de l'eau de roche.

— Cadell dit que le meurtre était prémédité.

Il fut surpris d'entendre Dory en faire la révélation à Betty. Celle-ci sembla choquée.

— Comment peut-il le savoir ?

— Parce que j'ai fait une représentation tridimensionnelle de la cuisine et de la scène de crime. Ma thérapeute m'a appris à dessiner les choses que je n'arrivais pas à gérer.

— En tant que policier, je peux assurer qu'il est impossible que ces meurtres n'aient pas été prémédités. Cet homme est un psychopathe, Betty. C'est une évidence.

Betty se pencha vers Dory et exerça une pression sur sa main.

— Comment le vis-tu ? Est-ce que ça va ?

— Je vais bien. C'est mieux de savoir. En particulier maintenant que je n'ai plus à me demander si George m'aimait. Ça n'a jamais été le cas. Il s'est servi de moi. Je ne saurais t'expliquer pourquoi mais, curieusement, ça me rend les choses plus faciles.

— Mais tu es toujours effrayée ?

— Bien sûr.

Soudain, le regard de Dory devint terne.

— S'il se montre, je saurai exactement pourquoi. Mais je pense que je vais vivre avec cette peur pendant très, très longtemps.

Cadell aurait voulu pouvoir lui éviter ça. Mais au moins le

fait d'avoir abandonné ses derniers espoirs concernant son frère l'autorisait-il à le détester si besoin était. Et à prendre toutes les mesures nécessaires pour se protéger. Il ressentit le poids des montagnes derrière lui presque comme une force physique. Une énergie.

Une part de lui espérait que George Lake se montrerait. Il lui tordrait alors le cou pour lui faire payer toutes les souffrances qu'il avait causées à Dory.

Une autre part de lui, plus raisonnable, espérait que George avait filé quelque part en Amérique du Sud.

Mais c'était un espoir plutôt mince.

Un peu plus tard, Betty se leva.

— Je dois rentrer, Dory. Veux-tu rentrer avec moi ?

— Je la ramènerai, intervint Cadell. Son chien est aussi ici.

— Bien. N'oublie pas la nourriture. Je ne plaisante pas, tu dois mieux manger. Tu es déjà trop mince.

Betty regagna son véhicule, et Cadell le regarda s'éloigner. Son petit SUV était juste assez grand pour emmener une personne en plus des courses. Vouloir y installer Flash aurait été ridicule. Un chien de trente-cinq kilos prenait de la place.

— Il va bientôt commencer à faire sombre, observa-t-il.

— Les montagnes absorbent vraiment la lumière de l'après-midi.

— J'aime ça. Quoi qu'il en soit, quand vous voudrez rentrer, dites-le-moi. Vous semblez avoir apprécié la journée.

— C'est le cas.

Elle lui adressa la version la plus lumineuse de son charmant sourire.

— Je l'ai vraiment appréciée. Je ne m'y attendais pas, mais... Eh bien, ça a été un soulagement. Je suppose que ça ne durera pas longtemps.

— Sait-on jamais. Vous pourriez apporter votre matériel ici, si vous pensez que vous vous y sentiriez plus à l'aise. Ce qui m'ennuie, en revanche, c'est que vous seriez vraiment isolée quand je serai au travail.

— Merci, mais je vais rester où je suis. Même si c'est une offre généreuse.

— Elle n'est pas entièrement dépourvue d'arrière-pensées, reconnut-il.

Ébahie, elle écarquilla les yeux.

Cadell sourit.

— Vous savez que je suis attiré par vous, admettez-le. Je vous l'ai d'ailleurs dit. Dès l'instant où je vous ai vue, je me suis dit que vous étiez la femme la plus belle que j'aie jamais vue.

Il vit ses joues s'empourprer.

— N'exagérez pas.

— Je le pense sincèrement. Vous êtes sublime, mais il y a plus que ça. Plus j'apprends à vous connaître, plus j'ai envie de vous.

Il marqua une pause, regardant les émotions se succéder sur son visage, trop rapidement pour qu'il puisse les déchiffrer.

— Je ne veux pas vous effrayer davantage, reprit-il en se levant. Remballons les courses, et je vais vous ramener, le chien et vous. Je vous laisse décider si vous voulez que je reste cette nuit.

— J'aimerais que vous restiez.

À ces mots, il sentit son cœur faire un bond.

Du calme, mon garçon, se dit-il comme s'il s'adressait à l'un de ses chiens.

— Entendu. Laissez-moi préparer quelques affaires, vérifier une dernière fois que tout va bien pour les chiens, et nous chargerons la voiture.

Dory se demanda pourquoi elle lui avait dit qu'elle aimerait qu'il reste. Flash était un excellent protecteur, mais elle se sentait plus en sécurité avec Cadell dans les parages. C'était fou, si l'on considérait que les seules personnes lui ayant procuré ce sentiment avaient été ses parrain et marraine, et que cela leur avait pris des années.

Cadell revint avec Dasher et Flash, probablement parce

qu'il avait besoin de son chien pour travailler le lendemain. Il portait également un sac de couchage.

Elle n'aurait su expliquer pourquoi cela lui donna le sentiment d'être trahie. Après tout, elle ne voulait pas d'engagement, n'avait confiance en personne excepté Betty, et commençait seulement à se fier à Cadell.

Non, c'était mieux ainsi. Elle se sentirait plus en sécurité s'il était là. Aller plus loin représentait un risque qu'elle n'était pas encore prête à prendre.

Même si elle éprouvait ce constant désir irritant quand il était près d'elle...

Au cours des jours suivants, Dory et Cadell s'installèrent dans une certaine routine. Elle commença à travailler un peu moins durant la journée, se rendant plutôt au ranch pour passer du temps avec lui tandis qu'il entraînait les chiens et s'occupait des autruches.

Quand elle lui apprit qu'elle les avait baptisées Itsy et Bitsy, elle crut qu'il allait mourir de rire.

Elle aussi souriait davantage, excepté quand elle dirigeait le regard vers les grands espaces. En son for intérieur, elle sentait l'arrivée de George, elle savait que sa peur n'était pas le fruit de son imagination. Plus depuis que Cadell avait mentionné son héritage. Des gens avaient tué pour des sommes beaucoup moins importantes.

Cependant, une colère sourde avait commencé à couver en elle. Cet homme avait détruit son enfance, gâché sa vie, et voilà qu'il voulait lui voler plus encore ! Elle en était certaine. S'il avait réellement tenu à elle, il serait parti plutôt que de tuer leurs parents. Il ne les lui aurait pas enlevés.

Cela prouvait qu'il n'avait que faire d'elle. Seul lui comptait.

Sa colère lui donna de la force, réduisant peu à peu ses craintes. Elle savait que la terreur reviendrait ; elle revenait toujours. Mais, pour l'instant, la fureur lui offrait un répit appréciable. Quand elle était au ranch en compagnie de Cadell, elle canalisait cette énergie en travaillant avec les chiens, en se rendant utile. Chaque jour, elle était davantage impressionnée par le travail et la patience nécessaires à leur formation. Cadell ne faisait pas dans la demi-mesure. Ces chiens accompagneraient quelqu'un portant un insigne, et aucun ne pouvait se permettre la moindre erreur ou le moindre écart de conduite.

La plupart des chiens cherchaient tout simplement à satisfaire leur maître et faisaient ce que l'on attendait d'eux. Ils étaient contents de savoir que leur bonne conduite serait récompensée par une séance de jeu.

Cependant, une semaine plus tard, l'un d'eux échoua.

— Ça me tue, dit Cadell en regardant un malinois courir comme un fou dans la cour arrière. Il va devoir partir.

— Allez-vous devoir l'abattre ? lui demanda-t-elle.

Une nouvelle sorte d'horreur l'envahit.

— Bien sûr que non, je ne vais pas l'abattre, lui répondit-il d'un ton presque brusque avant de se radoucir. Non. Mais je n'arrive pas à juguler suffisamment son énergie. Il est têtu et alors que toutes les choses que j'enseigne à ces chiens devraient les amuser, il ne cesse de réinventer les règles. Je vais le cadrer un peu, et il pourra devenir un animal de compagnie.

Étant donné qu'elle avait été constamment surprise par le désir des chiens de faire plaisir, elle fut surprise que l'un d'eux échoue. Mais, à bien y réfléchir, c'était logique. Une autre chose qu'elle avait apprise en travaillant aux côtés de Cadell était que chaque chien avait sa propre personnalité.

Cadell lui toucha le bras, et une onde de plaisir la parcourut.

— Tout va bien, Dory. Tous les chiens ne sont pas taillés pour travailler dans la police ou le sauvetage. Tout comme certains ne sont pas taillés pour être des chiens d'assistance.

Cette remarque éveilla son intérêt.

— Formez-vous souvent des chiens d'assistance ?

— Non. C'est toutefois une compétence très particulière. Par conséquent, je ne le fais pas souvent.

— Je ne comprends pas...

— C'est simple. Un chien d'assistance a besoin d'un

entraînement approfondi et spécial, et doit être formé à servir un type spécifique de compagnon. Il est mieux d'avoir quelqu'un à qui tout ce qui constitue son travail est familier. De plus, les chiens d'assistance coûtent cher. Tout le monde ne peut pas s'en offrir un ni se le voir attribuer par une association caritative. Donc, je le fais à l'occasion. Ça représente un travail beaucoup plus important. Dans la plupart des cas, il s'agit d'apprendre au chien des choses qu'il ne fait pas normalement. Alors que pour un chien policier ou de sauvetage… le talent requis pour ce genre de travail est quasiment inné. Il suffit en grande partie de le diriger.

Elle se mit alors à rire.

— Et de s'assurer qu'il écoute !

Il lui fit un clin d'œil et reporta son attention sur le corral. Le chien courait toujours, lançant et pourchassant la balle de tennis pour son propre plaisir. Itsy et Bitsy l'observaient depuis leur enclos, leurs grands yeux sombres le fixant intensément.

— Regardez, reprit Cadell. C'est en partie le problème.

Il siffla et appela le chien par son nom. L'animal le regarda puis il retourna à sa balle de tennis.

— Vous voyez ? Deux mois, et je ne peux toujours pas le faire venir à coup sûr. Il fera le bonheur de quelques enfants, mais je ne peux pas l'envoyer travailler avec un policier.

Plus tard, sur le chemin du retour chez elle, il la persuada de faire une halte au snack-bar pour souper, bien qu'elle ne soit jamais à l'aise en public. Décidément, qu'elle le veuille ou non, cet homme la faisait sortir de sa zone de confort.

Mais elle se sentit en sécurité en y allant avec lui, ce qui l'inquiéta. Était-elle en train de le transformer en une autre bulle la protégeant, en un lieu sécurisé tenant tout le reste à distance ?

Troublée, elle ne dit pratiquement rien durant le repas. Elle mangea un hamburger et des frites sans en remarquer le goût.

Elle était un désastre psychologique. Rien ne l'avait jamais complètement remise d'aplomb mais, jusque-là, elle avait réussi à ne blesser personne d'autre.

Après le dîner, Cadell insista pour régler l'addition puis la surprit à nouveau.

— Allons au bureau du shérif.

Elle traîna des pieds sur le trottoir.

— Pourquoi ?

— Vous ne pensez pas que je suis le seul à rechercher votre frère, n'est-ce pas ? J'ai demandé de l'aide. Je ne sais pas pour vous, mais je me sentirais beaucoup mieux si nous pouvions le localiser. Venez. Personne ne mord, et tout le monde aimerait être sûr que vous êtes en sécurité.

Elle s'emporta.

— Qui vous a donné le droit de discuter de moi avec qui que ce soit ?

Il croisa les bras, pencha la tête, et la regarda sans répondre. Seigneur ! Il était séduisant avec cette chemise bleue, ce jean moulant ses hanches minces, et ce chapeau de cow-boy. Tellement séduisant. Pourquoi diable fallait-il qu'elle cherche la bagarre ?

Cela dit, elle ne lui avait pas donné la permission de rendre ses problèmes publics, et le fait que d'autres personnes soient au courant la troublait. Même s'il s'agissait de policiers.

— Si vous voulez que je m'excuse de vous protéger, lui dit-il enfin, je le ferai. Mais je ne le penserai pas, et vous le saurez. Alors, Dory, quel est le problème ?

— C'est le fait que tellement de gens soient au courant de ma vie ! Je n'aime pas ça.

— Ce sont des policiers, lui répondit-il, une nuance de contrariété dans la voix. Aucun d'eux ne fera de commérages sur votre frère ou sur vous. Pas ici, jamais. À la différence du reste de la ville, ils savent se montrer discrets.

Son agitation était telle qu'elle ne pouvait parler. Elle se faisait l'effet d'un animal de foire que l'on exhibe.

— Dory, vous ne pouvez pas affronter ça seule. Vous n'y êtes pas obligée.

C'en était trop ! Elle n'aurait jamais dû venir dans cette maudite ville. Laisser Betty l'en persuader avait été une monumentale erreur. Elle se sentit à nouveau une écorchée vive. Son intimité avait été atteinte, son fragile sentiment de sécurité. Même ses collègues avaient contribué à l'exposer.

George. Elle aurait dû se contenter de reprendre la route et de continuer à bouger régulièrement. L'idée qu'elle puisse à présent toujours rester au même endroit lui sembla une insanité.

Sans un mot, elle ouvrit la portière arrière de la voiture de Cadell et fit sortir Flash. Il y était resté assis dans une cage métallique aérée, avec les vitres ouvertes. Heureux d'être libéré, il descendit d'un bond, impatient.

— Flash, au pied.

Elle saisit sa laisse et l'attacha à son collier puis elle partit à pied chez elle.

Seule.

Parce que la solitude était pour elle le meilleur gage de sécurité. Le seul moyen de survivre.

10

— Bon sang ! jura Cadell à voix basse.

Avait-il vraiment eu tort de tenter de localiser son frère ? À l'évidence, elle le pensait. Mais, en tant que policier, c'était le genre de chose qu'il aurait faite pour n'importe qui. En général, les gens étaient reconnaissants qu'on s'intéresse à eux et qu'on les aide éventuellement.

C'était vraiment une femme déroutante. La vie l'avait sérieusement meurtrie, et il n'était pas certain qu'elle soit rationnelle en ce qui concernait son frère. Bien sûr qu'elle ne l'était pas ! Rien de tout cela n'était en rapport avec la raison. C'était une question d'instinct, il devrait pourtant le savoir.

Après en avoir débattu un moment, il monta dans son véhicule et alla se garer sur le parking du bureau du shérif, au coin de la rue. En entrant, il salua Harriett, préposée à l'accueil.

— Gage est là ? demanda-t-il.

— Dans son bureau, lui répondit Harriett. Il s'apprête à partir.

Quand Cadell frappa à la porte ouverte de son bureau, Gage leva les yeux des papiers qu'il rassemblait. Un sourire en coin s'afficha sur son visage buriné.

— Salut. Que se passe-t-il ? — À part le fait de m'être mis dans le pétrin, rien. Je vais avoir un chien de moins à entraîner. Indiscipliné.

Gage lui désigna une chaise.

— Et ?

— Vous faites allusion au pétrin ?

— Évidemment.

Cadell n'avait pas envie de s'asseoir.

— Dory Lake est furieuse contre moi pour vous avoir informé de son problème, et elle rentre chez elle seule à pied avec son chien, Flash.

— Celui que vous avez formé ?

— Oui.

Gage hocha la tête.

— Donc, elle devrait être plutôt en sécurité.

Cela ne l'empêcha cependant pas de prendre sa radio pour demander à ses adjoints et aux policiers de la ville de garder discrètement un œil sur elle tandis qu'elle rentrait.

— Assurez-vous qu'elle ne le sache pas, ajouta-t-il.

Cadell sentit sa tension retomber.

Au bout d'un moment, Gage reprit la parole.

— Vous savez, elle n'a aucune raison de nous faire confiance. J'ai lu son dossier. Bien sûr, les policiers se sont occupés d'elle après qu'elle s'est enfuie de cet abattoir qu'était devenue sa maison, mais j'imagine qu'elle n'a plus guère fait confiance à personne depuis.

— En effet, admit Cadell. J'ai peut-être tout gâché, mais j'y retournerai dans un petit moment pour tenter de réparer les dégâts.

Gage se cala contre le dossier de son fauteuil.

— C'est à vous de voir.

— Ce qui veut dire ?

— Exactement ce que j'ai dit. Si vous voulez réparer les dégâts, faites-le. J'ai essayé de vous appeler plus tôt, mais vous n'avez pas répondu. Il semble que son frère ait acheté un billet pour Miami. La semaine dernière.

— Donc, il se dirige à l'opposé.

— Euh... Pas encore. Il n'a pas utilisé le billet.

Cadell ferma les yeux.

— Nom de Dieu !

— Une diversion ? Peut-être. J'ai demandé à mon homologue

de Floride de le garder à l'œil s'il apparaît, mais s'il n'y est jamais allé...

— Je comprends. Merci, Gage.

— N'attendez peut-être pas trop, lui conseilla Gage tandis qu'il s'éloignait. Ne la laissez pas se retrancher dans sa forteresse.

Cadell marqua une pause et se retourna.

— Vous êtes inquiet, vous aussi ?

— Disons seulement que d'après ce que j'ai lu rien ne m'étonnerait de la part de George Lake. Pas même le fait qu'il assassine sa sœur. Elle a sans doute toutes les raisons d'être terrifiée.

En entendant frapper à la porte, Dory n'eut pas envie de répondre. Tandis qu'elle rentrait, avait eu l'impression confuse qu'il y avait plus de voitures de police qu'habituellement dans les rues, et une petite part de son esprit se demandait ce qui se passait.

Le joyeux balancement de la queue de Flash lui indiqua vite de qui il s'agissait. En cet instant, jamais elle n'aurait ouvert sans savoir qui était là. Elle devrait faire installer un judas, songea-t-elle vaguement mais, pour le moment, il n'y avait aucune menace là-dehors. Simplement Cadell.

Elle n'était pas sûre de vouloir le revoir. Elle se sentait exposée, comme une terminaison nerveuse à vif, et c'était sa faute. Son passé la hantait, non seulement dans son esprit et son cœur, mais partout ailleurs aussi, semblait-il. Elle avait dû parler de son frère à ses collègues, et maintenant Cadell avait propagé la nouvelle. Quelle importance si seuls les autres policiers étaient au courant ? Elle ne pourrait s'en cacher, quoi qu'elle fasse.

Flash sautillait un peu d'un côté à l'autre, avec de petits gémissements d'impatience.

Bon sang !

Elle finit par aller ouvrir la porte. Flash exécuta une petite danse joyeuse puis s'assit, comme s'il se rendait compte qu'il risquait d'enfreindre les règles. Non que Dory s'en souciât ; elle ne lui avait pas encore demandé d'être de service.

Cadell affichait un air sombre.

— Puis-je entrer ?

À grand-peine, elle contint son envie de lui claquer la porte au nez.

— Bien sûr, marmonna-t-elle.

Elle recula, s'effaçant pour le laisser entrer. Flash remua un peu tout en restant assis, espérant une caresse. Il en reçut une de Cadell tandis qu'elle refermait la porte.

Elle le précéda jusqu'au salon et lui laissa le canapé.

— Je suis tombé sur votre voisine d'en face, Marissa Tremaine, dit-il. L'avez-vous rencontrée ?

Qu'est-ce que ça pouvait bien faire ?

— Pas encore.

De toute façon, avec son désir croissant de déménager, elle doutait de faire la connaissance de qui que ce soit, voisine ou pas.

— Son premier mari a été tué à l'étranger il y a quelques années. Elle vit dans cette grande maison, de l'autre côté de la rue, avec son nouveau mari et leur enfant. Ça fait plaisir de la voir de nouveau heureuse.

Elle se demanda où il voulait en venir. Le bonheur avait été absent de la majeure partie de sa vie. Oh ! elle l'avait rencontré ici et là, mais ça n'avait jamais duré longtemps !

— Je suis désolé de vous avoir contrariée, poursuivit-il, mais je ne suis pas désolé d'avoir parlé au shérif. D'autant moins que ça s'est avéré utile. Il a découvert que votre frère avait acheté un billet d'autocar la semaine dernière, de Saint Louis à Miami.

Elle sentit sa tension s'évanouir.

— Il part ?

— Nous ne le savons pas. Le billet n'a pas été utilisé.

Cela suffit pour que la tension s'empare à nouveau d'elle.

— Bon sang ! Maudit soit-il, marmonna-t-elle.

Elle regarda Cadell.

— Il n'est pas idiot.

— Personne ne pense qu'il l'est. Le shérif a quelqu'un qui guette son arrivée à Miami. S'il utilise ce billet, nous devrions rapidement le savoir. En tout cas, il a trouvé l'argent pour l'acheter. Je me demande comment.

— En volant. Ce qu'il a toujours fait. Je suis surprise qu'il n'ait pas laissé une série de rapports de police dans son sillage, mais il prend probablement soin de ne pas se faire remarquer. Donc, nous ne savons rien, en réalité.

— Je crains que non.

Elle comprit toutefois qu'il ne le croyait pas vraiment. Elle ferma les yeux.

— Il a voulu laisser une fausse piste. Il vient ici.

Cadell ne lui répondit pas immédiatement. Quand il le fit, il était clair qu'il choisissait ses mots avec soin.

— On ne peut pas le savoir en se fondant sur un seul élément.

Elle rouvrit brusquement les yeux.

— Dites-moi que vous ne croyez pas vraiment ça.

Son front se creusa, et il se leva du canapé pour faire les cent pas dans le petit salon, qu'il semblait presque remplir de sa seule présence. Elle imagina aisément que partout où il allait il faisait paraître les pièces petites.

— Nous ne pouvons pas le savoir, répéta-t-il. Mais c'est assez suspect pour me mettre en alerte. Je suis sûr que le shérif ressent la même chose.

— Eh bien, je vous remercie pour ça.

Elle avait été extrêmement sarcastique sans en avoir vraiment eu l'intention. Ou peut-être que si.

— J'ai parfois l'impression que les gens me considèrent tout simplement comme folle. C'est ce que j'ai ressenti pendant des années. Enfin, je suis un peu folle, je suppose. Je manque de confiance en moi, et un rien m'effraye... Même quand George était encore en prison, je ne me sentais pas totalement en sécurité. C'est quelque chose que je ne pouvais tout simplement pas expliquer. J'imagine que je n'ai plus besoin de l'expliquer, maintenant.

— Bien sûr que non. Quoi qu'il en soit, je ne pense pas que vous soyez folle. Ce qui vous est arrivé dans votre enfance devait forcément avoir un impact à long terme. Le contraire aurait été étonnant. C'est dans ce cas que vous auriez un problème.

Une gratitude inattendue la submergea, dissipant toute irritation contre lui.

— Je suis désolée.

— De quoi ?

— De m'être emportée contre vous. Vous aviez raison, vous tentiez seulement de me protéger. Je n'en ai pas l'habitude.

Il secoua légèrement la tête.

— J'aurais d'abord dû vous demander. Je me suis montré autoritaire, j'en ai conscience.

— Le policier a repris le dessus ? demanda-t-elle, autorisant un léger amusement à se glisser dans sa profonde angoisse.

— En effet, acquiesça-t-il avec un petit sourire. J'ai la manie de vouloir prendre les commandes.

Elle se leva. D'autres sentiments commençaient à la tarauder. Parmi eux, ce puissant désir pour Cadell, cette irrépressible envie de tout mettre de côté, juste pendant une nuit. Elle avait seulement cédé au désir à deux reprises au cours de sa vie, et en avait conclu que cela se terminait rarement bien. Mais Cadell… Depuis le début quelque chose en lui l'interpellait à de multiples niveaux. Mais elle désirait aussi son amitié et, après ce qu'il lui avait dit de son mariage, elle doutait qu'il soit intéressé par plus que cela. Même s'il en avait fait mention…

Ses pensées se bousculaient. Il lui avait dit qu'il avait envie d'elle. Quel genre d'illusion nourrissait-elle à présent ?

— J'ai besoin d'un soda, dit-elle en se dirigeant d'un pas décidé vers la cuisine.

— Je n'aurais rien contre quelque chose de fort, commenta-t-il en la suivant.

— Je n'ai rien de ce genre. Je n'aime pas l'alcool.

— Je faisais allusion à un café. Je ne bois pas tellement non plus. J'ai vu trop de problèmes causés par l'alcool. Une bière à l'occasion me suffit.

Elle fit la grimace.

— Pas de bière pour moi. Je n'en aime pas le goût.

— Tsss, fit-il, mais elle comprit qu'il la taquinait.

Le fait que quelqu'un la taquine était relativement rare. Probablement par sa faute. Après tout, elle était loin d'être la personne avec qui il était le plus simple de s'entendre. Il y avait tellement de sujets sensibles, qui s'y risquerait ?

Elle mit la cafetière en route et se prit un cola. Elle ne savait plus où elle en était. S'installant à la table avec Flash près d'elle, elle but une gorgée et songea à ses réactions au cours de cette journée. Un instant, elle appréciait la compagnie de Cadell, celle des chiens et — oserait-elle l'admettre ? — était amusée par les autruches, Itsy et Bitsy. Ensuite elle s'était fait prier pour aller manger un hamburger-frites dans un simple snack, et enfin elle avait démarré au quart de tour parce qu'il avait demandé à ses collègues de se tenir au fait des déplacements de George.

— Pourquoi me supportez-vous ? lui demanda-t-elle tout à trac. Je suis une plaie.

— C'est vrai.

Les coins de ses yeux se plissèrent.

— Mais ce n'est rien comparé à Itsy et Bitsy.

— Que vous ont fait ces autruches ?

Une fois encore, elle sentit l'amusement tenter de la gagner et décida de se laisser faire.

— Elles ont mangé deux de mes chapeaux préférés. En feutre, avec une bande de cuir. Parfaitement adaptés à ma tête. J'ai honte de reconnaître que je n'ai pris conscience que ce serait un problème permanent que lorsqu'elles ont attrapé le second. J'ai pensé à me procurer un casque de football.

Elle ne put se retenir de rire.

— Pourquoi voulaient-elles vos chapeaux ?

— Posez-leur la question.

Il haussa les épaules.

— En tout cas, il ne leur a pas fallu longtemps pour les déchiqueter. Les chèvres sont loin d'être aussi mauvaises.

— Vous avez des chèvres ?

— En quelque sorte. Je les laisse pâturer loin de la maison

pour un voisin. Je n'ai pas besoin qu'elles se chamaillent avec les autruches ou les chiens.

— Et les chiens pourraient les blesser aussi...

Il secoua la tête.

— L'une des façons dont je termine la formation consiste à emmener les chiens dans la pâture. Une nouvelle distraction. S'ils peuvent suivre les ordres en dépit des chèvres, ils sont reçus.

Sentant un sourire lui titiller les commissures des lèvres, elle secoua la tête elle aussi.

— Je pensais que vous ne faisiez pas d'élevage.

— Je n'en fais pas. Je possède deux oiseaux et je fournis un pâturage aux chèvres d'un voisin. Ce n'est pas faire de l'élevage. Demandez à n'importe qui.

Le café avait fini de passer, et il s'en servit une tasse. Puis il vint s'asseoir à la table.

— Les chèvres m'amusent, dit-il. Au printemps dernier, je suis allé là-bas avec un de mes chiens. Il y avait plein de chevreaux qui gambadaient, et l'un de ces satanés boucs avait sauté sur le toit de la grange à foin. Je n'ai toujours pas compris comment il était arrivé là. Je me suis demandé s'il en avait assez de tous ces chevreaux bruyants et surexcités. Ou peut-être se pensait-il de service de garde. Quoi qu'il en soit, j'ai appelé mon voisin et lui ai demandé ce qu'il voulait que je fasse.

— Et ?

Elle adorait ça.

— Il m'a répondu : « Ce fichu bouc est monté jusque-là, il pourra redescendre tout seul. » Ce qu'il a fait le lendemain.

C'était toute une partie du monde auquel elle n'avait jamais été exposée auparavant, et elle l'enchantait. Elle avait vécu la majeure partie de sa vie en ville et, lors de la dernière décennie, elle s'était quasiment transformée en recluse. Son travail de graphiste ne cessait de la fasciner. Il lui offrait toujours de nouveaux défis, et la somme de détails requise pour la garder pleinement occupée.

Mais des chèvres et des autruches ? Son contact avec ce

genre d'animaux se résumait à une sortie dans un zoo local quand elle avait dix ans.

Pour la toute première fois, elle envisagea la possibilité de rester sur place, une fois que ses problèmes avec George seraient derrière elle. Une foule d'expériences nouvelles l'attendait, chose qu'elle n'aurait jamais imaginée.

— Vous savez, dit-elle lentement, se demandant comment elle en était venue à lui faire autant confiance, j'ai laissé George me priver de trop de choses. Même quand il était en prison, il contrôlait mes choix de nombreuses façons. En me faisant éviter les autres personnes, en m'ôtant toute confiance en moi...

Elle marqua une pause puis exhuma la vérité sous-jacente.

— Il est temps que je me rende compte que ce n'est pas lui qui m'en a privée. J'ai fait tous ces choix depuis qu'il est allé en prison. Il n'est pas un Svengali[1] me contrôlant à distance.

Elle soupira.

— De nombreuses personnes traversent des choses terribles qui leur laissent de profondes cicatrices. Elles ne renoncent pas pour autant. J'ai renoncé, Cadell.

Il se pencha en avant et lui tendit la main, paume tournée vers le haut. Hésitante, elle y posa la sienne.

— Vous n'avez pas abandonné, lui dit-il.

— Comment appelez-vous le fait de devoir vivre en ermite ? De toute ma vie, Betty est la seule personne que j'ai laissée devenir proche de moi.

— Plus vos parrain et marraine.

— Absolument. Seigneur ! Ils m'ont tellement donné, et je ne leur ai presque rien donné en retour. À présent, il est trop tard. Certaines personnes à l'université ont tenté d'être mes amies, et je les ai toujours repoussées jusqu'à ce qu'elles

1. Svengali est un personnage de fiction du roman *Trilby* de George du Maurier, paru en 1894. Hypnotiseur, il incarne l'archétype du personnage maléfique manipulateur, capable d'amener les gens à faire ce qu'il désire. (source Wikipedia)

renoncent. Je me suis créé un joli petit monde sécurisé, mais il est loin d'être parfait.

Quelques secondes s'écoulèrent avant qu'il lui réponde.

— Qu'est-ce qui vous fait penser ça ?

— Les chèvres. Les autruches. Les chiens.

Elle leva les yeux vers lui.

— Je viens d'en avoir la révélation ; je me prive de tellement de choses en vivant en recluse dans ma grotte ! Ce n'est pas que je n'apprécie pas mon travail, il me plaît vraiment. Mais il y a tellement plus là-dehors. Peut-être devrais-je y consacrer un peu de temps.

— Vous êtes venue au ranch travailler avec les chiens et moi, lui rappela-t-il.

— C'est vrai. Mais ce n'est qu'un tout petit pas en avant. Peut-être devrais-je faire la connaissance de mes voisins. Parler à cette Marissa que vous avez mentionnée en arrivant. Rencontrer d'autres personnes.

— Je ne suis pas opposé à ça, mais je vous suggère d'y aller doucement.

— Mais pourquoi ?

— Vous ne voudriez pas vous surcharger. Vous n'avez pas l'habitude d'une vie sociale trépidante.

— J'ai l'habitude des mots sur un écran, reconnut-elle. Mais peut-être cela ne me suffit-il plus. Quoi qu'il en soit, George...

— Oui ?

— Toutes ces idées de changement dans ma vie seraient plus faciles à mettre en œuvre si je n'avais pas cette épée de Damoclès au-dessus de la tête.

Elle sentit la part d'elle qui aspirait au développement se recroqueviller un peu.

— Il arrive, Cadell. Je pense que nous le savons tous les deux.

Il n'en disconvint pas.

— Donc, tous mes plans sont en suspens pour l'instant. Je vais devoir résoudre le problème. S'il veut seulement de l'argent, il pourra en avoir. S'il veut me tuer... Eh bien, je n'ai pas l'intention de le laisser me tuer. Alors je vais cesser de m'opposer à tout ce que vous essayez de faire pour m'aider. Je suis désolée d'accaparer votre temps.

Elle sentit sa main se resserrer sur la sienne.

— Vous n'accaparez rien du tout. Je suis exactement là où j'ai envie d'être.

— C'est le policier qui parle ? demanda-t-elle avec un petit sourire sans joie.

— Seulement en partie. Il s'avère également que je vous apprécie. Oui, c'est vrai, vous êtes parfois difficile, mais qui ne l'est pas ? Je suis l'homme autoritaire qui vous ennuiera probablement encore. Et à moins que vous ne vouliez vous débarrasser de moi, je resterai.

Un profond sentiment de gratitude l'envahit.

— Vous êtes un homme bien, vous savez.

— Ne nourrissez pas mon ego.

Il redevint sérieux.

— Je suis sincère, Dory. Je suis ici parce que je le veux. Et je vous apprécie vraiment, telle que vous êtes.

— Pourquoi est-ce la chose la plus gentille que quelqu'un m'ait jamais dite ?

— Je ne saurais le dire. Mais ce n'est pas gentil. C'est tout simplement la vérité.

Il marqua une pause.

— La flatterie n'est pas mon genre. Si j'avais un problème avec vous, vous le sauriez.

— Merci. Vous n'allez jamais le croire, poursuivit-elle, mais j'aime bien Itsy et Bitsy.

Il ne sembla pas contrarié qu'elle détourne la conversation alors qu'il venait de lui dire qu'il l'appréciait… Une déclaration riche de possibilités qu'elle n'était pas prête à envisager, mais qu'elle chérirait parce qu'elle aussi l'appréciait.

— Ce n'est pas que je ne les aime pas, nous avons une relation d'agacement réciproque.

— Enfin, ça ne veut pas dire non plus que j'ai envie de les caresser.

Elle sourit.

— Qu'est-il arrivé à votre mère ? Vous ne l'avez jamais mentionnée.

— Elle est morte après ma naissance. Une sorte d'infection.

— Je suis sincèrement désolée.

Il secoua légèrement la tête.

— Je ne l'ai pas connue. Je n'ai jamais su ce que c'était qu'avoir une mère. Il m'arrivait parfois de regretter de ne pas être comme les autres enfants, cependant la plupart du temps je l'acceptais tout simplement. Mon père a bien pris soin de moi. Il m'a fait travailler dur au ranch, mais il s'est arrangé pour que j'aie une vie sociale quand j'étais au lycée. Je suppose que je n'ai jamais pensé à tout le travail qu'il a dû assumer pendant que j'étais absent.

— Et ça ne lui a pas posé de problème que vous deveniez policier ?

— En tout cas, il n'en a jamais fait mention. Comme je vous l'ai peut-être déjà dit, à l'époque il réduisait l'activité du ranch. Il assurait que les terres avaient plus de valeur que le bétail.

— Était-ce le cas ?

— J'en loue une grande partie, donc je suppose que oui. Mais ensuite, je regarde ces maudites autruches et je me demande si ce n'était pas une ruse de sa part pour me garder enraciné ici. Il croyait beaucoup à l'importance des racines. Moi aussi, j'imagine. Je ne regrette absolument pas d'être revenu.

— Les racines...

Elle répéta le mot, le jaugeant mentalement.

— Je ne suis pas sûre d'en avoir jamais eu. Même quand j'étais avec mes parrain et marraine. Oncle Bill, comme je l'appelais, était sans cesse muté. Si c'était pour une longue période, nous l'accompagnions parfois. Sinon, tante Jane et moi restions où nous étions. Nous l'avons fait davantage quand j'étais au lycée. Je suppose qu'ils pensaient que c'était important.

— Ça l'a été ?

Elle haussa les épaules.

— Je l'ignore. Comme je vous l'ai expliqué, je ne me fais

pas d'amis. Enfin, à l'exception de Betty. Je l'ai rencontrée au lycée de Saint Louis.

— Eh bien, à présent je suis votre ami. Vous allez devoir vivre avec ça.

Il la taquinait à nouveau, et ça lui plut. Il y avait là quelque chose de tellement normal, une normalité qu'elle avait évitée pendant des années. À présent qu'elle s'y essayait, un peu à la fois, elle découvrait que c'était agréable. Elle était parfaitement consciente que ces sentiments s'effondreraient comme un château de cartes dès le moment où George arriverait, mais elle ne voulait pas se priver de ces moments.

— George m'a volé trop de choses dit-elle.

Puis, avec la même audace dont elle faisait preuve dans son travail, elle se leva et s'approcha de lui.

— Vous êtes occupé, ce soir, shérif adjoint ?

Il plissa les yeux.

— Je comptais rester ici.

— Ce n'est pas ce que je voulais dire.

Elle ouvrit alors le barrage qu'elle avait construit pour éviter de penser à ce dont elle avait vraiment envie et laissa pour la première fois déferler son désir. Que l'expérience se révèle bonne ou mauvaise, peu lui importait. Elle allait bel et bien faire cette expérience.

— Venez au lit avec moi, murmura-t-elle. Maintenant.

11

Submergé par des émotions conflictuelles, Cadell se figea. Il avait envie de cette femme, mais il craignait d'une certaine manière de la blesser. Il se demanda même pourquoi elle lui faisait une proposition aussi audacieuse. Chaque fois qu'il avait cru déceler le désir dans son regard, elle l'avait vite refréné. Peu de temps auparavant, elle était furieuse contre lui. D'où venait ce revirement ?

Il se leva, mit les bras autour de la taille de Dory et la sentit frissonner. Il n'y avait qu'un moyen de le savoir.

— Pourquoi ?

Elle ferma les yeux, secoua légèrement la tête, mais ne s'écarta pas.

— Le moment est-il à l'analyse ?

— Je ne demande pas une analyse. Je veux une raison. Je voudrais être sûr que vous ne vous servez pas de moi pour oublier. J'ai besoin d'être plus que ça.

— Rien ne pourra me faire oublier, murmura-t-elle. Mais j'ai été privée de beaucoup de choses à cause de ça. J'ai envie de vous depuis un moment, et je n'ai cessé de tenter de refouler ce désir.

Ses yeux bleus s'ouvrirent et se posèrent sur lui sans ciller.

— Je ne peux pas le refouler, Cadell.

Estimant que c'était suffisamment sincère, il se pencha vers elle et lui effleura les lèvres des siennes.

— Vous devez savoir que j'ai aussi envie de vous, j'en ai fait mention plus d'une fois. Mais il faut que ce soit le bon moment, Dory. Êtes-vous sûre que ça l'est ?

— Si j'y réfléchis trop, il n'y aura jamais de bon moment. Cadell...

Ces moments pouvaient être les plus tendres unissant deux êtres humains, tout comme ils pouvaient s'avérer une terrible erreur. Il avait envie d'elle plus qu'il ne pourrait le dire, mais il devait aussi la protéger.

Au diable ses scrupules ! Si les regrets devaient arriver, ce ne serait pas avant plusieurs heures.

Il l'embrassa encore, poussant la langue un peu plus loin que ses lèvres, jusqu'à la barrière de ses dents. Un autre frisson parcourut son corps puis elle renversa la tête, et sa bouche s'ouvrit. Elle n'avait pas changé d'avis.

Flash se leva lorsqu'il la souleva dans ses bras.

— Chérie, peux-tu dire à ton chien de garde de ne pas bouger ?

Dory lui noua les bras autour du cou et dit d'une voix pâteuse :

— Flash, pas bouger. Garde.

— Tu pourrais être plus convaincante, lui fit remarquer Cadell tout en la portant jusqu'à la chambre.

— Il ferait mieux de ne pas s'interposer. Il devrait comprendre qu'il n'a pas à me protéger de toi.

— Il le comprend.

Il s'en était assuré la semaine précédente. Il n'avait pas envie que le chien interprète leurs ébats comme une invitation à se joindre à eux pour jouer.

Il posa doucement Dory, la faisant glisser le long de son corps. En sentant son érection, elle retint son souffle. Son désir n'avait plus de secret pour elle. La pression contre son jean lui donnait envie de gémir. Il se rappela qu'il devait prendre son temps, s'assurer qu'elle puisse savourer chaque sensation. Cette pensée lui échappa toutefois lorsqu'elle le toucha à travers le denim.

— Mmm, fit-elle.

Il avait cette idée en tête de déshabiller d'abord Dory avant de se dévêtir. D'où elle lui était venue, il n'en savait rien. Toujours est-il qu'elle disparut instantanément quand Dory s'attaqua aux boutons-pression de sa chemise et les ouvrit sans ménagement. Puis ses mains douces et menues se mirent à explorer son torse, faisant se propager en lui une onde de plaisir à chaque caresse.

Lorsqu'elle effleura ses mamelons, il fut incapable de réprimer un frisson.

— Toi aussi ? murmura-t-elle.

Avant qu'il puisse répondre, elle se pencha en avant et en prit un dans sa bouche, léchant et aspirant jusqu'à ce que le sang qui lui battait aux tempes l'assourdisse.

Non seulement, cette femme était un ange, mais elle était aussi une sorcière. Une sorcière très douée avec sa langue. Puis elle le mordilla, et il sursauta.

Il baissa les yeux vers elle. Le sourire paisible et ravi qu'elle affichait était sans équivoque.

— Tu es contente de toi, n'est-ce pas ? lui demanda-t-il d'une voix sourde.

Il était à présent certain de ne pas avoir affaire à une femme totalement inexpérimentée, ce qui lui ôta ses dernières inhibitions.

Oh ! ça allait être bon !

Il saisit le bas de son T-shirt et le lui enleva.

Sa surprise fut grande quand il découvrit un soutien-gorge en dentelle auquel il ne se serait pas du tout attendu, et qui remontait les globes de ses seins dans une charmante invite.

Inclinant la tête, il embrassa le sommet de chacun d'eux puis les caressa légèrement de la langue. Un doux gémissement lui échappa. Il passa la main derrière elle et dégrafa le soutien-gorge.

Avant qu'il puisse le lui ôter, elle s'en chargea. Debout devant lui dans la faible lueur provenant du couloir, elle ne cherchait pas à se dérober à son regard. Au lieu de cela, elle lui prit les mains et les posa sur ses seins, après quoi elle se pencha à nouveau vers lui pour lui titiller les mamelons.

Tandis qu'il lui caressait les seins, s'efforçant d'évaluer ses réactions d'après ses gémissements, il sentit ses mains se poser sur la ceinture de son jean. C'était donc ainsi que ça allait se passer ?

Excité, il posa lui aussi les mains sur son jean. Avec une vitesse surprenante, slip et jean descendirent le long de ses jambes.

Ces fichues chaussures, à présent. Il la fit asseoir sur le bord du lit puis s'accroupit pour lui enlever tennis et chaussettes, et la débarrasser de son jean.

Elle laissa échapper un gloussement.

— Quoi ? fit-il avant de s'occuper de son propre problème.

— Y a-t-il une façon gracieuse de faire ça ?

— Oui. Les peignoirs. Les négligés. La nudité.

Un sourire éclaira toutefois son visage alors qu'il s'asseyait près d'elle sur le lit et s'échinait à enlever ses bottes de travail et tout le reste. Il eut la présence d'esprit de prendre un préservatif et de le mettre.

— Une sorte de signe de ponctuation.

Elle lui coupa alors le souffle en refermant la main autour de son érection.

— Dory...

Son prénom lui échappa dans un soupir étranglé.

— Tu es un beau mâle, murmura-t-elle, son propre souffle devenant court. Pouvons-nous...

— Tout ce que tu voudras, dit-il, se consumant.

— Dépêche-toi ! ordonna-t-elle d'une voix haletante.

Toute la délicatesse dont il avait projeté de faire preuve fut oubliée quand la passion l'emporta. Dès qu'elle se fut étendue, il s'allongea sur elle, ses courbes délicieuses se fondant dans les angles de son corps de toutes les meilleures façons possible.

Pendant un instant, il fut même incapable de bouger, tant il se sentait bien. Prenant son visage entre ses mains, il plongea le regard dans ses yeux bleus. Un ange de Botticelli. Son ange, pour l'instant.

Ensuite, il se glissa en elle, la sentant s'arquer pour venir à lui. Elle enroula les jambes autour de ses hanches, et son corps se cambra en réaction à chacun de ses assauts.

Presque trop tôt, elle se raidit et cria, un frisson ébranlant tout son corps. Il ne put se contenir davantage et la rejoignit dans le plaisir.

Quand il s'effondra sur elle, elle posa doucement les mains sur ses épaules. Un signe de bienvenue. Le plus merveilleux des signes de bienvenue.

George parvint finalement à faire un long trajet à bord d'un gros semi-remorque allant dans la bonne direction. Celui-ci s'était arrêté à sa hauteur alors qu'il marchait dans l'obscurité sur la bande d'arrêt d'urgence, évitant de prendre le risque de tendre le pouce de peur que la justice s'intéresse à lui.

L'homme semblait las de ce long parcours et voulait quelqu'un avec qui parler. La CB était inhabituellement silencieuse. George était un beau parleur, capable d'imaginer des histoires attrayantes, et c'était un petit prix à payer pour arriver jusqu'au relais routier à l'extérieur de Conrad City.

Il se présenta comme un barman fauché qui rentrait chez lui pour voir sa mère souffrante. Ce rôle imaginaire lui attirait toujours la sympathie. Il ne s'attarda pas sur les détails, inventant plutôt des anecdotes amusantes à propos de choses qu'il aurait vécues pendant son travail. Le routier se mit bientôt à rire et décida qu'il l'appréciait. George, qui savait y faire avec les gens, s'était mis l'homme dans la poche. À présent, il était certain qu'il ne l'abandonnerait pas à un carrefour au milieu de nulle part.

Maintenant que cette question était réglée, il commença à réfléchir à ses projets pour les jours à venir. Il ignorait totalement où Dory se trouvait. Elle pouvait tout aussi bien s'être installée dans une cabane en rondins au milieu de nulle part.

Non, impossible, décida-t-il. Bien qu'en sachant peu au sujet de son travail, il avait déduit qu'il lui fallait pour le faire une excellente connexion à Internet.

Elle devait donc s'être installée dans une ville. Il y en avait toute une série de petites puis la plus grande, près de laquelle il serait déposé.

Il se frotta le menton, sentant le contact de la barbe qu'il avait laissée pousser presque depuis sa libération. Ainsi, il ne se ressemblait pas, ce qui était exactement le but recherché. Le gris dans ses cheveux aidait également à le faire paraître beaucoup plus âgé.

La ville où il se rendait n'étant pas si grande que ça, il allait avoir tout intérêt à faire autant que possible profil bas. Peut-être les gens se mêlaient-ils de leurs affaires, ou peut-être pas... Il ne pouvait prendre le risque qu'ils fassent des commentaires sur un étranger qui n'avait pas de travail et ne semblait pas être de passage. La dernière chose dont il avait envie était d'attirer l'attention.

Le relais routier, avec le roulement constant de sa clientèle, serait probablement un endroit raisonnablement sûr où traîner de temps à autre. Mais en dehors de ça ?

Il avait besoin de se faire discret... Ce qui augmentait les difficultés pour localiser Dory.

Vers 5 heures du matin, il décida de renoncer au confort de son voyage avec le camionneur. Alors qu'ils approchaient d'une grande ville encore relativement éloignée de sa destination, il demanda à y être déposé. Cette ville lui offrirait la liberté de peaufiner son plan ainsi que les outils dont il pourrait avoir besoin pour cela.

De plus, un panneau annonçant un festival de rodéo signifiait qu'il y aurait beaucoup d'étrangers dans le secteur. Tant mieux. À moins qu'il le veuille, personne ne le remarquerait.

Debout sur le bas-côté de la route, il salua le routier d'un signe de la main. Il avait depuis longtemps appris à ne rien faire qui puisse amener quelqu'un à se souvenir de lui. Il était donc toujours poli et amical, mais pas trop.

Souriant, il se mit à siffloter. Pour le moment, tout se passait bien.

Alanguie de plaisir et de fatigue, Dory pouvait à peine bouger. Elle resta allongée sur le lit, attendant le retour de Cadell, et sentit que Flash lui léchait la main. L'air était empli des effluves musqués de leurs ébats, pour elle délicieux.

— Couché, dit-elle, tout juste capable de rassembler l'énergie nécessaire pour prononcer un mot.

Elle avait oublié qu'elle pouvait se sentir aussi bien, aussi comblée… Si toutefois elle l'avait jamais été. Elle sentait les commissures de ses lèvres s'incurver comme si elle ne pouvait s'empêcher de sourire. Bon sang ! Son corps entier souriait.

Elle espéra seulement que son impatience n'avait pas rebuté Cadell. Elle était une femme, bien sûr, mais rien dans sa vie ne lui avait fait sentir qu'elle devait rester en retrait, même si elle avait appris sur Internet que de nombreuses femmes, et même des hommes, ne demandaient que cela. De toute façon, elle était habituée à prendre seule les décisions la concernant et les initiatives pour les mener à bien.

Et puis il y avait George. Elle savait qu'il arrivait, elle le pressentait. Dans ce cas précis, elle aurait préféré pouvoir rester en retrait, mais il ne lui laissait pas le choix. Elle allait devoir lui tenir tête, l'obliger à partir et à la laisser en paix. L'argent… Avec lui, il n'avait jamais été question que d'argent. Elle lui aurait volontiers donné jusqu'à son dernier sou pour qu'il aille s'installer sur un autre continent.

Le lit se creusa lorsque Cadell s'allongea près d'elle. Elle fut surprise de s'être plongée dans ses pensées au point de ne pas l'avoir entendu venir. La lumière provenant de la salle de bains était faible, mais elle le vit sourire. Elle posa la main sur sa joue.

— Je suis éreintée, lui dit-elle.

Le sourire de Cadell s'élargit.

— Tu n'es pas la seule. Et nous n'avons pas fini…

Elle sentit son cœur faire un bond.

— Vraiment ?

— Oh non ! Je t'ai à peine explorée.

Il s'étira et posa la tête sur sa main, souriant toujours.

— Ferme les yeux. Contente-toi de ressentir.

L'excitation pulsait déjà dans ses veines alors que, une minute plus tôt, elle aurait cru cela impossible. Elle s'exécuta, fermant les yeux, retenant presque son souffle dans l'attente.

D'abord vint l'effleurement léger de ses doigts, dessinant

le contour de son oreille, de sa mâchoire. Passant doucement sur ses lèvres jusqu'à ce qu'elles s'entrouvrent et qu'elle inspire fébrilement. De seconde en seconde, chacun de ses nerfs lui donnait l'impression de devenir plus sensible.

Puis ses doigts descendirent, contact toujours léger, sans aucune pression. Traversant ses épaules, ses clavicules, jusqu'au bout de ses doigts avant de remonter par l'intérieur de son bras. Un irrépressible frisson la parcourut.

— Tout doux, murmura-t-il. Apprécie simplement.

Oh ! Seigneur, elle appréciait ! Quand il trouva finalement ses seins, elle se mordit la lèvre, espérant... Mais ses doigts continuèrent leur progression. Elle faillit crier.

Il fit glisser sa main vers le bas, traçant le plus léger des sillons à travers sa taille puis plus bas, décrivant des cercles autour de son nombril, se déplaçant d'un côté à l'autre, prenant tout son temps pour descendre plus bas encore.

Tout comme elle l'avait pensé, la main de Cadell glissa jusqu'à sa cuisse, en caressant d'abord l'extérieur puis l'intérieur sans toutefois s'approcher de ses zones les plus sensibles.

Il était en train de lui faire perdre la tête ; elle n'avait jamais connu une telle excitation. Il glissa ensuite le long de son autre jambe avant de remonter jusqu'à son ventre.

Maintenant ! Je t'en prie, maintenant !

Ses pensées étaient toutes concentrées sur ce désir brûlant auquel se mêlait la peur qu'il puisse la laisser ainsi, avide d'un plaisir inassouvi. Elle avait l'impression de vibrer de la tête aux orteils, comme un instrument à cordes dont il jouait avec virtuosité.

Oh ! avec une incroyable virtuosité !

Puis, l'amenant à inspirer brusquement entre ses dents, il fit enfin glisser ses doigts jusque-là où elle le voulait. Ne pouvant tenir plus longtemps, ayant besoin de beaucoup plus, elle se cambra à son contact.

Pendant un petit moment, il prolongea le plaisir, la caressant doucement.

Elle gémit de frustration lorsqu'il s'arrêta tout à coup.

— Cadell...

— Patience.

Elle le sentit lui écarter les jambes, s'installer entre elles, puis survint la plus exquise des sensations au monde, presque douloureuse dans son plaisir intense. Avec sa langue, il la fit s'arquer jusqu'à ce qu'elle crispe inconsciemment les doigts sur le drap, s'y raccrochant comme si sa vie en dépendait.

Quand enfin elle atteignit le paroxysme du plaisir et eut l'impression de voler en éclats, tout ce qu'il resta d'elle fut une femme flottant librement parmi les étoiles.

Les bras de Cadell l'enveloppèrent de leur chaleur et de leur force. Il avait ramené la couverture sur eux et la tenait serrée, tellement serrée qu'elle sentait les contours anguleux de son corps, ses plus légers mouvements tandis qu'il respirait, son souffle sur ses cheveux. Son propre bras était posé sur la taille de Cadell, au contact de sa peau.

L'intimité de ce moment frappa Dory. Elle avait déjà eu deux amants, jamais pour plus d'une ou deux nuits, mais ces expériences n'avaient rien eu de comparable. Elle les avait tous deux quittés en se disant qu'elle ne manquait vraiment rien en évitant les hommes.

Et maintenant, il y avait Cadell. L'intimité. La proximité... Elle ne s'était jamais sentie aussi proche de quelqu'un, du moins plus depuis son enfance.

Elle aurait dû le fuir. Mais l'amour et la confiance avaient fait leur apparition dans sa vie, et elle ne pouvait les réprimer. Cela l'emplissait, l'altérait, la changeait, et elle n'avait pas envie de le combattre.

Advienne que pourra, songea-t-elle, l'esprit ensommeillé. Elle allait devenir une personne différente. Peut-être une meilleure personne. Si seulement ils pouvaient enfin se débarrasser de la menace qui pesait sur elle !

Puis, en sécurité dans les bras de l'homme qui avait pris la responsabilité de la protéger, elle sombra dans un sommeil peuplé des rêves les plus heureux qu'elle ait faits depuis des années.

Le lendemain matin, Cadell se réveilla le premier. Il se leva sans faire de bruit, enfila jean et bottes et emmena Flash faire un tour au jardin. Lorsqu'ils revinrent, il prépara le café et se mit en quête de quelque chose pouvant lui servir à préparer le petit déjeuner.

Après la nuit précédente, il avait une faim de loup.

Il marqua alors une pause, le souffle presque coupé par une soudaine prise de conscience. La femme qui l'avait averti qu'elle n'avait confiance en personne lui avait fait confiance.

Et pas seulement la nuit précédente. Petit à petit, elle s'était ouverte, se dévoilant, lui confiant ses pensées, ses sentiments. Et pas seulement à propos de George. Non, parfois cela concernait les changements qui s'opéraient en elle, son évolution personnelle. Elle lui avait même dit qu'elle songeait à rencontrer d'autres personnes.

Dory avait fait de gros progrès.

Et lui aussi.

Il s'assit, attendant que le café passe, et fit le bilan. Pour commencer, il avait tenté d'aider une femme qui avait une bonne raison d'avoir peur. Quand il lui avait donné le chien, il pensait passer la voir de temps à autre. Au lieu de cela, ses journées étaient devenues de plus en plus liées aux siennes. En particulier à partir du moment où elle avait partagé avec lui sa représentation du meurtre. Il avait alors plongé le regard dans le cœur d'une petite fille et découvert comment cela avait affecté la femme qu'elle était devenue.

Ce faisant, il avait abandonné toute distanciation. Toute intention d'éviter à jamais une autre débâcle comme celle de son mariage avec Brenda s'était évanouie. Il avait renoncé à ses propres défenses pour Dory, et il n'était pas du tout sûr de vouloir les remettre en place.

Sa seule certitude était qu'il voulait davantage avec elle

qu'une aventure sans lendemain. Seule l'épreuve du temps dirait si leur relation durerait mais, pour la première fois depuis Brenda, il était prêt à s'accorder une chance.

D'autant qu'il aimait de plus en plus Dory. À mesure qu'elle sortait de sa coquille, il voyait plus en elle que l'ange de Botticelli qui lui avait coupé le souffle. Il voyait une rose s'épanouir et non plus un bouton de rose dissimulé derrière le travail et ses ordinateurs. Elle faisait preuve de force. De fortitude. De détermination. Elle ne parlait plus de fuir.

Pour sa part, il se sentait revivre. Il espéra que cette sensation perdurerait. Il avait redécouvert l'homme qu'il avait été naguère. Quel mal y avait-il à cela ? C'était tellement agréable...

Souriant, il se leva et alla vers le réfrigérateur, songeant à la manière de composer un petit déjeuner à partir du peu qu'il y trouverait. Il se douta qu'il devrait jouer les cuisiniers aussi longtemps qu'ils resteraient ensemble.

— Il m'a semblé sentir l'odeur du café.

Dory se tenait sur le seuil de la cuisine.

— Il est prêt, si tu en veux. J'espère que ça ne t'ennuie pas, mais je m'apprêtais à chercher de quoi préparer le petit déjeuner.

Elle haussa un sourcil.

— Tu ne manges pas de céréales ?

— Pas souvent. La plupart des choses que tu as là sont trop sucrées.

Un sourire se dessina lentement sur son visage.

— Essaye à 3 heures du matin, après avoir travaillé dix heures. C'est le meilleur des énergisants.

Alors qu'elle passait devant lui, il l'attrapa par la taille et la serra contre lui. Aussitôt, elle noua les bras autour de son cou.

Il sourit à ses yeux si bleus.

— Bonjour, chérie.

Puis il lui donna un baiser passionné, sentant son corps frémir en retour.

Voilà qui ne les mènerait probablement pas au petit déjeuner, songea-t-il confusément.

Il interrompit leur baiser à contrecœur, et se délecta de la manière dont elle avait fermé les yeux, de ses lèvres légèrement gonflées. Elle était tellement belle !

— Mais ceci ne nous nourrira pas, remarqua-t-il d'un ton bourru.

— Ça dépend..., répondit-elle, espiègle, en rouvrant les yeux.

Puis, avec un petit rire, elle s'écarta de lui.

— Tu me distrais trop. Alors comme ça, pas de céréales ?

Elle sortit une boîte de soupe du placard.

— Que dirais-tu d'un « déjeuner matinal » ? Parce que je peux préparer des sandwichs toastés au fromage avec un peu de soupe à la tomate.

Pourquoi n'avait-il pas pensé à ça ? Était-il trop enlisé dans ses habitudes ?

Ce qui rendit cependant ce « déjeuner matinal » merveilleux, ce fut la femme assise en face de lui, souriant et bavardant comme si elle n'avait pas le moindre souci.

Il savait que ça ne durerait pas. Ça ne pouvait pas durer.

— Je dois aller travailler quelques heures aujourd'hui, lui dit-il en attaquant son second sandwich. Mais si tu as le temps, tu peux te rendre au ranch. Doc Windwalker y amène un jeune chien qu'il pense parfait pour être entraîné à devenir le compagnon d'un petit garçon autiste.

— Je pensais que tu ne faisais pas ce genre de chose.

— Je ne le fais pas souvent. Mais celui-ci me revient. La famille n'a pas les moyens de s'adresser ailleurs, donc...

Il haussa les épaules.

Le sourire qu'elle lui adressa le fit se sentir un géant.

Une fois douchée et habillée, Dory s'installa devant ses ordinateurs et trouva toute une série de messages qui l'attendait. L'équipe discutait d'un nouveau projet potentiel, se demandant s'il serait réalisable dans le délai imparti par le client. Elle lut le cahier des charges et les commentaires de ses collègues. Il était clair que tout le monde avait envie d'accepter, mais que ce serait un gros défi, une chose qu'ils n'avaient encore jamais faite auparavant.

Soudain, un message privé arriva, provenant de Reggie.

Où étais-tu ?

Pas disponible. Toutes mes excuses. La vie.

Oui, j'en sais quelque chose. Je m'inquiétais à cause de ton frère.

Je vais bien. Je suis sous bonne protection, celle d'un chien de garde.

Elle ne voulait pas mentionner Cadell. Ça ne les regardait pas.

Tant mieux. Mais j'avais besoin de t'informer de quelque chose. Nous avons été victimes d'une tentative de piratage depuis une bibliothèque du Nebraska, il y a quelques jours. Notre webmaster ne s'en est pas inquiété, il l'a simplement mis dans son rapport. Quoi qu'il en soit, je t'en avertis parce que le hacker tentait d'entrer dans tes fichiers personnels. Il a échoué, mais…

Merci.

Le cœur de Dory s'emballa aussitôt.

Il y a combien de jours ?

Il y eut une pause, et elle imagina Reggie qui basculait vers un autre fichier. Puis la réponse arriva.

Cinq jours.

Cinq jours suffisaient amplement pour rallier Conrad City en venant du Nebraska. Tout à coup, la journée ne lui sembla plus aussi belle que quelques minutes plus tôt.

Il y eut un autre *ping*. Reggie ajoutait quelque chose.

S'il y a quoi que ce soit que nous puissions faire, n'hésite pas à demander. Nous sommes tous inquiets.

Merci. J'apprécie vraiment.

À présent, concernant le nouveau projet…

Elle fut contente de pouvoir se concentrer sur ce projet. Le travail avait été pendant longtemps son salut, et il l'était encore ce matin. Moins elle laissait de place à son frère dans ses pensées, mieux elle se sentait.

Elle n'avait même pas fait un seul cauchemar cette nuit ! Cela la fit sourire, même si elle sentait un nuage sombre se diriger inexorablement vers elle.

Il lui vint soudain à l'esprit qu'elle devait en informer Cadell. Ce n'était sans doute rien… Ou c'était peut-être George.

L'appel de Dory fit voler en éclats les projets de Cadell pour la journée. Ou, du moins, l'amena-t-il à les modifier un peu. Il appela Mike Windwalker et lui demanda de reporter de deux heures l'arrivée au ranch de la famille et du nouveau chien. Mike lui proposa même de la remettre au lendemain.

— Demain m'irait très bien aussi, mais je suis presque sûr de pouvoir m'en occuper cet après-midi. Je suis seulement désolé pour le délai.

— C'est quelque chose que je connais, lui répondit ironiquement Mike. Je suis vétérinaire, vous vous rappelez ?

Un véto avec une épouse et une fille en fauteuil roulant. Ça l'ennuyait probablement quand il ne pouvait pas rentrer à l'heure chez lui.

Cadell prit ensuite le chemin du bureau de Gage.

— Je ne suis pas sûr que ce soit important, dit-il au shérif, mais je pense que nous devons vérifier. Dory vient d'apprendre par un de ses collègues de travail que quelqu'un a tenté de pirater ses fichiers personnels à partir d'une bibliothèque du Nebraska.

— Ce n'est peut-être rien, commenta Gage.

Cependant, alors qu'il se redressait, il fut clair qu'il n'en croyait rien.

— Pouvons-nous savoir quelle est cette bibliothèque ? ajouta-t-il.

— J'appelle immédiatement Dory.

Il fallut quelques instants à Dory pour se rendre compte que son téléphone sonnait avec insistance. Elle s'arracha à l'étude du cahier des charges du nouveau projet et prit l'appareil. Cadell ? Elle eut l'impression que son cœur souriait.

— Salut, dit-il d'une voix chaleureuse. J'ai une question à te poser.

— Je t'écoute.

— Y a-t-il un moyen de découvrir de quelle bibliothèque a été faite cette tentative de piratage ?

— Ne quitte pas, j'envoie un message à Reggie. Ça peut prendre quelques minutes, s'il est occupé. Préfères-tu que je te rappelle ?

— Je vais attendre.

La résolution était palpable dans la voix de Cadell. La tentative de piratage qu'elle s'était tellement efforcée d'oublier avait refait surface et, avec elle, son anxiété. Manifestement, Cadell pensait que ce n'était pas anodin.

— Seigneur ! Et ensuite ? marmonna-t-elle tandis qu'elle tapait rapidement le message à Reggie.

— Ensuite, je viendrai te chercher, et nous irons rencontrer la famille d'un enfant autiste pour tenter de le rendre heureux, lui répondit Cadell. En attendant...

En attendant... Elle tambourina des doigts sur le bureau. Cinq minutes plus tard, la réponse arriva.

Tout ce que j'ai, c'est une IP.

Donne-la-moi, je regarderai.

Une nouvelle pause, puis une série de chiffres groupés par trois et séparés par des points.

Merci. Au fait, j'aime beaucoup ce projet.

Génial !

Elle reprit ensuite son téléphone portable.

— J'ai l'adresse IP.

Il ne lui fallut pas longtemps pour remonter jusqu'à l'adresse physique.

— Il s'agit de l'un des quatre ordinateurs affectés à une bibliothèque de Landoun, au Nebraska, annonça-t-elle à Cadell Une petite ville comme Conrad City.

— Peut-être la bibliothécaire se souviendra-t-elle de quelqu'un. Je vais voir et te tiens au courant.

Elle se demanda si elle survivrait ne serait-ce qu'à quelques minutes d'attente puis, avec détermination, écarta toute pensée relative à George et se concentra sur son travail. Elle était douée pour occulter tout le reste.

Bientôt, elle fut plongée dans un monde de story-boards que l'équipe avait commencé à concevoir, donnant son opinion, apportant quelques modifications qui seraient un peu plus simples à réaliser.

Puis son téléphone sonna.

— La bibliothécaire n'a pas reconnu la photo de détenu de George que nous lui avons envoyée par e-mail, lui apprit Cadell. Mais elle a confirmé qu'il y a quelques jours un homme a utilisé l'ordinateur pendant plus d'une heure. Cependant, il avait une barbe épaisse. Nous allons donc faire ajouter une barbe sur la photo et la lui soumettre à nouveau. Au cas où.

— Merci. J'ai aussi le logiciel pour ajouter la barbe, si ça peut faire gagner du temps.

Elle avait besoin de savoir.

Elle était sûre qu'il s'agissait de George. Qui d'autre tenterait de pénétrer dans ses fichiers personnels ?

— Entendu. J'arrive avec la photo qui nous a été faxée.

Elle reposa le téléphone, les yeux rivés sur l'écran, parfaitement consciente qu'elle ne pourrait pas se concentrer avant d'en avoir fini avec cette photo. C'était comme si tout était passé du champ des possibilités à celui de la réalité.

Elle sentit un petit coup sur sa jambe et vit Flash qui tentait d'attirer son attention, les yeux levés vers elle. Presque machinalement, elle le caressa.

— Peux-tu tenir jusqu'à l'arrivée de Cadell ?

Tout à coup, elle n'avait même plus le courage de s'aventurer seule dans son jardin.

George vola un pick-up dont il échangea les plaques avec celles de l'un des nombreux autres véhicules similaires qui se trouvaient sur le parking. Le Festival du rodéo était manifestement un événement important dans le coin. Une fois en sécurité hors de la ville, il rejoignit l'autoroute et, dès qu'il trouva une aire de repos déserte, fit une halte pour regarder ce que contenait le véhicule. Carte grise et assurance. Bien. Mais il n'avait toujours pas de permis. Il avait intérêt à ne pas se faire arrêter.

Et une arme ? Ça pourrait être utile, même s'il voulait que la mort de Dory paraisse accidentelle. À l'arrière du véhicule, il trouva d'autres choses intéressantes allant de la corde au barbelé, en passant par des outils et un objet qu'il ne put d'abord identifier.

Curieux, il prit par sa poignée la tige d'un mètre de long et remarqua les deux pointes à son extrémité. Ça ressemblait à un Taser. Un énorme Taser. Il appuya sur le bouton et eut la satisfaction de voir l'étincelle. Un aiguillon. Voilà qui pourrait s'avérer utile. Il regretta seulement qu'il ne soit pas plus petit et donc facile à dissimuler.

Il remonta dans le pick-up et prit la direction de Conrad City. Il n'y en aurait plus pour longtemps. Tout ce qu'il lui restait à faire, à présent, était de retrouver sa sœur sans lui-même se faire voir.

Il y avait un chapeau de cow-boy usé et informe sur le siège près de lui. Il le mit et l'abaissa sur son front. Barbe ou pas, moins on verrait son visage, mieux ce serait. Il se mit à siffler faux, songeant que c'était une belle journée. Les grands espaces ne le dérangeaient plus.

La vie lui souriait enfin.

12

La photo que Cadell apporta à Dory n'était pas en très haute résolution. Elle commença par la scanner et par en augmenter la clarté. Puis elle l'importa dans le logiciel permettant d'y ajouter une barbe.

— La bibliothécaire a-t-elle précisé quel genre de barbe ?

— Fournie. Pas très longue.

— D'accord. Ça va prendre un moment.

— Combien de temps, à ton avis ?

— Quelques heures.

— Dans ce cas, allons voir l'enfant autiste.

— Ça me convient.

La dernière chose qu'elle avait envie de faire était d'attendre en se morfondant. Se garder occupée avait toujours été sa planche de salut. À sa grande surprise, elle découvrit qu'elle n'arrivait pas à se lever.

— Oh ! Seigneur ! murmura-t-elle.

— Qu'y a-t-il ?

— Je viens de revoir mon frère pour la première fois depuis un quart de siècle. Il pourrait être un étranger, Cadell. Je le reconnais à peine.

— Espérons qu'il aura le même problème avec toi.

Il s'accroupit près d'elle.

— Ça va aller ?

— Ça va toujours, lui répondit-elle, irritée.

Malgré son affirmation, elle se sentait encore les jambes en coton ; elle regarda à nouveau le visage qui avait terriblement changé mais qui était toujours celui du frère qu'elle avait aimé.

— C'est une honte ! ajouta-t-elle.

— Quoi donc ?

— Qu'il n'ait jamais été la personne que je croyais. Cette personne aurait pu faire des choses merveilleuses de sa vie. Au lieu de ça...

Cadell se redressa et lui posa la main sur l'épaule.

— Laisse George de côté pendant que ton logiciel travaille. Et rappelle-toi : s'il veut vraiment te tuer, il devra d'abord te trouver.

Durant le trajet jusqu'au ranch, elle se délecta à nouveau du paysage. Au début, il était tellement différent de ce qu'elle avait connu qu'il lui avait paru aride et broussailleux, sans grand attrait, exception faite des montagnes.

Au fil du temps, elle avait appris à le regarder différemment. Tout cet espace ponctué de bouquets d'arbres, de broussailles et de soude roulante la fascinait. Elle adorait voir le vent emporter les boules d'herbe séchée de la soude.

— Chaque lieu a ses attraits, commenta-t-elle. Il m'a fallu un moment pour les remarquer ici.

Cadell lui décocha un sourire avant de reporter son attention sur la route.

— J'ai d'abord été accablé quand j'ai emménagé à Seattle. Ça me paraissait suffocant. Le champ de vision était restreint, l'espace me semblait confiné. Ensuite, c'est quand je suis revenu ici en visite que ce « lieu » m'a semblé laid. J'avais pris l'habitude de gravir les montagnes juste pour voir la forêt. Alors oui, je comprends ce que tu veux dire.

— Eh bien, je commence à l'apprécier. Mais j'aime surtout les montagnes.

— Un de ces jours, je t'emmènerai là-haut. Il y a de superbes vues sur la vallée. Et beaucoup d'arbres.

Elle se mit à rire et sentit se dissiper son inquiétude au sujet de George. Il pouvait attendre, du moins quelques heures. Être avec Cadell était plus important.

Et certainement beaucoup plus agréable.

Cadell eut juste le temps de préparer le café avant que le vétérinaire arrive dans son fourgon entièrement équipé. L'homme devait être prêt à prodiguer des soins au bétail où qu'il soit, et il avait presque une clinique à l'arrière de son véhicule.

Mike était un type génial, un grand Cheyenne aux longs cheveux noirs qu'il refusait de couper. Au cours des dernières années, son activité avait progressé à pas de géant. Tout autant que son chenil et le nombre de chiens et de chats qu'il proposait à l'adoption.

Il salua chaleureusement Cadell, et lui demanda des nouvelles des autruches.

— Pour autant que je puisse dire, Itsy et Bitsy se portent bien.

— Itsy et Bitsy ?

Mike écarquilla les yeux.

— C'est elle la coupable, lui expliqua Cadell avec un sourire tout en désignant Dory d'un geste du pouce.

Il fit les présentations avant de poursuivre :

— Alors, quel genre de chien m'amenez-vous ?

— Une bonne recrue, je pense.

Mike se dirigea vers l'arrière du fourgon.

— C'est un corniaud. Déjà castré. Pour autant que je puisse dire, c'est un croisé de labrador sable avec quelque chose de beaucoup plus petit. Il a environ deux ans, donc il a perdu en partie son énergie de chiot. Il est intelligent et attentif. Enfin, vous verrez…

Il ouvrit la cage de transport à l'arrière du fourgon, saisit la laisse déjà attachée au collier du chien puis laissa l'animal sauter à terre.

Cadell trouva qu'il ressemblait en effet à un labrador sable miniature. Un beau chien, probablement pas assez gros pour intimider un enfant d'environ six ans.

— Excellent choix, approuva-t-il. Vous savez où se trouve le café. Allez vous servir. Je voudrais le faire courir un peu dans le corral et apprendre à le connaître. A-t-il un nom ?

— J'essaye d'éviter ça.

Cadell haussa un sourcil.

— Alors comment l'appelez-vous ?

— Chien.

— Ha ! fit Cadell en riant.

Le rire de Dory se joignit au sien.

— Mais pourquoi éviter de le baptiser ? demanda-t-elle à Mike.

— Parce que je m'y attacherais. Parce que les personnes qui adoptent mes animaux veulent leur donner elles-mêmes un nom. Je me rends compte que c'est ridicule, car j'ai découvert que l'on peut changer une dizaine de fois le nom d'un chien et qu'il y répondra quand même, mais...

Il haussa les épaules.

— D'accord. Je ne veux pas m'y attacher. Tôt ou tard, je dois les laisser partir.

À ce moment, Flash, qui avait été laissé en liberté, arriva à toute allure et s'assit aux pieds de Dory. Il regarda le nouveau chien avec curiosité, inclinant légèrement la tête de côté, la queue balayant le sol de manière amicale.

— Test n° 1, annonça Cadell.

Le petit labrador arriva en trottant et se mit à renifler Flash de haut en bas. Flash se coucha, comme pour lui faciliter la tâche, et bientôt le jeune chien s'allongea juste à côté de lui. Apparemment, ils étaient amis.

— Bien, aucune agressivité, observa Cadell. Dory, garde Flash près de toi pendant que j'emmène Chien dans le corral.

Tandis que Mike et elle se dirigeaient vers l'arrière de la maison, Dory remarqua que les autruches se penchaient par-dessus la clôture de leur enclos comme si elles voulaient mieux voir.

— Je pense qu'elles ne m'ont pas oublié, dit Mike. Ou alors elles se rappellent les injections que je leur ai faites, et je n'ai pas la cote avec elles.

— Quelqu'un l'a-t-il ? répliqua Dory.

Mike émit un petit rire.

— Elles ne sont pas si mauvaises. Elles préfèrent la fuite à l'affrontement. Cela dit, je ne conseillerais à personne d'engager un combat avec l'une d'elles. Elles n'ont peut-être pas de dents, mais elles peuvent donner de forts coups de bec. Et même si l'unique griffe de chacune de leurs pattes n'est pas des plus acérées, elles décochent d'impressionnants coups de patte. Capables de briser les os. Si elles étaient piégées et qu'elles se sentaient menacées, un humain pourrait ne pas survivre.

C'est bon à savoir, songea Dory, bien qu'elle n'ait aucunement l'intention d'entrer dans leur enclos.

Cadell était déjà au travail avec Chien. Elle déduisit de son expression et de sa posture qu'il en était content. En un rien de temps, le chien répondit aux ordres « Assis » et « Pas bouger ». En les voyant, Mike et elle, s'approcher du corral, il s'écria :

— C'est un bon chien. Intelligent et qui a envie de faire plaisir. C'est ce que nous voulons, non ? Un compagnon.

— Pour autant que je sache, ils n'ont pas d'autres besoins pour leur fils. Seulement qu'il soit en parfaite sécurité avec l'animal parce que... Eh bien, j'imagine que l'enfant peut parfois se montrer brutal et bruyant.

— Quel enfant ne le peut pas ? remarqua Cadell.

Dory tourna les yeux dans la direction où il regardait et vit un nuage de poussière commencer à s'élever sur la longue allée.

Bientôt les trois membres de la famille qu'ils attendaient, dont l'un était un garçon chétif d'environ six ans, les rejoignirent à l'arrière de la maison.

Le petit garçon était incroyablement silencieux, constata Dory. C'était triste. Il longea le chenil, regardant les chiens, mais sans émettre un son.

Ses parents étaient jeunes, vêtus comme un couple travaillant dur dans un ranch. Aucun d'eux ne tenait le petit garçon par la main.

— Brad n'aime pas qu'on le touche, expliqua la femme. Je m'appelle Letty Embrow, et voici mon mari, Jase.

Elle regarda Mike.

— Tout se passe bien ?

— J'ai sélectionné celui que je pense être le meilleur. Cadell en est satisfait.

Letty semblait être une femme agréable mais, pour l'instant, il émanait d'elle une grande tension. Parce qu'elle ignorait comment son fils allait réagir ou parce qu'elle craignait que le chien fasse quelque chose ?

Ils s'avancèrent ensemble, les Embrow fermant la marche, jusqu'à la barrière de l'espace d'entraînement.

Cadell s'adressa aux parents.

— Puis-je lui parler ou faut-il que ce soit vous qui le fassiez ?

— Allez-y, et voyons ce qui va se passer, lui répondit Letty.

Cadell s'accroupit donc et regarda le garçon qui se tenait à deux mètres de distance.

— J'ai entendu dire que tu voulais un chien ?

Pour la première fois depuis son arrivée, l'enfant fixa son regard. Son attention se concentra sur Cadell.

— J'en ai un qui pourrait bien te plaire, Brad. Mais toi et moi, nous devons entrer dans l'enclos pour le rencontrer. S'il te plaît, je le préparerai pour qu'il vienne ensuite avec toi, à ta maison.

Cadell se redressa et se tourna vers les parents.

— Il se peut que j'aie besoin de quelques jours pour être sûr qu'il est correctement formé, et ce serait bien si vous pouviez amener Brad chaque après-midi pour travailler avec lui. C'est faisable ?

Comme ils acquiesçaient, il reporta son attention sur le petit garçon.

— Tu veux entrer avec moi pour rencontrer le chien, Brad ?

Pour la première fois, l'enfant s'anima. Il hocha la tête.

Chien attendait non loin d'eux, de l'autre côté de la barrière.

Dès l'instant où Cadell l'ouvrit suffisamment, le petit garçon se glissa à l'intérieur et courut droit vers le chien.

Dory, comme tous les autres, retint son souffle. Puis Brad jeta les bras autour du cou de Chien et s'écria :

— Toutou ! Toutou !

Ce qui ne sembla pas le moins du monde déranger Chien.

C'est magique, se dit Dory. Dieu merci, il y avait encore de la magie en ce monde.

Le soleil commençait à se diriger vers l'horizon lorsque Cadell et Dory rentrèrent chez elle. Après le départ du vétérinaire et des Embrow, ils avaient pris le temps de s'occuper des animaux, de nettoyer les box des chiens, laissant les autruches dans le plus grand corral pour nettoyer aussi leur petit enclos avant de les y remettre et de leur donner à manger.

En chemin, ils s'arrêtèrent chez Maude pour acheter des repas à emporter car Dory s'inquiétait à propos de son travail.

— Je n'arrête pas de m'accorder des loisirs, dit-elle à Cadell. J'ai pris du retard... Je dois au moins en rattraper une partie.

— M'occuper des chiens est la majeure partie de mon travail. Cependant j'apprécie toute ton aide, et je suis désolé de t'avoir fait prendre du retard.

— J'adore t'aider. Je n'avais jamais vraiment eu la chance de le découvrir, mais j'aime les animaux. Un jour, je voudrais rencontrer les chèvres.

— C'est assez facile.

Ils se garèrent dans l'allée, derrière sa voiture, puis sortirent les sacs de nourriture et se dirigèrent vers la porte d'entrée.

Soudain, Dory perçut un changement dans le soir.

— Mon Dieu..., murmura-t-elle.

Cadell s'arrêta et lui fit face.

— Que se passe-t-il ?

— Je me sens observée. C'est ridicule.

Elle tenta de chasser cette impression, mais la sensation persista, glaçante.

Cadell posa les sacs sur le banc de la terrasse.

— Ouvre la porte, mais reste ici. Je vais m'assurer que personne n'est entré chez toi.

— Pourquoi quelqu'un...

— Je vais juste m'en assurer. Pendant ce temps, tu regardes si quelque chose a changé aux abords directs de la maison. Quelque chose de mineur qui te troublerait, d'accord ?

Elle resta donc là, Flash à côté d'elle. Aussi idiot que ça paraisse, sa sensation de malaise refusait de disparaître, et elle demanda au chien de monter la garde. Bien qu'il soit déjà en alerte, son attention s'intensifia quand elle lui donna cet ordre.

Comme Cadell le lui avait demandé, elle étudia la maison mais ne remarqua rien. Elle ne lui avait jamais prêté grande attention. Dans son esprit, elle n'avait jamais été plus qu'une étape.

Quoique, peut-être... Elle écarta cette pensée. Le fait que Cadell et elle fassent l'amour en ce moment ne signifiait pas nécessairement qu'il en serait de même dans quelque temps.

Elle regarda la lumière s'allumer dans chacune des pièces. Puis elle examina la rue, sans voir personne. Les voisins étaient probablement chez eux, occupés à dîner. Les environs étaient aussi silencieux que déserts.

Puis, au loin, elle entendit un moteur se mettre en marche. Le bruit s'intensifia peu à peu, et un pick-up rouge cabossé finit par apparaître au bout de la rue. Avant qu'il arrive à la hauteur de la maison, Cadell l'appela depuis le seuil.

— La voie est libre. As-tu constaté quelque chose ?

— Non.

Elle prit les sacs de provisions et le rejoignit, sans plus prêter attention au pick-up qui passait derrière elle.

— Je suppose je me suis simplement sentie trop bien presque toute la journée. George semble ne pouvoir être longtemps absent de mes pensées.

Cadell lui sourit, mais elle nota qu'il fermait la porte à clé derrière eux.

— Préfères-tu commencer par regarder sur ton ordinateur

si l'image est prête ou par manger ? Ce serait dommage que la nourriture refroidisse. Maude est la reine du steak.

— Mangeons.

Pour tout dire, elle n'était pas pressée de revoir le visage de son frère, avec ou sans barbe.

Rempli d'espoir, Flash les suivit dans la cuisine en humant l'air, mais il dut se contenter de croquettes et d'un bol d'eau fraîche. Dory se demanda ce que penserait Cadell si, comme elle était parfois tentée de le faire, elle donnait au chien de la nourriture pour humains.

Ils s'assirent face à face. Cadell avec un grand café de chez Maude, elle avec l'un de ses sempiternels sodas. Les sandwichs étaient parfaits, le steak tendre et encore chaud. Ils avaient bien fait de ne pas attendre.

— Je suis surprise que tu aies pris en considération ma sensation, dit-elle quand elle commença à se sentir rassasiée.

Elle n'avait aucune idée de ce qui lui donnait autant d'appétit. Ce devait être tout cet air frais car, avant, il n'était pas rare qu'elle oublie de déjeuner.

— Je ne néglige jamais la sensation d'être observé.

— Je veux seulement que tu saches que j'ai apprécié. Je n'ai pas souvent ressenti ça. En plus, je n'avais aucune raison d'avoir peur alors que tu étais là.

À nouveau, ses yeux sombres s'animèrent d'un sourire.

— Je ne suis pas un super-héros, mais merci pour le vote de confiance.

C'est vraiment quelqu'un de bien, songea-t-elle en continuant de manger. À sa place, elle aurait depuis longtemps perdu patience. Depuis des semaines, elle nourrissait des craintes à propos d'un frère qui pourrait tout aussi bien ne jamais vouloir la revoir et qu'elle aurait aimé pouvoir tout simplement effacer de sa mémoire.

Malheureusement, ce n'était pas possible. Par ailleurs, Cadell ne semblait pas écarter la possibilité que George puisse avoir une affaire à régler avec elle. Une affaire d'argent. Ce qui n'aurait rien de surprenant et justifiait ses craintes.

Elle changea de position sur sa chaise.

— As-tu une idée de combien j'ai hérité ?

Il but une gorgée de café.

— Pas vraiment. Les articles de presse de l'époque évoquaient une police d'assurance d'un million de dollars.

Elle eut un petit rire méprisant.

— C'est tellement plus sensationnel, n'est-ce pas ? Non, en fait c'était plutôt la moitié de ça, incluant l'argent de la vente de la maison. Ça fait tout de même beaucoup d'argent, sans doute plus encore depuis qu'il est placé. Mais il faut que tu saches que j'ai un vice.

Il haussa les sourcils.

— Dis-moi que ça n'est pas la cocaïne !

Si elle s'était sentie plus tranquille, elle aurait ri.

— Non. Je te l'ai dit, je ne peux pas toucher à cet héritage. Mais quand j'ai eu vingt et un ans, j'ai apporté un changement au fidéicommis avec l'autorisation de mes parrain et marraine. J'ai commencé à faire don de la moitié des intérêts.

— Tu appelles ça « un vice » ?

— C'est ce que pensent certains conseillers financiers, répondit-elle en haussant les épaules. Quoi qu'il en soit, les intérêts vont à différentes associations, dont la plupart viennent en aide aux enfants. Ce qui me ramène à aujourd'hui. Sans ton intervention et celle de Mike Windwalker, Brad n'aurait pas pu avoir un compagnon canin, n'est-ce pas ?

— Je ne crois pas.

— Ce sera peut-être ma prochaine cause. Celle des enfants comme Brad qui ont besoin d'un compagnon. Aucun d'eux ne devrait en être privé.

Un chaleureux sourire se dessina sur le visage de Cadell.

— Dory Lake, j'aime ton état d'esprit.

— George ne serait pas d'accord.

Elle soupira et repoussa son assiette sur le côté.

— J'en ai assez que chaque discussion me ramène à lui ! J'ai l'impression que c'est surtout moi qui crée cette menace. Il se dirige sans doute vers l'autre bout du pays et n'a probablement pas plus envie que moi que nous nous revoyions.

— C'est possible.

La nuance de doute dans sa voix ne lui échappa pas. Il était convaincu que George se montrerait. Sa plus grande peur allait se matérialiser, et Cadell avait l'intention d'être à ses côtés autant qu'il le pourrait. La gratitude l'envahit.

Elle baissa les yeux vers Flash.

— Il s'occupera de George.

— Il essayera certainement.

Ses paroles planèrent entre eux, se mêlant à ses craintes. Flash essayerait. C'était sans garantie.

— Restes-tu cette nuit ? demanda-t-elle d'un ton qui se voulait léger.

— Je ne voudrais être nulle part ailleurs au monde.

George n'aurait jamais rêvé qu'il pourrait lui être aussi facile de retrouver sa sœur. Changer les plaques d'immatriculation du pick-up l'avait amené à penser à une chose qui ne lui était pas venue à l'esprit plus tôt : elle possédait certainement une voiture. Il pouvait apprendre en payant, grâce à une société privée en ligne, de quel modèle il s'agissait. La bibliothèque de l'endroit qu'il avait baptisé « Rodéo Ville » ainsi qu'une carte de débit prépayée lui permit de découvrir quel genre de voiture elle conduisait. Le site indiquait qu'elle portait encore des plaques du Kansas, ce qui serait repérable dans le Wyoming, même si le site ne donnait ni le numéro d'immatriculation ni celui d'identification.

Et voilà qu'en traversant Conrad City la veille au soir il l'avait vue ! Elle était là. Le seul problème était qu'un SUV de la brigade canine du bureau du shérif stationnait derrière sa voiture.

Intrigué, il s'était garé un peu plus loin et avait attendu jusqu'à ce qu'il soit évident que le flic n'allait nulle part ailleurs.

Bon Dieu ! Elle couchait avec un type ! Pis, avec un foutu flic !

Une terrible colère s'empara de lui, et il s'éloigna avant

d'exploser. Marteler le volant en vociférant aurait risqué d'attirer l'attention sur lui, ce qu'il préférait éviter.

Il ne lui fallut cependant pas longtemps pour recouvrer son sang-froid et revenir. Sa rage, il devait s'en servir, et non la laisser le contrôler.

Il surveilla la maison à une distance respectable. Ce qu'il vit le lendemain matin lui donna des idées et, en même temps, le contraria plus encore.

Quand ils sortirent de chez elle, tard le matin, ce fut ensemble, et accompagnés d'un chien. Probablement celui du flic, quoique… C'était Dory qui le tenait en laisse.

Il ne put se retenir d'admirer sa sœur. Elle avait été une mignonne petite fille, tout le monde en convenait, mais elle était devenue une femme superbe. Dommage qu'il doive se débarrasser d'elle. S'il avait pu la persuader de travailler avec lui, elle aurait constitué un précieux atout. Toutefois, d'après ce qu'il savait d'elle, elle avait choisi de vivre du bon côté de la loi.

Quel gâchis !

Il les regarda monter dans le SUV du flic et quitter la ville en direction des montagnes. Il les suivit à bonne distance. S'il les perdait, il y aurait toujours le lendemain.

Bien qu'il traînât en arrière, il les vit tourner dans l'allée d'un ranch. Il continua à rouler pendant quelques kilomètres puis rebroussa chemin. Le véhicule du policier était garé au loin, près d'une maison à un étage. Ce devait être la sienne.

Les idées commençaient à nouveau à se bousculer dans son esprit. Une fois certain qu'ils seraient tous deux installés chez elle pour la nuit, il reviendrait ici pour voir quelle occasion il pourrait saisir.

Car des occasions, il y en avait toujours. Il suffisait de savoir les repérer.

Il avait attendu longtemps pour mettre un terme à l'existence de Dory et obtenir ce qu'il méritait vraiment. Il pouvait patienter encore un peu.

— Je dois travailler, demain matin, dit Cadell à Dory, plus tard ce soir-là.

Une fois de plus, faire l'amour l'avait laissée alanguie et comblée. Elle se demanda si durant toutes ces années elle avait manqué quelque chose ou si c'était Cadell qui lui avait manqué.

Elle roula paresseusement de son côté.

— Personne ne m'a jamais fait me sentir aussi merveilleusement bien.

Il tourna la tête sur l'oreiller et lui sourit.

— C'est une chose très agréable à entendre.

— C'est la vérité.

Il s'installa lui aussi de côté, lui posa un bras sur la taille, puis écarta une mèche blonde de son visage.

— Toi aussi, tu me fais me sentir merveilleusement bien.

Poussant un soupir de contentement, elle enfouit le visage dans le creux de son épaule.

— Je travaille, demain matin, dit-il à nouveau.

— J'ai entendu, marmonna-t-elle.

— Ça va aller ?

— Moi aussi, j'ai mon travail.

— Tu sais que je ne faisais pas référence à ça.

Elle le savait, mais refusait de penser au reste.

— Ne gâchons pas cet instant en pensant à demain. Si je me sens mal à l'aise, j'irai chez Betty, d'accord ? Mais n'oublie pas, j'ai Flash. Je ne voudrais pas avoir à en découdre avec lui.

— Il a en effet beaucoup de dents, répondit Cadell pour détendre l'atmosphère.

Elle perçut malgré tout l'inquiétude dans sa voix et sut qu'il avait raison. Tant que le problème de George ne serait pas réglé d'une façon ou d'une autre, il y aurait une menace. Elle chercha un moyen de le rassurer.

— Tu sais, je ne suis pas exactement au milieu de nulle part. Il fera jour, il y aura des gens autour de moi, et j'aurai Flash. Et si je crie au secours, je pense que quelqu'un le signalera.

— Tu as raison, admit-il. Tout le monde aux alentours appellera les secours et accourra probablement aussi.

— Donc, tout ira bien. Mais si tu t'inquiètes, j'irai chez Betty.

Au bout d'un moment, il secoua la tête.

— Tu dois aussi travailler.

— Que vas-tu faire ?

— Je serai de service de patrouille. Je ne me contente pas de former des chiens, tu sais.

Il resserra son étreinte, et elle se blottit contre lui.

— Je serai de retour au bout de quatre heures.

— D'accord.

En dépit de son affirmation, elle ne se sentait pas bien. Longtemps après que la respiration de Cadell fut devenue profonde et régulière, elle garda les yeux ouverts dans l'obscurité, partageant son esprit et son cœur avec une petite fille encore traumatisée.

Elle doutait que les années lui fassent un jour complètement dépasser cela. Elle allait beaucoup mieux à présent, même si la libération de George avait réveillé des craintes longtemps enfouies. Mais cette petite fille ? Elle aussi avait besoin d'attention.

Le lendemain matin, avant de partir, Cadell suggéra à Dory d'aller au ranch. Il pourrait l'y rejoindre peu après midi, car il devait à nouveau s'occuper des animaux. Peut-être même en faire un peu travailler certains.

Elle accepta avec plaisir. Beaucoup de travail, une pause agréable l'après-midi, puis un peu de travail le soir. Ou autre chose..., se dit-elle en souriant intérieurement. Cette autre chose avec Cadell était devenue le point d'orgue de ses journées.

C'était peut-être un terrain périlleux, mais elle était bien décidée à s'y aventurer. Vivre en ermite lui assurait la sécurité, mais ne lui procurait pas beaucoup de bons moments. Pas les bons moments que lui offrait Cadell. Elle voulait en profiter aussi longtemps que cela durerait.

Elle passa un moment à rêvasser, se remémorant la nuit précédente, le sourire de Cadell, évoquant sa silhouette tandis qu'il arpentait le ranch, aussi incroyablement viril que tendre.

Elle n'avait pas l'habitude que les hommes soient aussi gentils. En fait, elle travaillait avec des hommes gentils qui ignoraient toutefois qu'elle était une femme. Les femmes n'étaient pas les bienvenues dans l'univers masculin de l'informatique. Mais peut-être n'était-elle pas juste envers ses collègues.

Elle se mit à rire. Pour autant qu'elle sache, certains d'entre eux étaient peut-être aussi des femmes...

Plus tard, alors qu'elle terminait son travail, elle eut la sensation qu'il y avait un problème, mais ne parvint pas à mettre le doigt dessus. Quelque chose ne tournait pas rond.

Elle soupira et entendit en retour un autre soupir. Jetant un coup d'œil à Flash, elle le vit, allongé la tête entre les pattes, qui la regardait comme s'il lui disait : « Tu as oublié que j'ai besoin d'exercice ? »

— D'accord. Nous allons sortir courir.

Ça lui viderait la tête de son travail et lui donnerait une bonne excuse pour laisser son esprit dériver vers Cadell et ses attirants attributs. Il faisait chanter son corps, c'était vrai, mais il ramenait aussi à la chaleur et à la lumière des parts d'elle depuis longtemps gelées.

Plus tard, elle souffrirait probablement. Pour l'instant, elle s'en moquait. Elle était prête à prendre ce que cette tranche de vie lui offrait ; elle en payerait le prix le moment venu.

Elle connaissait le prix à payer, et savait qu'elle pourrait y survivre.

George la regarda sortir de la maison avec son chien. La veille au soir, son exploration du ranch de l'homme lui avait appris quelques petites choses, notamment qu'il dressait des chiens policiers. Il regarda celui qui trottait en laisse derrière Dory et se dit qu'il avait probablement été formé par cet homme. Un souci supplémentaire qu'il pourrait cependant gérer.

Ce qu'il avait trouvé dans ce ranch était le moyen parfait de se débarrasser de Dory sans s'impliquer. Les autruches avaient un coup de patte plus redoutable que le coup de poing d'un boxeur. Tout ce qu'il avait à faire, c'était enfermer Dory avec elles et les énerver. Ça ressemblerait à un accident. Il avait prévu de casser le verrou de l'enclos une fois que ce serait fini. Au pis, ça donnerait l'impression qu'elle avait tenté de les empêcher de s'enfuir.

En tout cas, personne ne penserait qu'elles avaient été utilisées comme une arme mortelle. Et, grâce à la clôture électrique, Dory ne pourrait s'échapper.

Seigneur ! Il y avait des moments où son propre génie l'éblouissait.

Cadell passa sa matinée à se languir de Dory. Ce n'était pas bon signe. Après son divorce, il s'était juré de ne pas s'investir dans une nouvelle relation sérieuse et le voilà qui violait son propre serment. Dory n'était pas non plus le choix le plus sûr. Il doutait qu'elle ait totalement confiance en lui, et cela signifiait qu'il serait avisé de ne pas lui faire non plus totalement confiance.

Il ne pouvait pas davantage être sûr qu'elle ne repartirait pas tout simplement. Elle évitait le contact humain depuis longtemps et ne s'en était pas cachée. Elle préférait vivre en ermite. L'aider avec les chiens lui offrait un intermède, une petite distraction, un changement de rythme. Mais, bientôt, elle aurait probablement le sentiment que cela interférait avec son travail et voudrait se réfugier dans sa grotte émotionnelle. Surtout s'ils ne parvenaient pas à résoudre une fois pour toutes ce problème avec son frère.

Il soupira et sillonna les routes, remplaçant Carter Birch dont la femme venait d'accoucher. Il détestait patrouiller. D'accord, il avait fait des milliers de kilomètres au fil des années, mais du moins à Seattle était-il susceptible de voir ou de faire quelque chose, même s'il ne s'agissait que de dresser une contravention. Ici, dans la prairie et au pied des montagnes, il n'y avait pour ainsi dire rien à faire, à moins qu'il ne reçoive un appel.

Bien sûr, c'était important. Si un appel arrivait, l'idée était qu'une patrouille ne serait jamais très loin. En cas d'urgence, la distance pouvait avoir une importance vitale. Mais il préférait de beaucoup former les chiens ainsi que les policiers de la brigade canine. Souvent il se demandait comment il pourrait développer son activité afin qu'elle l'occupe à plein temps.

À nouveau ses pensées repartirent vers Dory, et il consulta sa montre. Plus qu'une heure, et il pourrait retourner chez lui pour la retrouver. Encore une heure.

Il s'arrêta sur le bord de la route et se versa un café de la thermos qu'il avait demandé à Maude de lui remplir le matin. Toujours chaud, toujours bon.

Il balaya du regard les grands espaces menant aux montagnes. Une magnifique journée d'un été s'installant lentement dans l'automne... L'air était sec, la brise persistante.

13

Dory se dit qu'elle pourrait accorder à Flash une bonne demi-heure de course avant d'aller se doucher et de prendre le chemin du ranch de Cadell. Elle était vraiment impatiente de le revoir, et aucune de ses bonnes raisons pour échapper à ce sentiment ne l'en dissuaderait.

Ses chaussures de jogging claquaient sur le trottoir. Elle passa devant un couple dans son jardin, et ils échangèrent des signes de la main et des sourires. Peut-être n'était-il pas si mal de sortir de sa coquille, songea-t-elle.

Sa course la conduisit à la limite de la ville, où un terrain traversé par un ruisseau s'étendait sur plusieurs hectares. De grands arbres poussaient là, et elle adorait la façon dont ils tamisaient la lumière. Il n'y avait pas de maisons à proximité, mais ça allait. Elle avait Flash.

Un véhicule s'arrêta sans qu'elle lui accorde un regard jusqu'à ce qu'une voix l'appelle, lui glaçant le sang.

— Dory ? Monte !

Se retournant, elle vit une arme pointée sur elle. Puis elle vit l'homme qui la tenait, penché à la portière d'un pick-up rouge cabossé.

Oh ! Mon Dieu ! George !

— Dis à ce chien de bien se tenir ou la première balle sera pour lui.

La nuque raide, elle baissa les yeux sur Flash. Il était en

alerte maximale, le regard fixé sur George et sur l'arme. Cadell lui avait dit qu'il reconnaîtrait une menace quand il la verrait.

— Je te préviens, Dory. Tu penses que je ne tuerai pas ce chien ?

Elle n'en douta pas un instant, mais il n'y avait qu'un moyen de dire à Flash de cesser de monter la garde. Elle sortit une balle de tennis de sa poche.

Toute son attitude changea. Il remua la queue et, pendant un instant, elle pensa qu'il allait se coucher et ronger sa balle. Au lieu de cela, il la laissa tomber puis, baissant la tête, il fixa George.

— D'accord, dit George. Fais-le avancer.

— Non.

— Je ne l'abattrai pas, sauf si tu ne m'obéis pas. Dis-lui d'approcher.

La mort dans l'âme elle avança, un pas après l'autre, sentant Flash qui commençait à tirer sur la laisse. Il avait envie de se jeter sur George.

Mais alors qu'ils se tenaient à un mètre de lui, George ouvrit la portière du pick-up, son arme toujours braquée sur elle. De l'autre main, il tenait un bâton jaune. Qu'est-ce...

Elle entendit alors le grésillement et le cri perçant de Flash. Il tomba au sol, convulsant.

— Il y a plus d'une manière de s'occuper de toi et de ce chien. Maintenant, amène tes fesses dans ce pick-up.

Elle lâcha la laisse, regardant Flash, rassurée de constater qu'il respirait encore. C'était le dernier soulagement qu'elle pourrait éprouver.

Puis, quasiment apathique, ayant dépassé le stade de la peur, elle monta sur le siège passager du pick-up. George garda le pistolet pointé sur elle.

— Je te donnerai de l'argent, lui dit-elle d'un ton dur tandis qu'il démarrait.

— Ça, tu peux en être sûre. À présent, tais-toi ou j'utilise cet aiguillon sur toi.

Cadell reçut un appel radio juste avant la fin de son service. C'était le shérif, Gage Dalton.

— Nous avons trouvé le chien de Dory Lake. Il va bien, mais Dory a disparu. Elle n'est pas chez elle. J'ai lancé une alerte à l'échelle du comté.

À l'instant où Gage finissait de parler, l'alerte apparut sur l'unité mobile de Cadell avec la photo d'un George Lake barbu.

Cadell freina brusquement, ferma les yeux et agrippa tellement fort le volant qu'il en eut des crampes dans les mains. Les chances de retrouver quelqu'un dans ces centaines de kilomètres carrés de terrain découvert étaient infimes.

— Nous faisons du porte à porte, lui dit Gage. Dans le même temps, nous faisons circuler l'information via les ranchs. Rentrez chez vous, Cadell.

— Chez moi ? Que diable puis-je y faire ?

— Nous fournir un groupe de chiens de recherche.

Le vieux pick-up bringuebala sur des routes que Dory reconnut. Un maigre espoir s'éveilla en elle. Soit elle parviendrait à convaincre son frère de prendre l'argent, soit elle trouverait un autre moyen de s'occuper de lui. Parce que lorsqu'ils s'engagèrent dans le ranch de Cadell, elle se retrouva en terrain connu. Elle se dit que Cadell serait de retour dans environ une heure... Si son travail ne le retenait pas. Elle refusa d'envisager cette possibilité. Il viendrait et il arriverait à temps. Elle devait seulement tenir pendant une heure. Elle pouvait certainement faire ça.

— Je ne t'ai jamais rien fait, dit-elle, s'efforçant de se faire petite, presque puérile.

— Tu aurais dû rester au lit.

— Je regrette de ne pas l'avoir fait.

Elle ferma brièvement les yeux.

— J'aurais voulu ne jamais voir ça. Mais je ne t'ai jamais rien fait.

— Tu m'as empêché de m'échapper. Tu t'es enfuie en hurlant dans la nuit. Je pensais que tu m'aimais.

— C'était le cas.

— Alors pourquoi t'es-tu enfuie, Dory ? Pourquoi ?

Elle secoua légèrement la tête, les yeux fixés sur la maison de Cadell. Bientôt, elle aperçut les autruches. Les enclos des chiens à l'arrière. Peut-être, si elle parvenait à faire sortir les chiens...

Pourquoi, parmi tous les endroits possibles, l'avait-il amenée ici ?

— Je me suis enfuie parce que j'étais terrifiée, George. Je n'ai même pas compris ce que je voyais. Pendant plus d'un an, j'ai seulement pu prononcer trois mots : « la peinture rouge ». C'est tout ce à quoi j'ai pu le comparer.

Il ne dit rien de plus. Elle s'efforça de trouver un moyen de le distraire. Elle pensa à Flash et espéra qu'il allait bien. Son pauvre chien n'avait rien fait pour mériter ce choc.

Un kilomètre après l'autre, elle avait senti sa peur de George se transformer en haine. Puis elle se rappela ce qu'avait dit Cadell sur le fait qu'il était son unique héritier.

Son cœur battait à tout rompre, et elle eut soudain l'intime conviction qu'elle ne s'en sortirait pas vivante. Loin de l'affaiblir, cette prise de conscience lui insuffla une force nouvelle. Si elle devait mourir, elle ne lui faciliterait pas la tâche.

— Tu sais, lui dit-elle en regardant toujours la maison, je ne t'ai pas pris ton héritage. C'est le tribunal qui l'a fait. Tu peux tout avoir, si tu veux. Je te le donnerai.

C'était un mensonge, mais il ne le saurait pas.

— C'est un peu tard, tu ne crois pas ? Vingt-cinq ans en prison... J'ai besoin de rétablir l'équilibre mieux que ça. De toute façon mon avocat m'a dit qu'il était placé et que tu ne pouvais pas y toucher. Tu ne pourrais pas me payer assez pour que je te laisse tranquille.

Elle serra les poings.

— Je ne t'ai pas fait mettre en prison, George. Je n'ai pas témoigné. Bon sang, je ne pouvais même pas dire à qui que ce soit ce qui était arrivé ! Un trouble de conversion, c'est ainsi que ça s'appelle. Pendant plus d'un an, je n'ai prononcé que trois mots, et pendant plus de trois mois, j'ai été aveugle.

Cette information retint son attention tandis qu'ils approchaient de la maison.

— Aveugle ?

— Oui, aveugle. Je n'ai même pas compris ce qui s'était passé. J'en étais incapable. Mais je faisais des cauchemars. Des tas de cauchemars.

— Tu aurais dû rester au lit, répéta-t-il.

Cette fois, sa voix était glaciale. Quel que soit le charme qu'il exerçait sur le reste du monde, il n'en gâcherait pas une once pour elle. Plus maintenant.

Ils s'arrêtèrent sur l'un des côtés de la maison. La scène familière ébranla Dory. C'était un lieu où elle avait toujours trouvé la paix et un accueil chaleureux. La seule présence de George semblait faire voler tout cela en éclats.

— Dory.

À contrecœur, elle regarda son frère. L'arme était à nouveau pointée sur elle.

— Descends.

— Abats-moi ici, tout simplement.

Sa colère s'amplifiait, et une petite voix intérieure lui conseilla de la réprimer. Ce n'était pas le moment de cesser de réfléchir. Ce qu'elle avait envie de faire à George en cet instant lui vaudrait à elle-même la prison. La pensée de Flash surgit dans son esprit, et sa colère se fissura légèrement. Son Flash bien-aimé. Cet homme lui avait tout pris. Ses parents. Son enfance. Son assurance. Et maintenant même son chien.

Oh oui ! elle voulait le faire payer ! Il était loin d'être quitte.

Mais elle devait faire preuve d'intelligence, attendre sa chance. Pour l'instant, tout ce que lui rapporteraient ses efforts serait une blessure par balle, voire pis. Elle descendit donc du pick-up, cherchant du regard ce qu'elle pourrait utiliser.

Intriguées, les autruches les observèrent de leurs yeux sombres insondables. Elles avaient cependant battu en retraite dans leur enclos, s'éloignant autant que possible, contrairement à ce qu'elles faisaient lorsque c'était Cadell qui arrivait.

— Les autruches semblent une drôle de chose à avoir ici, fit remarquer George.

Cherchant toujours ce qu'elle pourrait faire, Dory ne répondit rien.

— J'aime ces oiseaux.

Son frère poursuivit la conversation.

— Gros, magnifiques et trouillards.

Elle lui lança un regard furtif, se demandant comment il pouvait savoir ça. De toute évidence, il était déjà venu là. Quand ? La nuit précédente ?

Il lui fit signe d'avancer en agitant son arme.

— Allons voir ces oiseaux de plus près. J'ai entendu dire que leurs plumes valaient une fortune.

Allait-il tuer les autruches et voler leurs plumes ? Elle se rendit compte alors qu'il tenait encore ce long bâton jaune, celui qui avait infligé une décharge électrique à Flash. Que diable manigançait-il ?

Alors qu'ils approchaient de la cage, les oiseaux se replièrent tout au fond puis s'accroupirent, se faisant aussi petits que possible. Ils ne semblaient pas aimer les étrangers. Ou du moins George.

— C'est de cette manière qu'elles se protègent, reprit-il. Soit elles essayent de devenir invisibles, soit elles fuient. Tu sais qu'elles peuvent courir à presque soixante-dix kilomètres heure ? Seul un guépard peut les attraper.

Elle se demanda pourquoi diable il parlait de ça. Ça n'avait pas de sens.

— Voilà le marché, lui annonça-t-il quand ils atteignirent l'enclos, observés par deux oiseaux méfiants. Soit tu entres de ton plein gré dans cet enclos avec elles, soit je t'envoie une décharge avec cet aiguillon et je t'y mets moi-même.

Le cœur de Dory cessa presque de battre. Pendant quelques secondes, la terreur remplaça la colère. Ses genoux faiblirent, et une irrésistible envie de fuir la submergea. Toutefois, la voix de la raison lui hurla que fuir ne lui ferait aucun bien. Elle devait gagner du temps. Elle se raidit intérieurement, et une chose devint claire pour elle. Si elle devait aller dans l'enclos avec ces oiseaux, elle ne voulait pas être paralysée, ne serait-ce que quelques minutes. C'était hors de question.

Elle ne pourrait pas escalader la clôture car son sommet était électrifié. Mais peut-être pourrait-elle amadouer les oiseaux, les empêcher de devenir trop agités. Elle n'aurait qu'à se faire petite et inoffensive, se dit-elle. Peut-être la laisseraient-ils tranquille.

Sa bouche devint sèche, mais elle l'ignora. Les mains moites, elle avait du mal à manœuvrer le loquet. Les oiseaux restèrent accroupis, observant.

Et pendant tout ce temps, elle s'interrogea sur le but de la manœuvre. Allait-il lui tirer dessus quand elle serait dans l'enclos avec les autruches ? Quel intérêt ? Pourquoi ne pas simplement laisser son cadavre quelque part le long de la route ?

Finalement, le loquet céda sous ses doigts tremblants, et la barrière racla le sol lorsqu'elle l'ouvrit. Elle se glissa à l'intérieur en se déplaçant très lentement. De là, il lui était impossible d'accéder au corral.

Sa respiration était laborieuse. Elle ne pouvait courir le risque de s'évanouir à nouveau. Jusque-là, les oiseaux n'avaient pas bronché.

Peut-être devrait-elle les imiter. Lentement, elle s'accroupit, s'entourant les genoux des bras.

— Qu'est-ce que tu veux, George ? demanda-t-elle d'un ton posé en commençant à espérer que les autruches allaient rester calmes.

Elles étaient énormes, et elle n'appréciait guère d'être enfermée avec elles et leurs impressionnantes pattes. Celles-ci n'avaient pas de serres comme celles des oiseaux ordinaires, mais chacune était pourvue d'un orteil à l'ongle si grand qu'il ressemblait à une arme.

Sa colère contre George resurgit, effaçant sa peur. Elle balaya l'enclos du regard à la recherche d'un objet qu'elle pourrait utiliser pour sortir de là ou l'attaquer une fois qu'il aurait fini de s'amuser à la torturer.

Il lui dit alors :

— J'ai laissé de côté un fait intéressant à propos de ces oiseaux, petite sœur. Ils ont un puissant coup de patte. S'ils se sentent menacés et s'ils ne peuvent s'enfuir, ils sont capables de frapper assez fort pour briser des os.

Elle retint son souffle. Si quelqu'un était susceptible de penser à ce genre de chose c'était son frère. Mais comment pourrait-il la provoquer ?

Elle le vit alors. Faisant le tour de l'enclos dont il avait refermé la barrière, il passa son aiguillon à travers le grillage, et elle entendit le grésillement. L'une des autruches poussa un cri et se redressa de toute sa taille.

Pour la première fois, la colère commença à céder la place au désespoir. Les autruches n'avaient nulle part où s'enfuir. S'il continuait à les torturer...

Elle ferma les yeux. Cadell allait bientôt arriver, songea-t-elle. La question était de savoir s'il arriverait avant qu'elle soit blessée à mort par deux autruches rendues folles par la torture. Elle espéra ardemment que rien ne le retarderait.

Cadell roula tellement vite sur les routes de campagne qu'en passant sur un nid-de-poule il fut littéralement projeté dans les airs et abîma la suspension. Il s'en moqua.

Dory avait disparu. Son pire cauchemar était devenu réalité. Il prit conscience en cet instant que ce cauchemar était aussi le sien.

— Quelqu'un a vu quelque chose ? s'enquit-il dans sa radio.

— Absolument rien, lui répondit Gage. Un de nos agents a vu le chien rentrer chez lui en traînant sa laisse. Il a immédiatement reconnu Flash. C'est tout ce que je sais.

Cadell tenta d'y voir un signe d'espoir. Au moins George n'avait-il pas tué le chien. Peut-être l'argent était-il tout ce qu'il voulait de Dory, après tout.

Sur le siège arrière, Dasher gémit, protestant contre la rudesse de sa conduite. Mais il ne pouvait ralentir. Son compagnon ne risquait rien. La cage était maintenue par des sangles et d'une taille suffisante pour que le chien ne soit pas ballotté d'un côté à l'autre.

Il pesta entre ses dents. Comment retrouver Dory dans ces vastes espaces ? Même en ayant fait passer le mot dans les ranchs, il était impossible de fouiller chaque hectare. Il leur faudrait vraiment un coup de chance.

Il entendit alors le bruit des pales d'un hélicoptère. Une couverture aérienne les aiderait, mais on ne pouvait dire de là-haut qui conduisait une voiture.

Il était en route depuis dix minutes quand Gage le recontacta.

— Cadell, vous m'entendez ?

— Je vous entends.

— Il y a un vieux pick-up rouge stationné près de chez vous. Quelqu'un que vous connaissez ?

— Bon Dieu, non !

Il accéléra plus encore, entendant à peine l'appel demandant à toutes les unités de se diriger vers le ranch.

Roulée en boule au sol, les bras au-dessus de la tête, Dory attendait le coup qui la tuerait. Sauf que les choses ne se déroulaient pas selon le plan de George. Les autruches devenaient de plus en plus frénétiques, mais elles ne considéraient pas la petite boule humaine à leurs pieds comme une menace. Quand elle osa ouvrir les yeux, elle vit leurs pattes courir autour d'elle, s'approcher, mais sans jamais la frapper.

Elle entendait les jurons de George ainsi que l'horrible grésillement accompagné des cris des volatiles. Elle sentait l'âcre odeur de plumes roussies chaque fois qu'il envoyait une décharge à l'une de ces pauvres autruches, et regretta de ne pas avoir une arme pour mettre fin à cela. Elle aurait pu sauver ces pauvres oiseaux de la terreur et de la douleur.

Soudain, miracle, elle entendit un hélicoptère. Elle eut

désespérément envie de regarder mais n'en prit pas le risque. George se mit à jurer de plus belle.

La police avait-elle déjà découvert sa disparition ?

Seigneur ! Faites que les secours arrivent rapidement !

Ces oiseaux ne pourraient pas en supporter beaucoup plus, et elle détestait se sentir tellement impuissante à mettre un terme à la haine de George.

La voix crispée par la fureur, il lui lança :

— Je t'aurai plus tard, sœurette !

Quelques instants plus tard, le pick-up démarra dans un crissement de pneus. Elle se risqua à lever un peu la tête et le vit s'éloigner.

Elle attendit, espérant que les autruches se calmeraient. Tandis qu'elles commençaient à s'apaiser, elle se redressa lentement en position assise et les regarda. Chacune d'elles donnait des coups de bec à ses plumes, comme pour enlever celles qui étaient brûlées. Et aucune ne manifesta le moindre intérêt pour elle.

Cadell tourna vivement dans son allée, dérapant presque sur le gravier, et la remonta à toute allure. Le chemin d'accès au ranch ne comportait qu'une voie, avec un fossé de chaque côté, invisible sous l'herbe coupée,

Il vit alors le pick-up rouge fonçant sur lui. Sa décision prise, Cadell agrippa le volant. Il n'irait pas dans le fossé. Soit ce minable braquerait, soit il y aurait collision frontale. Il n'eut pas la moindre difficulté à imaginer qui sortirait perdant de cette collision. Ce ne serait pas lui, avec son véhicule officiel équipé d'un pare-chocs avant et d'un châssis renforcés, ainsi que d'un arceau de sécurité.

Il eut néanmoins un moment d'hésitation. Un moment où il fut saisi de terreur en songeant que Dory pourrait être dans ce pick-up. Mais lorsque celui-ci approcha, il ne vit qu'une tête.

Son cœur se serra. Il se pourrait qu'elle soit déjà morte. Eh bien, dans ce cas, elle aurait bientôt de la compagnie. Pour la première fois de sa vie, Cadell eut envie de commettre un meurtre.

C'était un sentiment abject qui lui répugna alors même qu'il lui venait à l'esprit, mais il n'y renonça pas.

George avait déjà infligé à Dory des blessures dont elle ne se remettrait jamais. S'il l'avait tuée... Eh bien, il irait la rejoindre. Il n'était pas digne de respirer le même air que d'autres êtres humains.

George ne ralentit pas, certain que le policier ferait un écart. Or, il ne le fit pas. Il n'y avait nulle part où aller, à moins de le contourner. L'herbe était tondue de chaque côté de la route. Au dernier instant, George donna un coup de volant pour éviter le véhicule en approche.

Mais l'herbe tondue cachait un fossé.

Il s'y arrêta si brutalement que son visage heurta le volant. Une douleur fulgurante lui transperça la poitrine. Il l'ignora, ouvrit la portière, descendit du pick-up puis sortit précipitamment du fossé pour courir vers le bois qui se trouvait non loin de là.

— Chien policier ! cria une voix. Arrêtez ou il vous mordra.

Il continua à courir, et entendit soudain un mot qui n'avait pas de sens.

— Fong !

N'osant pas regarder en arrière, il fixa son regard sur les arbres et continua de courir en s'efforçant de ne pas penser à la douleur dans sa poitrine.

Cadell regarda Dasher s'élancer à toute allure à la poursuite de l'homme. Il jeta un coup d'œil dans le pick-up rouge — pas de Dory — puis se mit à courir lui aussi. Ce type pourrait tirer sur Dasher, son partenaire.

Tout en courant, il s'informa et fut assuré que les policiers convergeaient vers son ranch et qu'un hélicoptère se tenait prêt en cas de besoin. Ils trouveraient Dory. Il devait finir son travail.

Des sirènes hurlèrent derrière lui et, à sa grande satisfaction, d'autres chiens policiers se joignirent à Dasher. Les maîtres-chiens n'étaient pas loin derrière.

George n'avait pas une chance.

Au ranch, la perplexité était de mise. Plusieurs shérifs adjoints, ne sachant que penser, se tenaient autour de l'enclos des autruches.

— Je vais bien, leur assura Dory, à présent assise en tailleur. Elles ne m'ont fait aucun mal, mais elles sont effrayées parce qu'on leur a envoyé des décharges à l'aide d'un aiguillon électrique. Reculez simplement. Cadell saura quoi faire quand il arrivera.

— Ça pourrait prendre un moment, madame, lui répondit l'un des hommes. La dernière fois qu'on l'a vu, il courait avec son chien derrière l'homme qui a abandonné le pick-up rouge.

Pour la première fois depuis son arrivée, Dory eut envie de sourire.

— Vraiment ? J'espère que Dasher va mettre mon frère en pièces. Et mon chien, Flash ? Lui aussi a reçu un choc électrique.

— Celui qui a été trouvé en ville ?

— Probablement.

Le shérif adjoint sourit.

— Il va bien. Le véto va l'examiner mais, en dehors du fait qu'il refuse de quitter votre maison, ça va.

Dory poussa un gros soupir de soulagement et ressentit un élan de tendresse. Pour Flash. Pour Cadell. Imaginez ça : le chien refusant de quitter sa maison !

— Vous n'avez pas réussi à l'amadouer ?

— Pas à ma connaissance. Il a tenté de mordre tous ceux qui ont essayé.

— Il a eu une dure matinée.

— Il semblerait qu'il ne soit pas le seul, lui répondit-il.

Non, songea-t-elle en se laissant retomber par terre. Non, en effet. Tout ce qu'elle savait, c'était que Cadell ferait bien de rentrer sain et sauf, sans quoi elle ferait quelque chose qu'elle pourrait regretter jusqu'à la fin de ses jours.

George ne s'enfonça pas loin dans les bois. Dasher le mordit à l'avant-bras. Quand Cadell les rattrapa, il trouva son chien tenant le bras de George comme un jouet en peluche qu'il n'accepterait de lâcher que lorsqu'il lui en recevrait l'ordre. Cadell sortit son arme de service, mit George en joue et dit à Dasher de le lâcher. Non qu'il restât à George beaucoup de résistance ; il respirait avec difficulté.

Aussi, au lieu d'avoir le plaisir de lui mettre les menottes, Cadell dut-il se résoudre à demander une évacuation sanitaire.

— Menottez-le au brancard, conseilla-t-il au personnel médical qui l'emmenait à l'hôpital.

Lorsque l'ambulance fut partie, Dasher et lui gagnèrent la maison où ils tombèrent sur une scène presque fantastique. En d'autres circonstances, il en aurait ri, mais une seule chose le préoccupait. Il courut à petites foulées jusqu'à l'enclos.

— Dory ? Tu vas bien ?

Assise au milieu de l'enclos des autruches, elle lui sourit.

— Je vais bien, mais mes nouvelles amies auront besoin de voir le doc. Je ne sais pas combien de chocs électriques George leur a infligés.

Sous le regard stupéfait de Cadell, l'un des oiseaux acariâtres baissa alors la tête et la frotta doucement contre Dory.

Au moins l'un d'eux avait-il bon goût.

— Alors ? lui demanda-t-elle. Tu penses pouvoir me sortir d'ici ?

Il la fit sortir de l'enclos avec une surprenante facilité. Les oiseaux s'installèrent dans leur position de repli, ce qui l'inquiéta. D'ordinaire, ils semblaient prendre un grand plaisir à le regarder de haut avec méchanceté. Il espéra que George ne leur avait pas causé de dommages irrémédiables.

Dory ne voulut pas partir avant que Mike Windwalker soit venu examiner les autruches. Cadell ne discuta pas, bien qu'il n'ait qu'une envie : la ramener chez elle pour l'examiner de la tête aux pieds. Il ne pouvait croire qu'elle s'en soit sortie indemne.

Mais pour l'instant, tout ce dont elle voulut lui parler fut la façon dont les autruches avaient évité de la blesser alors même que George les torturait. Elle se délecta clairement du fait que Dasher se soit accroché au bras de George et que son frère ait été emmené menotté à l'hôpital.

— J'espère qu'il a bien plus qu'une morsure, dit-elle.

Cadell sourit presque.

— J'en suis sûr. Son pick-up s'est écrasé dans le fossé, et quand je l'ai rattrapé il avait peine à respirer. Je parierais sur des côtes cassées.

— Tant mieux. J'ai entendu dire que ça fait mal.

— Terriblement mal, acquiesça-t-il.

Il la regarda avec approbation et étonnement. La femme qu'il avait rencontrée avait semblé enfermée en elle-même, hantée par la peur. Progressivement, elle était sortie de sa prison, du moins avec lui. Mais en cet instant, il lui semblait qu'elle avait ouvert en grand les portes. Les rares fois où il l'avait vue s'approcher de cette animation heureuse avaient été quand elle se trouvait au lit avec lui. À présent, elle en inondait le monde.

Il espéra, dans son intérêt, que cela durerait. Cela pourrait commencer un tout nouveau chapitre de sa vie.

Finalement, alors qu'il la reconduisait chez elle, elle se calma un peu. Il sentit son impatience de voir Flash. Mike Windwalker avait dit qu'il avait la fourrure un peu roussie, mais pas de brûlures.

Quoi qu'il en soit, elle était encore sur les nerfs en y pensant, ce qu'il pouvait comprendre.

Lui aussi avait les nerfs à fleur de peau. Tout à l'heure, alors qu'il roulait à tombeau ouvert sur des routes dangereuses, il avait pris conscience du fait qu'il voulait que Dory Lake fasse dorénavant partie de sa vie.

Toute sa détermination à éviter une nouvelle relation à long terme s'était envolée. Malheureusement, on pouvait passer des années à tenter d'éviter d'être blessé et se réveiller un matin profondément vulnérable.

Il était donc sur le point d'être à nouveau blessé. Comme George retournerait en prison pour un long moment, Dory pourrait reprendre le fil de son ancienne vie, et il imaginait difficilement qu'elle puisse vouloir rester à Conrad City.

Si elle renonçait à sa vie d'ermite, sans doute voudrait-elle tester ses ailes, goûter au monde qu'elle avait évité jusque-là. Bon sang ! D'après ce qu'il pouvait en dire, elle n'avait même pas fréquenté beaucoup d'hommes. Ne voudrait-elle pas goûter à ces plaisirs ? Se mettre en quête d'une vie dans une ville plus animée ? Seigneur ! Elle avait été en prison aussi longtemps que son frère.

Elle n'était venue là que parce qu'elle pensait pouvoir s'y cacher et qu'elle connaissait Betty. Elle serait folle de ne pas chercher quelque chose de mieux.

Tous les signes étaient d'ailleurs présents. Elle avait aménagé son bureau mais se contentait encore d'une table bancale dans sa cuisine. Elle n'avait pas agrémenté un seul coin de la maison en y accrochant un tableau, n'apposant presque aucune trace de sa présence.

Elle comptait donc déménager rapidement. Rien n'était permanent, pas même la connexion à Internet en haut débit qu'elle avait fait installer ; il suffisait d'un coup de fil pour couper ce cordon.

Bien sûr, il ne pouvait s'en prendre qu'à lui-même. Les signes avaient été présents depuis le début. Il aurait été bien inspiré en n'enfreignant pas sa propre règle. On ne pouvait se fier aux femmes. Brenda le lui avait prouvé.

Quand ils arrivèrent chez Dory, Flash attendait sur la terrasse. Quelqu'un y avait déposé un bol d'eau à son intention, mais une seule chose comptait pour lui.

Quand Dory descendit du SUV, il se rua vers elle. Oubliant toute sa formation, il lui sauta dessus et la fit tomber sur la pelouse miteuse.

Cadell l'écouta glousser tandis que Flash lui léchait le visage et sourit légèrement, prêt à partir. Elle n'avait plus besoin de lui.

Elle finit par se libérer des attentions de Flash et se releva d'un bond.

— Entre, dit-elle à Cadell. Je ne sais pas pour toi, mais j'ai vraiment besoin d'un café.

Il hésita.

— J'étais sur le point de partir.

Elle se figea.

— Pourquoi ?

— Il doit y avoir des choses que tu as envie de faire.

— Des choses ?

Elle inclina la tête.

— D'accord. Dans ce cas, tu es sur ma liste de choses. Entre.

Il prit sa place habituelle à la table de cuisine bancale tandis qu'elle donnait à manger à Flash avant de préparer le café.

Elle se tourna ensuite vers lui.

— Dites-moi une chose, shérif adjoint Marcus. N'ai-je été qu'un travail pour vous ?

Sa question lui donna presque la nausée.

— Comment ?

Il ne voulait pas croire qu'elle venait de lui demander ça.

— Toutes les nuits que tu as passées ici. Était-ce seulement pour me protéger, comme Flash ? Tu as dit que tu étais protecteur. C'est quoi, ce que j'ai été ? Un travail ?

Ses paroles le blessèrent.

— Non, protesta-t-il d'une voix rauque.

— Alors pourquoi es-tu aussi pressé de partir ?

Il faisait généralement preuve d'un assez bon self-control, mais le stress causé par les derniers événements l'avait émoussé.

Les mots lui échappèrent, presque avec colère.

— Parce que tu t'apprêtes à partir, maintenant que George n'est plus une menace.

Elle fronça les sourcils.

— Ai-je dit ça ? Je ne me souviens pas de l'avoir jamais dit.

— Eh bien, pourquoi diable voudrais-tu rester ici ?

Son visage changea, et il crut détecter un soupçon de la peur qu'il y avait si souvent vue. Quand elle reprit la parole, ce fut d'une petite voix.

— Toi ?

Avant qu'il puisse répondre elle lui tourna le dos et sortit des mugs.

— Je sais, reprit-elle, que tu ne veux pas d'autre femme dans ta vie, et je comprends. Brenda a dû être la pire des sorcières. Peut-être en as-tu fini avec moi. Peut-être n'ai-je été pour toi qu'un travail. Quoi qu'il en soit, je ne pars pas. Je ne veux pas partir. Je veux la garde partagée.

Il la dévisagea, perplexe.

— Quelle garde partagée ?

— Celle d'Itsy et de Bitsy.

Aussi tortueux que fût son discours, il comprit enfin. Il repoussa si brusquement sa chaise pour se lever qu'elle se renversa.

Alertée par le bruit, Dory se retourna, et il fut étonné de voir des larmes couler sur ses joues.

— Ces autruches, lui répondit-il d'un ton ferme, ne vont pas sans moi.

Elle s'essuya les yeux du revers de la main, mais son sourire n'était pas encore réapparu.

— Tu ferais bien de penser ce que tu dis.

— Je n'ai jamais été plus sincère de ma vie. Nous formons un lot, ces oiseaux et moi. C'est à prendre ou à laisser.

Le sourire commença à apparaître.

— Je prends, murmura-t-elle.

Oubliant toute délicatesse, il l'attira à lui et l'étreignit avec une telle fougue qu'elle poussa un petit cri.

— Si tu prends, tu ne pourras pas repartir.

— Je ne pourrais jamais laisser ces oiseaux, dit-elle d'une voix tremblante.

Il ferma les yeux, déposa un baiser sur ses cheveux, puis marmonna :

— Donc je vais devoir les garder ?

— Si tu veux de moi.

— J'imagine que je vais les avoir sur les bras, alors. Parce que je t'aime.

Elle lui jeta les bras autour du cou, et il sentit ses larmes chaudes tremper la chemise de son uniforme.

— Je t'aime aussi, Cadell. Je te veux toi, les chiens, les autruches... Je veux tout.

— Et des bébés ?

Elle renversa la tête pour le regarder.

— Et des bébés, acquiesça-t-elle d'un ton ferme. Mais tu en auras la garde partagée.

Enfin, il se mit à rire. C'était le son le plus joyeux qui lui ait échappé depuis longtemps.

— Je t'aiderai pour tout.

Elle posa les lèvres sur les siennes, lui donnant un baiser salé.

— Pour toujours.

— Pour toujours, répéta-t-il. Pour toujours.